dtv

Dutzende von Frauen verschwinden spurlos rund um den Schlesischen Bahnhof. Immer wieder findet man Leichenteile im Engelbecken und im Luisenstädtischen Kanal. Und zu lange dauert es, bis die Ermittlungen zum Erfolg führen. Wie ist es möglich, daß Karl Großmann, der größte Serienmörder in der Berliner Geschichte, so lange sein Unwesen treiben konnte? – Horst Bosetzky erzählt in Romanform die authentische Geschichte eines Mannes, der sowohl Polizei als auch Psychologen und Laien bis heute Rätsel aufgibt: Einzigartig in seiner Brutalität, ohne jedes moralische Empfinden, gelingt es Großmann immer wieder, seine späteren Opfer zu sich in die Wohnung zu locken. Viele der Frauen gehen auf seine außergewöhnlichen sexuellen Wünsche ein. Und alle – Nachbarn, Zeugen und Polizei – verschließen die Augen …

Horst Bosetzky, geboren 1938 in Berlin und unter dem Namen -ky auch als einer der erfolgreichsten deutschen Krimi-Autoren bekannt, ist emeritierter Soziologieprofessor in Berlin. Neben zahlreichen Kriminalromanen, mit denen er sich an die Spitze der deutschen Spannungsliteratur geschrieben hat, verfaßt er Jugendbücher, Hör- und Fernsehspiele, historische Romane sowie seine mehrteilige Familiensaga.

Horst Bosetzky

Die Bestie vom Schlesischen Bahnhof

Dokumentarischer Kriminalroman
aus den 20er Jahren

Deutscher Taschenbuch Verlag

Ungekürzte Ausgabe
September 2005
Deutscher Taschenbuch Verlag GmbH & Co. KG,
München
www.dtv.de

Umschlagkonzept: Balk & Brumshagen
Umschlagfoto: Krzysztof Kurzydło
Gesamtherstellung: Druckerei C. H. Beck, Nördlingen
Gedruckt auf säurefreiem, chlorfrei gebleichtem Papier
Printed in Germany · ISBN 3-423-20832-5

Prolog

Ein Wurstverkäufer rückt ins Blickfeld

EINS

Der Mann riß das Brotmesser vom Tisch und kam auf sie zu. »Du weißt doch: Bist du nicht willig, so brauch' ich Gewalt!«

Grete Tschau sprang aus dem Bett und raffte ihre Kleider zusammen. »Hör auf, sonst schreie ich das ganze Haus zusammen!«

»Entweder du machst, was ich von dir will – oder du fliegst raus hier. Und gehst draußen vor die Hunde.«

Sie war schon an der Tür. »Zur Polizei werd' ich gehen.«

»Wenn du das machst – dann geht's dir wie ...«

Sie sprang ins Treppenhaus und hastete nach unten. Erst im Hausflur zog sie sich an. Ihr Erschrecken hielt sich in Grenzen. Die meisten Männer, die den Krieg überlebt hatten, waren nicht mehr ganz richtig im Kopf. Und Maximilian hatte nicht nur zu lange vor Verdun gelegen, er war auch noch Theaterregisseur. Zuzutrauen war ihm alles: daß er es nur noch machen konnte, wenn er Blut sah – und daß er bereits einige Freundinnen zugrunde gerichtet hatte.

Sie hätte wirklich zur Polizei gehen sollen. Doch sie tat es nicht, denn wenn sie Pech hatte, brachte man sie nach Breslau zu ihren Eltern zurück. Und das war viel schlimmer, als in Berlin auf der Straße zu sitzen. So wie sie gebaut war, fand sie immer einen, der sich ihrer annahm.

Grete trat auf den Bürgersteig hinaus. Um zu wissen, wo sie war, mußte sie erst zur nächsten Ecke gehen und auf das Straßenschild schauen. Das Pflaster schien ein wenig zu schwanken. Mehrmals stolperte sie. Der viele Sekt. Nach knapp 100 Metern war sie an einer großen Kreuzung angekommen und las *Kottbus-*

ser Damm und *Pflügerstraße*. Sie überlegte. Nach Neukölln war sie also gestern nacht geraten. Wenn sie nun noch gewußt hätte, welcher Tag heute war ... Sie blieb vor einem Zeitungskiosk stehen und las: *Mittwoch, 17. März 1920*. Und ansonsten: Immer noch der ganze Schlamassel. Mist! Seit letztem Sonnabend ging das nun schon so. Die Erlebnisse der letzten Tage überfluteten sie:

Sie fährt mit der Stadtbahn zum Metropol-Theater, um dort vorzusprechen, und sieht sich plötzlich inmitten von Stacheldrahtverhauen, Maschinengewehren, Feldgeschützen und kampfbereiten Offizieren und Soldaten. An den Gebäuden flattern die alten schwarz-weiß-roten Fahnen des versunkenen Kaiserreichs und die Kriegsflagge der Marinebrigade. Automobile jagen vorüber. Sie kann sich gerade noch in ein Café flüchten. Dann gibt es den Generalstreik. Bahnen und Busse fahren nicht mehr. In den Abendstunden liegen die Straßen in tiefer Dunkelheit. Die großen Gasthausbetriebe haben geschlossen. Immer wieder fallen Schüsse. Vor den Bäckerläden bilden sich endlose Schlangen. Die Brotvorräte sind schnell ausverkauft. Die Warenhäuser schließen. In vielen Stadtbezirken versagt die Wasserversorgung, und auch der Gasdruck wird immer schwächer. Schnell spricht sich in der ganzen Stadt herum, wo was passiert ist. In der Schloßstraße in Steglitz gibt es die ersten Todesopfer. Bei einem Streit zwischen Militär und Zivilisten werden acht Menschen getötet. Am Halleschen Tor überfällt die Menge einen Militärlastwagen mit Soldaten. Diese feuern. Mehrere Tote bleiben zurück, darunter ein junges Mädchen. Am Friedrich-Wilhelm-Platz werfen Soldaten Handgranaten. In allen Stadtteilen werden Menschen erschossen. Leuchtkugeln steigen zischend in die Nacht, Scheinwerfer suchen den verdunkelten Himmel nach Flugzeugen ab.

Grete Tschau war ein wenig ratlos. Konnte man sich schon wieder in die Innenstadt wagen oder nicht? Sie fragte den Zeitungshändler, der heute nicht viel zu verkaufen hatte.

»Können Se nich, junge Frau, können Se noch nich. Der Kapp und der Lüttwitz, die ham zwar bald ihren letzten Pup gewinselt, aba janz aus isset mit die noch nich. Und die Kommunisten schießen ooch noch.«

Trotzdem machte sie sich auf den Weg. Den Kottbusser Damm hinauf Richtung Hochbahn. In der Brückenstraße wohnte ihre Freundin Valeska, und von der war am ehesten Hilfe zu erwarten. Als Langschläferin war sie sicher noch zu Hause. Grete überlegte, wie lange sie zu Fuß zur Jannowitzbrücke brauchen würde. Kottbusser Tor, Adalbertstraße, Köpenicker Straße, Brückenstraße ... Das waren um die vier Kilometer, also bei ihrem Tempo eine gute Stunde. Bahnen und Busse fuhren ja noch immer nicht. Sie schimpfte leise vor sich hin. Aber es war ja erst kurz vor neun. »Auf, auf!« Sie machte sich Mut. Ihr erstes Ziel war die Kottbusser Brücke. Trotz ihrer hochhackigen Schuhe ging es ganz gut. Zu Hause in Breslau hatte sie viel laufen müssen. Bis sie davongelaufen war ... »Na bitte!« Sie war zufrieden mit sich.

Doch schon kurz hinter dem Landwehrkanal war es vorbei mit dem raschen Vorankommen, denn hin zum Hochbahnviadukt gab es einen riesigen Menschenauflauf. An der Einmündung der Admiralstraße hatten sie sogar eine Barrikade errichtet. Grete Tschau wollte sich durch die Menge hindurchquetschen, blieb aber bald stecken. Zu dicht waren die Leiber aneinandergedrängt. Vorn gab es Schreie. Eine Patrouille der Sicherheitspolizei war dabei, die Menge auseinanderzutreiben, wurde aber ganz offensichtlich zurückgeschlagen. Wie von einer Riesenwelle wurde Grete Tschau ein paar Meter nach hinten geworfen. In Panik flüchtete sie sich in einen Hauseingang. Gerade rechtzeitig, um nicht von einem Lastwagen erfaßt zu werden, auf dem Reichswehrsoldaten anrückten. Doch kaum waren sie auf die Straße gesprungen, wurden sie von einigen kräftigen Männern gepackt und unter dem Johlen der Menge ins Wasser geworfen. Jubelschreie stiegen in den grau verhangenen Himmel, und Grete Tschau dachte, daß die Sache damit zu Ende wäre. Sie verließ ihren schützenden Unterstand, um sich in Richtung Adalbertstraße vorzuarbeiten. Da hörte sie ein unheilvolles Zischen – und dann sah sie direkt vor sich, wie auf einer großen Freilichtbühne, Bilder des Schreckens: Mitten in der Menschenmenge explodierte eine schwere Mine, abgefeuert von einer Reichswehrabteilung aus weiter Entfernung. Zerfetzte Körper flogen durch die Luft, und noch dicht neben Grete wurden Demonstranten von herumfliegenden Geschoßsplittern niedergemäht. Der Fahrdraht der Straßenbahn fiel auf die Erde, die Hochbahntrasse schien sich zu neigen. Unter furchtbaren Schreien und Hilferufen stob die Menge auseinander. Grete kam erst wieder zu sich, als sie am U-Bahnhof Schönleinstraße an einem Gitter lehnte. Ihre linke Hand war voller Blut. Sie erschrak, konnte aber nirgendwo eine Wunde entdecken. Einer der Verletzten mußte sie angefaßt haben. Sie konnte sich an nichts mehr erinnern. Am Hohenstaufenplatz fand sie eine Pumpe und wusch sich die Hände. Dann kühlte sie sich die Stirn und trank das Wasser aus der Schale ihrer Hände. Das Geld, sich am Hermannplatz in ein Café zu setzen, hatte sie nicht.

»Hauptsache, wir leben noch«, sagte einer hinter ihr. Er hieß Fritz und hatte vor dem Krieg an der Kurbel gestanden, wie er es ausdrückte, also als Straßenbahnfahrer sein Geld verdient. »Aber det jeht ja nu nich mehr.« Sie hatten ihm in den letzten Kriegstagen den linken Arm abgeschossen. Er zeigte ihr den leeren Ärmel. Eine richtige Wohnung hatte er nicht mehr, aber eine Laube in der Weserstraße. In die nahm er Grete mit und schlachtete ihr zuliebe sogar eines seiner Kaninchen. Das ging mit einem Arm nur schwer, und sie mußte ihm dabei assistieren. Wieder war einiges an Blut abzuwaschen. Als Liebhaber war Fritz gleichermaßen enttäuschend wie erholsam: Nach dem ersten Mal hatte er sein ganzes Pulver verschossen, und sie konnte ungestört bis Mittag schlafen.

»Die Regierung Kapp-Lüttwitz ist gestürzt«, sagte Fritz, der schon lange auf war und mit seinen Nachbarn gesprochen hatte. »Ich geh' zum Anhalter Bahnhof und guck' mal, ob schon 'n Zug nach Dessau fährt.« Er wollte zu seiner Mutter und sehen, ob er dort Arbeit fand.

»Ich komm' gleich mit.« Grete Tschau zog sich an und hoffte, daß er keinen Appetit mehr hatte, doch sie irrte sich. Sie ließ es über sich ergehen. Es gab Schlimmeres. Aus Dankbarkeit schenkte er ihr ein Stück Kaninchenbraten. Sie schlang es hinunter. Ein Schluck Muckefuck war auch noch da. So ließ sich's leben. Wer weiß, wann sie wieder etwas zu essen bekäme.

Sie zogen los, kamen aber zunächst nicht weiter als bis zum

Hermannplatz. Dasselbe Bild wie gestern am Kottbusser Tor: Die Menge hatte eine Kompanie der Reichswehr umringt und war gerade dabei, sie zu entwaffnen. Die Soldaten waren feldmarschmäßig ausgerüstet und hatten Hakenkreuze an den Stahlhelmen.

»Ihr Kapp-Banditen!« schrie einer. »Raus hier, ihr Pack!« Das hier war das rote Neukölln und gehörte den Arbeitern.

»Gleich kommt wieder eine Mine angeflogen und krepiert hier.« Grete Tschau zitterte und preßte sich an Fritz. Der schlang seinen heilen Arm um sie.

»Nehmt doch Vernunft an!« schrie der Offizier, ein bildhübscher Mensch von knapp 30 Jahren. »Wir sind Deutsche wie ihr und wollen nur das Beste für euch!«

Fritz stutzte. »Den kenn' ich doch, das war doch mein Kommandeur.«

Ein Panzerautomobil kam herangerast, die bedrohten Kameraden zu retten. Doch zu spät. Einer der Arbeiter hatte dem Offizier die Pistole entrissen und an die Schläfe gesetzt. Bevor man ihn zurückreißen konnte, hatte er abgedrückt. Der Offizier stürzte aufs Pflaster.

»Martha ...!« rief er noch.

Eine für das Neuköllner Milieu viel zu mondäne junge Dame drängte sich durch die Menge, kniete sich neben den Offizier, der offensichtlich ihr Geliebter war, und bettete seinen Kopf in ihren Schoß. Zugleich riß sie sich einen seiden glänzenden, weißen Schal vom Hals, um ihn als Verband zu nutzen. Im Nu war der mit seinem Blut durchtränkt.

Grete war zutiefst erschüttert und nahe daran zusammenzubrechen.

Fritz mußte sie stützen. »Was ist denn mit dir?«

»Wie bei mir«, stammelte sie. »Nein, aber ... So wie die da wäre ich auch gerne ... Mein Ludwig ist in Frankreich gefallen ... Und keiner hat neben ihm gekniet, als er gestorben ist.« Ihr ganzes Elend war ihr wieder bewußt geworden. Schlagartig. Wegen Hauptmann Ludwig von Lellichow hatte sie ihren Bräutigam in Breslau verlassen und war schließlich in Berlin gestrandet.

Wieder floh Grete Tschau, und irgendwie verlor sie Fritz im

Gedränge auf dem Hermannplatz. Egal. Abhaken. Das fortsetzen, was sie gestern begonnen hatte: Valeska finden und sehen, ob die mit ihren vielen Beziehungen jemanden kannte, der ihr weiterhalf.

Diesmal schaffte sie es bis zur Brückenstraße und hatte doppelt Glück, denn Valeska war zu Hause – und allein. Was erstaunlich war, denn fragte man sie nach ihrem Beruf, so antwortete sie ohne Scham und Umschweife: »Ich verdiene mir mein Geld mit meiner Pflaume.« Eigentlich war sie nach Berlin gekommen, um Tänzerin in einer der großen Revuen zu werden. Dunkelhaarig, langbeinig und rassig, wie sie war.

»Das ist doch alles schrecklich«, stöhnte Valeska. »Wo gibt es heute noch Männer mit Niveau? Alle ausgestorben. Gefallen, erschossen. Und richtig Geld hat auch keiner mehr.«

Grete fragte sie, ob sie nicht einen vom Film oder vom Theater kennen würde. »Ich brauch' dringend 'ne Rolle.«

Valeska mußte nicht lange überlegen. »Der Collini sucht gerade seine Schauspieler für Woltersdorf zusammen. Ich werd' auch dabei sein.« Sie begann, von Woltersdorf zu schwärmen. Dort, vor den Toren Berlins, am Kalksee, hatte sie vor einem Jahr durch Collinis Fürsprache bei Joe May eine kleine Rolle in seinem ersten großen Kinoschinken bekommen, in *Die Herrin der Welt*. »Nächstes Jahr will er wieder was drehen: *Das indische Grabmal – Teil 1: Die Sendung des Yogi, Teil 2: Der Tiger von Eschnapur*. Und wieder mit dabei: die große Mia May.«

Grete lachte und zitierte das, was langsam alle kannten: »Harry Piel sitzt am Nil,/wäscht sich seine Stange mit Persil./Mia May sitzt dabei,/schaukelt ihm das rechte Ei.«

Valeska steckte sich eine Zigarette an. »Collini soll im Adlon residieren. Kann man's denn schon riskieren, zum Brandenburger Tor zu laufen?«

»Was, du kannst dir keine Droschke leisten?«

»Du kriegst keine, weder für Geld noch für gute Worte.«

»Die Baltikumtruppen marschieren ab, sagen die Leute. Und wenn wir noch 'n bißchen warten, dann ... Ich bin ja auch lebendig hergekommen.« Gretes ganze Hoffnung ruhte auf diesem Carl

Collini, wie er sich nannte. Wahrscheinlich hieß er Karl-Egon Kolloschinski – oder so.

»Na schön.« Valeska briet ihnen Kartoffelpuffer. »Die mochte doch dein Bräutigam immer besonders gern. Was macht der eigentlich jetzt?«

»Friedrich ...? Keine Ahnung. Nach'm Krieg ist er nach Breslau zurück. Bei der Zeitung soll er sein und außerdem studieren. Was, weiß ich nicht. Ist mir auch egal.«

»Komm, er kann doch nichts dafür, daß du dich mit deinen Eltern so verkracht hast und mit dem Lellichow durchgebrannt bist.«

»Nein, aber er hätte sich zu mir bekennen müssen. Als ich noch gar nichts mit Ludwig hatte, sondern nur mal tanzen mit ihm war. Aber was hat er getan: mich fallenlassen. Erst dann bin ich ja mit Lellichow auf und davon.« Grete Tschau preßte die Hand auf den Magen, in dem es plötzlich rumorte. »Komm, ich will nichts mehr davon hören!«

Am späten Nachmittag machten sie sich dann auf den Weg zum Adlon. Über die Wallstraße und den Spittelmarkt kamen sie zur Leipziger Straße. In langen Kolonnen sahen sie Kanonen stehen, hochbepackte Proviantwagen, bespannt und zum Abmarsch bereit. Auch die Truppen waren marschfertig. Offiziere, den Sturmhelm auf dem Kopf und Pistolen im Gürtel, gingen die Reihen entlang. Die letzten Fahnen der Putschherrschaft wurden eingezogen. »Wir ziehen jetzt nach Lichterfelde!« hörten sie einen jungen Offizier. »Wenn ihr unterwegs angepöbelt werdet, dann rücksichtslos ...«

Die beiden jungen Frauen beeilten sich, ins Adlon zu kommen. An der Rezeption fragten sie nach Collini. Der sei nicht auf seinem Zimmer. Ob er eine Nachricht hinterlassen habe, wo er zu finden sei? Man möge sich einen Augenblick gedulden. Sie setzten sich ins Foyer, und Grete fragte sich, ob sie jemals in ihrem Leben das Geld haben würde, sich hier ein Zimmer zu nehmen. Als Gnädige Frau. Warum denn nicht! Welch unendlich langer Weg aber war es bis hin zu diesem Ziel. Aber das war es ja, warum sie aus Breslau abgehauen war. Ihr Elternhaus war für sie ein schreckliches Gefängnis und ihr Vater ein widerlicher Sklavenhalter gewesen.

Schüsse rissen die beiden Frauen aus ihren Gedanken. Das war scharfes Feuer. Der Türsteher rief ins Foyer, daß die Menge das Brandenburger Tor völlig versperrt und die anrückenden Truppen angegriffen habe. »Erst 'n paar Schreckschüsse und dann immer rin in die Leute.« Schon wurden die ersten Opfer ins Hotel getragen, Tote und Verletzte. Grete und ihre Freundin flüchteten sich in die hinteren Räume. Dort hielten sie sich eine knappe Stunde verborgen und erfuhren dann, daß Collini in der Madaistraße am Schlesischen Bahnhof drehen würde. Sie sollten sich auf den Weg machen. Bitte durch einen Hinterausgang. Das taten sie dann auch und hatten das Glück, von einem Lastwagen bis zur Schillingbrücke mitgenommen zu werden. Jetzt bräuchten sie nur noch um die Andreaskirche herum, in die Koppenstraße rein und unter den Gleisen der Stadtbahn hindurch – ihre Spannung wuchs.

»Vielleicht läßt er mich gleich mitspielen, wenn du mit ihm redest«, hoffte Grete.

»Der macht noch ganz was anderes, wenn ich ihn darum bitte.« Valeska fand, daß er ihr geradezu hörig wäre.

Doch als sie in die Madaistraße einbogen, erschraken sie. »Keine Scheinwerfer, kein Collini. Da muß doch einer gesponnen haben.«

»Vielleicht dreht er im Bahnhof drin.«

Sie gingen hinein, doch so verzweifelt sie auch suchten, sie konnten den Produzenten nirgends finden.

»Das ist ja vielleicht 'ne Enttäuschung«, sagte Valeska.

Grete Tschau hatte Tränen in den Augen. »Was nun?«

»Essen wir erst mal was.«

Neben dem Eingang zum Bahnhof fanden sie einen Wurstverkäufer. *Karl Großmann* stand auf einem Pappschild. Valeska stieß Grete an. »Mann, ist der häßlich!«

Grete sagte das, was ihre Mutter immer gesagt hatte: »Aber dafür hat er bestimmt einen guten Charakter.«

»Mir reicht schon, wenn seine Langen Wiener gut sind.« Valeska orderte zwei Paar Würstchen mit Weißbrot und Senf und nutzte die Gelegenheit, nach Collini und seinen Filmleuten zu fragen.

»Da kann ick nicht mit dienen, meine Damen«, sagte der Wurstmaxe, während er mit einer hölzernen Zange die Würstchen aus seinem dampfenden Kessel fischte. »Det hätte mir garantiert müssen uffallen, wenn er hier wäre jewesen.«

»Schade«, sagte Valeska. »Meine Freundin hier hätte gerne 'ne kleine Rolle gehabt.«

»Die kann sogar 'ne jroße Rolle ham.«

»Wie? Wo?«

»Na, bei mir. Ick suche jerade 'ne neue Wirtschafterin, die mir meinen Haushalt führen tut. Die alte ist weg, zurück zu Hause bei ihr. Leichte Arbeit, juter Lohn.« Er zog seine Brieftasche unter der weißen Schürze hervor und ließ ein Bündel gutsortierter Geldscheine sehen.

Zwei

Richard Jerxheimer saß in seinem Laden in der Kreuzberger Adalbertstraße, wartete auf Kundschaft und kam sich albern vor. Wer kaufte sich in diesen lausigen Zeiten schon was Neues zum Anziehen! *Hoffen und Harren macht manchen zum Narren.* Recht hatten die Leute. Nu, hatte er Zeit zu lesen. Im Regal stapelten sich die Ausgaben des *Berliner Tageblattes*. Am 13. März war es losgegangen. »Natürlich am 13.«, murmelte Jerxheimer. Aber schon am Tag davor, in der Ausgabe vom Freitag, dem 12. März 1920, hatte es entsprechende Überschriften gegeben: *Vereitelung eines reaktionären Putschversuchs. Alarmbereitschaft der Berliner Garnison. Mehrere Beschuldigte in Schutzhaft genommen.* Jerxheimer las die amtliche Bekanntmachung Satz für Satz:

Von zuständiger Stelle wird mitgeteilt: In Berlin hat seit einiger Zeit das Treiben einer rechtsradikalen Clique eingesetzt, deren Bestrebungen auf gesetz- und verfassungswidrigen Umsturz hinauslaufen, und die versucht hat, auch militärische Stellen für ihre Pläne zu gewinnen. Es kann festgestellt werden, daß die in Opposition gegen die Regierung stehenden Rechtsparteien der Nationalversammlung sowie der preußischen Landesversammlung dieser Sache fern stehen. Selbst weite Kreise altkonservativer Richtung lehnen die Desperadopolitik dieser rechtsspartakistischen Clique restlos ab.

Das aber konnte die Putschbewegung nicht stoppen, und so lautete die Schlagzeile im *Berliner Tageblatt* am nächsten Tage denn auch: *Bedrohung Berlins durch einen Militärputsch.* Etwa 8000 Mann gegenrevolutionärer Truppen, die sich in Döberitz um die Brigaden von Lüttwitz und von Löwenfeld gruppiert hatten, marschierten nach Berlin und versuchten, Dr. Wolfgang Kapp, den ostpreußischen Generallandschaftsdirektor, an die Macht zu bringen. *Die Tage der Säbelherrschaft*, wie sie das *Berliner Tageblatt* nennen sollte, hatten begonnen. Das erste, was der Reichskanzler Dr. Kapp dann anordnete, war die militärische Besetzung der Berliner Zeitungsredaktionen, und auch das *Berliner Tageblatt* mußte seinen Betrieb einstellen. Dann hatte es den Generalstreik und die vielen Straßenkämpfe gegeben. Ein Nachbar, der Polizeibeamter war, hatte ihm erzählt, daß fast 150 Tote registriert worden waren.

Heute nun, am Mittwoch, den 24. März 1920, bot Berlin ein ganz anderes Bild als an den Vortagen. Das geschäftliche Leben hatte fast in vollem Umfang wieder eingesetzt, und Verkehr wie Wasser-, Gas- und Elektrizitätsversorgung kamen langsam wieder in Gang. Am glücklichsten war Jerxheimer aber, daß er endlich wieder sein geliebtes *Berliner Tageblatt* in den Händen halten konnte. Was hatte man seit einer Woche gehabt, wenn man wissen wollte, was in Berlin geschah? Nur Flugblätter und die Gerüchteküche. Geradezu begierig las er die Meldungen. Man jubelte über den *Siegestag des Volkes*, und es hieß unter anderem:

Die Truppen, die sich in den Dienst der reaktionären Verschwörung gestellt, an der Überrumpelung Berlins teilgenommen hatten, zogen ab. Eine Gruppe ehrgeiziger, auf Volk, Recht und Freiheit dreist herabnäselnder Gewaltmenschen hat durch einen Handstreich die Macht an sich zu reißen versucht.

Der politische Generalstreik war für beendet erklärt worden. Jerxheimer ließ die Zeitung wieder sinken. Da waren sie ja noch einmal glimpflich davongekommen. Abgesehen vom Verdienstausfall und der Tatsache, daß die Putschmänner angeordnet hatten, das Mehl, das die alte Regierung für die Juden zu Ostern reserviert hatte, zu beschlagnahmen und an die Arbeiter zu verteilen.

»Das hätte ja was gegeben, wenn die ans Ruder gekommen wären«, sagte er mit einem Seufzer zu Leah, seiner schönsten und einzigen Schaufensterpuppe. Seit dem Tode seiner Frau war sie dazu bestimmt, sich anzuhören, was ihm durch den Kopf ging. »Müssen wir den Kommunisten und den Rotgardisten Dank sagen, daß sie gekämpft haben gegen die Reaktionäre, schön aber auch, daß se nich ganz nach oben gekommen sind. Obwohl, is se ja feige gewesen, unsere Regierung.« Reichspräsident Ebert und mehrere Mitglieder der Regierung waren nach Dresden und weiter nach Stuttgart geflohen. »Und was mir noch so auffällt, Leah, das ist, daß se so viele Offiziere und Soldaten ins Wasser geschmissen haben. Das scheint so ne richtje Mode gewesen zu sein.« Und er las Leah beim Überfliegen des *Berliner Tageblattes* die entsprechenden Passagen vor:

In den Mittagsstunden wird der Leutnant Barth, der zur Besatzung der Reichsdruckerei gehörte, überfallen und von der Ritterbrücke ins Wasser geworfen ... Als darauf eine Patrouille der Reichswehr erschien, umringte sie die Menge und warf mehrere Soldaten ins Wasser ... Von der Adalbertbrücke warf die Menge einen Offizier ins Wasser; der Offizier ertrank ... Aus dem Landwehrkanal wurde die schwer verstümmelte Leiche eines Reichswehroffiziers gelandet ... Am Kottbusser Tor wurden ein Offizier und ein Soldat ins Wasser geworfen ...

Darüber philosophierte er noch eine Weile – was es bedeutete, daß die Menschen ihre Opfer ins Wasser warfen. Sie taten es, um ihnen die letzte Ehre zu nehmen. Katzen ertränkte man. Und nichts war schlimmer, als wenn ein Mensch als Wasserleiche endete. So aufgedunsen wie ein Tierkadaver. Wenn die Verwesung langsam einsetzte. Jerxheimer schüttelte sich.

Der Vormittag verging quälend langsam, und kein Kunde ließ sich blicken. Die Leute hatten heute anderes im Sinn, als sich neue Sachen zu kaufen. So beschloß er, sein Geschäft schon um 16 Uhr zu schließen und die gewonnene Zeit zu nutzen, ein paar Gänge zu erledigen. Es gab Leute, die vergaßen, ihre Kledasche abzuholen, wenn sie nach dem Kauf noch zu ändern war. Meistens waren die Hosen unten zu lang und oben zu weit. Bei einem gewissen Gustav Witzke aus der Langen Straße war es genau umgekehrt gewesen. Aber nicht nur deswegen war ihm der Mann in Erinnerung geblieben, sondern auch wegen seines Auftretens. Er hatte ihn ganz genau taxiert: Das war einer, der mit allen Wassern gewaschen war und bald nach oben kommen würde. Den hatte er sich als Kunden warm zu halten, und sicherlich würde es ihm Witzke dankbar anrechnen, wenn er ihm den geänderten Anzug persönlich nach Hause brachte.

Also packte er das gute Stück in eine Tüte und machte sich auf den Weg zum Schlesischen Bahnhof. Weit war es nicht. Er brauchte nur die Adalbertstraße hinaufzugehen, kurz rechts in die Köpenicker Straße abzubiegen, um dann links zur Schillingbrücke zu gelangen. Hinter der Spree begann die Andreasstraße, die dann gleich nach Unterquerung der Stadtbahn die Lange Straße kreuzte. Er wäre zwar gern mit dem Auto gefahren, doch er hatte keines mehr. Zu schlecht gingen die Geschäfte. Nun, es würde wieder aufwärts gehen, wenn die neue Regierung erst gekommen war.

Die Straßen waren frei von sämtlichen Militärs, doch überall standen die Leute zusammen und diskutierten leicht hysterisch. Reichswehrminister Noske sollte zurückgetreten sein, und auf Anordnung des Generals von Seeckt seien Admiral von Trotha und General von Lüttwitz festgenommen worden. Man erwäge die Bildung einer reinen Arbeiterregierung, unter Berücksichtigung der Gewerkschaften. Das fanden die einen gut, die anderen aber regten sich fürchterlich darüber auf. »Das ist doch nur eine Minderheit, und deren Versuch, die Regierung an sich zu reißen, ist doch gerade am Widerstand des Volkes gescheitert.« Ein anderer schrie, daß man die radikale Gefahr ebenso abwehren müsse wie die reaktionäre. Gott, der Gerechte, dachte Jerxheimer, die Berliner sind so abgehärtet, daß sie bei jedem Straßengefecht die Ruhe bewahren, aber am Durchdrehen sind, wenn statt der Kugeln Gerüchte durch die Lüfte schwirren.

Mit diesen Gedanken kam er in die Lange Straße und suchte nach dem Haus mit der Nummer 88. Besonders anheimelnd war die Gegend nicht, und er beeilte sich, in den Hausflur zu treten. Der Stille Portier verriet ihm, daß die Witzkes im vierten Stock des Seitenflügels wohnten. Auch das noch. Jerxheimer haßte das Treppensteigen wegen seines beginnenden Asthmas und verfluchte seinen Einfall, Witzke den Anzug nach Hause zu bringen. Außerdem gab es über ihm erheblichen Lärm. Hoffentlich geriet er in keine Prügelei hinein. Als er näherkam, konnte er jedes Wort verstehen, das oben gesprochen wurde. Offenbar kam die Frau, die da redete, von der Sozialkommission.

»Ich sage Ihnen, Herr Wachtmeister, so kann das nicht weitergehen. Dieser Großmann ist ein Unhold. Die tollsten Dinge passieren hier in seiner Kochstube. Jede Menge Frauenzimmer von der Straße bringt er her. Und zumeist gibt es Lärm bei diesen Besuchen. Man hört Schreien und Stöhnen, auch lautes Weinen in der Wohnung. Eben jetzt hat dieser Mensch ein ganz junges Mädchen bei sich, das wimmert und schluchzt.«

Richard Jerxheimer war von Hause aus zu neugierig, um sich das entgehen zu lassen. Man mußte immer etwas Spannendes haben, was man seinen Kunden erzählen konnte. So näherte er sich auf leisen Sohlen dem dritten Stock, wo die Frau vom Magistrat und der Polizeibeamte bei offener Wohnungstür verhandelten. Auf dem Türschild, das aus Messing gefertigt war, stand der Name *M. ITZIG*, und darunter auf einem angehefteten Zettel: *Karl Großmann*. Das mußte also eine Art Untermieter sein, wahrscheinlich der, in dessen Kochstube groß verhandelt wurde.

Jerxheimer schaffte es, dort hineinzusehen, ohne daß sie ihn bemerkten. Im Bett lag ein halbes Kind, eine kleine, gänzlich verlumpte Herumtreiberin von vielleicht 15 Jahren. Hinten an der Kochmaschine lehnte ein auffallend häßlicher Mann von vielleicht 60 Jahren.

Der Beamte fragte das Mädchen, was ihm fehle. »Hat dir der Herr Großmann etwas zuleide getan?«

»Er hat mir zwischen die Beine gefaßt und wollte mir dann ...«

»Da sehen Sie es!« rief die Frau von der Sozialkommission. »Der Mann gehört hinter Gitter, aber sofort.«

Karl Großmann fuhr auf. »Is det nun die Dankbarkeit, die ein Mensch kann erwarten, wenn er anderen helfen tut, wenn se in der Gosse liegen! Uff der Straße hab' ick die Suse jefunden, und halb verhungert is se jewesen. Da bin ick jekommen und hab' se satt gemacht, det Meechen. Keina hat sich jekümmert um sie. Nie hab' ick dran jedacht, ihr Böset zu tun, aba jewaschen hat sie werden jemußt, so wie sie bei mir oben jekommen is. Wo se hat so ville

Angst vor't Wasser, da hab' ick se selba waschen jemußt. Eina muß det ja ma tun. Nicht Sie vom Amt – wo sind Se denn jewesen die ganze Zeit üba? Und wat hat se uff'm Leib jehabt? Lumpen hat se uff'm Leib jehabt. Da liegen se noch. Möchten Se vielleicht in solche Lumpen rumlaufen? Welcha Mensch möchte det schon. Kleida machen Leute, wissen Se doch, Se sind doch beidet jebildete Menschen. Ick kenne doch die Menschen, kommen doch alle bei mir und koofen wat. Der Direktor will 'ne Wurst, der Bettler will 'ne Wurst. Der eene hat 'n jroßes Portemonnaie, der andre holt die Jroschen aus'm Hut, aba Menschen sind se alle. Und alle Menschen ham Hunger, auch die Suse hier. Und alle Menschen müssen Kleidung ham, sonst erfrieren se. Jetzt in März is et ja noch bitterkalt draußen. Da hab' ick die Kleider von meine verstorbene Frau aus'm Schrank jeholt und se jeschenkt der Suse hier. Und wegen die Sache werd ich nun behandelt wie 'n Verbrecher! Da möchte man ja vor Wut die Wände hochgehen. Aber so isset nu mal: Undank ist der Welt Lohn.«

Die Frau von der Sozialkommission trat jetzt an das Bett und lächelte der 15jährigen aufmunternd zu. »So, du stehst jetzt mal auf ...«

Jetzt sah man, daß das Mädchen Kleider trug, die einer großen und ziemlich fülligen Frau gehört haben mußten. Sie schlotterten nur so um den elenden Kinderkörper und fielen weit über die Füße auf den rotbraun gestrichenen Boden. Suse starrte auf ihre hervorlugenden Zehenspitzen. »Darf ich die Sachen trotzdem behalten?«

»Ja, und du kommst jetzt mit zur Jugendfürsorge, wo man sich um dich kümmern wird.« Dann wandte sie sich an den Polizisten. »Und Sie nehmen bitte den Großmann mit.«

»Warum denn das?«

»Weil er gar nicht verheiratet war. Die Kleider, die da in der Ecke liegen, müssen also auf andere Art und Weise hergekommen sein. Wie, das überlasse ich Ihrer beruflichen Phantasie.«

Der Polizist machte eine abwehrende Geste. »Ich kann doch nicht so einfach einen unbescholtenen Bürger ...«

Weiter konnte Richard Jerxheimer die Szene leider nicht verfolgen, denn in diesem Augenblick kam Gustav Witzke die Treppe herunter, und nun hatten die geschäftlichen Dinge absolut Vorrang. Der dicke Witzke freute sich, daß er seinen geänderten Anzug gratis ins Haus geliefert bekam, und versprach, in seinem großen Bekanntenkreis für den Händler zu werben. Zufrieden lief Jerxheimer wieder nach Hause.

»Hallo, Papa, da bist du ja endlich!« rief Sarah. Überraschend früh war seine Tochter heute nach Hause gekommen. Im Hotel Excelsior hatte es nicht viel zu tun gegeben, und da hatte man sie ein paar Stunden früher nach Hause geschickt. Sie setzte das Teewasser auf, und bald saßen sie plaudernd in der guten Stube. Zuerst ging es um den gescheiterten Putsch, doch dann mußte Sarah noch etwas anderes loswerden: »Du, ich glaube, ich habe heute früh Fritzi Massary gesehen, bei uns am Anhalter Bahnhof.«

Wie sehr verehrte Sarah die Massary, den großen Operettenstar aus Österreich! 1904 hatte sie noch nicht im Metropol-Theater sitzen können, als Fritzi Massary mit ihrem berühmten Chanson *Im Liebesfalle, da sind sie nämlich alle ein bißchen trallala* Berlin eroberte. Doch seit sie die Diva zum ersten Mal auf der Bühne erlebt hatte, 1917, mitten im Krieg, in *Die Rose von Stambul*, war sie ein ausgemachter Fan. Noch vor kurzem hatte sie die Schauspielerin in Oscar Straus' *Der letzte Walzer* und in Leo Falls *Die spanische Nachtigall* im Berliner Theater in der Charlottenstraße bewundert. Doch nun hatte Sarah zu ihrem Bedauern gehört, daß die Massary und ihr Mann, der Charakterschauspieler Max Pallenberg, mit Max Reinhardt nach Österreich gehen wollten.

»Auch da gibt's keinen Kaiser mehr«, sagte Jerxheimer.

»Wenigstens ist uns der Kapp erspart geblieben.« Sarah war froh, daß es in Deutschland keinen Bürgerkrieg gegeben hatte.

»Aber sie haben so viele Offiziere ins Wasser geschmissen.« Jerxheimer kam gar nicht mehr los von diesen Bildern. »Was haben wir uns das damals gewünscht, auf dem Kasernenhof, als sie uns geschurigelt haben! Doch so was dann wirklich zu machen, ist doch etwas ganz anderes.«

»Es war 'ne Gegenrevolution.« Den Begriff hatte Sarah im Hotel gehört. »Und auch 'ne Gegenrevolution ist 'ne Revolution –

und bei 'ner Revolution, da ... da ...« Sie kam nicht auf den richtigen Vergleich, und ihr Vater brachte den Satz zu Ende.

»... da geht's nicht zu wie im Mädchenpensionat. Recht haste.« Jerxheimer blickte auf die Uhr. »Nu, was hältste davon, daß wir noch 'nen kleinen Abendspaziergang machen?«

»In'n Tiergarten? Das ist mir noch zu gefährlich.«

»Nein, nur hier einmal ums Karree. Mal sehen, ob wir im Engelbecken nicht noch 'n Offizier finden, den sie da reingeworfen haben.« Jerxheimer erfreute sich an seinem schwarzen Humor. »Es muß ja nicht immer der Landwehrkanal sein, wo 'ne Leiche schwimmt. Die toten Roten schwimmen im Landwehrkanal – und die toten Schwarzen im Engelbecken.«

»Vater, du bist makaber.«

»Nu ...« Wieder schmunzelte Jerxheimer. »Ist das 'n Wunder, wo meine Vorfahren Makkabäer gewesen sind!«

Dann zog er sich seinen guten Mantel an und trat mit seiner Tochter auf die Straße hinaus. Ihre Lieblingsroute war die Strecke um den Luisenstädtischen Kanal, der den Landwehrkanal mit der Spree verband. Sie kamen zur Waldemarstraße, blickten rechts auf das riesige Areal des Bethanien-Krankenhauses und wandten sich nach links. Bald standen sie am Engelbecken und bedauerten, kein altes Brot für die schwirrenden Möwen und die begierig heranschwimmenden Enten mitgebracht zu haben. Kein Wunder, daß die Tiere Hunger hatten, denn heute kam kaum einer, sie zu füttern. Die Leute hatten noch immer anderes im Kopf. Jerxheimer und seine Tochter waren die einzigen Menschen weit und breit.

»Sind wir ganz allein«, stellte er fest.

Worauf Sarah – nicht ohne Ironie – den Spruch zitierte, der an der nahen Emmaus-Kirche zu lesen stand und Zuversicht vermitteln sollte: »Herr, bleibe bei uns, denn es will Abend werden.«

»Das gilt nur, wenn einer 'n Goi ist, nicht für uns.« Jerxheimer wollte gerade zu einem längeren religionswissenschaftlichen Exkurs ansetzen, da stutzte er. »Sieh mal, da kommt was angeschwommen.«

Sarah konnte nicht anders, als loszukichern. »Ja, dein toter Offizier, den sie ins Wasser geschmissen haben.«

Doch ihr sollte in den nächsten Minuten das Lachen vergehen, denn was da im Engelbecken trieb, war in der Tat ein Leichnam, wenn auch nicht der eines Offiziers, sondern der einer Frau. Und vollständig war die Leiche auch nicht, Kopf und Gliedmaßen fehlten.

Drei

»Wann geboren?« fragte der Gutachter; er hatte die Feder schon aus dem Faß gezogen und die überflüssige Tinte abgestreift.

»Am 13. Dezember 1863«, antwortete Karl Großmann. »Aber da werden Se nich viel wissen von det Jahr, denn gegeben hat es da nicht viel. Das mit die Kriege ist ja erst gekommen, als ich schon hab' gekonnt laufen. Und unser König ist noch nich jewesen der Kaiser. Und ...«

»Ja ja, ist ja schon gut«, stoppte Prof. Dr. Strauch den Redeschwall. Er hatte schon selbst in Büchern recherchiert, und in Großmanns Geburtsjahr – 1863 – hatte die Menschheit in der Tat keine ihrer Sternstunden erleben dürfen. Nicht viel war in die Annalen eingegangen: Lasalle hatte in Leipzig den Allgemeinen deutschen Arbeiterverein gegründet, den Vorläufer der SPD. Großbritannien, Frankreich und Spanien hatten den österreichischen Erzherzog Maximilian zum Kaiser von Mexiko gemacht. Das Rote Kreuz war ebenso gegründet worden wie die Farbenfabrik Friedrich Bayer & Co. Gestorben waren Jacob Grimm und Friedrich Hebbel und auf die Welt gekommen Richard Dehmel, Arno Holz und Edvard Munch. Zwei Dichter und ein Maler. »Immerhin«, brummte Strauch. »Keine schlechte Gesellschaft für Karl Großmann.« Er wandte sich wieder seinem Gegenüber zu. »Und wo geboren?«

»In Neuruppin.«

Das hatte Karl Großmann mit zwei berühmten Männern gemein: Karl Friedrich Schinkel und Theodor Fontane. So fragte denn Prof. Strauch seinen Probanden auch ganz automatisch, ob er von denen schon einmal etwas gehört habe, letzterem womöglich persönlich begegnet sei.

»Nee. Is mir jedenfalls nicht groß erinnerlich. Hat sich mir keiner mit diesem Namen vorgestellt.«

Der Gutachter mußte lächeln, obwohl ihm voll bewußt war, wer ihm da gegenübersaß: *die Bestie vom Schlesischen Bahnhof*, wie er allenthalben genannt wurde. Zwei Dutzend Frauen, manche sprachen sogar von 100 und mehr, sollte er auf bestialische Art und Weise ermordet haben. Strauch betrachtete Karl Großmann als den großen Glücksfall seiner wissenschaftlichen Karriere, und manchmal schien es ihm, als hätte er nach ewig langer Suche in den Tiefen der Urwälder an Amazonas und Kongo wie in den eisigen Bergen des Himalaya endlich das fehlende Glied zwischen Tier und Mensch gefunden, ein Wesen aus beiden. Ein Raubtier, reißend wie ein Wolf und mordgierig wie ein Marder, das daherkam in Menschengestalt. Tiermensch nannte er es. Strauch war überzeugt, daß in jedem Menschen von Natur aus ein beträchtliches Maß an Mordlust stecke und es nur darauf ankäme, ob eine Gesellschaft diese archaische Triebkraft unter Kontrolle bekäme und wirksam abzubauen verstünde – oder aber multipliziere. Wie etwa in den großen Kriegen, wo Hunderttausende töteten und getötet wurden. Aber auch im Einzelfall, bei den sogenannten Massenmördern, zu denen man Karl Großmann wohl zu rechnen hatte, waren es seiner Erfahrung nach die Lebensumstände, die das Böse so fürchterlich ins Kraut schießen ließen. Also war es seine Aufgabe, sich ein umfassendes Bild von der Kindheit und Jugend seines Probanden zu machen.

Strauch selber kannte die Jahre von 1863 bis 1875 allein aus den Berichten seiner Eltern und Großeltern. Brandenburg war alles andere gewesen als das Paradies auf Erden. Die Zünfte waren zerfallen, und der ehrbare, auf Qualität bedachte und arbeitsame Zunfthandwerker hatte keine Chancen mehr. Die Manufakturen kamen mit Arbeitern aus, die nur schnell angelernt wurden, und konnten ihre Produkte um ein Mehrfaches billiger anbieten. Die Städte wuchsen – und mit ihnen das Proletariat und die Zahl der Armen und Bettler.

Neuruppin an sich schien Strauch allerdings noch eine rechte Idylle gewesen zu sein. Seit 1705 war es Garnisonsstadt, und die Soldaten waren nicht nur gute Kunden auf den Märkten, das Militär war auch ein verläßlicher Abnehmer der in Neuruppin hergestellten Tuche. Besonderen Glanz hatte dem hier ansässigen Regiment von 1732 bis 1740 jener preußische Kronprinz verliehen, den sie später König Friedrich den Großen nennen sollten. Auf den Wallanlagen hatte er sich einen wunderschönen Tempelgarten anlegen lassen, später vervollkommnet vom reich gewordenen Torfhändler Johann Christian Gentz. Da hatte Strauch dann alle beisammen, die Neuruppins Bedeutung ausmachten, und es war höchst interessant, wie sich ihre Leben überlappten: Friedrich II. von Preußen 1712–1786, Schinkel 1781–1841, Gentz 1794–1867, Fontane 1819–1898. Dann kamen noch hinzu Gustav Kühn (1794–1868), der mit seinen bunten Bilderbogen die Welt erobert hatte, und der Dichter Georg Heym (1887–1912), beim Schlittschuhlaufen ertrunken im eisigen Wasser der Havel, als er einem eingebrochenen Freund zu Hilfe eilen wollte. Das alles hatte Neuruppin hervorgebracht, das alles konnten Menschen sein: so edel und selbstlos wie Georg Heym und so viehisch und vertiert wie Karl Großmann. Welch Spektrum!

Aber was unterschied denn Großmann von den Soldaten und den Folterknechten, die seit Urzeiten andere Menschen töteten, abschlachteten und zerstückelten – zuletzt bei Verdun und Langemarck? Eigentlich nicht viel, außer daß die anderen es kollektiv im Auftrag ihrer Führer und des Staates taten und mit Orden ausgezeichnet wurden. Großmann fiel nur dadurch aus dem Rahmen, daß er sozusagen als Privatmann gewütet hatte. Wie auch immer, Prof. Dr. Strauch erschien selbst Großmann in gewisser Weise als Opfer: Opfer von Erbanlagen, wie sie alle Menschen in sich tragen, Opfer ganz besonderer Umstände, vor allem seines desolaten Elternhauses, wie die wenigen Notizen in den Akten vermuten ließen. Darauf also war ausführlich einzugehen.

»Erzählen Sie mal, Großmann, wie Sie so aufgewachsen sind. Wie war das denn damals bei Ihnen in Neuruppin, in der Fischbänkenstraße 22? Mit Ihren Eltern, mit den Geschwistern, mit den

Freunden, mit der Schule, mit der Lehre. Was ist Ihnen da im Gedächtnis hängengeblieben?«

Es war eine Menge, was ihm Karl Großmann im Lauf der Stunden und Tage erzählte. *Karl Großmann – eine Naturkatastrophe* überschrieb Prof. Dr. Strauch seinen ersten Bogen. Und mit jeder Minute formte sich bei ihm präziser das Bild einer furchtbar verunglückten Kindheit und Jugend, eines Lebens, das von der Schöpfung ganz offenbar darauf angelegt war, anderen Menschen Schaden zuzufügen ...

ERSTER TEIL

Ein Mörder wächst heran

VIER

1870

»Gott, ist das ein Gestank!« Carl Großmann, der Vater, stand in der Tür des kaum mehr als zwölf Quadratmeter großen Raumes, in dem sieben seiner acht Kinder auf dem Boden lagen und nicht einschlafen wollten oder konnten.

»Wer hier am meisten stinkt, bist du«, murmelte Franz. »Und zwar nach Schnaps.«

Carl Großmann lachte, nahm es als Kompliment und stampfte zum Fenster. Mal traf er mit seinen klobigen Schuhen kleine Ärmchen, mal kräftige Füße, immer gab es laute Schreie. Endlich war er am Fenster und konnte es aufreißen. »Das ist kein Kinderzimmer hier, das ist ein Saustall.«

»Und die größte Sau bist du.«

So leise das gemurmelt war, Carl Großmann hörte es. Und er fand es nicht sehr lustig. »Wer war das? Karl wieder?«

»Nein, ich war es nicht!« Karl schlotterte vor Angst. Er zog die dünne Decke über den Kopf und hoffte, dadurch unsichtbar zu werden. Dabei war er unschuldig. Nicht er hatte den Vater eine Sau genannt, sondern Franz, sein Halbbruder, der schon 14 war.

»Und Franz?«

»Ich schlafe schon.«

Carl Großmann war in Neuruppin als Mensch bekannt, dem man am besten aus dem Wege ging, wenn er getrunken hatte. Dann schlug er wahllos auf alles ein, was in seiner Nähe war. Immer wieder mußte man die Polizei holen und ihn wegsperren lassen. Nach der Devise »Gelobt sei, was hart macht« verprügelte er besonders gern die eigenen Kinder. So hatte er auch heute blitzschnell den

Schürhaken vom Ofenblech gerissen und sich auf Franz gestürzt, der nur sein Stiefsohn war, und dann war Karl an der Reihe, »sein eigen Fleisch und Blut«, den er darum ganz besonders haßte, weil er ihm in allem so ähnlich war. Die Jungen rissen die Arme hoch, um ihren Kopf zu schützen, und so zielte der Vater auf ihre nackten Waden. Auch die Unterarme traf es. Blut spritzte auf. Ihre Schreie hallten bis zur Klosterkirche.

»Carl, vergiß dich nicht!« Händeringend stand die Mutter in der Tür. Sie war ebenso gütig wie machtlos.

»Scher dich zum Teufel, Sophie!« schrie der Wütende. Erst als Guste einen Asthmaanfall bekam, ließ er davon ab, auf die Jungen einzuprügeln. Daß Guste eines Tages ersticken könnte, paßte ihm gar nicht, denn sie hielt immer schön still, wenn er ihr unters Nachthemd faßte.

Es war weit nach Mitternacht, als Karl endlich eingeschlafen war. Zu sehr schmerzten die Wunden. Doch als ihn am nächsten Morgen der Lehrer Schwill nach ihrer Herkunft fragte, sagte er nur, er sei von einem Pferdewagen überrollt worden. Sein Vater hatte ihm schon öfter angedroht, ihn totzuschlagen, wenn er mit der Wahrheit rausrückte.

Doch die hätte den Lehrer nicht etwa erschüttert, sondern im Gegenteil seine volle Zustimmung gefunden, denn den Schmerz sah er als natürliches Erziehungsmittel an. Und wie hatte er es bei seiner Prüfung hersagen müssen: »Ungehorsam gegenüber dem Vater ist eine Kriegserklärung gegen seine Person. ›Euer Sohn will euch die Herrschaft rauben, und ihr seid befugt, Gewalt mit Gewalt zu vertreiben, um euer Ansehen zu befestigen, ohne welches bei ihm keine Erziehung stattfindet.‹« Wilhelm Schwill war als Feldwebel aus dem aktiven Dienst geschieden und nach einer gewissen Vorbereitung im Lehrerseminar in den Schuldienst übernommen worden. Und bei Kindern wie Soldaten kam es ja auf dasselbe an: sie zum Gehorsam zu erziehen. Das war die Aufgabe, die ihm der Herr übertragen hatte. Er handelte im Auftrage Gottes, und ähnlich wie ein Gott sollten ihn seine Zöglinge auch sehen. Kindheit war wie eine Krankheit, und man mußte die Schüler von ihr heilen, damit sie richtige Erwachsene wurden.

Gestern, am 2. September 1870, waren die Franzosen in der Schlacht bei Sedan besiegt worden, und Kaiser Napoleon III. hatte dem preußischen König seinen Degen übergeben. Selbstverständlich ließ Schwill seine Schüler nun aufstehen und in begeistertes »Hurra, hurra, hurra!« ausbrechen. Anschließend hatten die Kinder ein Gedicht zu lernen, dessen wichtigste Strophen er ihnen Wort für Wort an die Tafel schrieb:

Lob des Krieges
Von Feldmarschall v. d. Knesebeck

Es leb' der Krieg! Im wilden Kriegerleben
Da stählet sich der Mut!
Frei kann die Kraft im Kriege nur sich heben;
Der Krieg, der Krieg ist gut.

Der Krieg ist gut! Er weckt die Kraft der Jugend
Und zieht in seinem Schoß
So manchen Sinn für hohe, wahre Tugend
Zu schönen Taten groß.

Der Krieg ist gut! Er ruft aus feigem Schlummer
Den trägen Weichling auf,
Er lohnt Verdienst, und schafft er manchen Kummer,
Löst er manchen auf!

Er lehret uns entbehren und genießen,
Er würzt auch schwarzes Brot, –
Und wenn durch ihn auch manche Tränen fließen,
Er gibt den schönsten Tod.

So weit war Schwill gekommen, als er sich mit einem unverhofften Ruck zur Klasse hin umdrehte und sah, wie diese kleine stinkende Ratte, dieser Karl Großmann, dabei war, die Augen zu verdrehen und so auszusehen wie die Männer, wenn ihnen der Samen aus dem Körper schießt. Er tat dies mit Blick auf seinen Bruder Franz, der seine Hand zwischen den Beinen hatte und sich den Stengel rieb. Und wenn Schwill etwas haßte, dann war es die Selbstbefleckung. Noch dazu in der Schule! Also lief er zum Pult, riß seine Haselnußrute hoch und stürzte sich auf die Großmann-Brüder, um sie so zu züchtigen, daß ihnen wahrlich jede Lust verging. Daß ihre Wunden dabei aufplatzen, freute ihn. Am liebsten hätte er noch Salz hineingestreut. »Euch werde ich das ein für allemal austreiben!«

Diese Großmanns! Offen erklärte er im Gasthaus, daß die Familie Großmann ein Schandfleck für ganz Neuruppin sei. »Daß sie mit Lumpen handeln, stört mich nicht, aber daß sie ein einziges Lumpenpack sind.«

Karl hatte die Prügel hingenommen, wie man es hinzunehmen hatte, daß man naß wurde, wenn man durch den Regen ging, oder fror, wenn in Neuruppin die Eiszapfen von den Dächern hingen. Die Welt war eben so.

Schwill fuhr fort, den Krieg mit den Franzosen durchzunehmen. »Wie heißt denn die Hauptstadt von Frankreich? Das muß man wissen, weil unsere Truppen dort bald einmarschieren werden. Also?«

»Nürnberg!« rief Fritz Schirrmeister, Karl Großmanns bester Freund.

Schwill staunte. »Wieso ausgerechnet Nürnberg?«

»Weil meine Tante Zenta aus Franken kommt.«

Schwill setzte an, den Kindern den Unterschied zwischen Franken und Frankreich klarzumachen, stoppte aber mitten im Satz. »Hier stinkt's ja fürchterlich.«

»Wer'n zuerst gerochen, dem ist er aus dem Arsch gekrochen«, murmelte Franz.

»Wer war das?«

»Wer's gesagt hat oder wer'n abgelassen hat?« fragte Fritz Schirrmeister.

»Wer der Stinker ist.«

»Der Karl Großmann«, kam es aus der Klasse.

»Ich war es nicht!« schrie Karl. Was wirklich stimmte. Außerdem roch er nichts. Er konnte aber auch nichts riechen, denn nach einer schweren und langwierigen Nebenhöhlenvereiterung, die nicht beziehungsweise mit Kräutern behandelt worden war, die das Austrocknen der Nasenschleimhäute noch verstärkten, war ihm der Geruchssinn verlorengegangen. So geriet er jetzt fürchterlich in Rage, als sich Schwill mit den Worten »Lügner du!« auf ihn stürzte und ihm eine Kopfnuß verpassen wollte. Da sprang Karl auf, duckte sich kurz und rammte dem heranstürzenden Lehrer den Kopf in den Magen. Und er hätte den Moment, wo Schwill sich vor Schmerzen krümmte, sicherlich genutzt, auf den Lehrer einzuschlagen, wenn er nicht von Fritz Schirrmeister zurückgerissen worden wäre.

Wie alles ausgegangen wäre, hätte nicht in diesem Augenblick der Pfarrer von St. Marien in der Klasse gestanden, wußte später niemand zu sagen. Jedenfalls waren die beiden Kontrahenten nun gezwungen, Frieden zu geben und die Sache auf sich beruhen zu lassen.

Nach der Schule mußte Karl wie immer mit seinem Vater durch die Stadt fahren, um Lumpen einzusammeln. Zwischen dem Rheinsberger Tor und St. Trinitatis erscholl ihr Ruf: »Lumpen, Knochen, Alteisen und Papier – der Lumpenhändler ist jetzt hier!«

Anschließend mußte er in Richtung Treskow laufen, wo sie in der Nähe des Sees auf einer kleinen Wiese ein paar Ziegen stehen hatten. Die waren zu tränken und zu melken. Aus den verschiedensten Gründen tat Karl das gerne. Wenn man die Ziegen in den Arm nahm, dann waren sie so wunderbar warm. Und sie leckten ihm Gesicht und Oberkörper ab, wenn er sich mit Salz einrieb. Das kitzelte so herrlich. Einmal hatte der Pfarrer ihn gefragt, wen er auf der Welt am liebsten habe, und er hatte geantwortet: »Keinen, nur mein Böcklein.« Das war ein kleiner Ziegenbock, mit dem er immer seine Ringkämpfe austrug. In den Stunden, die er zusammen mit seiner Lieblingsziege verbrachte, war ihm alles andere egal. Auch hatte er es bei seinem Vater durchsetzen können, daß sie die Böcklein nicht selber schlachteten, sondern nur verkauften. Wegen seiner Liebe zu den Ziegen hatten die Neuruppiner ihm auch den Spitznamen »Zickenkarl« verpaßt.

Andere Tiere hingegen waren ihm egal. So auch das halbtote Karnickel, das sein Freund Fritz Schirrmeister jetzt anschleppte.

»Wo hast'n das her?«

»Hinten aus'm Wald. Dem hat der Fuchs die halbe Pfote abjebissen. Det schlachten wir jetzt und braten uns die Keulen.« Er hatte ein großes Taschenmesser mitgebracht, das er nun aufklappte. »Ich stoß' ihm das ins Herz und denk' dabei, das ist der Schwill.«

Das Tier quiekte fürchterlich, als es abgestochen wurde, aber Karl Großmann grauste es nicht etwa, im Gegenteil, er genoß den kalten Schauer, der ihm durch die Adern jagte. In seinem elenden Leben war es ein besonderer Höhepunkt, dabei zu sein, wenn irgendwo geschlachtet wurde. Der Todeskampf eines anderen Geschöpfes erregte ihn, berauschte ihn, ließ es zucken im Herzen und den Genitalien, und er fühlte sich göttergleich. So freute er sich auch, als Fritz Schirrmeister ihm verriet, daß nachher bei den Koppelins hinterm Siechenhaus ein Schwein geschlachtet würde. »Da komm' ich hin!« Seine Augen leuchteten.

Nachdem sie sich das Kaninchen über einem kleinen Lagerfeuer notdürftig gebraten und es mit großem Wohlbehagen verspeist hatten, machte sich Fritz Schirrmeister auf den Weg nach Treskow, wo er einen Anzug, den sein Vater geändert hatte, hinbringen mußte. Karl blieb noch ein paar Minuten und pumpte für seine Ziegen Wasser in einen kleinen Trog; dann verabschiedete er sich von seinem Böcklein und machte sich daran, nach Hause zu schlendern. Dabei mußte er durch einen kleinen Wald, mehr ein dichtes Gebüsch, hinter dem die kleine Weide des Bauern Nippkow lag. Normalerweise schenkte er dessen mageren Kühen nicht die geringste Beachtung, heute aber ließ ihn ein erregtes Muhen aufmerksam werden. Er arbeitete sich durch das Dickicht bis zu einer Stelle vor, von der er alles im Blickfeld hatte. Und was er da sah, schlug ihn sofort in seinen Bann: Stand doch der Franz, sein Bruder, auf einem Hocker und war dabei, einer der Nippkowschen Kühe seinen steifen Schwengel hinten reinzustoßen. Immer schneller wurden seine Bewegungen, bis er sich schließlich, die Finger in den Hintern des Tieres gekrallt, mit einem schmerzlichlustvollen Aufschrei entlud. Karl griff sich sofort den eigenen Penis und knetete ihn, doch nichts passierte. Enttäuscht ließ er von sich ab. Wie blöd, daß er noch zu klein war zum Ficken. Das mußte das Schönste sein, was es gab. Und man mußte kein König und kein reicher Mann sein, um es sich leisten zu können. Wie es ging, das wußte er schon lange, denn wenn sein Vater die Mutter hernahm, kümmerte es ihn wenig, daß Franz und er dabei durchs Schlüsselloch guckten. »Los, Alte, mach die Beine breit, jetzt wirst du durchgefickt!« Dann fiel er über die Mutter her und benutzte sie. Manchmal dreimal hintereinander, und in den Kneipen hatte Karl Großmann die Männer über seinen Vater reden hören, daß er der geilste Bock im Ruppinischen sei. »Der Carl kann immer, und ich war selbst dabei, wie er an einem Tag zehn Nummern geschafft hat.« Franz, der ja einen anderen Vater hatte, beneidete Karl deswegen. »Paß mal auf, das wirst du von ihm geerbt haben. Du Glückspilz, du.« Und der Vater hatte Franz erklärt: »Wenn im Leben auch alles Bullenscheiße ist, das einzige Schöne, was du hast, das ist das Ficken.«

Karl glaubte es. Für ihn selbst kam das Schlachten hinzu, das Fließen warmen Blutes. Und darum wollte er auch Schlächter werden. Keiner, der Würste machte, sondern einer, der im Schlachthof arbeitete. Und so eilte der Sechsjährige jetzt mit heißem Herzen zu Koppelins, um zuzusehen, wie dort geschlachtet wurde. Als er in die Waschküche kam, lag das Schwein schon tot am Boden, und Koppelin kniete mit dem linken Knie im Nacken des Tieres. Mit der linken Hand zog er nun den linken Vorderfuß nach oben, so daß sich der Hals des Schweines spannte. In seiner rechten Hand blitzte das Messer. Mit einem Aufschrei stieß es Koppelin dem Tier ins Herz und drehte es dann in der Stichwunde herum, um die Hauptader mit der Schneide zu durchtrennen. Das Blut schoß heraus, und sofort war Franz zur Stelle, um es in einer Schüssel aufzufangen. Doch Karl war noch schneller. Er stieß den Bruder beiseite und hielt den Kopf in den Strahl. Den Mund weit geöffnet. Gierig, lechzend. Als er das Blut schmeckte, ging ein Zucken durch seinen Körper. Wie bei einem epileptischen Anfall. Einer von den Erwachsenen stieß ihn brutal zur Seite. Er schlug mit dem Hinterkopf auf den Boden und blieb reglos liegen. »Ganz selig hat er ausgesehen«, sollte Koppelin später sagen. »Als hätte er den Herrn geschaut.«

FÜNF

1876 bis 1879

Die Fleischerei Ferdinand Kliefoth hatte einen guten Ruf in Neuruppin, und so konnte eigentlich niemand so recht verstehen, warum der Meister einen solchen Tunichtgut wie Karl Großmann als Lehrling angenommen hatte. Der würde ja jede Kundin abschrecken! Fragte man nach, bekam man aber eine Antwort, die durchaus einleuchtete: »Der ist hart im Nehmen, der Karl, der fällt nicht gleich um wie andere, wenn er mal Blut fließen sieht. Und außerdem soll er ja nicht vorne verkaufen, sondern hinten Wurst machen – und was sonst noch so anliegt.« Darüber äußerte sich der Meister nicht konkreter, was Wunder, war doch damit gemeint, daß er sich von Karl Großmann regelmäßig bedienen ließ. Er genoß es, und seinem Lehrjungen war es nach eigener Aussage völlig egal, wo er sein Ding reinsteckte. Was so aber nicht ganz stimmte, denn abends, wenn er neben Franz auf seinem Strohsack lag, erklärte er, daß er eigentlich nur eins im Sinn habe, nämlich der Meisterin »einen zu verpassen«. Wenn er sie nur sähe, würde ihm schon einer abgehen. Was aber auch nicht die ganze Wahrheit war, denn so richtig kam es ihm erst, wenn er gleichzeitig frisches Blut sah und besser noch schmeckte, und so stellte er sich immer wieder vor, im selben Moment, wo er unten in Dorothea Kliefoth eindrang, ihr oben in den Hals zu stechen, daß das Blut nur so spritzte. Dann preßte er seinen Mund auf die Wunde und trank ihr Blut, während er unten rammelte und wartete, bis der Samen aus ihm herausgeschossen kam. Mit diesem Bild schlief er oft ein, und sogar einer wie Franz war entsetzt, als ihm der kleine Bruder eines Abends von seiner Besessenheit erzählte.

»Das kannst du doch der Frau nicht antun.«

Karl verstand den Einwand nicht. »Was geht mich die Frau an?«

»Denk doch mal daran, wenn das einer mit dir machen würde.«

»Ist mir doch egal, was sie mit mir machen. Machen sie's eben.«

Franz ging es nun pragmatischer an. »Keiner schlachtet doch die Kuh, die ihm Milch geben soll.«

»Versteh' ich nicht.«

»Na, man muß doch zu den Frauen nett sein, damit man was von ihnen hat. Wenn man sie quält, lassen sie einen doch sitzen und suchen sich 'n anderen.«

»Dann such' ich mir 'ne andere, es gibt ja genug Fotzen auf der Welt.« Damit drehte Karl sich um und war im Handumdrehen eingeschlafen.

Am nächsten Vormittag war er dann bei Kliefoth mit dem Reinigen von Schweinsdärmen beschäftigt. Das war gar nicht so einfach. Der Meister erklärte es ihm einige Male: »Darm zuerst vom Nicker lösen, dem Darmfett. Anschließend ausleeren, dann umdrehen und reinigen.« Den ersten Darm verschmutzte Karl – und bekam kräftig ein paar hinter die Ohren. Später ging es um einiges besser. Nicht sehr geschickt stellte er sich aber beim Wenden des Dickdarms an. »Der Darm läuft in sich durch«, sagte Kliefoth mehrmals, doch Karl verstand nicht so recht, was damit gemeint war. Schließlich bekam er die Aufgabe, den Speck abzuschwarten, zu schneiden und zu Schmalz auszukochen.

Am Nachmittag durfte er der Meisterin bei der Wurstherstellung helfen. Hüfte an Hüfte standen sie nebeneinander; er fuhr mit der Schöpfkelle in die Schüssel mit der Kochwurst, während sie den Handtrichter hielt, an dem unten die Därme befestigt wurden. Dabei trug Dorothea Kliefoth eine weiße Kittelschürze, die ihr um einige Nummern zu eng war und vorne gewaltig klaffte. Oben gab sie ihre Brüste frei und unten die Innenseiten ihrer Schenkel. In ihrer Größe gab es nur schwer passende Schürzen zu kaufen. Sie schwitzte und stöhnte. So wie seine Mutter immer stöhnte, wenn der Vater sie gebrauchte. Karl Großmann atmete schon schwer, und sein Schwengel war hart wie Holz geworden. Er hielt es nicht mehr aus, er fuhr ihr mit der rechten Hand zwischen die Beine. Sie ließ es geschehen. Ihr fleischfarbener Schlüpfer war feucht. Das kam unerwartet für ihn. Bei seinen Ziegen war das alles anders. »Nun komm schon.« Voller Ungeduld schob sie seine Hand unter ihren Schlüpfer. »Rein mit dem Finger.« Was er sich nicht zweimal sagen ließ. Sie legte sich mit dem Rücken halb auf den Tisch, wo die Schüsseln mit dem Blut und den Innereien standen und warteten. Dann zog sie ihren Schlüpfer so weit zur Seite, daß er freien Blick und Zugang zu ihrer Möse hatte. Er knöpfte sich die Hose auf und wartete, bis sie sich seinen Schwengel gegriffen hatte und nun mit der hohlen Hand auf ihm auf und ab fuhr. Nun quetschte er sich zwischen ihre wulstigen Schenkel, um in sie einzudringen. Als er es geschafft hatte, rammelte er wie wild geworden. Mit jedem Stoß wurde es schmerzhafter, doch es wollte und wollte ihm nicht kommen. Erlöst wurde er erst, als er ihr die Schüssel mit dem Blut über die Brust gegossen hatte. Er schlürfte es, saugte an ihren Nippeln und biß sie in die Halsschlagader. Er war von Sinnen. Jetzt das Messer! Seine rechte Hand angelte nach ihm.

In diesem Augenblick stürmte Kliefoth in den Raum. Als er realisiert hatte, was da in seiner Wurstküche passierte, stürmte er auf Karl Großmann los, schlang seinen Unterarm um dessen Hals, zog ihn von seiner Frau herunter und würgte ihn dabei. Karl Großmann schnappte nach Luft, griff in seiner Not nach dem Messer und stach Kliefoth, voller Panik, erwürgt zu werden, in den Arm. Der schrie auf, ließ ihn los, beschimpfte ihn mit den unflätigsten Ausdrücken und hieß ihn seine Sachen packen. »Raus hier, du elende Drecksau, du! Und wenn du den Leuten erzählst, was hier alles los war, dann kastrier' ich dich mit meinem schärfsten Rasiermesser. Und außerdem: Dir Drecksack glaubt ja sowieso keiner.«

Zu Hause erzählte Karl Großmann, der Fleischermeister hätte ihn auf die Straße gesetzt, weil er sich zu dämlich angestellt habe und beim Abreißen des Dünndarms vom Nicker der Dreck aufs gute Fleisch gelaufen sei. Daraufhin wurde er von seinem Vater so durchgeprügelt, daß er mehrere Tage lang nicht richtig sitzen konnte. Zudem sperrte man ihn in den Ziegenstall. Da lag er dann auf dem dünnen Stroh, fror erbärmlich und konnte nicht einschlafen. Das einzige, was ihn trösten konnte, war seine Luststange unten am

Bauch. Er brauchte nur an die dicke Dorothea Kliefoth oder die Arbeiterinnen in der Tuchfabrik zu denken, und schon hatte er all sein Elend vergessen. Nach 20 Minuten konnte er bereits ein zweites Mal – und so weiter, pausenlos. Franz sagte immer, sie würden reiche Leute werden, wenn er mit dieser seiner Gabe im Zirkus auftreten könnte. Karl war dem Schicksal dafür unendlich dankbar. Was hatte er denn sonst vom Leben?! Das Essen war meistens ein fürchterlicher Fraß, seine Kleidung stammte aus dem Lumpensack seines Vaters, und außer ein paar billigen Murmeln hatte er nie ein Spielzeug gehabt. Eine Freude war für ihn schon, einmal im Monat zu hören, daß der Gendarm seinen Vater für eine Nacht weggesperrt hatte. Weil es da keine Prügel gab.

In der Zwischenzeit, bis sich unten wieder etwas regte, stellte er sich vor, ein Wolf zu sein, der durch Neuruppins Straßen lief, alle Menschen riß, die ihm über den Weg liefen, und sie verspeiste. Aber erst, nachdem er sich an ihrem Blut satt getrunken hatte. In dieser Nacht fiel er über Kliefoth her. Am schönsten aber war es, wenn er sich beides vorstellte: Wie er mit einer Frau rammelte und gleichzeitig der Wolf war. Lehrer Schwill hatte einmal erzählt, daß bei fernen Völkern die Halbgötter in Tiergestalt aufträten, und in solchen Augenblicken war er nicht mehr der kleine häßliche Zikkenkarl, sondern einer dieser Halbgötter.

So vergingen die Neuruppiner Jahre. Erst half er eine Weile seinem Vater beim Lumpenhandel, dann schickte man ihn in die Tuchfabrik, wo er die niedrigsten Arbeiten verrichten mußte, als da waren: Ausfegen der Arbeitssäle, Reinigung der Toiletten, Heranschaffen von Garnrollen und Putzen der Maschinen. Alle trampelten auf ihm herum, er war der letzte Dreck. Einmal hörte er den Direktor sagen: »Dieser Großmann gehört für mich zum Abschaum der Menschheit.«

Trotzdem ging Karl Großmann gern in die Fabrik, und das lag vor allem an Luise, einer Arbeiterin, die für das Zusammenfalten der Tuchbahnen verantwortlich war. Immer wieder versteckte er sich hinter den Pfeilern und Maschinen, um sie zu beobachten. Bei ihr war alles ganz anders. Sie war nicht wie die anderen Weiber. Er betete Luise an, und wenn er an sie dachte, stellte er sich dabei nie etwas

Säuisches vor. So wie sie mußte seine Mutter in ihrer Jugend ausgesehen haben. »Gott, der ist verliebt in die!« rief Franz. Es stimmte wohl, und Karl Großmann bekam eine Ahnung davon, wie das Leben sein konnte. *Auch* sein konnte. Und er tat alles, um Luise zu gefallen, sorgte dafür, daß seine Kleidung gepflegter aussah, wusch sich jeden Morgen und stand lange vor dem Spiegel, um sich zu kämmen. Einem Nachbarn stahl er sogar eine halbvolle Flasche mit Rasierwasser, um wie ein Herr zu duften. Und obwohl er nur drei Jahre lang zur Schule gegangen war, machte er sich daran, Luise einen Liebesbrief zu schreiben. Drei Abende saß er daran.

Werthes Frollein Louise! Ich waage es hiermitt, ihnen näher zu treeten. Jeden Tak seh ich sie bei die Arbeit zu u. schmachte ihnen an. Ich verere ihnen u. kan ihnen glüklich machen. Komen sie doch am Freitag Abent um 8 Uhr bei die Löven Apotheke. Ich warrte da auf ihnen. Mein Härtz schläkt gans wild. Ihr ergebender Karl Großmann.

Der Freitag wurde lang, und die Zeit bis zu seinem ersten Rendezvous wollte nicht vergehen. Zu Hause ging es hoch her. Der Vater war betrunken nach Hause gekommen und wand sich nun mit schrecklichen Krämpfen auf dem Fußboden, schrie dabei wie ein Soldat, der eben einen Bauchschuß erhalten hatte. Erst als die Mutter ihm mehrere Eimer mit kaltem Wasser über den Kopf gegossen hatte, wurde es besser mit ihm. Dafür aber bekam Johanna ihre »Tour«, wie sie das nannten. Zwölf Jahre war sie jetzt. Der Arzt hatte gesagt, sie werde mal eine »Hysterikerin«. Seit sie mit ihrer Schulklasse im Theater gewesen war, gab sie sich immer wie eine Schauspielerin. Sie sprang auf die Ofenbank und spielte ein Mädchen, das nahe daran ist, dem Wahnsinn zu verfallen: »O du mein himmlischer Herrgott, erlöse mich von dem Übel. So schön, wie ich bin, gehöre ich nicht in dieses Haus. Noch bin ich ein Aschenputtel, aber bald kommt der Prinz, der mich heimholt in sein Schloß.«

In diesem Moment wurde laut gegen die Wohnungstür gebummert. »Aufmachen!« An der Stimme erkannte man sofort, wer es war: der Gendarm. Karl wurde in den Flur geschickt, ihm zu öffnen.

»Vater ist doch schon lange zu Hause ...«

»Um den geht es heute mal nicht, sondern ...« Der überaus korpulente Beamte mußte erst einmal die Mütze vom Kopf nehmen, um sich mit Hilfe eines rotgemusterten Taschentuchs den Schweiß von der Stirn zu wischen. »Bei Gustav Kühn ist ein Diebstahl begangen worden. Während der Arbeitszeit hat sich jemand ins Comptoir geschlichen und dort 200 Mark entwendet.«

»Was haben wir damit zu tun?« fragte Karls Mutter.

»Euer Franz ist zur Tatzeit in der Nähe gesehen worden.«

»Na sicher, wird er. Er arbeitet ja jetzt beim Scherenschleifer Ferch, und die sind überall unterwegs.«

»Nun tu nicht so, Sophie, als hätte er überhaupt nichts auf dem Kerbholz. Wo ist er denn?«

»Auf'm Hof hinten, Holz hacken.«

»Dann hol ihn gefälligst her.«

Sophie Großmann riß das Küchenfenster auf, und kurz darauf erschien Franz, das Beil noch in der Hand. Als der Gendarm das sah, zog er sich ein paar Meter zurück und legte seine Hand demonstrativ auf die Pistolentasche. Wo er, Franz, heute um zwölf Uhr gewesen sei?

Franz tat so, als müsse er lange nachdenken. »Tja ... Mit Ferch am Siechenhaus ... Aber woher soll ich'n das so genau wissen?«

»Bei Gustav Kühn in der Fabrik warst du nicht zufällig?«

»Was soll ich'n da?«

»Dem Bürovorsteher fehlen 200 Mark aus seinem Pult.«

»Was soll ich mit so viel Geld? Ich schwöre bei Gott dem Allmächtigen: Ich war es nicht.«

»Dann darf ich mich hier mal umsehen?«

»Nur zu, wir haben nichts zu verbergen«, sagte Sophie Großmann.

Der Gendarm begann mit der Hausdurchsuchung. Doch er fand nichts, sosehr er sich auch mühte. Mit einem »Pardon!« ging er schließlich wieder.

Karl hatte die ganze Zeit über wie auf Kohlen gesessen, war aber doch noch fünf Minuten vor acht an der Löwen-Apotheke, um auf Luise zu warten. Sein Instinkt sagte ihm, daß sie kommen würde. Und richtig, vom Bahnhof her kam sie die Straße herauf. Karl stellte sich auf Zehenspitzen und winkte ihr zu. Da erscholl dicht hinter ihm schallendes Gelächter, und um die Ecke kam ein Schwarm junger Frauen angefegt. Alles Kolleginnen aus der Tuchfabrik, wie er schnell erkannte. Eine trug einen Kartoffelsack in der Hand. Karl Großmann verstand das alles nicht. Und schon hatten ihn die Frauen gepackt und ihm den Sack über den Kopf gestülpt. Sein Inhalt bestand aus Ziegenmist.

»Für Zickenkarl!« hörte er sie lachen. »Damit keiner mehr sein Gesicht sehen kann. Da erschrickt man sich ja zu Tode.«

»Der wird mir nie wieder einen Brief schreiben.« Das war Luise, seine Angebetete. »Dieses Arschgesicht!«

In diesem Augenblick starb in Karl die letzte Hoffnung, ein Mensch wie jeder andere zu sein, auch ein Mensch. Sogar einer wie sein Vater hatte eine Frau gefunden, doch er bekam ganz sicher keine ab, er war noch schlimmer dran als sein Vater. Nie würde er eine finden, die ihn heiratete. »Doch nicht dieses Arschgesicht!« Alle würden sie das ausrufen. Und dennoch: Er brauchte die Frauen, wollte er leben. Wie ein Vampir das Blut seiner Opfer. Nur eines hielt ihn am Leben: der Samenerguß und die Hoffnung auf ihn. Er lebte recht eigentlich nur, wenn er ejakulierte – und immer nur mit sich selbst zu spielen war auch keine Lösung. Wie aber kam er zu einer Frau, wo doch alle vor ihm davonliefen, wenn sie ihn nur sahen?

»Und bist du nicht willig, so brauch' ich Gewalt«, erklärte Franz seine neue Strategie. Nett zu den Frauen zu sein, um sie zu halten – davon hielt er schon länger nichts mehr.

Karl stimmte ihm zu. »Ja, wenn sie's nicht anders wollen.«

»Oder du bezahlst sie. Da gibt es Zehntausende in Deutschland, die machen dir sofort die Beine breit, wenn du nur mit deinen Geldscheinen winkst. Fahr bloß mal nach Berlin.«

»Ich hab' kein Geld dazu.«

»Ich aber.« Franz führte ihn zu einem Versteck hinten am Predigerwitwenhaus und zog, nachdem er mehrere Backsteine herausgenommen hatte, ein dünnes Geldscheinbündel heraus.

Karl feixte. »Warste also doch bei Gustav Kühn.«

»Die haben genug, die können das verschmerzen.« Franz spielte nun den großen Gönner. »Damit fahren wir beide nach Berlin und verficken das ganze Geld.«

So kam Karl Großmann zum ersten Mal nach Berlin und in die Gegend um den Schlesischen Bahnhof, denn zuerst führte ihn Franz, sein großes Vorbild und ein Halbgott in seinen Augen, in ein Bordell in der Madaistraße. Dort aber fand Karl nicht die erhofften Genüsse, denn die Damen ließen sich bei aller Bereitschaft, auch ausgefallene Wünsche ihrer Kunden zu erfüllen, nicht mit der ganzen Hand in die Scheide fassen, nicht in den Hals beißen und das Blut aus den Adern saugen – und erst recht nicht mit dem Messer in Bauch und Brüste stechen. Als Karl brutal wurde, kam ein Zuhälter ins Zimmer gestürzt und schlug ihn zusammen. Die Puffmutter schrie, er sei ein perverses Schwein und erteilte ihm Hausverbot.

Der Besuch in Berlin geriet so zu einem ziemlichen Fiasko, und Karl Großmann begriff, daß Geld allein noch lange nicht zum Ziel führte. Jedenfalls nicht, wenn man sich die Frauen im Freudenhaus suchte. Die machten die Sachen nicht mit, von denen er wirklich etwas hatte.

Wieder in Neuruppin, ging er nicht mehr in die Tuchfabrik zurück. Luise jeden Tag vor Augen zu haben, das hielt er nicht aus. Seine Liebe war umgeschlagen in Haß, und immer wieder stellte er sich vor, sie mit einer Wäscheleine zu erdrosseln und dann zu zerstückeln und in den Ruppiner See zu werfen. Nur noch ein Gefühl war in ihm, nur ein Wort dachte er noch: »Rache!« Daß er es nicht tat, war wohl einzig und allein darin begründet, daß Luise seiner Mutter so ähnlich sah.

Nur selten noch half er dem Vater, dem er längst über den Kopf gewachsen war, so daß ihn dessen Ärger über seine Untätigkeit nicht im geringsten scherte. Er haßte ihn. Warum? Weil er sein Vater war. Für ihn war er der Schuldige: Es gab Millionen Väter auf der Welt, die gute Menschen waren, hohes Ansehen genossen und eine Menge Geld verdienten, und nur er hatte das Pech, daß ihn dieses Scheusal gezeugt hatte. Im Suff. Ihm alles vererbt hatte, was böse war, was schmutzig war, auch sein »Arschgesicht«.

Den ganzen Tag über lungerte Karl Großmann nun in Neuruppin herum. Vormittags streifte er durch die Straßen, um zu sehen, ob sich etwas »finden« oder abschrauben ließ, was er seinem Vater nachher verkaufen konnte. Spezialisiert hatte er sich auch auf etwas abseits gelegene Hühnerställe. Die Bauersfrauen wunderten sich dann, daß ihre Hennen so schlecht legten, der eine oder andere Gastwirt konnte aber seine Eierspeisen etwas billiger anbieten. Nachmittags stand er am Bahnhof und suchte sich von ankommenden Fahrgästen ein paar Groschen zu erbetteln. Manchmal half er auch beim Auf- oder Abladen, beim Streichen von Zäunen oder Ernten von Kirschen und Äpfeln. Gern hielt er auch in Biergärten und Kneipen Ausschau nach Gläsern, die von den Besuchern nicht gänzlich geleert worden waren, und trank dann die Reste aus, fuhr bei Likörgläsern auch mit der Zunge hinein. Das meiste Geld verdiente er sich, wenn er den Bauern um Neuruppin herum beim Leeren ihrer Jauchegruben half und die stinkende Brühe dann auf die Felder fuhr, um sie dort zu verteilen. Mochte sich jeder andere davor noch so ekeln, ihm machte es nichts aus, schließlich besaß er ja nach der Nebenhöhlenvereiterung, unter der er in seiner Kindheit so gelitten hatte, praktisch keinen Geruchssinn mehr.

Wenn er überhaupt eine Begabung hatte, dann die, mit Freude zu handeln. Etwas zu verhökern und dabei Gewinne zu machen. Und oft mußte er an die Berliner Wurstmaxen denken, wie die mit ihrem kleinen Stand beziehungsweise ihrem umgehängten Kessel Lange Wiener, Landjäger oder Jauersche verkauften. Das wäre was für ihn gewesen! Schlug er den Kragen seiner weißen Jacke hoch und zog die Mütze weit hinunter ins Gesicht, dann war sein »Arschgesicht« verdeckt, und die Kunden kauften und kauften. Ja, Träume hatte er schon noch. Aber wie sollte er jemals das Startkapital zusammenbekommen?

»Man müßte seine Würste selber machen, wenn es was bringen soll«, sagte er zu Fritz Schirrmeister, seinem Freund. »Ich hab' das ja bei Kliefoth alles gelernt, aber wie soll ich ein Schwein großziehen? Und wo?«

»Am besten, du stichst die dicke Kliefoth ab. Das reicht für 'ne ganze Ladung Würste.«

»Das schmecken die doch.«

Fritz Schirrmeister lachte. »Mußt du nur alles vernünftig würzen.«

Die Vorstellung, Menschen zu verwursten, ließ Karl Großmann so schnell nicht wieder los. Ob Schwein, Rind oder Mensch: Fleisch war Fleisch, Blut war Blut.

Die Idee mit dem Wurstkessel beschäftigte ihn weiter. Wenn er nur ein paar hundert Mark gehabt hätte. Er dachte daran, es wie Franz zu machen und das Geld bei Gustav Kühn zu stehlen, doch davon ließ er wieder ab: Die würden jetzt ganz besonders wachsam sein. Und die Tuchfabrik, wo er sich bestens auskannte ...? Die hatten alles im Tresor, das packte er nicht.

Da kam eines Tages sein Vater jubelnd nach Hause: »Da, seht mal her!« Er hatte in einem alten Mantel, eingenäht im Futter, drei Goldstücke gefunden. Eines gab er seiner Frau, zwei behielt er, um sie zu verstecken und später für den Ankauf eines neuen Fuhrwerks zu verwenden. Wo, verriet er natürlich niemandem. Karl sah das als Geschenk des Himmels und suchte, fühlte er sich unbeobachtet, überall in der Wohnung. In den Matratzen, im Abflußrohr, unter den Dielen, im Ofen, hinter den Türpfosten. Ohne Erfolg. Je länger seine Suche dauerte, um so ungeduldiger und gieriger wurde er – und um so unvorsichtiger. So stieß er eines Tages, als er sich die Speisekammer vorgenommen hatte, den gerade angesetzten Rumtopf vom Regal. Mit einem explosionsartigen Knall zerbrach er am Boden. Und, Karl traute seinen Augen kaum, zwischen den bräunlich gewordenen Apfelstücken, den Erd- und Stachelbeeren, Kirschen und Brombeeren lagen die beiden Goldstücke auf den Dielen.

Schon kniete er am Boden, um sie an sich zu bringen. Da stand aber auch schon der Vater in der Küche. Ein Beil in der Hand.

»Raus hier aus dem Haus, du verkommenes Subjekt! Raus, sonst erschlag' ich dich auf der Stelle.«

SECHS

1880 bis 1895

Nach Berlin war Karl Großmann gegangen, um sein Glück zu machen, wohin denn anders auch, waren es doch von Neuruppin bis zur kräftig expandierenden Hauptstadt des deutschen Kaiserreiches gerade einmal 60 Kilometer, und die preußische Residenz zog ja schon seit Jahrhunderten alle Märker an, die ihre engere Heimat verlassen wollten oder mußten. 1877 hatte die Einwohnerzahl Berlins die Millionengrenze überschritten, 1879 hatte es die weltweit vielbeachtete Gewerbeausstellung gegeben, in deren Rahmen Siemens die erste elektrische Bahn vorführen konnte, und 1880 war mit dem Ausbau des Kurfürstendamms zum Boulevard begonnen worden.

Karl Großmann hatte es gut getroffen mit seiner ersten Arbeitsstelle in Berlin. Die Fleischerei Naujocks lag in der Alten Schönhauser Straße, also unweit des Alexanderplatzes, und in der Abstellkammer hinter dem Verkaufsraum hatte er seine Schlafstatt. Dafür wurden ihm nur ein paar Groschen vom Lohn abgezogen, und das Essen hatte er völlig umsonst. Was wollte er mehr!

Beim Schweineschlachten war er in seinem Element, und der Fleischermeister Naujocks lobte ihn ein ums andere Mal. Der Blockgeselle kam mit einer gefüllten Blutschüssel und entleerte sie in den Eimer, in dem Karl Großmann das Blut mit einem Rührstock kräftig schlug. Naujocks selber kniete neben dem getöteten Tier und versuchte, durch Auf- und Abpumpen des linken Vorderfußes das Restblut aus ihm herauszupressen.

»So ...« Er richtete sich auf. »Das Blut wird jetzt kalt gestellt, Karl, und nachher wird Blutwurst gemacht.«

Das Wurstmachen war Karl Großmanns große Leidenschaft,

und er wußte genau zwischen Koch-, Roh-, Brat-, Schinken- und Brühwurst zu unterscheiden. Blutwurst gehörte zur ersten Sorte. Nach der Fleischbeschau durch den städtischen Veterinär schnitten er und der Geselle alles, was zu Naujocks' berühmter Hausmacher-Blutwurst nötig war, vom Schwein, wuschen es gut und warfen es in den dampfenden Kessel. Dazu gehörten: die Schwarte, vom Meister als »Leim der Wurst« bezeichnet, Grieben, die Fetteile vom Kopf, Kopffleisch, Herz, Zunge und die kernigen Teile des Bauches und des Griffes. Dazu kam das kalt gestellte Blut, das der Wurst außer dem Namen auch die Farbe gab. Das Würzen war Sache des Meisters, der das alte Familienrezept im Kopf hatte. Sie wußten zwar, daß er in die Gefäße und Säcke mit Kochsalz, schwarzem gemahlenem Pfeffer, Piment und Majoran griff und zudem Zwiebeln und Knoblauch verwendete, doch die genauen Mengen blieben sein Geheimnis.

Für einige Monate sah es so aus, als würde Karl Großmann doch noch auf den Pfad des bürgerlichen Lebens hinüberwechseln, da geschah es: Naujocks hatte Geburtstag, und alle Verwandten kamen zu Besuch in die Alte Schönhauser Straße, auch seine achtjährige Enkelin Bettina. Die war eine Einzelgängerin und mochte nicht mit ihren Geschwistern und Cousinen spielen, sondern wollte sich lieber alles ansehen, was es bei ihrem Opa gab. Ihre Neugier trieb sie auch in die dämmrige Abstellkammer; sie hoffte, hier altes Spielzeug oder ein schönes Bilderbuch zu entdecken. Erst schrie sie auf, als sie Karl Großmann entdeckte, der auf seiner Pritsche lag und aus dem vergitterten Fenster starrte, kam dann jedoch näher, als er ihr sagte, er stamme aus Neuruppin und habe einen schönen Bilderbogen und viele Oblaten für sie. Er bückte sich auch schon und holte hinter seiner Bettstatt wirklich einen bunten Bogen hervor.

»Hier, meine Kleine.« Karl Großmann ging es schon lange im Kopf herum, sich ein Kind für seine Zwecke zu holen. Da brauchte er kein Geld für. Und die Kinder waren nicht größer und anders als seine Ziegen. Kleine Zicklein. Und was hatte Franz gesagt: »Frauen und Kinder muß man so halten wie Tiere, wie Nutztiere, dann hat man am meisten von ihnen.«

Schon saß die kleine Bettina auf seinem Bett. »Du hast aber ein schönes weißes Seidenkleidchen an. Zeig mal, ist es auch gefüttert?« Keine Minute war vergangen, da fuhr seine Hand zwischen ihre Schenkel. Ihm schien es ganz natürlich, sich zu nehmen, was sich ihm da bot. Auf die Idee, sich in einen anderen Menschen hineinzuversetzen, mit ihm mitzufühlen und die Welt aus seiner Warte zu erleben, wäre er niemals gekommen. Er war der Wolf, und die Natur hatte ihm das Recht gegeben, sich zu nehmen, was er brauchte.

In diesem Augenblick stand Naujocks, auf der Suche nach seiner Enkeltochter, in der Tür und sah, was Karl Großmann gerade beginnen wollte. Mit dem Ausruf »Du dreckiger Sittenstrolch!« war er bei ihm, riß ihn vom Bett und schlug auf ihn ein, hätte ihn wahrscheinlich erschlagen, wenn ihn nicht sein Sohn zurückgerissen hätte. Auf der Stelle jagte er Großmann davon, ließ sich aber von seinem Sohn davon abhalten, Anzeige zu erstatten: »Laß es Vater, du hast ihn so zugerichtet, daß sie dich womöglich wegen Körperverletzung ins Gefängnis bringen.« So entging Karl Großmann dieses Mal einer Gefängnisstrafe. Es wäre die erste seiner insgesamt 25 Vorstrafen gewesen, die er in seiner ersten Berliner Zeit – von 1879 bis 1895 – kassieren sollte.

Er lief durch die Straßen und litt höllische Schmerzen. Sein Nasenbein war offenbar gebrochen. Er besaß nur noch das, was er am Leibe trug. Seine paar Habseligkeiten und die wenigen Spargroschen hatte er bei Naujocks zurückgelassen und wagte es auch nicht, sie noch abzuholen. Traf ihn ein Polizist mit seinem zermanschten Gesicht, nahm er ihn gleich mit auf die Wache, also lief er geduckt von Hauseingang zu Hauseingang. Es war bereits acht Uhr abends, doch noch ziemlich hell, schließlich war es schon Mai. Er hatte jetzt nur zwei Möglichkeiten: Entweder er schlief irgendwo in einem Park, oder er ging zu Fritz Schirrmeister, der mit ihm nach Berlin gekommen war und in der Andreasstraße am Schlesischen Bahnhof eine kleine Wohnung gefunden hatte. Der Schulfreund aus Neuruppin würde ihm ganz sicher helfen. Also machte er sich auf den Weg. Über den Alexanderplatz und die Alexanderstraße kam er in die Blumen- und die

Paul-Singer-Straße und war dann nach ein paar Schritten am Andreasplatz.

Fritz Schirrmeister kam in Berlin ganz gut über die Runden. Er hatte einen Gewerbeschein und kaufte bei einem Grossisten große Mengen Streichhölzer ein, um sie dann in Restaurants und Bahnhöfen Schachtel für Schachtel an den Mann zu bringen. An jeder Schachtel verdiente er nur den Bruchteil eines Reichspfennigs, aber wie sagte er immer: »Kleinvieh macht auch Mist.« Und außerdem schwor er auf das Prinzip: »Und ist der Handel noch so klein, so bringt er mehr als Arbeit ein.« Pech nur für Karl Großmann, daß er die Nacht nicht bei Fritz Schirrmeister verbringen konnte, denn der hatte Damenbesuch.

»Hast du nicht Arbeit für mich?«

»Komm morgen mittag um zwölf zum Schlesischen Bahnhof, da sehen wir weiter.«

Was blieb Karl Großmann nun übrig, als die Nacht im Freien zu verbringen? Am Andreasplatz sah er einige Sittendirnen herumlungern, doch als er sie ansprach, nannten sie sofort ihren Preis, und als er bekennen mußte, keinen Pfennig bei sich zu haben, wurde er nur ausgelacht. Bei einem wie ihm, hörte er, müsse man den doppelten Preis fordern: noch den Zuschlag für den Ekel.

So legte er sich schließlich allein auf eine Parkbank am Stralauer Platz, direkt am Fuß der Andreaskirche, schlief aber schlecht, denn zum einen war es nachts doch noch bitterkalt, und zum anderen schreckte er andauernd hoch, weil er befürchten mußte, daß ein Schutzmann ihn aufgriff und mit zur Wache schleppte.

Am nächsten Tag traf er dann Fritz Schirrmeister wie verabredet am Schlesischen Bahnhof. Der Freund sah ihm an, daß er furchtbar hungrig war, und kaufte ihm beim Wurstmaxen in der Madaistraße ein Paar Lange Wiener. Karl Großmann schlang sie geradezu hinunter.

»Du bist doch kein Hund«, sagte Fritz Schirrmeister, der dabei war, langsam in die etwas besseren Kreise aufzusteigen. »Ich mache bald ein eigenes Geschäft auf: Pfeifen, Tabak, Zigarren. Aber so wie du aussiehst und wie du ißt, kann ich dich nicht im Laden arbeiten lassen. Man muß ja daran zweifeln, daß du 'n Mensch bist.«

»Vielleicht bin ich auch nur 'n Tier, das wie 'n Mensch aussieht.« Langsam glaubte Karl Großmann selber, was viele von ihm sagten. Vielleicht gab es so etwas ja wirklich. Das hatte er von seinem Vater geerbt. Und in Neuruppin, da hatten sie mehr in einem Stall gehaust als in einer Wohnung gelebt. Und jetzt kam es geradezu trotzig: »Wenn ich wirklich ein Tier bin, dann will ich auch das machen, was ein Tier macht: sich Beute suchen, sie reißen und sie auffressen.«

»Karl!« Fritz Schirrmeister war entsetzt. »So hab' ich das nicht gemeint, entschuldige. Ich habe ja nur deine Manieren gemeint. Na schön, du kriegst von mir Streichhölzer in Kommission und gehst los und verkaufst die.«

So zog dann Karl Großmann bis ins Jahr 1881 hinein durch Berlin, insbesondere durch die Friedrichstraße und die Gegend um das Brandenburger Tor, um mit Streichhölzern zu handeln. Das war verdammt mühsam, und was er damit verdiente, war, wie man so sagt, zum Leben zuwenig und zum Sterben zuviel. Als er schließlich an einem brütend heißen Julitag den ganzen Vormittag über nicht eine einzige Schachtel verkauft hatte, verlor er die Nerven und zündete am Rande des Pariser Platzes alle seine Vorräte an. Es gab eine kleine Explosion, und er mußte in den Tiergarten flüchten, damit die Polizei ihn nicht verhaftete. »Dann lieber betteln«, sagte er später zu Fritz Schirrmeister, der nun natürlich nichts mehr mit ihm zu tun haben wollte.

Was blieb Karl Großmann jetzt anderes, als tatsächlich zu betteln und als Landstreicher zu leben. Nach Neuruppin trieb ihn nichts zurück, zumal Franz, sein Halbbruder, inzwischen im Zuchthaus saß. Für 15 Jahre hatte man ihn dort hingeschickt, nachdem er als Unteroffizier auf Wache ein Dienstmädchen geschändet hatte. Fritz Schirrmeister, der noch Briefe mit seinen Eltern wechselte, hatte das erzählt. »Und alle in Neuruppin sagen, daß du auch mal so enden wirst. Paß bloß auf!« Karl Großmann hatte es überhört. Er wußte ganz genau, daß es ihm nichts nützte, auf sich aufzupassen, denn der Himmel hatte schon lange beschlossen, auch ihn im Zuchthaus enden zu lassen. Das war der Fluch, der über den Neuruppiner Großmanns hing. Da gab es kein Mittel gegen. Er war überzeugt: Alles kam, wie es kommen mußte.

An jedem Hauseingang in Berlin hing ein großes Schild: *Betteln und Hausieren streng verboten!*, doch davon ließ sich Karl Großmann nicht abschrecken. Immer wieder stieg er die Treppen hinauf, riß am Klingelzug oder klopfte und bat um eine milde Gabe, mindestens aber um ein Glas Wasser. Die meisten Leute blickten nur durch den Türspion und taten dann so, als seien sie abwesend, einige aber, vor allem die Dienstmädchen, reichten ihm auch etwas zu essen hinaus. Ein paar Groschen nahm er auch ein, wenn er an den großen Bahnhöfen stand – dem Schlesischen, dem Anhalter, dem Potsdamer und dem Stettiner – und den vorbeieilenden Passanten seine Mütze hinhielt. Aber da hieß es immer lange warten, denn die Konkurrenz war groß, und man mußte ständig auf der Hut vor den Schutzmännern sein. Bettler und Hausierer kamen als »arbeitsscheue Elemente« schnell für ein paar Monate ins Gefängnis. Ebenso wurde Landstreicherei geahndet. Auch da mußte er also aufpassen, wenn er in den Parks und Bahnhofshallen schlief oder sich seine Nahrung aus den Abfalltonnen fischte.

Ende September traf es ihn dann: Er stand auf dem Spreewaldplatz vor dem Görlitzer Bahnhof und sah sich um, ob die Luft rein war. Ja. Kein Blauer in der Nähe. Also ging er zum Portal hinüber, zog seine Mütze aus der Joppe und hielt sie den Passanten hin. Es schien ein guter Tag zu werden. Innerhalb einer Stunde hatte er fast eine Mark beisammen. Er sah aber auch so elend und heruntergekommen aus, daß es selbst den rührte, der ansonsten hartherzig war. Doch sein Glück ließ ihn unvorsichtig werden, und so übersah er den Schutzmann, der von hinten auf ihn zukam.

»So, Bürschchen, das war's!«

Mit 18 Jahren hatte Karl Großmann also seine erste Gefängnisstrafe abzusitzen. Er nahm es gelassen. »Der Mensch denkt, Gott lenkt«, hatte der Pfarrer in Neuruppin immer gesagt. Und wenn der Herr es so gewollt hatte, dann bitte. Wurde es während der drei Monate hinter Gittern wirklich unerträglich, zog er sich aus der Welt, indem er sich als Tier fühlte, als Hund, den man in den Zwinger sperrte, weil er einen Nachbarn gebissen hatte.

Anfang 1882 war er wieder draußen. Ohne Geld, ohne Wohnung, ohne Familie, ohne Freunde. Fritz Schirrmeister war inzwischen nach Leipzig gezogen. Was nun? Betteln wollte er nicht mehr, das war ihm zu riskant geworden. Also begann er zu stehlen. Im Gefängnis hatte er die Zelle mit einem Taschendieb geteilt und eine Menge gelernt – zum Beispiel, wie man den Leuten in der Pferdestraßenbahn die Geldbörse aus der Tasche zieht. Seine erste Fahrt in der Nähe des Halleschen Tors war ein derartiger Erfolg, daß er sich für ganze zwei Wochen ein Zimmer in einer Absteige in der Madaistraße leisten konnte. Und einmal fand er sogar eine Sittendirne, die es mit ihm machte, wenn auch nur normal. Das Leben begann wieder etwas erfreulicher zu werden. Doch mit des Geschickes Mächten ... Beim nächsten Diebstahl erwischten sie ihn und schickten ihn abermals ins Gefängnis, wo er fleißig Fußmatten knüpfen mußte.

Als er 1883 entlassen wurde, war er wirklich willens, wieder richtig zu arbeiten, und fuhr zum Zentralviehhof in Lichtenberg, den sie vor zwei Jahren feierlich eröffnet hatten. Vom Schlachten verstand er ja eine Menge. Sie hätten ihn auch gern genommen, doch als sie erfuhren, daß er vorbestraft war und außerdem noch nicht gedient hatte, schickten sie ihn wieder fort. Immerhin besaß er so viel Geld, daß er sich eine Fahrt mit der neuen Stadtbahn gönnen konnte. Die fuhr zwar noch mit Kohle und Dampf, doch die Elektrizität hatte bereits deutlich sichtbar die Stadt erobert. Elektrische Bogenlampen gab es, die erste elektrische Straßenbahn der Welt fuhr in Lichterfelde, und ein gewisser Emil Rathenau hatte die »Deutsche Edinson-Gesellschaft für angewandte Elektrizität« gegründet. Da wollte Karl Großmann gern Pförtner werden, doch als man sein Bewerbungsschreiben gelesen hatte, lachte man nur. Er mußte sich also etwas einfallen lassen, aber die rettende Idee wollte nicht kommen. Er trank immer mehr, näherte sich der Grenze zur Trunksucht.

Einige Klare hatte er auch heute schon intus. So stolperte er in der Mulackstraße in eine Kellerkneipe hinunter. Doch kaum hatte ihn der Wirt entdeckt, da schrie er auch schon: »Raus hier, Zickenkarl! Wirtshausverbot. Weeßte dit nich mehr?!« Der Mann war auch nicht viel größer als er, und Karl Großmanns Alkoholspiegel war schon so hoch, daß er sich stark fühlte wie ein Rummelplatzboxer. »Du Schwachkopf kannst mir überhaupt nichts verbieten. Entweder ich krieg' 'n Korn – oder du kriegst was vorn Nischel!«

Doch der Wirt gehorchte nicht, sondern machte nur eine eindeutige Handbewegung: Aus, Schluß, Ende, bei mir nicht. Da sah Karl Großmann rot. Unter wüsten Beschimpfungen griff er sich zwei gerade gefüllte Gläser vom Tresen und warf sie mit voller Wucht in die Flaschenbatterie hinter dem Wirt. Als sie einschlugen, glaubten die Gäste, es seien Schüsse gefallen. Sie sprangen auf und wollten zur Tür stürzen, blieben jedoch stehen, als sie merkten, was wirklich vorgegangen war. Karl Großmann griff sich nun einen Stuhl, um den Wirt damit zu malträtieren. Der duckte sich aber, und der Stuhl zerbrach an der Zapfsäule. Da waren die ersten beherzten Gäste heran und versuchten Großmann zu packen. Auch kam schon ein Schutzmann hereingestürmt. Um sich zu retten, simulierte Karl Großmann nun einen der Anfälle, die er bei seinem Vater gesehen hatte. Mit Schaum vor dem Mund warf er sich zur Erde. Dabei stieß er mit dem Kopf gegen eine harte Kante und war nun wirklich bewußtlos.

Dies bewahrte ihn vor einer erneuten Haftstrafe. Dennoch stand er ständig mit einem Bein im Knast, da er sich weigerte, die Arbeit anzunehmen, die ihm von der Behörde angeboten wurde: als Totengräber auf dem Dorotheenstädtischen Friedhof. Er schlug sich weiterhin mit Bettelei durchs Leben. Dann aber fand er eines Abends in der Ebertystraße in Friedrichshain einen Kurzwarenladen, der vom Händler beim Verlassen versehentlich nicht abgeschlossen worden war. Geistesgegenwärtig nutzte er die Chance, um in einer Reisetasche alles an Garnen, Knöpfen, Nähnadeln und Gummibändern wegzutragen, was er in der Eile greifen konnte. Damit ging er nun in der vornehmen Gegend am Kaiserplatz in Wilmersdorf hausieren, manchmal aber auch in den besseren Straßen zwischen dem Kottbusser Tor und der Hasenheide.

Und das Schicksal schien es ein zweites Mal gut mit ihm zu meinen, denn als er am Planufer den Dienstbotenaufgang hinaufstiefelte, fand er ein Schlüsselbund, das eine der Köchinnen verloren haben mußte, als sie sich zum Einkaufen auf den Weg gemacht hatte. Er hob es auf. Welch Gelegenheit, einmal nachzusehen, was es in einer hochherrschaftlichen Wohnung so an Schmuck und Bargeld geben mochte! Er mußte nur noch herausfinden, um welche Wohnung es sich handelte. Das schaffte er, indem er lauschte, wo es still war, und dann die Schlüssel leise ausprobierte. Beim vierten Versuch klappte es. Bei *A. Kolbow*, wie ihm das Schild verriet. Sekunden später stand er in einer geräumigen Küche. Hier gab es noch nichts zu holen. Also stellte er seine Reisetasche mit den Waren auf einen Stuhl und machte sich auf, die übrige Wohnung zu erkunden. Leise, nur Zentimeter um Zentimeter, öffnete er die Tür zum Flur. Nichts. Niemand zu Hause. Wo war das Herrenzimmer, wo stand ein Schreibtisch? Viel Zeit hatte er nicht, irgendwann kam das Dienstmädchen zurück. Aber ohne Schlüssel. Und ehe sie den Schlosser gerufen hatte ... Karl Großmann fuhr zusammen. In einem der Zimmer wurde gelacht. Kleine, spitze Schreie drangen nach draußen. »Da ficken zwei«, murmelte er. Das konnte dauern. An sich lag er da absolut richtig, womit er aber nicht gerechnet hatte, war die besondere Art des Liebesspiels, die hier gepflegt wurde: Die gnädige Frau war wild darauf, von ihrem Liebhaber durch die Wohnung gejagt und irgendwo auf dem Teppich genommen zu werden. So wurde die Tür zum Schlafzimmer plötzlich aufgerissen, und die beiden Liebenden kamen kichernd und sich balgend heraus.

»Gleich hab' ich dich, Katharina!«

»Gott, Adolf, mein Mann!«

Als sich der Irrtum herausstellte, war Karl Großmann schon auf der Treppe und floh auf die Straße, seine Hausiererware ließ er zurück. Er lief bis zum Belle-Alliance-Platz, setzte sich dort in ein Restaurant und erholte sich bei einem Bier von seinem Schrecken. Zu ein paar »Körnchen« reichte es auch noch, und der Alkohol beflügelte seine Phantasie. Wenn die Frau, die er eben überrascht hatte, ihren Mann wirklich betrog, worauf alles hindeutete, war sie ganz sicher auch bereit, ihm für sein Schweigen einiges zu zahlen.

Leichter ließ sich kein Geld verdienen. Von dem Gedanken, der Kolbow einen Erpresserbrief zu schreiben, ließ er bald wieder ab. Einmal hätte das bei ihm ewig gedauert, und sie hätte bei seinem unbeholfenen Deutsch womöglich nur schallend gelacht, und zum anderen könnte er später, wenn es schiefgehen sollte, nichts mehr abstreiten. Also beschloß er, zum Planufer zurückzugehen und ihr aufzulauern.

Es dauerte drei Stunden, bis sie aus dem Haus kam. Glücklicherweise allein. Eine unglaublich reizvolle Frau. Als sie ihn erblickte, versteinerte sie und schien sofort zu erraten, was ihn zum Planufer zurückgeführt hatte. So kam er gleich zur Sache.

»Ick kann schweigen, Frau Kolbow. Se müßten mir nur mit ein paar hundert Mark aushelfen. Ick will mir 'nen Wurststand kaufen, und da ...«

So verzweifelt sie auch wirkte, sie schüttelte den Kopf. »Das Geld hat mein Mann.«

Karl Großmann grinste. »Sie können's aber auch bei mir abarbeiten.« Seine Hand ging schon zu ihren Brüsten.

Sie wich einen Schritt zurück. »Nein, ich borg' mir was von meiner Schwester.«

»100 Mark. Morgen um elf Uhr an der Admiralbrücke.«

»Ja, ist gut.«

Karl Großmann freute sich und war am nächsten Tag zehn Minuten vor der Zeit an der Brücke. Und er hatte allen Grund zum Jubeln, denn Katharina Kolbow war pünktlich zur Stelle und reichte ihm wortlos fünf Scheine.

»Danke.« Karl Großmann prüfte das Geld, faltete es dann zusammen und steckte es in die Innentasche seines schwarzen Jacketts.

Da hatten ihn aber zwei wie zufällig des Weges kommende Herren auch schon gepackt. Es waren keine harmlosen Fußgänger, sondern Kriminalbeamte. Katharina Kolbow hatte ihrem Mann alles gestanden – und der war sofort zur Polizei gegangen.

Erneut wanderte Karl Großmann ins Gefängnis. Und kaum war er wieder auf freiem Fuß, beging er eine Reihe weiterer Affekt-, Rausch- und Rohheitsdelikte, bis er 1886, nunmehr 23 Jahre alt, doch noch zu den Soldaten mußte, und zwar nach Frankfurt/Oder. Zwar wußte man von seinen vielen Vorstrafen, glaubte aber generell, Asoziale durch militärischen Drill zu besseren Menschen machen zu können. Ein Jahr später jedoch mußte man einsehen, daß diese Strategie bei Karl Großmann keinen Sinn machte, und stieß ihn aus dem Heer aus, nachdem er wegen eines Sittlichkeitsverbrechens zu einer Zuchthausstrafe verurteilt worden war. Er hatte einem vierjährigen Mädchen Gewalt angetan.

Anfang der 1890er Jahre wurde er dann wieder in Berlin aktiv und mit Delikten wie Landstreicherei, Bettelei, Hausfriedensbruch, aber auch wegen *Personen- und Sachbeschädigung* aktenkundig. 1894 beging er eine *qualifizierte Körperverletzung* und wanderte dafür erneut ein Jahr ins Gefängnis.

Nach seiner Entlassung fuhr er zu seinem früheren Freund Fritz Schirrmeister nach Leipzig-Connewitz. Der würde ihm sicher trotz allem ein paar Scheine schenken. Doch in Leipzig gab es keinen Fritz Schirrmeister mehr. »Der hat sich letzten Monat aufgehängt«, erzählten ihm die Nachbarn.

Was blieb Karl Großmann da, als weiter nach Süden zu ziehen?

SIEBEN

1896 bis 1899

Wie ein Hurrikan eine Spur der Verwüstung hinterläßt, wo er übers Land zieht, so hinterließ Karl Großmann eine Spur des Verbrechens in Deutschlands Süden. Vom 33. bis zum 36. Lebensjahr mußte er dreimal hinter Gitter. Zum ersten Mal wegen einer am 3. Januar 1896 begangenen Tat.

Seit er von Berlin weggegangen war, ließ er sich treiben. Dabei lebte er vom Betteln und dem, was er als Mundraub bezeichnete. Mal pflückte er sich Obst vom Baum, mal stahl er aus einer Auslage und lief davon. Hing irgendwo in einem abgelegenen Garten Wäsche auf der Leine, dann riß er sie schnell herunter, versteckte sie unter seinem Mantel und verhökerte sie in der nächsten größeren Stadt beim Trödler oder Hehler. Bei der Wohlfahrt und anderen mildtätigen Menschen gab es hin und wieder auch einmal ein warmes Bett und einen trockenen Strohsack für die Nacht. Aber was er nicht bekam, war das, von dem er glaubte, daß er es am dringendsten brauchte: eine Frau. Er hatte das Gefühl, schier platzen zu müssen vor lauter aufgestauter Lust. Unter den Landstreichern gab es keine Frauen. Und für die paar Pfennige, die er ihr anbieten konnte, ließ sich keine Sittendirne mit ihm ein. »Geh, du stinkst mir zu sehr«, bekam er immer wieder zu hören.

Den Jahreswechsel 1895/96 hatte er in Ludwigshafen verbracht, nun lief er über die Rheinbrücke, um zu sehen, ob es in Mannheim etwas zu holen gab. Nein, nicht viel. Bei einem Bäcker ein Stück Streuselkuchen, der hart war wie Stein, bei den frommen Schwestern eine warme Brotsuppe. Nun, am Verhungern war er nicht, eher am Erfrieren, denn der Stoff seines schwarzen Anzugs war an vielen Stellen so dünn geworden, daß man hindurchsehen konnte. Kein Wunder, stammte er doch noch von seinem Vater. Und sein Mantel taugte bestenfalls für den Herbst. Aber Karl Großmann war unglaublich zäh, konnte auch Entbehrungen ertragen, die andere und sozusagen normale Menschen längst umgebracht hätten, was aber auch daran liegen mochte, daß er sich weithin als Tier empfand: als Wolf, der in den tief verschneiten und endlosen Weiten Ostpreußens nichts mehr zu fressen fand. Die Menschen sahen ihn ja schon lange kaum noch als ihresgleichen an. »Bleib ruhig im Stall liegen«, hatte ein Bauer in der Nähe Schweinfurts zu ihm gesagt. »Da gehörst du auch hin.«

Und meistens schlief er ja tatsächlich auf Heuböden oder in Ställen. Wobei ihm letztere lieber waren, denn die Wärme der Tiere war die einzige Wärme, die er zu spüren bekam. So war er glücklich, daß er in dieser sibirisch kalten Januarnacht am Rande Mannheims in einer Gärtnerei einen Ziegenstall entdeckte, dessen Tür sich ohne Mühe öffnen ließ. »Meine geliebten Ziegen«, murmelte er. »Zickenkarl kommt.« Fast wehmütig dachte er an seine Neuruppiner Ziegen zurück, und er verfluchte das Schicksal, das ihm auf dieser Welt nichts gegeben, sondern nur alles genommen hatte, sogar seine Ziegenherde. Nun, jetzt hatte er wieder warme Körper, an die er sich schmiegen konnte. Die Ziegen stießen ihn nicht von sich, beschimpften ihn nicht als »Arschgesicht« und warfen ihm auch nicht vor, er würde stinken wie ein Schwein. Eines der Tiere nannte er Luise. »Komm her, Luise.« Er schmiegte sich an ihren warmen Rücken, und endlich hatte er auch wieder eine feuchte Öffnung, in die er eindringen konnte. Die Ziege schrie jämmerlich.

Wenig später kam der Gärtner, von seiner Frau alarmiert, in den Stall gestürzt, griff sich Karl Großmann und schleppte ihn zum Gendarmen. Obwohl er wie gewöhnlich alles in Abrede stellte, nahm das Gericht doch widernatürliche Unzucht als erwiesen an und verurteilte ihn zu zehn Monaten Gefängnis.

Als man ihn entließ, sagte der Gefängnisbeamte: »Tiefer wie Sie kann ein Mensch nicht sinken.« Und zu einem Kollegen: »Für so einen wie den müßte es die präventive Todesstrafe geben. Bevor der noch schlimmere Sachen macht.« Auch die Antwort hörte Karl Großmann noch: »Gott hat ihn geschaffen, und nur der Herr hat das Recht, ihm das Leben wieder zu nehmen.«

Weiter trieb es ihn. Wie ein einsamer Wolf strich er umher. Ohne Ziel. Nur vom Instinkt getrieben. Wo gab es Nahrung, wo einen Platz zum Schlafen? Zumeist lief er die Landstraßen entlang. Ab und an nahm ihn ein Bauer auf seinem Wagen mit, oder er fand auf der Eisenbahn einen Platz in einem Güterwagen. Die anderen Landstreicher, die anderen Vorbestraften mieden ihn. Er quatschte ihnen zuviel, und er vertrieb die Menschen, die ihnen etwas in die hingestreckten Hüte warfen. Alle machten sie einen Bogen um Zickenkarl. Auch sorgte er immer wieder für Streitereien. Zu leicht regte er sich über alles auf, ließ sich mitreißen von seinem Zorn. Gänzlich unkontrolliert war er, wenn er getrunken hatte. Dann lärmte er auf den Straßen und erzeugte Menschenaufläufe. Einem Wirt in Erlangen, der ihm Getränke verweigerte, gab er eine solche Ohrfeige, daß dem fürchterlich die Backe anschwoll. In Fürth widersetzte er sich seiner Sistierung sehr heftig, stieß nach den Zeugen, warf sich auf den Boden und weigerte sich nicht nur, der Polizei zu folgen, sondern schlug auch auf die Beamten ein. Wieder hatte er sich eine Freiheitsstrafe eingefangen.

Nach seiner Entlassung aus dem Gefängnis streifte Karl Großmann durch Nürnberg, getrieben von dem Wunsch, besessen von dem Gedanken, wieder einmal ein weibliches Geschlechtsteil zu berühren. Aber wer ließ sich denn mit einem ein, der sich wochenlang nicht richtig gewaschen und keinen Pfennig in der Tasche hatte, den man zum »Abschaum der Menschheit« rechnete? Niemand natürlich! Also beschloß er, erneut gewaltsam zum Ziel zu kommen. Doch eine Frau anzufallen, das wagte er nicht, dazu fühlte er sich zu schwach, zu ausgelaugt. Er wollte auch keine hinterrücks erstechen oder erschlagen – nein, er wollte sie lebendig gebrauchen, von einer Toten hatte er nichts. Da sah er an einem Weiher bei Landwasser ein Mädchen mit einem Käfer spielen.

»Kannst du mir sagen, wo mein Bruder wohnt, der Leo Meier? Ich muß unbedingt zu ihm. Erschrick nicht, ich bin gerade im

Wald von Räubern überfallen worden. Sie haben mir meine guten Sachen gestohlen und mich in ihre Lumpen gesteckt.«

Wie diese Begegnung endete, ist in der Anklageschrift vom 6. Juni 1922 nachzulesen: *Im Jahre 1897 wurde er in Nürnberg wegen eines an einem 12jährigen Mädchen begangenen Sittlichkeitsverbrechens mit Zuchthaus bestraft. Dem Kinde hatte er unter anderem einen Finger in den Geschlechtsteil eingeführt.*

15 Monate verbrachte Karl Großmann im Zuchthaus; und da es zu seiner Zeit nicht einmal ansatzweise so etwas wie eine Therapie im Gefängnis gab, wurde die unfreiwillig lange geschlechtliche Enthaltsamkeit zu einer tickenden Zeitbombe. Am 21. April 1899, kaum daß die Tore des Zuchthauses sich ihm wieder geöffnet hatten, verübte er an einem Tage zwei schwere Sittlichkeitsverbrechen: Vormittags verging er sich an einem zehnjährigen Mädchen, allerdings ohne dabei rohe Gewalt anzuwenden, und am Nachmittag desselben Tages quälte und verwundete er ein vierjähriges Kind derart, daß es später trotz mehrerer Operationen an den Folgen der Tat sterben sollte.

Das Mädchen starb jedoch erst nach der Gerichtsverhandlung, und so wurde Karl Großmann nicht zum Tode oder zu lebenslanger Haft, sondern lediglich zu 15 Jahren Zuchthaus verurteilt.

»Was kann ich dafür«, sagte er. »Es steckt nun mal so drinne in mir, und ich kann nichts dagegen machen. Das ist die Natur. So ist die nu mal. Da kann man doch ’n Menschen nich für verurteilen, daß er so is. Det is doch nich seine Schuld. Sperren Sie Gott ins Zuchthaus oder meine Eltern, die sind schuld an allet.«

ACHT

1899 bis 1913

Nachdem ihn das Schwurgericht in Bayreuth am 4. Oktober 1899 verurteilt hatte, sollte das Zuchthaus in Hof bis Mitte 1913 die Heimat Karl Großmanns werden. Als sich die schweren stählernen Tore hinter ihm schlossen, war er 36 Jahre alt. Er war 1,71 Meter groß und von untersetzter Gestalt. Sein Haar war hellbraun, sein Schnauzbart schimmerte etwas rötlich. Schon früh neigte er zur Glatzenbildung, was in den Akten mit *Stirn, hoch* umschrieben wurde. Die Farbe der Augen wurde mit *blau, grau* angegeben, die Augenbrauen waren laut Akten *bogenförmig*, Ohren und Mund *mittel*, die Nase *mittel, geradlinig, wellig*. Seine Zähne waren schlecht und wiesen schon erhebliche Lücken auf.

So nahmen ihn auch die beiden Männer wahr, die in den nächsten 15 Jahren sein Schicksal bestimmen sollten: der Gefängnisdirektor Hermann Heumüller und der eine lange Haftstrafe verbüßende Alois Randersacker, ein Onkel jenes kleinen Mädchens, das an den Folgen von Großmanns Untat gestorben war.

Heumüller kam aus Waischenfeld, war 53 Jahre alt, Volljurist und außerdem Oberleutnant der Reserve in der kaiserlichen Armee. Er hatte das Ziel, den besserungsfähigen und besserungsbedürftigen Verbrecher zu bessern, den nicht besserungsbedürftigen Verbrecher abzuschrecken und den nicht besserungsfähigen Verbrecher unschädlich zu machen. Karl Großmann zählte für ihn vom ersten Augenblick an zu den *unheilbaren Verbrechern*. Seiner Frau gegenüber drückte er sein Bedauern aus, daß sie »diese Bestie nicht gleich in Bayreuth hingerichtet haben«, und erklärte, daß die alten Völker in dieser Hinsicht sehr nachahmenswerte Sitten gehabt hätten: »Die Freiheitsstrafe war bei denen nur eine abgewandelte Form der Leibesstrafe. Es gehörte dazu, den Gefangenen systematisch zu quälen. Die Haft war nur eine unblutige und länger dauernde Art der Beförderung vom Leben zum Tode.« Seine Frau teilte seine Ansicht, ermahnte ihn aber, sich nicht unglücklich zu machen und seine Karriere zu gefährden.

Der Strafvollzug war im 19. Jahrhundert auch in den deutschen Staaten erheblich reformiert worden, und Strafzweck war nicht nur Vergeltung der Tat, Unschädlichmachen des Täters und Abschreckung potentieller Rechtsbrecher, sondern auch die Gewöhnung an ein ordentliches Leben durch strenge Zucht und harte Arbeit. In Amsterdam war 1595 das erste Männerzuchthaus eröffnet worden, aus England die Devise »Macht die Leute fleißig, und sie werden ehrlich sein« herübergekommen und aus den USA neben dem Gedanken, die Straftäter durch Buße mit Gott zu versöhnen, das pennsylvanische System, das Gefängnis in Strahlenbauweise. In Deutschland blieb es jedoch dabei, daß eine Strafanstalt auf Insassen wie auf Außenstehende primär finster und unheilvoll zu wirken hatte.

In Hof gab es Einzelzellen, so daß Karl Großmann nicht befürchten mußte, nachts von einem Mithäftling mit einem Kopfkissen erstickt zu werden, sonst aber war in jeder Sekunde mit Attacken zu rechnen. Alois Randersacker hatte sofort begonnen, Stimmung gegen ihn zu machen. »Dieser Sandkastenschreck, dieser Stinkefinger.« Die pädophilen Straftäter, die Kinderschänder, waren allen anderen verhaßt, sie standen in der Hierarchie der Gefangenen auf der untersten Stufe, waren der »letzte Dreck«. In der Gesellschaft der Ausgestoßenen waren sie die doppelt Ausgestoßenen, und wer eben noch vom Richter gehört hatte, er sei – als Räuber, Einbrecher, Dieb oder Lude – ein verkommenes Subjekt, konnte sich nun in Gegenwart eines Kinderschänders als ehrenwertes Mitglied der menschlichen Gesellschaft fühlen und sich einbilden, Gutes zu tun, wenn er die verletzten Kinder rächte, indem er den Sittenstrolch selber strafte, sprich an Körper und Seele verletzte. Der hatte es schließlich nicht anders verdient!

Karl Großmann saß im Arbeitssaal und war damit beschäftigt,

auf die durchgescheuerten Knie alter Arbeitshosen Flicken zu nähen. Dabei war pro Arbeitstag ein bestimmtes Pensum zu schaffen. Das war nicht übermäßig hoch bemessen, und wer es dennoch nicht schaffte, dem wurde Absicht unterstellt – und er hatte harte Sanktionen zu gegenwärtigen. Nun war zwar Karl Großmann nicht der pathologisch arbeitsscheue Mensch, als den ihn viele sahen, denn als herumziehender Händler hatte er durchaus fleißig und zielstrebig seine Waren zu verkaufen gewußt, doch war er absolut allergisch dagegen, stundenlang auf einem Hocker zu sitzen und immer dasselbe zu machen. Dieser Zwang war ungewohnt für ihn, und sein Zorn darüber wuchs mit jedem Tag. Damit hatte er nicht gerechnet, denn bei seinen bisherigen Strafen hatte er nicht arbeiten müssen. Aber das war ja eben der Unterschied zwischen einem Gefängnis und einem Zuchthaus – Arbeit galt als Verschärfung der Strafe. Und konzentrieren konnte sich Karl Großmann schon gar nicht. So kam es immer wieder vor, daß die Kontrolleure bei ihm entweder zu wenige oder zu viele Nadelstiche monierten.

Eines Tages fand er in einer der Hosen eine übersehene Nagelfeile. Er nahm sie, um sich damit die Fingernägel zu reinigen, was bei der Arbeit streng verboten war, nach dem Motto: »Wenn du denkst, du bist allein, mache dir die Nägel rein.«

Max Niederegger, der Wärter, sah es sofort, kam herbeigeeilt und schnauzte ihn an: »Großmann, du Drecksau, wenn ich das noch einmal sehe, wanderst du wieder mal in die Katakombe.« Das war die Arrestzelle unten im Keller.

»Beim Appell jestern haben Sie jesagt, ich soll mir wegmachen die Trauerränder an die Fingernägel. Nu mach ick et, und et is ooch nicht richtig.«

»Bursche, du! Dir werd' ich deine Widerworte schon austreiben.« Und schon hatte der Wärter seinen Säbel aus der Scheide gerissen und Großmann mit der flachen Seite einen übergebraten. Auf den Oberarm. »Und los jetzt, auf den Boden: Pumpen, bis ich halt sage.«

Karl Großmann mußte sich nun im Gang zwischen den Arbeitstischen auf den Boden legen und vor aller Augen so lange Liegestütze machen, bis er nicht mehr konnte. Die Mitgefangenen klatschten Beifall. Als er sich wieder auf seinen hölzernen Schemel setzte, durchfuhr ihn ein heißer Schmerz. Man hatte ihm einen Reißnagel auf die Sitzfläche gelegt. Doch er schrie nicht auf, sondern biß die Zähne zusammen. Auch hatte man ihm ein halbes Dutzend fertig geflickter Hosen gegen kaputte ausgetauscht, so daß er sein Tagespensum nicht schaffen konnte und dafür mit Entzug des Abendbrots bestraft wurde. Was hieß schon bestraft? Er war es gewohnt, abends zu hungern. Als er aber mehrmals in der Woche sein Pensum nicht schaffte, beließ es Heumüller nicht mehr bei dieser Sanktion, da ordnete er Prügelstrafe an. Zu diesem Zweck ließ er Karl Großmann, der seine dünnste Hose anziehen mußte, in den Bock spannen und ihm von Max Niederegger 25 Stockhiebe verpassen.

Kaum waren die Wunden an seinem Gesäß wieder verheilt, da umringten ihn seine Mitgefangenen in einem günstigen Augenblick im Duschraum, packten ihn an Armen und Beinen, hielten ihn fest und drückten ihn mit dem Oberkörper auf einen Tisch. Alois Randersacker war der »König der Insassen« und befahl nun einem der rohesten seiner Kumpane, einen Besenstiel zu nehmen und Großmann das abgerundete Ende in den After zu stecken. Dort bewegte er den Stiel heftig hin und her. Die Gefangenen sangen dazu ein frommes Lied, was die Anstaltsleitung immer gerne hatte. Karl Großmann schrie wie ein Tier.

»Siehst du«, sagte Randersacker. »So ist es meiner kleinen Nichte auch ergangen.«

Er gebot seinen Gehilfen erst Einhalt, als Karl Großmann ohnmächtig wurde. Blutüberströmt sank er zu Boden. Als er wieder zu sich gekommen war und dem Wärter den Vorfall schilderte, lachte der nur: »Halt das Maul, du Simulant. Du hast dir doch den Stiel selber in den Arsch gesteckt.« Der Gefängnisarzt versorgte zwar Großmanns Wunden, meinte aber, seine Schilderung würde allein seiner Phantasie entspringen. Heumüller verbat sich diese Art, Mitgefangene ans Messer liefern zu wollen.

So ging es Woche für Woche, Monat für Monat, und Großmanns Wut und innere Anspannung wuchsen im gleichen Maß, wie seine Hemmschwelle niedriger wurde, und es war nur noch eine Frage der Zeit, bis es zur großen Entladung kommen mußte. Die kam dann auch, und der Anlaß war eigentlich ein ziemlich geringfügiger. Er war besonders mies gelaunt an diesem Vormittag. Nicht nur, weil er schlecht geschlafen hatte, auch Magenschmerzen quälten ihn.

Seine Stimmung konnte also gar nicht schlechter sein, als Max Niederegger ihn anfuhr, er solle seinen Blechnapf besser ausspülen: »Sonst kriegst du überhaupt nichts mehr zu fressen, du stinkender Schnaps-Preuße du!«

Da war es bei Karl Großmann aus mit aller Selbstbeherrschung. Er stürzte auf Niederegger zu, riß ihm, ohne daß der geistesgegenwärtig genug gewesen wäre, dies noch zu verhindern, den Säbel aus der Scheide und setzte an, ihn niederzustechen, wenigstens aber niederzuschlagen. Wahrscheinlich hätte er ihn in seiner emotionalen Aufwallung getötet, wenn er nicht im letzten Augenblick von Alois Randersacker festgehalten worden wäre.

Karl Großmann kam nun für vier Wochen in die übliche Arrestzelle und für weitere vier Wochen in den Zwinger, wo er in Ketten gelegt wurde, das heißt Tag und Nacht mit 30 Pfund schweren Kugeln an den Füßen dahinvegetieren mußte. So abgestumpft, wie er war, litt er dabei weniger, als andere es getan hätten. Sein Bett war aus Zement, und seine Decke war nur ein dünnes Tuch, unter dem er vor Kälte zitterte, und dennoch schaffte er es, auch hier wohlig zu phantasieren. Ein Bild versuchte er besonders oft herbeizuzaubern: Wie er in Berlin viel Geld verdiente und mit einem prallgefüllten Portemonnaie durch die Straßen zog, Frauen aufgabelte, sie mit in seine Wohnung nahm, sie aufs Bett fesselte, gebrauchte und mit dem Messer auf sie einstach, um ihr Blut zu trinken. Hatte er solche Gedanken, schoß ihm mehrmals in der Nacht der Samen in die Hose.

Heumüller war am Verzweifeln. »Der Großmann ist unglaublich zäh, den kriegen wir nicht klein.« Es lag in dessen Naturell beschlossen. Zeichnet sich der »normale« Mensch dadurch aus, daß er sich unterschiedlichen Situationen anpassen kann, also formbar ist, was zu den großen Vorteilen des Menschen im Überlebenskampf zählt, so blieb Karl Großmann immer derselbe, seine Psyche und seine Handlungsmuster erwiesen sich als starr, wie eingefroren. Nie reflektierte er sein Leben, nie bezog er es auf andere. Auch darin eher einem Tier als einem Menschen ähnlich. Wie ein Stein war er, und so konnten auch die vielen Jahre hinter Gittern nichts an ihm ändern, höchstens daß sie noch verstärkten, was in ihm war.

Kaum aus dem »Keller« heraus, entriß Karl Großmann einem Tischler, der gerade damit beschäftigt war, die von ihm vorher demolierte Zellentür wieder auszubessern, den Hobel, um ihn seinem Quälgeist ins Gesicht zu schlagen. Randersacker war ausnahmsweise einmal ohne »Leibwache« unterwegs gewesen. Die insgesamt drei Wochen mittleren und strengen Arrest, die er dafür bekam, konnten ihn wahrlich nicht schrecken.

Die Akten von Karl Großmann weisen für seine 15 Jahre in Hof und den anderen bayerischen Zuchthäusern, in die er in dieser Zeit verlegt wurde, 55 Disziplinarstrafen auf. Mal ging es einige Zeit ganz gut mit ihm, dann aber explodierte wieder, was sich an Aggressionen in ihm aufgestaut hatte. Zum Beispiel kurz vor Randersackers Entlassung. Der kam in der Flickschneiderei an Großmanns Arbeitsplatz vorbei – und rein zufällig knallte sein großer und bis zum Rand gefüllter Tonkrug an dessen Kopf. Das Wasser lief Karl Großmann am Körper herunter. Wie ein begossener Pudel sah er aus. Alle im Saal brachen in Jubel aus, und die sonst so strengen Aufseher lachten mit. Da griff Großmann zu der vor ihm liegenden Schere und stach und hieb sie Randersacker ins Gesicht, daß das Blut nur so spritzte. Erneut wanderte er für vier Wochen in den »Keller«, wurde mit 30 Pfund schweren Kugeln angekettet und bekam nur Wasser und Brot hineingereicht. Er ertrug es ohne jede Klage, aufrecht gehalten durch den Gedanken: »Mein ist die Rache!«

Allmählich verlor er jedes Zeitgefühl. Stunden, Tage, Wochen, Monate – das war etwas, das nur für die Welt draußen galt, hier drinnen im Zuchthaus war ein Tag wie der andere. Die Zeit war aufgehoben. Er machte keine Striche an der Zellenwand, zählte nicht die Tage, die er noch einsitzen mußte. Ihm war die Zeit egal, so egal wie der kleinen schwarzen Amsel, die sich immer auf sein

Fensterbrett setzte und die er durch das Gitter hindurch mit Brotkrumen fütterte. So war er sehr erstaunt, als man ihm im Frühjahr 1913 bedeutete, daß er in naher Zukunft entlassen werde. Aber nur, wenn er den Freistaat Bayern verlassen würde. Ja, er werde nach Berlin zurückkehren. »Gut. Dann wird alles veranlaßt werden.«

Als er es voll realisiert hatte, daß sich die Zuchthaustore wieder für ihn öffnen würden, war seine Freude kein einzelner Funke mehr, sondern ein wahres Feuerwerk, konzentriert auf den einen Gedanken: »Endlich kann ich wieder richtig ficken!«

Neun

1914 bis 1921

Seit Mitte des 19. Jahrhunderts hatte sich die europäische Geschichte auf einen großen Krieg hin entwickelt. Die Großmächte betrieben reine Expansionspolitik. Frankreich wollte Revanche für die Niederlage von 1870/71, England störte die deutsche Konkurrenz im Welthandel und vor allem der deutsche Flottenbau, Rußland strebte zu den Meerengen, der deutsche Kaiser verlor sich im Wahn des »Deutschland, Deutschland über alles«. Hinzu kam die panslawistische Bewegung auf dem Balkan. Das alles ergab eine hochexplosive Gemengelage. Dem Funken, der das Pulverfaß Europa schließlich explodieren ließ, der Ermordung des österreichisch-ungarischen Thronfolgers am 28. Juni 1914 in Sarajevo (Serbien), folgten bekanntermaßen verhängnisvolle Ereignisse: Österreich-Ungarn forderte von Serbien die Aufgabe der staatlichen Eigenständigkeit und erklärte ihm, als diese nicht erfolgte, am 28. Juli 1914 den Krieg. Den Bündnisverträgen entsprechend ergriff Deutschland die Partei der k. u. k.-Monarchie und erklärte Anfang August 1914 nacheinander Rußland und Frankreich den Krieg. Am 4. August marschierte man dem Schlieffen-Plan gemäß in Belgien ein, worauf Großbritannien an die Seite Rußlands und Frankreichs trat. Andere Staaten wie Italien, die Türkei und schließlich die USA kamen hinzu, so daß fortan vom Ersten Weltkrieg gesprochen wurde.

Karl Großmann war bei Ausbruch des Krieges 50 Jahre alt, kam also vom Lebensalter her als Soldat nicht mehr in Frage. Abgesehen davon hätte man einen Zuchthäusler wie ihn ohnehin nicht rekrutiert. Insofern interessierte ihn dieser Krieg nicht besonders;

andererseits ist die These zu wagen, daß er ohne diesen Krieg und seine Folgen nicht zu dem hätte werden können, als der er in die Kriminalgeschichte eingegangen ist: zu einem *Massenmörder* und zur *Bestie vom Schlesischen Bahnhof*. Der berühmte Strafverteidiger Prof. Dr. Dr. Erich Frey, zu dessen Mandanten auch Karl Großmann gehörte, hat das in seinen Erinnerungen auf den Punkt gebracht:

Es war eine unruhige Zeit, damals ... Geldentwertung, Teuerung, Hunger, Aufstände, Streiks ... Die Staatsmaschine der jungen Weimarer Republik ging stockend, unter Knarren und Ächzen. Nur der Apparat der Justiz lief auf Hochtouren. Für ihn hatten Krieg und Revolution eine noch nie dagewesene Hochkonjunktur herbeigeführt. Der Krieg hatte nicht nur Millionen Menschen verschlungen oder zu Krüppeln gemacht, er hatte auch die Seelen verwundet, manche völlig entstellt und verheert. Die Zahl der Verbrechen stieg ins ungeheure. Hunderttausende, die aus dem Krieg heimgekehrt waren, fanden nicht wieder zurück in ein geordnetes Leben. Hunderttausende fanden keine Arbeit und konnten sich nicht wieder an geregelte Arbeit gewöhnen. Riesig war die Zahl derer, die aus Haltlosigkeit oder auch aus Not das Gesetz brachen.

Nachdem Karl Großmann zunächst als Schlafbursche mal hier, mal dort Unterschlupf gefunden hatte, pachtete er sich eine Laube in der Kleingartenkolonie Alt-Landsberg an der Landsberger Chaussee. Anfangs war sie sein fester Wohnsitz, er behielt sie aber auch noch, als er in die Koppenstraße 31 gezogen war, also in die Gegend um den Schlesischen Bahnhof. Auch seine späteren Wohnungen – die in der Andreasstraße 19 und in der Langen Straße 88/89 – sollten dort liegen. Mit dem Geld, das ihm bei seiner Entlassung aus dem Zuchthaus für seine Arbeit ausgezahlt worden war, hatte er sich, so wenig es war, die Waren kaufen können, die notwendig waren, um als Hausierer sein Auskommen zu haben. Jeden Morgen zog er mit einem zerbeulten Kunstlederkoffer durch die Stadt und suchte Käufer, vor allem aber Käuferinnen für seine Waren: Schnürsenkel, kleine Spiegel in Zelluloid-Fassung, Kämme aus Hartgummi, Sicherheitsnadeln, Druckknöpfe, Haarspangen, Lockenwickler, Briefpapier, Streichhölzer und Heftpflaster.

Alles billiger Kram, aber es ernährte ihn nicht schlecht, jedenfalls sollte er bald einige größere Geldscheine im Portemonnaie haben.

Und damit war er nun in der Lage, das in die Tat umzusetzen, was er sich in den langen Jahren im Zuchthaus Nacht für Nacht lebhaft vorgestellt hatte: sich abgerissene und verzweifelte Frauen und Mädchen ins Zimmer zu holen und mit ihnen seine spezifische Sexualität auszuleben. Margarete, Maria, Martha, Johanna, Helene und Anna hießen sie. Es wurden so viele Namen, daß er sie schnell wieder vergaß. Die größte Lust verspürte er, wenn er sie fesselte und ihnen dann Gegenstände in die Scheide steckte oder mit der Hand dort hineinfuhr und diese hin und her drehte, ehe er den Beischlaf mit ihnen vollzog. Als Liebeslohn gab er ihnen zu essen und stellte ihnen ein Bett zum Schlafen zur Verfügung. Daß sie zur Polizei gingen und ihn anzeigten, war mehr als unwahrscheinlich. Zu groß war ihr Elend, und nichts fürchteten sie mehr als die Sittenpolizei und die Gefängniszelle. Das war die Angst, die sie jagte, die große Furcht, die sie schweigen ließ, selbst bei Mißhandlungen: »Er hat ja Geld gehabt, und für Geld macht man alles! Man sieht eben zu, wo man bleibt.«

Wer aber zur Polizei ging, war Karl Großmann selber. In regelmäßigen Abständen erschien er auf dem Polizeirevier 50 in der Kleinen Andreasstraße. So auch, als er einige Tage und Nächte mit einer gewissen Lotte verbracht hatte.

»Det Aas hat mir beklaut, wo ick ihr doch nur Jutes jetan hab'.«

Der Revier-Oberwachtmeister Klähn verzog das Gesicht. Man kannte diesen Spinner, der sich nur wichtig machen wollte. »Großmann, raus hier!«

»Ick habe ein Recht, jeden bei mir vollbrachten Diebstahl zur Anzeige zu bringen. Jeder Bürger hat das, und ick zahle meine Steuern imma pünktlich. Soll ick mir erst an die Zeitung wenden?«

»Sie kennen ja nicht mal den Namen der von Ihnen verdächtigten Frauen.«

»Nee, aber da drüben looft die, die ick meine, die Lispel-Lotte. Die hat mir vier Hunderter jeklaut. Die hab' ick alle jezinkt, um die Schlampe zu überführen. Hinter die Nummer hab' ick 'n kleenen Vogel jezeichnet.«

Klähn rief einen Kollegen hinzu, und fünf Minuten später war Lotte gefaßt. Bei der Leibesvisitation fand man dann im Strumpf der Beschuldigten tatsächlich die gezinkten Geldscheine.

»Die hatta mir doch selber da rinjesteckt«, protestierte das Mädchen. »Für meine Dienste.«

Der Oberwachtmeister lachte. »So viel, das glaubste doch selber nich.«

»Doch, so war't aba, weil er ja ville mehr wollte, als beim normalen Tarif drinne is.«

»Nun ja ...« Lotte war bekannt für ihre Spezialitäten – und Karl Großmann für seinen besonders hohen »Verbrauch an Frauen«, wie die Kollegen das nannten. Man hatte ein klammheimliches Verständnis dafür. Warum sollte der alte Zausel nicht noch was vom Leben haben, bevor er in die Grube fuhr. Klähn brachte es in Gesprächen unter den Kollegen auf den Punkt: Auch wenn die Leute etwas von Orgien in Großmanns Wohnung erzählten – »Lieber zu dritt im Bett als allein im Sarg.« Und der Lärm bei Großmann, von dem ihm ebenfalls berichtet worden war, die Schreie? »Haben Sie denn keine Phantasie?« Schon das Wort Lustschrei war etwas, an dem er sich berauschte. »Gönnen wir's dem Alten doch.«

So konnte Karl Großmann auch diesmal wieder beruhigt nach Hause gehen. Ständig suchte er nach neuer Beute, lauerte sogar vor den Gefängnistoren auf gerade entlassene Frauen. Seine wichtigsten Jagdgründe aber waren der Andreasplatz mit seinem kleinen Park und den Bänken sowie die Volksspeisehalle in der Andreasstraße. Da stand und saß er dann und wartete auf eine günstige Gelegenheit. Ließ sich kein »Frischfleisch« blicken, begann er die vorbeikommenden Frauen anzupöbeln, egal, ob die schäbig oder elegant gekleidet waren. Seine Redensarten waren so ordinär, daß die Frauen erstarrten und mit schnellen Schritten weiterstrebten.

»Na, du alte Schlammvotze, bleib doch mal stehen. Haste wohl lange keinen mehr drin gehabt. Kannste haben bei mir.« Schon so zu reden, war lustvoll für ihn. »Soll ich dir mal mein Ding zeigen? Oder willste lieber, daß ich dich absteche?«

»Lassen Sie das. Sonst gehe ich zur Polizei und zeige Sie an.«

»Jeh doch, du alte Nutte, die warten doch nur auf dich, um dich einzusperren. So'n Ungeziefer wie du muß weg von'a Straße.«

Erregten sich Bürger über ihn, stürzte er mit ausgebreiteten Armen wie ein Vampir auf sie zu, schrie »Huh!«, zog eine schreckliche Grimasse und spielte den Irrsinnigen. Daraufhin stoben sie davon.

Da! Großmanns Adrenalinspiegel schnellte nach oben. An der Tür der Volksspeisehalle stand eine Frau von knapp 30 Jahren, die einen sehr gejagten Eindruck machte und sich, während sie die angeheftete Karte mit den angebotenen Mahlzeiten studierte, immer wieder nach links und rechts umblickte. Karl Großmann schnellte los.

»Na, ist die Polente hinter dir her?«

»Wieso?«

»Tu doch nicht so.«

Angst stand in ihren Augen, die eine merkwürdige Bernsteinfarbe hatten. »Ich soll ins Gefängnis, will aber nicht.«

»Ich hab' 'ne Laube draußen, da kannste dich verstecken.« Karl Großmann gab sich Mühe, hochdeutsch zu sprechen, um vertrauensvoller zu wirken. »Na, wie is es?«

»Gut, ja.« Dankbar nahm die Frau sein Angebot an, und sie fuhren mit der Straßenbahn hinaus, erst mit der 3 zum Alexanderplatz, dann weiter mit der 64.

Sie hieß Marie Woyte und war lebenserfahren genug, um zu wissen, welchen Preis sie dafür zu bezahlen hatte, daß Karl Großmann sie beschützen würde. Es war ja auch ihr Gewerbe. Doch als sie dann mit ihm im Bett war, fuhr er ihr mit der ganzen Hand in die Vagina und fügte ihr solche Schmerzen zu, daß sie schreiend floh.

Ihre Nachfolgerin, von Großmann schon vorher als »Wirtschafterin« angeworben, stand bereits am Gartentor: eine gewisse Frieda Fischer. Sie war auf der Flucht vor ihrem Zuhälter; und im Vergleich mit dessen Brutalitäten war das, was Karl Großmann mit ihr anstellte, noch das kleinere Übel. Seine Spezialität war es, ihr Gegenstände wie Quirle und hölzerne Kochlöffel in Scheide und After einzuführen.

Eines nachts, als sie und Karl Großmann schon lange schliefen, wurde heftig an die Laubentür gepocht. »Aufmachen! Polizei.« Der Händler zögerte eine Weile, schloß dann aber auf. Draußen stand aber mitnichten die Polizei, sondern vielmehr Friedas Zuhälter mit einer Bande zwielichtiger Burschen. Sofort rissen sie das Mädchen aus dem Bett und nahmen es in die Mitte. Der Zuhälter setzte Großmann ein Messer an die Kehle.

»Du hast sie gehabt, und du zahlst mir jetzt dafür mit Zins und Zinseszins, sonst stech' ich dich ab! Los, her mit deinem Geld.«

Was blieb Karl Großmann übrig, als ihnen zu gehorchen? Schließlich zogen sie mit 1800 Mark und seiner Taschenuhr ab. Und natürlich mit Frieda.

Trotz dieses Mißgeschicks fuhr Karl Großmann fort, das zu tun, was zu seinem Leben inzwischen wie selbstverständlich dazugehörte. Natürlich ging das nicht lautlos ab, doch ihm half die traurige Indifferenz seiner Nachbarn, die es zumeist mit den sprichwörtlichen drei Affen hielten: *Nichts hören, nichts sehen, nichts sagen.* Bis auf eine, bis auf die 66jährige Kriegerwitwe Gertrud Grabowski, eine unscheinbare kleine Frau mit rachitischen Beinen, die ringsum in den Arztpraxen und Kneipen putzen ging, um mit ihrer kleinen Rente über die Runden zu kommen. Sie wohnte in der Langen Straße 88 in der zweiten Etage. Sie hörte eines Abends, als sie nach einem Besuch bei den Witzkes oben die Treppen hinunterging, ein Wimmern aus Großmanns Wohnung und blieb stehen, um ein wenig zu lauschen. Sie hatte bei den Nachbarn ein paar Likörchen gezwitschert und glaubte zuerst, der Händler hätte sich wieder eine von den »Schlampen« ins Bett geholt, die für ein paar Mark alles mit sich anstellen ließen, was Gertrud Grabowski an sich ganz anregend fand. Dann aber fuhr sie zusammen, als sie merkte, daß es noch ein Kind war, das da schrie. »Diese Drecksau, die!« Ohne zu zögern lief sie zur Andreaswache, um die Polizei zu holen.

»Herr Wachtmeister, komm'n Se ma, bei dem Großmann da passiert wat Schrecklichet.«

»Nee, nich schon wieda«, murmelte Revier-Wachtmeister Kuhnke, während er sich anhörte, daß in der Wohnung des Händlers die tollsten Dinge vor sich gingen. Frauenzimmer von der Straße kämen in Menge dorthin, und meist gäbe es Lärm bei diesen Besuchen. Man höre Schreien und Stöhnen, auch lautes Weinen in der Wohnung. Eben jetzt habe der Mensch ein ganz junges Mädchen bei sich, das wimmerte und schluchzte.

»Jut, komm' ick mit.«

Kuhnke fand bei Karl Großmann ein halbes Kind, das weinend im Bett lag. Es war ein kleines, verlumptes Mädchen von 14 Jahren, ohne Heim und Familie, das aus Cottbus kam und seiner Stiefmutter davongelaufen war.

»Sie wär verhungert und erfroren, wenn ick ihr nich nach oben jeholt hätte«, sagte Karl Großmann. »Und weil ick ihr Jutet jetan habe, woll'n Se mir nu verhaften?«

»Anjetan ham Se ihr wat!« schrie Frau Grabowski vom Korridor aus.

»Ruhe da draußen!« Kuhnke beugte sich zu der Kleinen hinunter. »Wie heißt du denn?«

»Emmi.«

Kuhnke wurde väterlich. »Und nun sag mal, Emmi, was hat denn der Mann mit dir alles gemacht? Hat er dir was zuleide getan?«

»Er hat sich neben mir in't Bette jelegt und wollte mir nackicht ausziehen.«

»Ja, hab' ick«, ging Großmann dazwischen. »Um sie ihre verdreckten und verlausten Lumpen auszuziehen und sie neue Kleider zu geben. Nie hab' ick dran jedacht, ihr wat Böset anzutun, ick doch nich, wo ick sie jerettet hab'. Wie meene eijene Tochta hab' ick se uffjenommen bei mir.«

»Du kommst jetzt mit zur Jugendfürsorge«, sagte Kuhnke zu Emmi. Als er sie dort abgeliefert hatte, war der Fall für ihn erledigt. Auf die Idee, sich näher mit der Geschichte zu beschäftigen, kam er nicht. Wieder war die Schlinge, die Karl Großmann schon um den Hals lag, nicht zugezogen worden. *Welch seltsame und traurige Schicksalsfügung, daß nicht schon damals die blutigen Mysterien des Frauenmörders entdeckt wurden!* So ein Chronist.

Am 21. Oktober 1920 schließlich schien Karl Großmann dann

doch am Ende zu sein, denn gleich mehrere Beamte waren in die Lange Straße 88 gekommen, um seine Wohnung zu durchsuchen. Eine der sexuell mißhandelten Frauen war doch zur Polizei gegangen: Martha Baltzer. Ihre Freundin, eine gewisse Frida Schubert, war nämlich ermordet worden – und da hatte sie sich an das erinnert, was Karl Großmann ihr angetan hatte: »Er hat zu mir gesagt, ich soll nur ruhig sein, sonst würde er noch ganz was anderes mit mir machen.« Dazu kam, daß ein früherer Geliebter der Schubert, der Töpfermeister Otto Tannenbaum, aussagte, am 2. Oktober 1920 Großmann und die Schubert in der Markthalle am Andreasplatz gesehen zu haben. »Sie haben janz eng beieinander gestanden und wat jeflüstert.« Zwei »Frauenspersonen« waren in der Wohnung und hätten die Beamten eigentlich besonders mißtrauisch machen müssen, doch die kamen zu dem Schluß, daß Karl Großmann als Täter nicht in Frage käme. Lapidar wird später von der Mordkommission angemerkt werden: *Eine genaue Durchsuchung des Ofens hätte vielleicht noch Menschenteile zutage gefördert.* Die aber unterblieb, und Großmann konnte aufatmen.

Und er war in so guter Stimmung, daß er beschloß, sich einen lange gehegten Traum zu erfüllen: sich einen kleinen Zeisig zu kaufen. In einem golden schimmernden Bauer sollte der sitzen und immer bei ihm sein. Er liebte die Vögel, seit sie im Zuchthaus bei ihm auf dem Fensterbrett gesessen und auf seine Brotkrümel gewartet hatten. Einige waren so zutraulich geworden, daß sie sich schließlich auf seine Hand gesetzt hatten.

»Mein Hänschen, mein Hänseken!« Zärtlich streichelte er das Tierchen, er küßte das glänzende Gefieder. Es sollte das einzige Lebewesen werden, dem er Zärtlichkeit und Liebe entgegenbrachte.

Die große Frage ist, ob Großmann zwischen 1913 und 1921 Frauen nicht nur benutzt, sondern auch getötet hat – und wenn ja, wie viele. In den Akten steht nur, daß Karl Großmann *nicht* festgenommen, angeklagt, überführt und verurteilt worden ist. Es war ja Krieg, und die Welt hatte anderes zu tun, als sich um einen Karl Großmann zu kümmern. An den Fronten im Westen, Süden und Osten wurden Hunderttausende von Männern hingeschlachtet –

was zählte da ein Dutzend womöglich ermordeter Frauen? Es sind also Vermutungen anzustellen, und an die Stelle von Wissen muß der Glaube im Sinne der Vermutung treten. Hat er oder hat er nicht? Karl Großmann selber wird später keine Auskunft geben – geben wollen, geben können. Letzteres wohl am ehesten, denn das Mißhandeln und – zumindest später auch – Töten von Frauen gehörte zu seinem Alltag, war für ihn natürlicher Bestandteil seines Lebens. Frauen waren ihm Beutestücke.

Und eine von ihnen sollte Grete werden, die Grete Tschau aus Breslau, der er zum ersten Mal im März 1920 begegnet war, als sie zusammen mit ihrer Freundin Valeska am Schlesischen Bahnhof eine Wurst bei ihm gegessen hatte. Daran konnte er sich aber nicht mehr erinnern, als sich ihre Lebensbahnen zum zweiten Male kreuzten, denn Grete war durch vielerlei Ereignisse eine ganz andere Frau geworden ...

Zweiter Teil

Ein Schicksal scheint sich zu erfüllen

Zehn

12. Januar 1921

Ungewißheit und Zukunftsangst sorgten in Deutschland weiterhin für eine depressive Stimmung. In den unteren Bevölkerungsschichten war die Not noch immer groß. In Berlin galten 120 000 Kinder als unterernährt. Der preußische Kultusminister hatte gerade angeordnet, daß Examenskandidaten wegen der schlechten wirtschaftlichen Lage bei Prüfungen nicht mehr im Frack zu erscheinen hatten.

Manche Träume vom Glück hatten sich für immer ausgeträumt – so hatte Grete Tschau nie eine Filmrolle bekommen und es sich längst abgeschminkt, einmal als gefeierte Schauspielerin auf einer großen Bühne zu stehen. Im Gegenteil: Es war immer weiter bergab gegangen mit ihr. Schließlich war sie froh gewesen, in einem großen Hotel am Anhalter Bahnhof eine Stelle als Zimmermädchen zu ergattern.

Sie wußte, daß sie ihre Arbeitsstelle verlor, wenn sie sich heute erneut krankmelden würde, doch sie schaffte es auch im dritten Anlauf nicht, sich hochzustemmen und die Beine auf den Boden zu setzen. Wie ein Baby wollte sie nichts weiter als nur »Äää« machen und im warmen Kuschelbett bleiben. Für immer. Bis man eines Tages ihre mumifizierte Leiche fand. Ihre Seele war ja schon lange abgestorben. Seit dem Tag, an dem sie Ludwig erschossen hatten. Sie lebte nur noch, weil ihre Kraft nicht reichte, Selbstmord zu begehen. Dieses Mal dann aber richtig, ohne jede Chance, noch gerettet zu werden. Nicht wie damals mit dem Rest seiner Schlaftabletten. Am besten, sie warf sich vor einen einfahrenden Zug. Ludwig hätte lang darüber philosophieren können, wo da der Unterschied war: zwischen der Leere ihres Lebens und dem Nichts nach dem Tode. Sie sah keinen. Außerdem: Sie starb ja ohnehin, denn was hatten sie ihr damals in Breslau gesagt, als sie mit Ludwig losgezogen war: »Das ist dein Untergang.« Irgendwann würde sie in Berlin ermordet werden. Nun hatte es Ludwig getroffen und nicht sie, aber der war ja nicht ermordet worden, sondern war den Heldentod für Volk und Vaterland gestorben, und er hätte über ihre Gedanken nur gelacht: »Ermordet werden? Na, was nicht ist, kann ja noch werden, und was kann einem zögerlichen Selbstmörder Besseres passieren, als daß ein anderer kommt und ihm die Entscheidung wie die Arbeit abnimmt.« Sie hörte seine Stimme, als stünde er am Kopfende ihres Bettes. Allerdings hätte er dieses Zimmer, dieses Rattenloch, hier in der Naunynritze nie betreten. Sie starrte auf die braunen Wasserflecke an der Zimmerdecke. Der größte ließ sie mit seinen Umrissen an Afrika denken. Wenn Ludwig noch lebte, wären sie längst in Rhodesien gewesen. Er hatte sich dort eine Farm kaufen wollen. Wenn ... Ihr Leben wurde vom Wörtchen »wenn« beherrscht.

Jemand hämmerte mit beiden Fäusten gegen ihre Zimmertür und schrie: »Mach doch endlich auf!« Das war Albert, einer der beiden Mieter, die sich mit ihr die Wohnung im dritten Stock des Seitenflügels teilten. Er war betrunken nach Hause gekommen und wollte jetzt zu ihr ins Bett. Doch eher hätte sie sich aus dem Fenster gestürzt, als ihn reinzulassen. »Hau ab, sonst kastrier' ich dich mit'm heißen Lötkolben.« Er war Elektriker, und oft lagen seine Werkzeuge in der Gemeinschaftsküche herum. Albert erbrach sich, dann hörte sie, wie seine Tür ins Schloß fiel. Nun, wenigstens war sie jetzt richtig wach geworden und schaffte es, aufzustehen und sich ihren Bademantel um die Schultern zu werfen. Immer stärker drückte ihre Blase, doch sie konnte sich einfach nicht überwinden, auf den Korridor zu treten und über Alberts Erbrochenes hinwegzuturnen. Der Gestank war so bestialisch, daß er schon durch die Türritzen drang. Ihre Hoffnung, daß Alfons wach werden und die Sauerei wegmachen würde, erfüllte sich jedoch vorerst nicht. Alfons war sehr häuslich veranlagt, wusch und putzte ununterbrochen und bekochte alles im Hause, was männlich war. Grete zappelte hin und her, konnte aber nicht mehr länger warten und mußte ihren Nachttopf unter dem Bett hervorholen. Sich das Ding zwischen die Beine zu klemmen, vollaufen zu lassen, um es dann später in der Küche im Ausguß zu entleeren, das war so proletarisch und niedrig für sie, daß der Ekel sie packte, der Ekel vor sich selber. »Gott, wie tief bin ich gesunken!« Wie hatte ihr Vater geschrieben: *Gestern noch auf hohen Rossen, heute durch die Brust geschossen. Hochmut kommt vor dem Fall. Wir werden Dir nie verzeihen, daß Du uns die Baronin vorgespielt hast.* Es war ihr nicht bewußt, daß sie das getan hatte, aber allein die Tatsache, daß sie mit Ludwig nach Italien gereist war, hatte die Neider auf den Plan gerufen.

Jetzt hörte sie Alfons draußen mit Schrubber und Wassereimer hantieren. So konnte sie wenigstens in die Küche gehen, sich ihren Muckefuck kochen. Alfons arbeitete wie sie im Hotel Excelsior und hatte neben vielen anderen angenehmen Eigenschaften auch die, nicht sofort anzüglich oder gar handgreiflich zu werden, wenn er eine Frau in Negligé und Bademantel sah.

»Hach, ist der Albert ein Ferkel«, sagte Alfons.

Das war schon eine tragikomische Geschichte mit ihnen hier in der Naunynstraße. Albert war scharf auf sie – und Alfons auf Albert. Fehlte nur noch, daß der Kreis sich schloß und sie Alfons heiß und innig begehrte. Was keine schlechte Lösung gewesen wäre, da sie sich beim besten Willen nicht vorstellen konnte, nach Ludwig jemals noch mit einem anderen Mann zusammenleben zu können. Auch nicht mit Friedrich Zetzscha, ihrem Bräutigam? »Ach Gott ...!« Sie seufzte bühnenreif. Formal waren sie ja noch immer miteinander verlobt. Aber Breslau lag so weit zurück, Breslau gab es gar nicht mehr.

Ihr Frühstück bestand aus einer Tasse Malzkaffee und zwei Stullen, eine mit Schmalz, die andere mit selbstgekochter Himbeermarmelade bestrichen. Vorbei die Tage, da es Lachs und Kaviar gegeben hatte. Andere träumten von ihrer Zukunft, sie von ihrer Vergangenheit.

Alfons, Kellner im Restaurant des Excelsior, setzte sich zu ihr.

Er kam aus Perleberg, Ludwig von Lellichow war aus Pritzwalk gekommen, die Prignitz verband sie. Sie kamen ins Erzählen.

»Wie bist du eigentlich weggekommen aus Breslau?«

Grete zögerte. Es hieß, Alfons sei nicht nur von Natur aus neugierig, sondern würde auch alles, was er hörte, ganz genau festhalten, denn er sei dabei, einen großen Berlin-Roman zu schreiben. »Ja, was gibt es groß über Breslau zu sagen?« Dort war sie im Mai 1895 geboren worden und später brav zur Schule gegangen. »Meine Eltern wollten, daß ich den kleinen Kolonialwarenladen eines entfernten Onkels übernehme. Das war schon schlimm genug, wäre aber noch gegangen, wenn da nicht Hermann gewesen wäre, mein Cousin um x Ecken herum. Ein kleines rosiges Schweinchen und dumm wie Bohnenstroh. Das sollte nun meine Zukunft sein. Ich wollte aber unbedingt zum Theater. Den Floh hatte mir ein Nachbarsjunge in den Kopf gesetzt, ein stolzer Primaner mit einer schönen Mütze auf dem Kopf, der Friedrich. Der war völlig verschossen in mich, und wir haben uns schließlich verlobt. Meine Eltern hatten nichts dagegen, denn sein Vater war ein hoher Beamter bei der Stadtverwaltung. Aber dann, 18 Jahre war ich da, ist es passiert ...«

»Mit ihm?«

»Nein, eben nicht. Ich war bei einem Onkel auf'm Dorf bei Liegnitz und hab' dem auf seinem Hof geholfen. Und da in der Gegend war in dieser Zeit Manöver. Gerade treibe ich meine Herde auf die Weide, da kommt eine Patrouille die Dorfstraße entlanggesprengt, und meine Kühe gehen mir durch. Ich hinterher – und werde von einem Offizier über den Haufen geritten. Gehirnerschütterung, ein Bein gebrochen. Später hat er mich dann im Krankenhaus besucht. Und dann sind wir mal tanzen gegangen. Friedrich erfuhr davon und war furchtbar eifersüchtig, wir stritten uns ...«

»Und im Winter bist du dann die Geliebte des Offiziers geworden.« Alfons wußte, wie solche Geschichten weitergingen. Er lächelte einfühlsam und etwas ironisch. »Was kam, war die schönste Zeit deines Lebens, aber ...«

»Ja. Sowohl als auch. Seine Familie saß in Oberschlesien, und

Frau und Kinder hatte er auch, aber ich war sein ein und alles. In Berlin, in der Kaiserallee, hat er mir eine Wohnung eingerichtet. Und viel verreist sind wir auch. Es war ein Traum, ein einziger Traum. Ja ... und dann kam er an die Front ... Beim ersten Gefecht ist er gefallen.«

Alfons nickte verständnisvoll. »Und zu Hause war nun kein Platz mehr für dich?«

»Nein, für die in Breslau war ich gestorben. *Ich habe keine Tochter mehr*, hat mir mein Vater geschrieben.«

»Und dein, sagen wir, Geliebter hat dir nichts hinterlassen – außer den süßen Erinnerungen?«

»Nein, keinen Pfennig. Wie konnte er denn auch ahnen, daß er ... Wir wollten beide nach Afrika, nach Rhodesien, ein neues Leben beginnen. Oberschlesien, das ist ja jetzt alles polnisch, dahin hätte er sowieso nicht zurückgekonnt.«

»Und dein Bräutigam?«

»Hat nie wieder was von sich hören lassen. Kann ich ihm auch nicht verdenken.«

»Und nun bist du bei uns im Excelsior Zimmermädchen, anstatt in Rhodesien in deinen Zimmern die Mädchen zu scheuchen. Wie sage ich immer: Jedes Leben ist ein Roman. Aber deines ist ein besonders interessanter Roman. Doch noch ist er ja nicht abgeschlossen.« Alfons erhob sich. »Was soll man machen: Das Leben ist nur aus Versehen geschaffen worden.« Damit verließ er die Küche.

Grete Tschau mußte sich nun beeilen, um pünktlich im Hotel zu sein. Das Geld für die Straßenbahn hatte sie nicht, also lief sie. Einen durchgehenden Straßenzug zwischen Naunynstraße und Anhalter Bahnhof gab es nicht, sie mußte entweder im Zickzack laufen oder einen großen Bogen nach Norden machen – was sie dann auch tat. Erst die Oranien, dann die Koch, ein kleines Stück die Wilhelm und schließlich kurz die Anhalter lang. Das waren drei Kilometer oder eine knappe Dreiviertelstunde, also lästig, aber kein großes Problem.

Der Tag war grau, der Frühling noch fern. Sie bewegte sich wie in Trance. Sie hatte keinen eigenen Willen mehr, alles geschah nur noch mit ihr. Was sie trug, war allein der ganz ursprüngliche Lebenswille. Nicht anders als bei jeder Fliege. Im Kosmos war offensichtlich angelegt, daß sie hier durch die Straße ging, also tat sie es. Jede Frage nach dem Warum schien ihr schwachsinnig. Das Kaufhaus Wertheim am Moritzplatz, von dem andere immer so schwärmten, machte sie eher traurig, denn sie hatte nicht das Geld, dort Kundin zu sein. Und als Verkäuferin hatte man sie auch nicht haben wollen. »Die ist mir zu lasziv«, hatte sie eine Direktrice sagen hören. Was immer das hieß. Kamen die Koch- und die Wilhelmstraße mit ihrem Trubel, dann die Anhalter mit dem Palais des Prinzen Albrecht. Aber das alles interessierte sie nicht. Es war nicht ihre Welt. Sie hatte keine Welt mehr, sie war aus der Welt.

Ihren Arbeitsplatz betrat sie natürlich durch einen Hintereingang, über die Anhalter Straße. Das Hotel Excelsior erstreckte sich im Winkel zwischen Anhalter und Königgrätzer Straße, wobei sich der eine Schenkel etwa in Nord-Süd- und der andere in Ost-West-Richtung erstreckte. Die eigentliche Ecke zwischen den beiden Straßen bestand jedoch aus den Grünanlagen des Askanischen Platzes beziehungsweise gehörte anderen Eigentümern. Der Hotelkomplex war also als ein in der Vertikalen gedrehtes L zu denken, und wer sich im Labyrinth von Neu- und Altbau, von Seitenflügeln, Quertrakten, Treppenhäusern und Innenhöfen zurechtfinden wollte, brauchte schon einen ausgezeichneten Orientierungssinn. 376 Zimmer gab es, dazu Restaurants, Vestibüle, Festsäle, Bäder, einen Friseur und eine Konditorei. Die Hauptfassade lag an der Königgrätzer Straße, genau gegenüber dem Portal des Anhalter Bahnhofs. Sie war kolossal und wurde von je vier Dreiviertelsäulen und Pilastern beherrscht, die auf hohen Postamenten ruhten und ein weit vorkragendes Konsolgesims trugen. Über den vier Stockwerken ragte ein Dreiecksgiebel in den Himmel.

Grete zog sich um. Mit ihr waren drei andere Zimmermädchen gekommen, und der Raum war so eng, daß sie sich immer wieder die Ellenbogen in die Rippen stießen. Die Kolleginnen kicherten, Grete nicht. Die anderen waren nicht nur jünger als sie, es stand auch eine unsichtbare Wand zwischen ihnen. Grete wußte, daß die drei sie nicht mochten und ihr nachsagten, sie fühle sich als etwas Besseres. »Bin ich ja auch«, sagte sie hin und wieder zu ihrer Freundin Sarah. »Die Jahre mit Lellichow haben abgefärbt. Schließlich habe ich da gelebt wie eine Fürstin.« Worauf Sarah, pragmatisch wie sie war, stets dieselbe Antwort hatte: »Dafür kannst du dir nun auch nichts mehr kaufen.«

Grete holte sich die Liste mit den Zimmern, die sie zu säubern hatte. Als sie einen der ewig langen Flure hinunterging, unterhielt sie sich wie jeden Tag mit Lellichow. »Das hätte ich mir auch nicht träumen lassen, daß ich eines Tages den Dreck anderer Leute wegmachen muß.« – »Ach, Liebes, Hochmut kommt eben vor dem Fall.« Sie klopfte an der Nummer 166. Keine Reaktion. Also waren die Leute wirklich abgereist. Sie schloß auf und trat ins Zimmer. Die Betten waren zerwühlt, auf dem Nachtschrank am Fenster lagen zerrissene schwarze Dessous. Es mußte eine sehr heiße Liebesnacht gewesen sein. Und ein Ende mit Schrecken, denn im Bad entdeckte sie die Scherben eines Zahnputzglases. Offenbar in wildem Zorn gegen die Wand geworfen. Es roch intensiv nach Liebe, nach Schweiß und Sekreten. Auch bei Grete kribbelte es. Wenn Ludwig jetzt dagewesen wäre, dann hätte sie ihn aufs Bett geworfen, sich auf ihn gesetzt und einen wilden Ritt begonnen. Sie riß das Fenster auf. Es wäre ein geeigneter Moment gewesen, sich in die Tiefe zu stürzen. Mit diesem Bild vor Augen. »Drei Sekunden noch, dann bin ich bei dir.« Eine Kraft, die sie nicht deuten konnte, hielt sie zurück.

Gegenüber lag der Anhalter Bahnhof. Wie oft hatte sie Lellichow dort abgeholt, wie oft waren sie von dort in den Süden gefahren. Für sie war das kein Bahnhof, für sie war es eine Kathedrale. Sie liebte den monumentalen Backsteinbau mit den gelben Verblendsteinen und den Terrakotten, die ihn verzierten, und hätte stundenlang am Fenster stehen und ihren Träumen nachhängen können. Was wäre jetzt, wenn sie Ludwig nicht erschossen hätten ...? Wenn er sie wirklich geheiratet hätte ...? Wenn und hätte.

»Sie werden hier nicht zum Träumen bezahlt, Fräulein Tschau!«

Die Stimme eines der Direktoren ließ sie zusammenzucken wie ein Pistolenschuß. Der Mann galt als großer Schürzenjäger und war schon lange hinter ihr her. Erschwerend kam hinzu, daß er Schauer hieß, ausgerechnet, und daher ein gewisses Recht auf sie ableitete. So etwas könne doch kein Zufall sein, sondern nur Vorsehung. Ein Zeichen, daß sie zusammengehörten.

»Aber wenn Sie von mir geträumt haben sollten, Frau Tschau, pardon: Fräulein Tschau, dann will ich jede disziplinarische Maßnahme vermeiden und Ihnen im Gegenteil dafür danken ...« Schon stand er hinter ihr und strich ihr über Hüften und Po. Er wußte aus der Gästeliste, daß sie die Geliebte Lellichows gewesen war, und sah sie deshalb als Freiwild an. »Als Zimmermädchen sind Sie doch viel zu schade. Sie könnten Direktrice sein, wenn Sie nur wollen ...« Schon glitt seine Hand unter ihren engen schwarzen Rock.

»Lassen Sie mich!« Sie schlug ihm auf die Hand.

»Ich bin Ihnen wohl nicht gut genug.«

Was sie rettete, war das Erscheinen der Hausdame. Die stand plötzlich im Zimmer und räusperte sich. »Herr Direktor, Sie möchten bitte sofort ins Büro kommen, die Polizei ist da.«

Schauer ließ von ihr ab und stürzte aus dem Zimmer. Grete umarmte die Hausdame. Es war keine andere als Sarah Jerxheimer, ihre beste, weil einzige in Berlin verfügbare Freundin, seit Valeska in Königsberg Theater spielte. »Ich danke dir. Das war wirklich im letzten Moment.«

»Dann wärst du weich geworden ...?«

»Das ist wirklich ein ekliger Fettwanst. Aber, mein Gott, was habe ich noch groß zu verlieren? Meine Unschuld sicher nicht.«

»Wenn bei meinem Vater mehr zu tun wäre, dann könntest du im Laden mithelfen. Aber so schlecht, wie die Geschäfte jetzt gehen ...«

»Das ist lieb von dir, aber ... Alles wird so kommen, wie es kommen muß, und es wird sich das erfüllen, was mir mein Cousin aus Breslau geschrieben hat – der, den ich nicht heiraten wollte: *Wir lesen hier immer wieder, daß sie in Berlin in Deiner Gegend Leichenteile aus den Gewässern fischen. Mutter sagt dann: Die Grete, die endet auch mal so.* Recht wird sie haben. Und du wirst mich dann finden, du hast ja Übung darin.«

»Hör auf damit!« Sarah schüttelte sich. Zwar war es nun schon fast ein Jahr her, daß sie mit ihrem Vater den Leichenfund am Engelbecken gemacht hatte, aber es gab in regelmäßigen Abständen immer wieder neue Funde. Irgendwo mußte jemand hocken, der Menschen schlachtete.

»Aber die Polizei ist nicht deswegen hier?« fragte Grete.

»Nein, nur wegen der Anna Sanek.«

»Wer ist denn das?«

»Die Gemahlin des Großfürsten Oblomov, die bei uns über 10 000 Mark Schulden gemacht hat. Eine Putzmacherin von Hause aus.«

»Keine schlechte Idee«, sagte Grete Tschau und meinte es womöglich ernst. Warum denn nicht: Auch sie wußte ganz genau, wie man sich als Fürstin zu verhalten hatte, und sie konnte Namen fallen lassen, die bei Leuten wie Schauer unheimlich Eindruck machten. Und bei Lichte gesehen, war sie ja schon immer als Hochstaplerin durchs Leben gegangen. Wie eine Fürstin und nicht wie eine Landpomeranze aus Breslau. Nie hatte sie widersprochen, wenn sie mit »Gnädige Frau« oder »Frau von Lellichow« angesprochen worden war.

»Kommst du heute mit ins Kino?« fragte Sarah.

»Was gibt es denn?«

»*Hamlet* mit Asta Nielsen.«

Grete winkte ab. »Eine Frau als Hamlet – fürchterlich!«

»Hamlet muß sich als Frau geben, weil seine Mutter das bei seiner Geburt fälschlich verkündet hat, um die Thronfolge zu sichern.«

»Mit der Massary gibt's nichts?«

»Nein.« Das war schade, denn Fritzi Massary war eine Leidenschaft, die sie gemeinsam hatten.

Als Sarah Jerxheimer wieder gegangen war, machte sich Grete Tschau mit Hochdruck an die Arbeit. Immer dasselbe: die Betten ab- und neu beziehen, Papier- und Abfallkörbe leeren, Handtücher wechseln, Staub wischen und saugen, Waschbecken, Kloschüssel, Badewanne säubern und wieder auf Hochglanz polieren. Nachsehen, ob Bügel, Zahnputzgläser, Schreibzeug, Bibel und all der andere Kleinkram vorhanden waren. Dann weiter ins nächste Zimmer. Das machte sie alles ganz mechanisch.

Erst im Zimmer 171 kam sie wieder zu sich. Und das beim Anblick eines abzuziehenden Kopfkissens. Am rechten oberen Zipfel fand sich nämlich ein kaum wahrnehmbarer Fleck. In der Wäscherei und beim Plätten mußten sie ein wenig schludrig gearbeitet haben. Ein Halbmond von stark verblaßter rotbrauner Farbe, eigentlich nur noch zu erahnen. Aber sie wußte noch genau, wie er dort hingekommen war. Bei ihrer letzten Liebesnacht hier im Excelsior. Ludwig hatte sich wieder einmal über ihre ungewöhnlich spitzen Eckzähne lustig gemacht, ihre Mäusezähnchen. »Ich bin kein Mäuschen, ich bin ein Vampir. Und ein Vampir braucht Blut. Dein Blut.« Und sie hatte ihn auf seiner linken Seite in den Hals gebissen. Nachher, als sie sich herumgewälzt hatten, mußte das Blut ins Kopfkissen gekommen sein.

Sie dachte gar nicht weiter nach, sie wußte nur eines, daß sie dieses Kopfkissen haben mußte, irgendwie aus dem Hotel schmuggeln und zu Hause aufbewahren. Als Reliquie ihrer großen Liebe. In der Handtasche ging das nicht, die wurde am Ausgang kontrolliert. Aber wenn sie das Kopfkissen zusammenfaltete und unter ihrer Bluse verbarg ... Gedacht, getan. Das konnte gar nicht schiefgehen.

Mit der gleichmütigsten Miene der Welt bediente sie dann nach Arbeitsende die Stechuhr, plazierte ihre Karte in der vorbestimmten Schräge in einem kleinen länglichen Regal, ging zum Ausgang und öffnete ihre Tasche mit der ostentativen Geste, daß sie nichts zu verbergen habe. Die Aufpasserin, eine dicke Wachtel, nickte auch, und Grete glaubte schon, gewonnen zu haben, da kam der Schrei: »Was steckt denn da unter Ihrer Bluse?«

»Was soll schon unter meiner Bluse stecken? Das möchten Sie wohl gerne sehen – aber nicht bei mir!« Grete Tschau versuchte sich dadurch zu retten, daß sie ein Höchstmaß an sittlicher Empörung an den Tag legte, denn über die Kontrolleurin hatte es schon etliche Beschwerden gegeben. Daß sie bestimmten Frauen an die Wäsche wolle. Und in der Tat brummten einige der Kolleginnen schon etwas von Unverschämtheit und daß man sich das nicht bieten lassen müßte.

»Sind Sie schwanger?«

»Ja«, log Grete.

»Dann sitzt aber das Kind ziemlich weit oben ...«

»Kein Wunder, der Vater ist Flieger.« Jetzt hatte Grete auch die Lacher auf ihrer Seite.

Die fette Wachtel blieb unbarmherzig. »Das ist doch kein dicker Bauch, das ist doch ein Wäschestück.«

»Klar ist das ein Wäschestück: mein Unterrock nämlich.«

»Sie haben aber einen komischen Unterrock.«

»Sie müssen's ja wissen.«

»Klar weiß ich das, denn da ist das Monogramm *Grand Hotel Excelsior* eingestickt.«

Grete zog den Bauch noch weiter ein und strich sich über ihre Bluse. »Wo sehen Sie denn eigentlich was?«

»Ich hole jetzt eine Zeugin, und dann gehen wir zusammen in die Umkleidekabine.«

Grete Tschau hatte keine andere Wahl mehr, sie mußte sich fügen. Und es wäre alles nicht so schlimm gewesen, wenn als Zeugin nicht ausgerechnet die Hausdame Sarah Jerxheimer geholt worden wäre.

»Was hast du dir bloß dabei gedacht?«

Jetzt konnte Grete nicht anders, als in Tränen auszubrechen. »Da habe ich doch mit Ludwig ... Unsere letzte Nacht, bevor er ... Wir haben den Fleck hier gemacht. Ich bezahle es ja auch.«

Sarah Jerxheimer sah die Frau vom Wachdienst fast flehentlich an. »Liebes Fräulein Sablewski, können wir nicht so tun, als ob Fräulein Tschau das Kopfkissen nur mit nach Hause nehmen wollte, um es selber zu waschen? Wir werden es ja ohnehin aussortieren müssen.«

»Diebstahl ist Diebstahl.« Die Sablewski ließ sich nicht erweichen und bestand darauf, den Direktor zu rufen.

Schauer kam alsbald und ließ sich informieren. Grete Tschau wußte, daß sich nun alles entschied: Wenn er sie auf die Straße setzte und gar noch die Polizei rief und Anzeige erstattete, war sie am Ende, dann hätte sie wohl nur noch eine Überlebenschance: ihren Körper zu verkaufen. Abend für Abend, Nacht für Nacht.

Mehrmals. Und nicht nur einmal, hier im Hotel, wenn sie Schauer zu Willen war. Also signalisierte sie ihm mit ihrem Lächeln, daß er sie nun haben könne.

»Wir sollten das wirklich nicht an die große Glocke hängen, Herr Direktor«, sagte Sarah Jerxheimer. »Es ist eine einmalige Entgleisung, eine Kurzschlußhandlung. Wir hätten das fragliche Kopfkissen ja ohnehin wegwerfen müssen – sehen Sie mal diesen Fleck hier. Und ich lege meine Hand dafür ins Feuer, daß sich Fräulein Tschau nie wieder etwas zuschulden kommen läßt.«

Schauer biß sich auf die Unterlippe und überlegte, und Grete sah genau, wie es in ihm arbeitete. Da waren zwei unterschiedliche Kräfte, die miteinander rangen: Lust und Rache. Sie hatte ihn vorhin abgewiesen und furchtbar gekränkt. Dafür wollte er sich rächen. Doch so, wie sie ihm jetzt zuzwinkerte, mußte ihm klar sein, daß er sie haben konnte. Wenn er die Sache niederschlug. Und sie tat alles, ihm den Weg zu zeigen.

»Sie können gerne bei mir zu Hause nachsehen«, sagte Grete Tschau. »Da ist nichts, was ich gestohlen habe. Das mit dem Kopfkissen hier, das ist eine einmalige Sache, das hat auch ganz andere Gründe. Ich wollte mich ja nicht bereichern, sondern ... Es war ein Andenken an ... Aber der ist ja nun schon lange tot, und ich bin jeden Abend allein ...« Sie war sich sicher, daß er darauf ansprang, mußte er ganz einfach.

Doch Schauer tat es nicht. Wohl auch, weil seine Hausdame dabei war und den Handel wahrscheinlich durchschauen würde. Damit hätte sie ihn dann in der Hand gehabt, wenn es einmal hart auf hart kommen sollte. Also brachte er den Diebstahl des Kopfkissens zur Anzeige und sorgte dafür, daß Grete Tschau fristlos gekündigt wurde.

Elf

4. April bis 24. Mai 1921

Die Stimmung in Deutschland war so grau wie der Himmel. Alles wurde teurer. Gemessen am Standard von 1913 waren die Preise um über 28 Prozent gestiegen. Viele Lebensmittel waren knapp und wurden immer teurer. Die Wohnungsnot war extrem. Und die Alliierten forderten vom Deutschen Reich 226 Milliarden Goldmark an Reparationen. Erst jetzt machten sich die Folgen des verlorenen Krieges richtig bemerkbar. Der neue Reichskanzler, Joseph Wirth vom Zentrum, hatte keine andere Wahl, als den Forderungen der Siegermächte nachzugeben; das Rheinland war ja schon besetzt. Die Rechte bezichtigte ihn der »Erfüllungspolitik«, die Feinde der jungen Republik sammelten sich in Bayern um die Brigade Ehrhardt und die NSDAP. Ein einig Volk war man bei weitem nicht. Im Reichstag gab es den Zwischenruf eines Abgeordneten der Deutschen Volkspartei, daß Kommunisten keine Deutschen seien und an die Wand gestellt werden müßten. Die Stimmung im Volk wurde immer schlechter, alles war höchst ungewiß, und wer an die Zukunft dachte, verspürte nichts als würgende Angst. Die es sich noch leisten konnten, betäubten sich mit Jazzmusik und flüchteten sich in die großen Kinos und die kleinen Kabaretts.

Grete Tschau konnte das nicht, als sie am 4. April 1921 aus dem Frauengefängnis entlassen worden war. Sie konnte es noch immer nicht fassen, daß man sie wegen einer Bagatelle vier Wochen lang einsperrt hatte. Es mußte Rache im Spiel gewesen sein. Man hatte Lellichow gemeint und sie geschlagen. Oder war es so, daß sie ganz bestimmte Männer, all die Lüsternen und Verklemmten, durch ihre bloße Anwesenheit allzusehr reizte? Alfons jedenfalls meinte das und sprach sogar von einer Art moderner Hexenverbrennung. Er war der einzige, der ihr beigestanden hatte. Sogar ihre Miete hatte er gezahlt, nun war er aber selber am Ende.

»Du mußt dir unbedingt Arbeit suchen, Grete, ich habe selber nichts als Schulden«, erklärte er ihr deshalb morgens in der Küche. »Wie ist es denn mit Sarah Jerxheimer, kann die dir nicht unter die Arme greifen?«

»Wir haben uns zerstritten. Sie hat nun selber Schwierigkeiten mit Schauer und wirft mir vor, daß ich das mit dem Kopfkissen nicht hätte tun dürfen.«

»Die weiß doch nicht, was Leidenschaft ist.«

»Die Glückliche.«

»Die Unglückliche.« Alfons servierte Grete ein Glas Leitungswasser, in das er einen Schuß Apfelsaft getan hatte, als Champagner. »Bitte sehr, meine Dame. Eine kleine Aufmerksamkeit unseres Hauses aus Epernay. So läßt sich die Contenance am besten wiedergewinnen.«

»Du bist lieb.« Sie leerte das Glas mit der dünnen Apfelschorle, als wäre es wirklich Champagner.

»Paß mal auf: Bald hast du wieder Arbeit, und es geht aufwärts mit dir.«

»Ach!« Sie winkte ab. »Du weißt doch ganz genau, daß ich nur noch eine Chance habe: mit den Männern für Geld.«

»Quatsch. Fahr nach Hause nach Breslau und stell dich dem Leben, das dir vorbestimmt ist. Du hast die Flucht gewagt, das war gut und richtig, aber sie ist rundum gescheitert, also akzeptiere das und nimm deinen Cousin.«

Grete sprang auf und stampfte mit dem Fuß auf den Boden. »Nein und abermals nein! In Breslau bin ich nicht nur vier Wochen im Gefängnis, sondern vier Jahrzehnte. Und jeden Tag dasselbe Spießrutenlaufen. Ich bin doch dreifach gebrandmarkt: zuerst durch die Liaison mit Lellichow, dann dadurch, daß ich Friedrich betrogen habe – und drittens durch den Gefängnisaufenthalt. Und wenn mich mein Cousin wirklich noch nimmt ...«

»Er wird dich nehmen, weil er sich von deiner Liebeskunst die größten Wonnen verspricht.«

» ... und wenn mich mein Cousin wirklich noch nimmt, dann nur um den Preis, daß er mich jeden Tag wie eine Sklavin behandeln kann.«

»Gott!« Alfons rang die Hände. »Wie kann man nur so naiv sein. Natürlich mußt du einen Preis für die Zeit mit Lellichow zahlen, einen Preis für all deine Träume. Für alles im Leben muß man einen Preis zahlen.«

»Gut.« Sie setzte sich wieder. »Ich will versuchen, Arbeit zu finden. Aber wie?«

»Versuch es doch mal in der Desinfektionsanstalt.«

»Wenn du meinst ...« Sie dankte Alfons, wünschte ihm einen schönen Tag im Excelsior und ging in ihr Zimmer, um sich zurechtzumachen.

Die Desinfektionsanstalt befand sich in der Grünauer Straße, einige hundert Meter vom Görlitzer Bahnhof entfernt. 1876 hatte Robert Koch den Erreger des Milzbrandes, 1882 das Tuberkulose-Bakterium und 1883 den Choleraerreger entdeckt – und gleichzeitig damit praktikable Verfahren entwickelt, diese Erreger mit Heißluft abzutöten. Zuerst mußten die Dinge, die es zu desinfizieren galt, in die Anstalt gebracht werden, später, als die »Formaldehydrat-Beräucherung« erfunden worden war, konnte man auch in die Wohnungen erkrankter Menschen gehen. Bevor sie die Stelle als Zimmermädchen im Excelsior bekommen hatte, war Grete Tschau mit einer solchen Desinfektionskolonne durch Kreuzberg gezogen.

Sie wußte noch genau, wo sich die Personalabteilung befand, traf aber zu ihrer großen Enttäuschung den Beamten nicht mehr an, der damals ihre Akte geführt hatte. Für Neueinstellungen war jetzt ein gewisser Kotte zuständig, und der schien nicht nur ein sadistischer Mensch zu sein, sondern hatte in ihren Augen die Grenze zum Schwachsinn schon ein wenig überschritten.

»So, Sie waren schon einmal bei uns beschäftigt ...?« Er befragte sie nicht, er verhörte sie. »Ich habe aber keine Tschauf, Grete, in meinen Unterlagen.«

»Ich heiße ja auch nicht Tschauf, sondern Tschau – ohne f hinten.«

»Und Grete auch ohne f hinten.« Kotte lachte schallend.

»Ja. Nur mein Bruder hatte ein f hinten.«

»Ich verstehe: der Fritz.« Wieder bekam Kotte einen Lachanfall.

»Nein, Adolf.« Grete vermutete, daß Kotte im Krieg schwer verwundet worden war. Wahrscheinlich Kopfschuß. Womöglich hatte er sich die dunkelbraunen Haare so komisch gekämmt – eine dicke Strähne fiel rechts über die Stirn und verdeckte fast das Auge –, um das Einschußloch zu verdecken. Der Mann verdiente also Mitgefühl. »Entschuldigen Sie, das wird ein Irrtum meinerseits sein ... Ich habe mich undeutlich ausgedrückt, ich wollte sagen: Tschau wie schauen, nur mit einem T davor.«

»Na schön, dann geben Sie mal Ihr Arbeitsbuch her. Wo wann was gemacht?« Er nahm ihre Unterlagen und ging damit zu einem Karteikasten, in dem er umständlich zu suchen begann. »Hier gibt es keine Tschau!«

Grete war klar, warum er ihre Karteikarte nicht finden konnte: Er suchte trotz ihres Hinweises unter Sch, nicht unter T. Aber klärte sie ihn über seinen Irrtum auf, bekam er sicherlich einen Tobsuchtsanfall, und sie hatte keine Chancen mehr. Jetzt strich er sich die Haare zurück, und sie sah, daß er gar keinen Kopfschuß hatte. Also angeborener Schwachsinn. Sie stützte sich auf den Tresen und wartete gespannt, ob Kotte den Kampf mit dem ABC gewinnen würde. In ihrer Reichweite lag ein kleiner Stapel von Dienstausweisen, offenbar für Desinfektoren bestimmt, die Hausbesuche machen sollten. Genau das war es, was sie sich wünschte, aber bei Kotte sicher niemals bekommen würde, denn der hatte die Suche nach ihrer alten Karteikarte endgültig aufgegeben und war nun dabei, ihre Unterlagen durchzusehen. Lesen jedenfalls konnte er.

»Viel Berufserfahrung haben Sie ja nicht, Frau Tschauf. Und – was ist denn das hier?! Im Excelsior sind Sie wegen Diebstahls entlassen worden. Ja, sind Sie denn von allen guten Geistern verlassen, daß Sie glauben, wir würden hier kriminelle Elemente beschäftigen? Was wagen Sie ...! Verlassen Sie auf der Stelle mein Büro!« Er schlug so kräftig mit der flachen Hand auf den Schreibtisch, daß durch den entstehenden Luftzug einige Bögen und Formulare hochgewirbelt wurden und auf den Boden segelten.

Als er sich bückte, um alles wieder aufzusammeln, griff sich Grete Tschau blitzschnell einen der Dienstausweise und ließ ihn in ihrer Bluse verschwinden. Dahinter steckte keinerlei Überlegung, der Impuls entsprang lediglich dem Wunsch, diesen Kotte auszutricksen und zu ärgern: Ätsch, du Schwachkopf, ich komm' auch ohne dich ans Ziel, und du kannst nachher stundenlang nach dem verschwundenen Dienstausweis suchen. Das ist meine Rache.

Zu Hause in der Naunynstraße traf sie nur Albert an. Der kam vom Fußballtraining. Bei Hansa 07 spielte er, einem Verein gleich um die Ecke. Rechter Außenläufer war er, aber da er zuviel trank, wurde er kaum noch aufgestellt. Auch seine Arbeit bei der AEG in Oberschöneweide hatte er wegen seiner Trunksucht verloren. Dennoch war er bei bester Laune.

»Du, Grete, ich mache einen eigenen Laden auf.«

Das überraschte sie nicht. »Elektrogeräte und Reparaturen?«

»Nein, Tauschhändler.«

»Ja: Tausche abgelegte Braut gegen ein Pfund Sauerkraut.«

»Nein, mal ernsthaft: Ich hab' vom Magistrat die Erlaubnis bekommen, Küchenabfälle aufzukaufen und zu sammeln. Nachher nimmt sie mir die Verwaltung zu festgesetzten Preisen ab.« Bisher hatten die Hausfrauen ihre Abfälle in die meist überquellenden Mülltonnen auf den Höfen geworfen, wo sie nur die Ratten angelockt hatten. »Und weiß du was ...?«

»Nee ...«

Er strahlte übers ganze Gesicht. »Du kannst bei mir als Gehilfin anfangen.«

Grete Tschau zuckte eher zusammen, als daß sie sich freute. Einmal war sie nicht erpicht darauf, verfaulte Kartoffelschalen und schimmliges Fallobst zu sortieren, und zum anderen wußte sie nur allzu genau, was Albert mit seinem großherzigen Angebot in Wirklichkeit bezweckte: sie ins Bett zu bekommen. Und ihr Ekel vor Albert war groß, erschien ihr unüberwindlich. Ständig roch er nach Kneipe, nach Bier und Schnaps. Noch mehr aber fürchtete sie seinen Jähzorn. Geringste Anlässe genügten, und er wurde zum rasenden Stier. Andererseits ... Albert war es egal, was sie vor seiner Zeit gemacht hatte, und was Lellichow betraf, war sein Kommentar – Alfons zufolge – nur ein freudiges Grinsen gewesen: »Ist doch schön, wenn man eine Braut hat, die von einem Grafen eingeritten worden ist.« Schon allein diese Wortwahl war abstoßend, aber Albert würde sie auch zur Ehefrau nehmen, wenn sie es darauf anlegte. Und als Gattin eines erfolgreichen Kaufmanns konnte sie sich auch in Breslau wieder sehen lassen und mit ihren Eltern Frieden schließen. Albert könnte die Rückkehr ins bürgerliche Leben bringen. Ohne Albert aber würde sie vermutlich absacken, immer weiter absacken. Also sagte sie zu ...

... und stand in den nächsten Tagen zehn Stunden am Tag in einem dunklen Ladenlokal in der Manteuffelstraße, nahm Küchenabfälle entgegen, trug sie nach hinten und sortierte sie nach dem, was auf die Müllhalde gehörte, und dem, was sich als Schweinefutter eignete. Albert plauderte und scherzte inzwischen mit den Frauen, wickelte das Finanzielle ab und verhandelte mit den Behörden.

Am Ende ihrer ersten Woche saßen sie nach Geschäftsschluß in dem kleinen Raum, der zugleich Büro und Kaffeeküche war, und Albert öffnete eine kleine Flasche Sekt, um mit ihr anzustoßen.

»Auf unseren Erfolg.« Er hob sein Glas und sah ihr tief in die Augen. »Ein kleines Stößchen in Ehren kann niemand verwehren.«

Grete wußte, daß sie sich nun ins Unvermeidliche fügen mußte. Es gab Schlimmeres. Doch sich verstellen und ihm vormachen, sie würde ihn mögen, das schaffte sie nicht. Er war ein ungehobelter Bauer, sein Gesicht erinnerte sie an einen Schimpansen, sein Gang an einen Orang-Utan. Außerdem schwitzte er, als er auf ihr lag, so entsetzlich, daß es in kleinen Rinnsalen von ihrem Körper aufs Bettlaken lief.

Zwar fühlte er sich nachher als der große Sieger und schwärmte Alfons vor, wie wunderbar Grete im Bett gewesen wäre, doch irgendwie zog er sich am Sonntag mehr und mehr von ihr zurück. Alfons wußte warum: »Er braucht jemand, der ihn anhimmelt – und das tust du nicht. Du verachtest ihn nur. Er braucht eine Frau, die ihn liebt, die ihn liebt, so wie er ist. Und das tust du nicht. Daß er seinen Samen bei dir abgeladen hat – schön und gut, aber sogar einer wie Albert will ein bißchen mehr.«

Und das bekam er von Emma, einer molligen Kriegerwitwe aus der Waldemarstraße, die einen neuen Vater für ihre Kinder suchte. Bald war er bei ihr eingezogen und freute sich über das gemachte Nest, in das er sich setzen konnte. Emma hatte nur eine Bedingung dabei: »Diese Grete setzte aba uff die Straße. Noch heute.«

Die Miete war noch für 14 Tage bezahlt, und wenn sich Grete von Linsen und alten Schrippen ernährte, kam sie in den Juli hinein, ohne zu verhungern. Aber dann? Vielleicht konnte ihr Alfons etwas borgen. Sie klopfte an seine Zimmertür, doch von drinnen kam nicht sein freudiges »Ja bitte, immer herein, wenn es kein Schneider ist«. Komisch, soweit sie seinen Dienstplan kannte, hätte er zu Hause sein müssen. Da schloß es an der Tür. Eine fremde Frau ...

»Was machen Sie denn hier?« Doch Grete hatte die Antwort schon gefunden. »Ah, Alberts Nachmieterin.«

»Nein, Alfons' Mutter.«

»Wieso denn das?«

»Ich soll Zahnbürste und Schlafanzug ... Mein Sohn ist von der Straßenbahn überfahren worden und liegt im Krankenhaus.«

14 Tage später trugen sie Alfons auf dem Emmaus-Friedhof in der Hermannstraße zu Grabe. Grete lag danach nur noch im Bett und heulte. Jetzt gab es keinen Menschen mehr, der an ihrem Leben Anteil nahm, nun hatte sie alles verloren. »Herr, laß mich sterben«, dachte und betete sie.

Doch sie starb nicht, sie fand auf der Toilette in einer alten *Vossischen Zeitung*, die Albert in handliche Stücke zerrissen hatte, einen Artikel über die »Gräfin Colonna«, eine Trickdiebin, die mit ihren Hochstapeleien sozusagen zum Liebling der Berliner geworden war, und mußte auch an die angebliche »Fürstin Oblomov« aus dem Excelsior denken. Was auch immer in diesem Augenblick in ihr vorgehen mochte, zugleich fiel ihr der Dienstausweis ein, den sie sich in der Desinfektionsanstalt eingesteckt hatte und der auf den Namen Frieda Heinrich ausgestellt war. Wenn sie nun als Frieda Heinrich an Wohnungstüren klingelte, hinter denen einiges an Geld und Wertsachen zu vermuten war ...

Man schrieb Mittwoch, den 24. Mai 1921, und der preußische Landtag hatte gerade einen Antrag der SPD auf Abschaffung der Todesstrafe abgelehnt, da zog sie los. Nicht bedrückt und elend fühlte sie sich, sondern eher, »als wennste schwebst«. Sie wußte, daß sie eine schöne Frau war, eine stattliche Erscheinung, wie die Leute sagten, und daß sie von Lellichow gelernt hatte, wie eine Dame aufzutreten. Was sollte da schon schiefgehen?! Die einzige Schwierigkeit sah sie darin, in ihrem Amtsbezirk Leute zu finden, bei denen etwas zu holen war. Am ehesten, sagte sie sich, wohnten die noch in SW 29, also im Dreieck zwischen Kottbusser Damm und Hasenheide. Doch schon am Erkelenzdamm gab es stattliche Häuser, und sie beschloß, dort anzufangen. Irgendwo in der Nähe sollte es eine Bäckerei oder eine Fleischerei geben, da war es dann glaubhaft, wenn sie als Grund ihres Erscheinens angab, die Nachbarn hätten den Befall von Schaben und Ratten gemeldet. Notfalls konnte sie auch auf Wanzen und offene Tuberkulose zurückgreifen.

Eine ihr bisher unbekannte Erregung erfaßte Grete, als sie den ersten Hausflur betrat. Im ganzen Körper verspürte sie ein perlendes Kribbeln. Als würde sie in Champagner baden. Angst und Lust mischten sich bei ihr zu einer Droge, die sie schnell in einen Rausch versetzte: Ich bin eine Göttin, ich fliege dahin, ich erreiche alles, was ich will. Es war ihre Leidenschaft, etwas Verbotenes zu tun, ein Tabu zu brechen. Die Mätresse eines Grafen werden, als Hochstaplerin und Trickdiebin zur Meisterschaft zu gelangen.

Tief durchatmend stieg sie die Treppe hinauf. Ein roter Sisalläufer dämpfte ihre Schritte. Neben den dunkel gebeizten Türen waren die Klingelknöpfe in Löwenköpfe integriert. Blank gewienert war das Messing und sah fast so aus wie Gold. Wo sollte sie es zuerst versuchen: bei Dr. H. Düker oder Otto Conradi ...? Sie zögerte. Was sagte ihr Instinkt? Erst links, dann rechts. Sie räusperte sich, wischte sich den Schweiß von den Händen, rückte ihr Kostüm zurecht und klingelte.

»Ja, bitte ...?« kam es nach einigen Sekunden von drinnen, und

Grete hörte es am scharrenden Geräusch, daß jemand die Abdeckung des Guckloches zur Seite schob. Die Aufwartung offenbar.

»Frau Heinrich von der Desinfektionsanstalt.« Grete Tschau hielt den entwendeten Dienstausweis so in die Höhe, daß man ihn von drinnen deutlich sehen konnte. »Ihre Nachbarn melden Schabenbefall. Auch soll es Termiten geben, die sich durch die Balken nach oben fressen. Ich muß dringend sehen, ob auch Ihre Wohnung gefährdet ist.«

»Herr Dr. Düker ist noch in der Schule.«

Grete hörte es mit Freude. »Das macht nichts, auch Sie können mir die Räume zeigen. Sind Sie seine Ehefrau?«

»Nein, nur seine Hauswirtschafterin.«

»Das reicht mir vollkommen.« Grete Tschau hatte an der Seite von Lellichows gelernt, wie man auftrat, ohne Widerspruch zu dulden. Entweder man hatte es oder man hatte es nicht. Sie hatte es.

Eine Kette wurde zurückgezogen, der Schüssel herumgedreht, die Tür geöffnet. »Treten Sie bitte näher ...«

»Danke.« Grete Tschau gab sich als Person mit hoheitsrechtlichen Befugnissen. »Zuerst möchte ich die Küche mitsamt der Speisekammer inspizieren, dann die Betten.« Sie war perfekt, und die Haushälterin, eine etwa 50 Jahre alte Frau vom Naturell und dem Umfang einer Spreewaldamme, schöpfte nicht die Spur eines Verdachts. Und dann war alles kinderleicht: Dr. Düker war ein leidenschaftlicher Sammler von alten goldenen Taschenuhren – und eines seiner Exemplare lag, von einem aufgeschlagenen Buch verdeckt, am Rande seines Nachttisches. Ein Griff – und sie hätte die Uhr, ohne daß die Haushälterin den Diebstahl sofort entdecken würde. Ein kleiner Schweißausbruch, ein kurzes Zucken eines Herzmuskels, dann steckte die Uhr in den Tiefen ihrer Handtasche. »Glück gehabt«, sagte Grete, und es klang so, als meinte sie sich selber, wenn sie es auch darauf bezog, daß sie im Bett des Schuldirektors keine Wanzen angetroffen hatte. »Kein Ungeziefer in der Wohnung. Das Zertifikat wird Ihnen in den nächsten Tagen schriftlich zugehen.« Und draußen war sie wieder.

Sie kam erst wieder so richtig zu sich, als sie auf einer Bank am

Engelbecken saß, durchströmt von einem Glücksgefühl, das archaisch war: Beute, Sieg, Überleben. Wenn sie die Uhr verkaufte, hatte sie Geld genug, um zunächst über die Runden zu kommen. Verkaufen, ja, aber wo, das war die Frage. Möglichst weit weg vom Erkelenzdamm. Aber je länger sie die Uhr bei sich hatte, desto größer war die Gefahr, des Diebstahls überführt zu werden. Wenn Dükers Haushälterin den Verlust doch eher als erwartet bemerken sollte und sofort die Polizei anrief ... Vielleicht waren die Polizisten schon unterwegs, sie festzunehmen. Grete sprang auf und geriet sekundenlang in Panik. Sie war eine so auffallende Erscheinung, das wußte sie, daß man keine große Mühe haben würde, sie auch in einer größeren Menschenmenge zu entdecken. Also: Nur schnell weg mit der Uhr! Auch wenn sie hier in SO 36 weniger dafür bekommen sollte als vielleicht in der Friedrichstraße. Aber wo war hier ein Händler, der Schmuck und Uhren kaufte? Es fiel ihr keiner ein, denn vor diesem Problem hatte sie noch nie gestanden.

Sie machte sich auf die Suche und war schon, als sich partout nichts finden ließ, auf dem Weg zur Hochbahn, als ihr einfiel, daß Alfons öfter von einem gewissen Gustav Witzke gesprochen hatte, der in der Waldemarstraße seinen Laden hatte: An- und Verkauf, Wohnungsauflösungen, Nachlässe. Seinen abgetragenen schwarzen Anzug hatte Alfons dort verhökert.

Also machte sie sich auf den Weg zu Gustav Witzke. Auf halbem Wege kam ihr Albert entgegen. Er sah mitgenommen aus.

»Mensch, was ist denn?«

Albert schaffte es nicht, sie anzusehen. »Ich habe eine traurige Nachricht für dich ...«

»Was denn ...?«

»Die Polizei war da.«

Grete zuckte zusammen. »Haben sie mich verhaften wollen?«

»Nee, wieso?«

»Ach, Quatsch.«

Albert setzte abermals an, um ihr etwas zu sagen, was ihr Schmerzen zufügen würde. Es mußte ja sein. »Eine Nachricht von deiner Mutter ...«

»Über die Polizei?«

»Ja. Sie ist ... deine Mutter ist tot.« Nun war es endlich heraus, und er dachte, daß ein Ende mit Schrecken besser sei und er lieber gleich die volle Wahrheit sagen sollte. Grete hätte es ja sowieso geahnt. »Sie hat sich das Leben genommen. Wegen dir. Was du ihr alles angetan hast ... Steht alles in ihrem Abschiedsbrief.«

ZWÖLF

28. Mai 1921

Nach dem verlorenen Krieg mußten fast 25 Millionen Soldaten der Mittelmächte wieder ins bürgerliche Leben integriert werden, was Jahre dauerte. Und öfter auch scheiterte. So gab es im Nachkriegs-Berlin viele Verbrechen, die in – sozusagen ungültig gewordenen – Uniformen verübt wurden. Die Zeiten waren schlecht, aber wer noch einmal davongekommen war, hatte einen ungeheuren Nachholbedarf an Lebenslust, wollte sich bombig vergnügen und einmal so richtig in Ekstase geraten. Im Bordell, im Spielkasino und beim Pferderennen. Womit für die Berliner Gauner eine neue Konjunktur begann. Typisch für die Halb- und Unterwelt jener Tage wurden die Ringvereine, in denen die meisten Ganoven organisiert waren. Der erste Ringverein war schon 1890 in der »Schnurrbartdiele« gegründet worden, und man hatte sich tatsächlich um die körperliche Ertüchtigung bemüht und dem Sport des Ringens gehuldigt. Als sich später mehrere dieser Vereine zu einem Ring zusammenschlossen, bekam die Gattungsbezeichnung einen anderen Inhalt. Einen großen Gründungsboom gab es nach 1918, und die berühmtesten beziehungsweise berüchtigsten Ringvereine trugen die Namen *Immertreu, Deutsche Kraft, Hand in Hand, Friedrichstadt* und *Rosenthaler Vorstadt*. Alle waren polizeilich registriert und hatten hehre Ziele wie Geselligkeit, Sparen, Männergesang und Sport in der Satzung stehen. Eintreten konnte allerdings nur, wer zwei vorbestrafte Bürgen beibringen konnte. Man kümmerte sich mit viel Herzenswärme um die Familien, wenn ein ehrenwertes Mitglied eine längere Freiheitsstrafe abzusitzen hatte, trug die Kosten für Begräbnisse und Anwälte und besorgte arbeitslos gewordenen Mitgliedern Stellen im Vergnügungsgewerbe. Das kostete – und so kam man nicht umhin, etliche Gastwirte in der Umgebung des Schlesischen Bahnhofs um kleine Spenden zu bitten. Manche nannten das auch Schutzgelderpressung. Jedenfalls passierte den Wirten, die zahlten, nichts mehr – und man konnte der Polizei schlüssig nachweisen, daß man ihr Freund und Helfer sei und das Banditen- und Räuberwesen in dieser Gegend wirksam bekämpfe. Polizei und Justiz betrachteten die Ringvereine deshalb auch mit Wohlgefallen, schlimmstenfalls als das kleinere Übel.

Einer der Mitbegründer des Ringvereins *Immertreu* war Gustav Witzke, der Lange Straße 88 wohnte und seinen Laden in der Waldemarstraße 73 hatte. Die Eingeweihten wußten, daß er ein begnadeter Hehler war, doch offiziell handelte er mit gebrauchten Möbeln und anderen Einrichtungsgegenständen, nahm Uhren, Schmuck und sonstige Wertgegenstände in Kommission und verlieh Geld an Leute, die von den Banken keinen Pfennig mehr bekamen. Dies allerdings zu Zinsen, die man als etwas überhöht bezeichnen konnte. Insgesamt waren seine Einnahmen so hoch, daß es schon zu einem Grundstück in Eichwalde gereicht hatte. Ein weiteres wollte er sich in Erkner kaufen und dort auch bauen. Das allerdings finanzierte seine Frau, die selber einmal im horizontalen Gewerbe tätig gewesen war und nun jüngere Liebesdienerinnen für sich arbeiten ließ. Kam aber ein außergewöhnlicher Kunde, dann half sie auch heute noch gerne einmal selber aus. »Der Name Witzke verpflichtet.« Und sie waren beide in der Tat überaus gewitzt.

Es war Frühling geworden. Gustav Witzke saß im »Schwarzen Walfisch« in der Madaistraße 14, also unmittelbar nördlich des Schlesischen Bahnhofs, dem Verkehrslokal des Ringvereins *Immergrün*, und wartete auf sein Bier. Doch was vom Zapfer hinterm Tresen kam, war nur ein warnender Pfiff: Achtung, Polente im Anmarsch! Wer Dreck am Stecken hatte, konnte sich jetzt noch rechtzeitig in Sicherheit bringen, denn es gab nicht nur einen Hinterausgang zur Langen Straße, sondern gleich daneben im Haus Nr. 43/45 auch einen geheimen Unterschlupf. Doch Witzke blieb ruhig sitzen. Zum einen gab es im Augenblick nichts, was sie ihm anhängen konnten, und zum anderen kam der Kommissar, der gerade in der Tür stand, nicht von der Fach-Inspektion C gleich Diebstahl oder D gleich Betrug, Schwindel und Falschmünzerei, sondern von der Inspektion A gleich Mord und Körperverletzung. So konnte er auch ganz entspannt »Hallo, Herr Dr. Friesack!« rufen. Und Gustav Witzke stand sogar auf, um den Kommissar zu begrüßen. Man schüttelte sich die Hand.

Dr. Friesack bestellte sich ein Pils und kam nach ein paar belanglosen Worten schnell zum Eigentlichen. »Gustav, was spricht man denn bei Ihnen so über die Leichenteile, die hier in den Gewässern ringsum regelmäßig anlanden?«

»Nischt, Herr Doktor.« Witzke prostete dem Kriminalbeamten zu, trank sein Bier mit dem ersten Schluck fast bis zur Hälfte aus und wischte sich, lustvoll aufstöhnend, den Schaum vom Mund. »Det heißt, wir finden et ziemlich beschissen, weil det nich unsa Bier is: jemand umbringen und denn uff die Art und Weise weg mit die Leiche. Nee, Sie. Det wirft 'n schlechtet Licht uff uns.«

»Es spricht aber aus unserer Sicht alles dafür, daß der Täter hier in der Nähe zu Hause ist – wenn man einen Zirkel nimmt, die Spitze in den Schlesischen Bahnhof sticht und dann einen Kreis von etwa einem Kilometer zieht. Denn daß einer die Frauen – sagen wir – in Spandau oder Zehlendorf umbringt und zerstückelt und dann hier ins Wasser wirft, ist ja höchst unwahrscheinlich. Schließlich wächst die Gefahr, entdeckt zu werden, proportional mit der Strekke, die man mit den Leichenteilen zurücklegt.«

»Det is ma zu hoch, aba da werden Se schon recht ham.« Witzke genoß es, von der Staatsmacht um Hilfe gebeten, ja geradezu hofiert zu werden. »Aba überlegen Se ma, wie ville Menschen hier bei uns in den Kiez leben und wie ville von die zu allet fähig sind, also 'ne Macke ham, sowat Sadistischet.«

»Da dürften Sie gar nicht mal so unrecht haben.« Dr. Friesack verzichtete darauf, auf sein Bier zu warten, und erhob sich wieder. »Wenn Ihnen in dieser Hinsicht etwas auffallen sollte, Herr Witzke, Sie wissen ja, wo wir zu finden sind.«

»Und ob, Herr Doktor, und ob!« Witzke strahlte übers ganze

breite Gesicht. Als der Kommissar wieder gegangen war, ging er zum Tresen und bestellte sich einen Doppelkorn.

Der Zapfer sah ihn an. »Warteste uff Wladimir?«

»Ja, mach' ick.« Komisch, daß der sich immer noch nicht blikken ließ. Dafür betrat Paul – Paule – den »Schwarzen Walfisch« und ließ sich neben ihm nieder, ziemlich erschöpft.

»Na, wieder Ärger mit die Kinder?« Das bezog sich darauf, daß Paul von den Entbindungs- und Stillgeldern lebte, die er regelmäßig bezog. Allerdings für Kinder, die nie geboren worden waren. Die erforderlichen Daten beschaffte er sich von Verwandten und durch Besuche bei den nichtsahnenden jungen Müttern, denen gegenüber er sich als Steuerbeamter ausgab. Ein Teil des so ergaunerten Geldes hatte er bei der Max Klante & Co. GmbH angelegt, wo es um Pferdewetten ging und Gewinne von sage und schreibe 600 Prozent versprochen wurden. Darauf bezog sich auch Witzkes nächste Frage: »Na, Paule, wieder wat in Hoppegarten jewonnen?«

»Sicher. Aber das fließt alles in Klantes Saftläden.«

Witzke wußte Bescheid. Die Berliner tranken im Augenblick nichts lieber als ein kleines Likörchen, und Klantes Idee war gar nicht schlecht, ein paar Likörfabriken aufzukaufen und deren Produkte in eigenen Likörstuben zu verkaufen, den von Paul eben gemeinten »Saftläden«. »Frag mal, ob ick sowat ooch bei mir nebenan uffmachen kann. Erst koofen se bei mir wat, dann bejießen sie det – und ick hab' 'nen doppelten Verdienst. Nich schlecht.«

Doch er konnte mit Paul nicht weiter über diese Sache diskutieren, denn draußen vor der Schaufensterscheibe stand Wladimir und winkte ihm zu, daß er rauskommen solle. Witzke bezahlte, verabschiedete sich von Paul und dem Zapfer und verließ den »Schwarzen Walfisch«.

Wladimir war ein ehemaliger zaristischer Offizier, den es nach Berlin verschlagen hatte. Zuerst hatte er als Eintänzer sein Brot verdient, dann als Hotelportier gearbeitet, und nun hielt er sich dadurch über Wasser, daß er andere und im Gegensatz zu ihm wohlbetuchte russische Emigranten ausnahm. Für seinen Trick brauchte er allerdings einen zweiten Russen, seinen Freund Pjotr, und einen seriös wirkenden Deutschen. Bei der Suche nach einem solchen war er auf Gustav Witzke gestoßen.

Zu dritt machten sie sich auf den Weg und schauten am Pariser Platz nach Emigranten, die auf der Suche nach der russischen Botschaft waren. Nach einer knappen Stunde sahen sie ihr erstes Opfer aus dem Omnibus steigen und sich umblicken. Es war ein Mann, der ein wenig Ähnlichkeit mit Rasputin hatte, aber wohl eher ein Kaufmann war und kein Pope. Ganz zufällig prallte Pjotr mit ihm zusammen, murmelte auf russisch eine Entschuldigung und ließ sich ansprechen. Ebenso zufällig kam nun Wladimir angeschlendert, ohne sich irgendwie um den Emigranten zu kümmern. Nur Pjotr schien ihn zu interessieren.

»Möchten Sie nicht dieses Zwanzigrubelstück hier kaufen?« Er hielt es so in die Sonne, daß das Gold verführerisch blitzte. »Nur zehn Mark.«

Da zögerte Pjotr nicht lange und zahlte strahlend mit einem Zehnmarkschein. Während er das Rubelstück in seiner Tasche verschwinden ließ, ging Wladimir weiter in Richtung Schloß. Pjotr sah den Emigranten nun vorwurfsvoll an und tippte sich an die Stirn. »Warum haben Sie nicht auch gekauft? Dieses Rubelstück ist doch mindestens das Doppelte wert. Wenn Sie ein bißchen Geld bei sich haben, können Sie ein gutes Geschäft machen.«

Pjotr, dessen Part damit beendet war, verdrückte sich nun schnell. Der Emigrant hingegen eilte Wladimir hinterher und holte ihn nach knapp 100 Metern ein. »Entschuldigen Sie, haben Sie auch noch Rubel für mich?«

Ganz erstaunt fuhr Wladimir herum. »Nein, aber noch Brillanten. Aus St. Petersburg. Sehr preiswert.«

»Nein danke, von Schmuck verstehe ich nichts. Da wird man nur übers Ohr gehauen.«

»Nicht bei mir, mein Herr. Sie beleidigen mich. Ich war Offizier des Zaren.« Und er zählte all die Regimenter und Orte auf, die er kennengelernt hatte, was immer wirkte und Vertrauen schuf. »Kommen Sie, suchen Sie sich einen Juwelier aus, der Ihnen sagt, daß meine Steine echt sind.«

»Ja, das ist ein guter Vorschlag.«

Wladimir verstand es nun, die Schritte des Ortsfremden so zu lenken, daß sie schließlich in die Mauerstraße kamen, wo sich ein großes Juweliergeschäft befand. Zufällig war der Inhaber gerade im Gehen, aber er hielt noch einmal inne, als der Emigrant ihn bat, sich einen Augenblick Zeit für ihn zu nehmen. »Daß Sie bitte einmal diesen Stein hier für mich schätzen. Ist er echt oder nicht?«

Der Juwelier erklärte sich gern bereit dazu. Und er hatte auch zufällig eine Lupe in der Außentasche seines schwarzen Anzugs stecken.

»Sie können ihn unbesorgt kaufen«, erklärte er nach eingehender Musterung. »Er ist echt und so preiswert, daß ich am liebsten selber zugreifen würde.«

»Nein, nein, lassen Sie nur.« Und schon hatte der Emigrant die Imitation für viel Geld gekauft.

Gustav Witzke war immer wieder stolz auf sich, wie er die Rolle des Juweliers so vollendet hinlegte. Man mußte nur darauf achten, daß der echte Ladenbesitzer nicht einmal Wind von der Sache bekam. Besonders in dem Moment, wenn er zur Täuschung ihres Opfers so tat, als würde er gerade aus seinem Geschäft kommen.

Zufrieden mit sich und der Welt machte sich Gustav Witzke auf den Heimweg. Nicht mit der Straßenbahn, sondern mit einer Kraftdroschke. Er konnte sich's leisten.

In der Langen Straße angekommen, schämte er sich ein wenig. Das war wahrlich keine Gegend für einen Mann wie ihn. Aber bald konnten sie ja ihre Villa in Erkner beziehen. Sie hatten ihre Wohnung im vierten Stockwerk, und da er Jahr für Jahr mehr Bauch mit sich herumschleppen mußte, fiel ihm das Treppensteigen immer schwerer. Auf jedem Absatz blieb er stehen, riß das Fenster auf, schnappte nach Luft und wischte sich den Schweiß von der Stirn. Er aß zuviel, er trank zuviel, er rauchte zuviel. Aber wer im Waisenhaus aufgewachsen war und ständig Hunger gelitten hatte, der konnte nicht anders.

Auf halbem Wege kam ihm Karl Großmann entgegen, sein »Untermieter«, wie er immer sagte, denn der Wursthändler vom Schlesischen Bahnhof wohnte direkt unter ihm. Sie unterhielten gute Geschäftsbeziehungen. Großmann machte Reklame für ihn und vermittelte ihm gebrauchte Sachen, und er sorgte dafür, daß der Wirt vom »Schwarzen Walfisch« regelmäßig seine Würste von Großmann kaufte.

»Na, Karl, mußte noch arbeiten?«

»Nee, det nich, aba ick will noch mal runter, suchen nach 'ner neuen Wirtschafterin.«

Witzke grinste. »Ist dir deine letzte wieder entlaufen?«

»Falsch sind se alle, diese Huren«, erregte sich Karl Großmann. »Wie die Raben stehlen se und machen dann ein Riesengeschrei, wenn ich se uff de Schliche komme. Die denken, se können mich ausnehmen wie 'ne Weihnachtsgans. Aber da sind se bei mir an den Falschen jeraten. Raus fliegen se alle, und mit dem Schürhaken kriegen se was uff'n Deetz, wenn se nich jehen. Jedesmal geh' ich zur Polizei und zeig' se an, aba da lachen die nur, und keiner kriegt es fertig, sich das Packzeug zu schnappen und se einzusperren, damit se bessere Menschen werden. Man könnte schier verzweifeln an der Menschheit. Die Frauen, Teufel sind se alle, bloß drauf aus, uns zu vernichten. Aufpassen muß man immer und ihnen heimzahlen, was se einem antun.«

»Dann mach doch deinen Dreck alleene weg«, sagte Witzke.

»Nee, du, dazu sind die Frauen da. Und fürs Ficken auch. Meinste, ich kann mir alles durch die Rippen schwitzen oder bloß immer in die hohle Hand wichsen?«

Witzke lachte. »Meine Paula kann dir die tollsten Puppen vorbeischicken.«

»Bei die Preise! Nee, du. Die bei mir oben kommen, die machen et umsonst. Nur 'n Dach übam Kopp woll'n se haben und 'n bißchen wat zu essen kriegen.«

»Und laufen dir nach 'n paar Wochen wieder weg.«

»Det is, weil ick ficken kann wie 'ne Maschine. Und die meisten is det zu ville.«

»Du schlägst sie aber auch.«

»Det tut die nur gut. Und mir ooch. Du, ick muß ...« Karl Großmann wollte sich schon nach unten wenden, hielt aber noch einmal inne. »Hast du nich jesagt, dette da eene für mich hast?«

Witzke überlegte einen Augenblick. »Ja, eine, die heißt Grete

Tschau und klaut Uhren und Schmuck. Jetzt is aber die Polizei hinter ihr her, und sie sucht 'n sicheren Unterschlupf. Ein Rasseweib. Aber für Paula arbeiten will se nich. Kommt noch. Wenn sie erst bei dir war ...«

»Wann kannste ihr denn herschicken?«

»Morgen, übermorgen.«

»Nee, so lange kann ick nich mehr warten. Ick jeh' doch los und such' mir eene. Oda ... Jetzt haste mir doch den Mund wäßrig gemacht. Wat haste jesagt, wie heißt die, von der de eben gesprochen hast?«

»Grete Tschau.«

»Und du weeßt nich, wo se steckt?«

»Wahrscheinlich bei Großmann.«

»Wie? Willst ma vascheißern?«

»Mann: bei Max Großmann im ›Hackepeter‹ in'er Fruchtstraße.«

»Ach so. Na dann: danke!« Karl Großmann winkte Witzke noch einmal zu und ging dann zur Straße hinunter.

Als Gustav Witzke seine Wohnung aufschloß, kam ihm Paula schon entgegen. Im Negligé. Er zuckte zurück. Wenn er jetzt zu allem Lust hatte, dazu bestimmt nicht. Sein Trieb war ihm schon immer lästig gewesen, und er konnte alles verstehen, nur Männer nicht, die alles Hab und Gut und sogar ihr Leben aufs Spiel setzen, um ihren Schwengel in irgendeinen Unterleib zu stecken. Das traf sich gut, denn so berührte es ihn nicht im allergeringsten, daß seine Frau das war, was die Leute Nymphomanin nannten, und auch als Puffmutter noch hin und wieder einsprang, wenn ihre Pferdchen unpäßlich waren oder einer der Freier unbedingt mit einer Frau ins Bett wollte, die knapp über 50 war und bei der das Fleisch schon mächtig schwabbelte.

Gemütlich saßen sie dann beisammen und aßen Abendbrot. Die Kasse stimmte heute, und so gönnten sie sich Lachs und Schinken. Gustav trank seine geliebte Himbeerbrause, was er im »Schwarzen Walfisch« nicht wagte, und Paula ihren Riesling. Das einzige, was sie in ihrer Idylle hin und wieder störte, waren die Schreie, die durch den Hinterhof hallten. Irgendeine der anderen Mieterinnen wurde wieder einmal von ihrem Mann verprügelt.

»Soll ich was machen?« fragte Witzke und wollte schon aufstehen.

»Bist du meschugge?!« Paula hielt ihn fest. »Kriegste bloß selber wieder die Hucke voll, wenn du dich einmischen tust. Oder du mußt zur Polizei, fürs Protokoll, und die kommen dann auf dumme Gedanken, wenn du dich mal verplapperst. Oder einer von den Russen, die ihr ausgenommen habt, hat 'ne Personenbeschreibung abgegeben, und sie erkennen dich wieder. Nee, du!«

Jetzt hörte es sich an, als schrie eine Frau um Hilfe, und Witzke wurde noch unruhiger. »Wenn der Großmann nun eine umbringt ...«

»Der bringt keine um, der braucht das nur, sonst kommt's ihm nicht. Und außerdem: Der rennt doch selber dauernd zur Polizei und zeigt seine Wirtschafterinnen an. Meinst du denn, die sind so dumm und merken nichts, wenn er wirklich ...?«

»Haste auch wieder recht. Aber der Großmann, der hat so was im Blick ...«

Paula lachte. »Hauptsache, er hat nichts in'er Wurst.«

»Wie meinste das?«

»Na, daß er die Frauen bei sich unten in der Wohnung umbringt und seine Würste draus macht. Und die eßt ihr dann bei euch im ›Schwarzen Walfisch‹.«

»Hör auf, ich hab' ihm gerade gesagt, er soll sich die Grete Tschau nach oben holen.«

Dreizehn

Juni und Juli 1921

Anfang Juni 1921 hatten die Berliner allen Grund, auf Gott und die Welt zu schimpfen. Reichswirtschaftsminister Schmidt von der SPD plante sowohl die Umsatz- als auch die Kohlensteuer zu erhöhen, weil sich die alliierten Reparationsforderungen anders nicht begleichen ließen. Den Gürtel noch enger schnallen – wie denn?! Auch die Tabaksteuer wollten die da oben nicht abschaffen, obwohl Arbeitgeber wie Gewerkschaften das mit Nachdruck forderten, waren doch in der Zigarettenindustrie 77 000 Menschen arbeitslos – und wenn mehr geraucht wurde, konnte man sie alle wieder einstellen. Und überhaupt: Zeiten waren das! In Oberschlesien kämpften polnische Freischärler gegen deutsche Selbstschutztruppen und Bürgerwehren – und wer dorthin zu seinen Verwandten fahren wollte oder sich Hoffnung auf ein Paket mit Wurst und Schinken machte, der war angeschmiert. Mit dem, was man in der Lohntüte hatte, konnte man immer weniger kaufen. Auf den Straßen gab es Mord und Totschlag: Am 9. Juni war in München Karl Gareis, der Fraktionsvorsitzende der bayerischen USPD, vor seiner Wohnung mit vier Kopfschüssen ermordet worden, wahrscheinlich von einem Angehörigen der rechtsradikalen Organisation Consul; SPD, USPD und KPD hatten zu einem dreitägigen Generalstreik aufgerufen. Und in Berlin demonstrierten am 12. Juni mehrere tausend Menschen im Berliner Lustgarten für die Freilassung von 115 deutschen Soldaten, die sich noch immer in französischer Kriegsgefangenschaft befanden. Gegen eine andere Schmach half kein Protest: die 0:5-Niederlage von Vorwärts Berlin im Endspiel um die deutsche Fußballmeisterschaft gegen den 1. FC Nürnberg.

Grete Tschau interessierte sich wenig für Sport, hörte das aber von ihren beiden Nachbarn, dem Witzke von oben und dem Itzig, dessen Wohnung vom selben Korridor abging wie Großmanns Wohnküche. Ein paar Wochen war sie erst bei Karl Großmann – und dennoch kam es ihr vor wie eine halbe Ewigkeit. Offiziell war sie seine Wirtschafterin, doch angemeldet hatte er sie nicht. Und Wirtschafterin? Das war das falsche Wort. Eher war sie seine Sklavin, sein menschlicher Gebrauchsgegenstand, wenn er seinen Samen loswerden mußte.

Da war er schon wieder. Kaum stand er im Zimmer, fiel er über sie her, warf sie aufs Feldbett, schob ihr die Röcke hoch und den Schlüpfer beiseite und begann loszurammeln. Das dritte Mal an diesem Tage. Sie ließ es über sich ergehen. Nach Tabak stank er, nach Schweiß, nach Urin, nach Straßenstaub, nach den Dämpfen seiner Wiener Würstchen. Es war entsetzlich, doch sie forderte: »Doller, noch doller!« Der Schmerz mußte unerträglich werden. »Nimm die Hand, nimm die Hand!« Sie schrie und schrie. Erst wenn die Ohnmacht nahte, war die Strafe hart genug.

Alles, wozu er Lust hatte, ließ sie mit sich machen. So steckte er ihr die Hand in die Vagina und wühlte ihr im Unterleib herum. So durfte er sie an der Kehle packen und dabei onanieren. So sah sie zu, wie er ihren Urin trank und ihr das Menstruationsblut von den Schamlippen leckte. So nahm sie es hin, wie er ihre Brust untersuchte und dabei Nadeln in die Haut steckte.

Und das alles in einer total verdreckten Wohnung, wo es stank wie in einer Jauchegrube, wo die Wanzen über die Bettlaken rannten und die Ratten unter den Abdeckungen der Wasserrohre nach oben und nach unten huschten. *Tiefer kann kein Mensch mehr sinken.*

Doch so zu leben, das war ihre Buße, das war ihre Sühne, denn sie war schuld am Tod ihrer Mutter, sie hatte ihre Mutter ermordet. *Strafe muß sein.*

Nur wenn sie bei Großmann diese Folterqualen litt, konnte sie hoffen, daß ihr der Herrgott verzieh. Und sie sich selber. So einfach war das. Außerdem war es klug, hier auf Tauchstation zu gehen, ehe die Polizei sie abermals schnappte. Abgesehen davon, daß sie bei Großmann nicht verhungerte.

So ging das bis in den Juli hinein: Sie ging für ihn einkaufen, sie kochte und wusch für ihn, sie versuchte, seine Wohnküche von einem Saustall in eine annehmbare Behausung zu verwandeln, sie diente ihm als willige Hure, und sie gab sich alle Mühe, ihn ein wenig zu veredeln. Daß er nicht mehr wie ein Waldschrat aussah, daß er seine plötzlich aufschießende Wut besser in den Griff bekam, daß er die Gefühle anderer Menschen respektierte.

Manchmal, wenn Großmann seine Würste verkaufte oder hausieren ging, warf sie sich aufs Bett und brach in Tränen aus. Es war zuviel für sie, es war nicht mehr auszuhalten. Einige Male trat sie auch ans offene Fenster und war nahe daran, sich in die Tiefe zu stürzen. Was sie daran hinderte, wußte sie auch dieses Mal nicht. Es war eine geheimnisvolle Kraft. Sie nannte sie Gott. *Der Herr will, daß ich das alles ertrage.*

Aber wie lange sollte das so gehen? Stellte sie diese Frage, hörte sie es wie vom Himmel herab: *Einst wird kommen der Tag.*

Sie fürchtete, im Irrenhaus zu landen. Doch irgendwie ging es dann weiter, immer wieder. Anders als sein Zeisig durfte sie ihren Käfig manchmal verlassen und, wenn Großmann am und im Schlesischen Bahnhof seine Würstchen verkaufte, allein einkaufen gehen. Da traf sie dann manchmal Frauen aus der Nachbarschaft, mit denen sich ein wenig plaudern ließ. Eine aus der Langen Straße war gerade hochschwanger und fiel ihr dadurch auf, daß sie ein schön geblümtes Kleid anhatte.

»Sieht ja wirklich chic aus, Ihr Umstandskleid. Wo haben Sie das denn her?«

»Von Jerxheimer in der Oranienstraße.«

»Ah ja ... Mit dessen Tochter war ich mal befreundet, der Sarah.«

»So ein Zufall: Der Alte hat gerade Post von ihr bekommen, als ich bei ihm im Laden war – und geweint. Aus New York. Da ist sie bei Verwandten und arbeitet irgendwo in einem großen Hotel.«

Ach ja, Sarah und das »Excelsior« ... Ein Traum nur noch. Wie

Friedrich Zetzscha, wie Ludwig von Lellichow, wie Breslau und die Oder. Was ihr vom Leben geblieben war, das war nicht eben viel: ein Dach über dem Kopf und regelmäßig zu essen. Und ein Mann, der ... Nein, da tat sie Großmann unrecht. Er hatte auch seine guten Seiten. Mitunter konnte er richtig lustig sein und machte seine kleinen Scherze. So gab er ihr einmal eine Zigarette, in die er vorn einen abgeschnittenen Zündholzkopf gesteckt hatte, und freute sich diebisch, als sie sich bei der kleinen Explosion mächtig erschreckte. Und so finster er wirkte – immer dann, wenn er ihr etwas geschenkt hatte, zum Beispiel Kleider und Schuhe, strahlte er übers ganze Gesicht. Ja, spendabel war er schon, und am ersten Sonntag im Juli kam er ihr nach der obligatorischen Morgennummer sogar mit dem Vorschlag, mal einen Ausflug ins Grüne zu machen.

»Schlesischen Bahnhof setzen wa uns in'n Zug und fahr'n nach Strausberg raus.«

»Au ja!« Wie lange hatte sie sich schon danach gesehnt, mal wieder aus dem stickigen Berlin herauszukommen.

Vom Bahnhof Strausberg liefen sie durch Wald und Heide zum Bötzsee. Man hätte sie für ein altes Ehepaar halten können, wenn da nicht der Altersunterschied gewesen wäre: Sie war 22 Jahre alt und Karl Großmann ging stark auf die Sechzig zu. Als Vater und Tochter sah sie niemand an, denn immer wieder ging er ihr an die Wäsche, und ehe sie ihr Ziel erreicht hatten, war er schon zweimal heftig in sie eingedrungen. Die Büsche waren dicht genug. Also nahmen ihn die Leute als Lebemann und sie als Flittchen vom Theater. Immerhin. Sie war fast stolz darauf, als sie eine giftige alte Natter flüstern hörte: »Die hab' ick schon mal uff da Bühne jeseh'n.« Grete hatte in Breslau einmal den *Prinz von Homburg* gesehen, und so dachte sie manchmal: Wach' ich oder träum' ich?

Als sie sich dann am Ufer des Bötzsees niedergelassen hatten, erzählte Karl Großmann zum ersten Mal etwas aus seinem Leben. Wie er auf dem Neuruppiner See im Kahn gesessen und geangelt hatte. Wie er seine Ziegen gehegt und gepflegt hatte. »Daher hab' ick meinen Spitznamen Zickenkarl.« Wie er beim Fleischer Kliefoth in die Lehre gegangen war.

»Und was war dann weiter, als du von zu Hause weg bist?« fragte Grete.

»Ach, Meechen, darüba red' ick nich so jerne. Wie man sich ebent so durchs Leben schlagen tut.«

Grete hatte sich aus dunklen Andeutungen der Witzkes zusammengereimt, daß Großmann einige Zeit im Gefängnis gesteckt haben mußte, sie wagte aber nicht, ihn danach zu fragen. Man sprach nicht gern davon, sie kannte das ja aus eigener Erfahrung. Wahrscheinlich hatte Großmann wegen einiger Rohheitsdelikte eingesessen. Als junger Mann hatte ihn sicherlich des öfteren sein Jähzorn hingerissen, auf andere einzuschlagen oder einzustechen, besonders unter Alkoholeinfluß. Sie gab sich mit dieser Deutung zufrieden, obwohl sie instinktiv fühlte, daß da noch anderes war, ganz Entsetzliches. Aber: *Was ich nicht weiß, macht mich nicht heiß.*

»Lumpenhändler is mein Vater jewesen«, sagte Karl Großmann. »Und alle ham jesagt: ›Aus dem Karl da, da wird desterwegen ooch nischt andret als 'n Lump.‹«

Grete legte ihre Hand auf seine. »Du hast es doch zu was gebracht. So viel Geld wie du hat nicht jeder.«

»Ja, aus mir kann noch wat werden – wart nur ab, bis ick 70 bin.«

So viel Selbstironie hätte sie dem alten Schrat gar nicht zugetraut. Und da ging die Phantasie mit ihr durch: Wenn man den auf eine Bühne oder vor eine Kamera stellte, dann jubelte das Publikum. So einen Charakterdarsteller hatte ganz Deutschland nicht gehabt. Vielleicht konnte sie ihn überreden, noch mehr zu sparen und dann irgendwo in Berlin eine Gaststätte zu pachten und ein kleines Theater zu eröffnen. Sie als Prinzipalin und Diva, er als Knallcharge. Grete Tschau groß auf allen Plakaten. Sie träumte vor sich hin. Und wer weiß, vielleicht konnte sich ja doch alles noch zum Guten wenden, denn: *Die Wege des Herrn sind unergründlich.*

»Kommste mit in't Wassa?«

»Ja, klar.« Sie tat es schon deswegen, weil Karl Großmann nach einem Bad im Bötzsee nicht mehr ganz so müffeln würde wie sonst immer, wenn er sich über sie hermachte.

Als sie ihn dann aus dem Wasser steigen sah, konnte sie ihren Ekel für einen Moment vergessen. Für einen Mann seines Alters sah er, mal abgesehen vom Gesicht, gar nicht so schlimm aus. Und die Kraft eines Stiers hatte er auch. Während ihr Friedrich wie auch Lellichow nach dem ersten Akt erschöpft in die Kissen gesunken waren, konnte Großmann auf Anhieb ein zweites und ein drittes Mal. So abstoßend er in vielen Hinsichten war – hier am Ufer des Bötzsees fand sie ihn irgendwie fast akzeptabel. Würde man ihm die Uniform eines preußischen Rittmeisters anziehen, wäre seine Herkunft sicher auch nicht mehr so offensichtlich. Und sie wäre dann als seine Geliebte durchgegangen, eine kokette Schauspielerin aus Breslau. Und daß er ein wenig pervers war – Gott, das gehörte halt dazu. Was ihr andere Frauen so alles erzählt hatten, im Gefängnis wie auf dem Andreasplatz, da war Großmann nicht der einzige, der so etwas brauchte, damit es ihm kam.

Als sie all dies dachte, bemerkte Grete, daß es keine Strafe mehr wäre, mit Großmann zusammenzuleben, wenn sie ihn nicht als ihren Folterknecht sähe, sondern als ihren Liebhaber, so abstoßend er auch sein mochte. Aber war es nicht so, daß sie nun langsam genug gebüßt hatte – für ihren Fehltritt mit Lellichow, für ihre Diebstähle, für das, was sie ihren Eltern angetan hatte?

Nicht, daß sie ihn lieben könnte. Aber hatten denn früher in den höheren Ständen die jungen Mädchen die Männer geliebt, die 40 Jahre älter waren als sie und die sie hatten heiraten müssen, weil ihre Eltern es befohlen hatten? Ganz sicher nicht. Na also!

Sie streichelte Karl Großmann die behaarten Rücken seiner Hände, fühlte Adern und Furchen, Sehnen und welk gewordene Haut. Er schnurrte selig wie ein satter Kater.

»Wenn du länger bei mir bleiben willst, dann heirate ick dir ooch.«

Sie küßte ihn auf die Wange. »Erst wenn wir umgezogen sind. In 'ne bessere Gegend. Ich hab' da so meine Pläne. Erzähl' ich dir bei Gelegenheit mal.«

In derart gehobener Stimmung fuhren sie nach Berlin zurück. Und nun nahmen sie die Leute wirklich als Paar. Grete freute es. Die Kunst des Lebens bestand darin, das Beste aus allem zu machen. Und auch Karl schien mit allem zufrieden zu sein. Auf seinem Raubvogelgesicht lag ein milder Schimmer, wie sie ihn zuvor noch nicht gesehen hatte.

Wieder in der Wohnküche in der Langen Straße, nutzte er die Vertrautheit, die zwischen ihnen entstanden war, und fragte, ob er sie beim Geschlechtsverkehr auch fesseln dürfe. Die gespreizten Beine unten am Bettgestell und die Arme oben. Wenn er sie so daliegen sehe, würde er noch größere Lust empfinden. Bisher hatte sich Grete immer geweigert, sich fesseln zu lassen, aber nun ... »Ja, mach es.«

Karl Großmann zog sie und sich aus, ging zu seinem Spind und holte mehrere Stücke einer Wäscheleine hervor. Als er Grete fesselte, war er so erregt, daß er nur noch hechelnd atmen konnte. So prall und steil aufragend hatte sie sein Glied noch nie gesehen. Sie glaubte, er würde es nicht mehr schaffen, sich auf sie zu legen und in sie einzudringen, sondern nur in die Luft abspritzen, da stürzte er noch einmal zum Spind und riß einen Hammer heraus.

Ehe sie das alles richtig wahrgenommen hatte, stand er schon vor ihr und holte aus.

Er will dich erschlagen. Das ist das Ende ...

Dritter Teil

Ein Tiermensch findet neue Beute

VIERZEHN

August 1921

Nichts und niemand schien Karl Großmann aufhalten zu können. Der 3. August 1921 brach an, ein Mittwoch, und Berlin dachte nicht an Karl Großmann, sondern an den großen Operntenor Enrico Caruso, der am Dienstag im Alter von 48 Jahren in Neapel verstorben war. Ansonsten waren die Nachrichten nicht so, daß sie die Menschen groß erschüttert hätten. Alliierte Truppen sollten nach Oberschlesien geschickt werden, wo seit Anfang Mai polnische Aufständische mit dem sogenannten deutschen Selbstschutz kämpften. Adolf Hitler, der Vorsitzende der NSDAP, begründete in München eine paramilitärische Kampforganisation, die spätere SA. Der Zentralrat der Deutschen Gewerkschaften forderte zum Ausgleich für die steigenden Preise eine Lohnerhöhung. In Hamburg hatte die Polizei im »Chinesenviertel« eine »Opiumhöhle« ausgenommen und 100 Rauschgiftsüchtige verhaftet.

Der Name Karl Großmann tauchte noch nirgendwo auf. Wieder einmal streifte er durch sein Jagdrevier nördlich des Schlesischen Bahnhofs und kam dabei auch zum Andreasplatz. Der war an sich nur ein Plätzchen, ein Anhängsel an die in Nord-Süd-Richtung verlaufende Andreasstraße, eingefaßt von ihr, von der Kleinen Andreasstraße, dem Klotz des Andreas-Realgymnasiums und der Paul-Singer-Straße. Den Platz beherrschten zwei Marmorfiguren auf hohem Sockel. Die eine zeigte eine Mutter mit Kind, die andere – *Der Arbeiter und sein Sohn*, geschaffen 1898 von Wilhelm Haverkamp – war das einzige Arbeiterdenkmal der gerade zu Ende gegangenen wilhelminischen Zeit in Deutschland. Der kleine Sohn griff mit feierlichem Ernst nach dem Hammer des

Vaters, und man sah ihm deutlich an, daß er sich nichts sehnlicher wünschte, als auch einmal Schmied zu werden. Beide thronten auf einer halbrunden Sitzbank aus Marmor – und wer als Frau auf dieser saß, mußte damit rechnen, von Karl Großmann angesprochen zu werden.

Diesmal kam er aus der Kleinen Andreasstraße, vorbei am Haus Nr. 17, in dem Heinrich Zille in ärmlichen Verhältnissen groß geworden war, und erblickte auf besagter Marmorbank eine etwa 30 Jahre alte Frau. Sofort schoß ihm ein Name durch den Kopf: Grete. Sie hatte eine unheimliche Ähnlichkeit mit Grete. Er zögerte keinen Augenblick, sie anzusprechen.

»Na, Frolleinchen, mal 'n bißken vapusten bei die Hitze heute, wa? Wie jeht's denn so?«

»Schlecht. Ick hab' nischt zu essen und zu trinken.«

»Haste aba Jlück, dette mir jetroffen hast. Ne Schrippe mit Schmalz und 'n Topp Kaffee kannste bei mir immer haben. Und wenn de die Beene breit machst, ooch 'n paar Mark. Die Grete is jetz nicht mehr bei mir.« Die hatte nie eine andere in die Wohnung lassen wollen.

Sie gingen zuerst auf einen Rummelplatz in der Köpenicker Straße, wo er ihr eine Limonade und eine Bockwurst kaufte und mit ihr dann Geisterbahn und Kettenkarussell fuhr. Sie verstanden sich so gut, daß sie von manchen für ein frischverliebtes Paar gehalten wurden. Danach gingen sie zu Leitmeier, einem Lokal in der Koppenstraße, und aßen etwas Richtiges. Da sie keine feste Bleibe hatte, nahm sie sein Angebot dankend an, mit in seine Wohnung zu kommen.

Kaum hatte er die Tür hinter sich geschlossen, faßte er ihr auch schon unter den Rock. »Los, bevor wir schlafen gehen, wird erst mal kräftig gefickt.«

Sie wehrte ihn ab. »Laß det, ick hab' heute keene Lust druff.«

»Hauptsache, ick hab' welche.«

»Du, ick schreie.«

»Dann laß dir wenigstens fesseln. Wenn ick det sehe, mach' ick's mir alleene. Wenn nich, fliegste raus hier.«

»Na schön.« Was blieb ihr anderes übrig? Sie ließ sich die Hände hinter dem Rücken zusammenbinden. »Nu machet dir selba, damit wa schlafen gehen können.«

Doch Karl Großmann war nun so erregt, daß er sich nicht damit begnügen wollte, nur vor ihr zu onanieren. Er stürzte auf sie zu, und sein Aufprall war so stark, daß sie rücklings auf sein Feldbett fiel. Schon war er über ihr, doch es gelang ihr noch, ihn mit angezogenen Knien von sich zu stoßen und aufzuspringen. Sie wollte fliehen und schaffte es auch bis zur Tür.

Karl Großmann geriet nun in eine ins Extrem gesteigerte Wut und griff zu einer Reibekeule. »Hiergeblieben, du verdammtes Aas! So wat von Undankbarkeit!«

Fast hatte die junge Frau den Schlüssel schon herumgedreht, da war er hinter ihr, riß sie herum und schlug ihr mit der Reibekeule ins Gesicht. So stark, daß ihr Nasenbein zertrümmert wurde. Als sie schrie, warf er sie wieder aufs Bett und steckte ihr den Zipfel eines schnell vom Haken gerissenen Handtuchs in den Mund. Sie verdrehte die Augen und röchelte. Er stand dann dabei und sah zu, wie sie langsam starb. Mit einem Funken von Mitleid kühlte er ihr noch Brust und Kopf mit Wasser und rieb ihr die Haut. Vergeblich. Dann legte er sich neben die Tote und schmiegte sich eng an sie.

Da stand die Itzig im Zimmer. Sie hatte einen Schlüssel zu seiner Wohnküche, um sich um seinen Zeisig, sein Hänschen, zu kümmern, wenn er einmal ein paar Tage nicht zu Hause war.

»Ach, du hast ja schon wieder eine bei dir!« Ein wenig eifersüchtig war sie schon immer gewesen. Und so riß sie die Bettdecke weg. Um sofort aufzuschreien. »Die ist ja tot!« Damit rannte sie hinaus.

Karl Großmann stand auf und wartete. Er wußte, daß sie wiederkommen würde. Und richtig, bald war sie wieder zurück. »Die is nich tot«, erklärte er. »Die hab' ick nur betäubt, um mehr von sie zu haben.« Mit 50 Mark Schweigegeld war die Sache dann erledigt.

Zum zweiten Mal legte sich Karl Großmann neben die Tote und war, ohne erregt zu sein und sie noch zu gebrauchen, schnell eingeschlafen.

Nach mehr als zwei Stunden erwachte er und machte sich daran, die Leiche zu zerstückeln. Zuerst trennte er die Glieder mit einem scharfen Messer einzeln aus den Gelenken, dann schnitt er den Kopf ab, öffnete den Rumpf und nahm die Eingeweide heraus. Als nächstes zerkleinerte er den Rumpf, indem er das Fleisch in kleine Teile schnitt und die Rippen herausbrach. Die Eingeweide, in kleinste Teile zerhackt, trug er zum Abort und spülte sie hinunter. Die übrigen Leichenteile legte er in die Ecke hinter seiner eisernen Bettstelle. Um zwei Uhr nachts löschte er dann das Licht und fiel total erschöpft auf seine Matratze. Wieder war er sofort eingeschlafen.

Nach drei Stunden stand er auf, reinigte sein Zimmer, packte mehrere der noch nicht beseitigten Leichenteile in eine große Tasche und ging zur Schillingbrücke. An der Spree selber war schon zuviel Betrieb, aber am südwärts abgehenden Kanal gab es immer wieder Augenblicke, wo ihn niemand beobachtete, so daß er ein Teil nach dem anderen ins Wasser werfen konnte. Auch den Kopf, von dem er vorher die Haare abgeschnitten hatte. Wieder zu Hause, verbrannte er die Kleider der Ermordeten im Ofen.

Nach zwei weiteren Gängen zum Wasser war für Karl Großmann die Sache erledigt. Um so erstaunter war er, als er vier Tage später im Treppenhaus von einem Nachbarn angesprochen wurde, vom Chauffeur Clemens Netter.

»Wat stinkt denn hier so bestialisch?«

Karl Großmann zuckte mit den Schultern. »Ick rieche nischt.«

»Det kommt doch aus Ihre Wohnung.«

»Kann sein, det dit von dit Karnickel is, det ick neulich jeschlachtet habe.«

Karl Großmann, dem ja der Geruchssinn völlig fehlte, hatte die Weichteile seines Opfers vergessen. Sie lagen noch immer in einer weißen Emailleschüssel. Er verbrannte sie im Ofen. Dann lüftete er ausgiebig. Ihn selber störte es ja nicht, aber wer kam denn noch zu ihm in die Wohnung, wenn es hier wirklich derart übel roch!

Die Tage vergingen, ohne daß die Nachbarn ihn weiter mit ihren Fragen behelligten. Es kam der 13. August 1921, ein Sonnabend. Im Deutschen Reich passierte nichts, was die Chronisten unbedingt notieren mußten. Schöngeister hätten geschrieben: Es war ein Tag, der in der Ewigkeit verglühte wie ein Meteorsplitter beim Eintauchen in unsere Atmosphäre. Für die unverehelichte Johanna Sosnowski, geboren am 2. August 1897 in Wartenburg, war es jedoch ein entscheidender Tag, denn es war der Tag, an dem sie Karl Großmann begegnen sollte.

Schon früh war Großmann an diesem Samstag auf der Suche nach Beute, selber ein Gejagter, getrieben von den dunklen Kräften, von denen sein Leben schon so lange bestimmt war. Es war kurz nach acht Uhr, als er Johanna auf einer Bank am Andreasplatz sitzen sah. Noch kannte er ihren Namen nicht, aber das sollte sich in weniger als drei Minuten ändern. Er sah ihr an, daß sie seit langem nichts Vernünftiges gegessen hatte und an diesem Morgen überhaupt noch nichts.

»Gestatten ...« Wenn er wollte, konnte er sich so geben wie ein echter Kavalier. Er setzte sich und musterte die junge Frau. Sie gefiel ihm ausnehmend. Vielleicht war das mal eine Wirtschafterin, die er länger als üblich behalten konnte. Etwa wie die Grete Tschau. Er sah sie von der Seite an. »Kennen wir uns nich schon?«

»Weeß ick nich. Keene kann sich alle ihre Freier merken. Und ick will dit ooch jar nich.«

»Da gehste also strichen?«

»Imma wenn ick keene Arbeit haben tu.«

»Und im Oogenblick haste keene?«

»Nee. Würd' ick sonst hier sitzen?«

»Ick suche 'ne neue Wirtschafterin. Meine alte is weg ... Haste Lust dazu?«

»Wat machste denn so?«

»Ick bin Händler. Kurz- und Schreibwaren, und 'n Wurststand am Schlesischen hab' ick ooch noch.«

»Hört sich ja jut an.« Ihre Zusage war nur noch eine Sache von Sekunden.

Beschwingt machten sie sich auf zur Langen Straße. Unterwegs kaufte er noch Kartoffeln, die er in seiner Wohnküche selber schälte, und Schellfisch, den er für sie beide zum Mittagessen briet. Danach forderte er seinen Lohn ein, und Johanna war auch sofort bereit, ihm zu geben, was er wollte. Anderes hätte sie auch niemals erwartet. Er verkehrte auch ganz normal mit ihr. Karl Großmann schlief ein, friedlich und entspannt.

Er erwachte nachmittags gegen vier Uhr, als sich Johanna, schon wieder vollständig bekleidet, aus der Wohnung schleichen wollte, eine Tüte in der Hand. Er fuhr hoch und war sofort voller Mißtrauen. »Wat soll'n dit, willste abhauen?«

»Nee.«

»Und wat hasten da inna Hand? Haste mir Jeld jeklaut? Du ...!«

»Nee, det sind nur 'n paar Butterstullen und vier trockene Schrippen.« Sie öffnete die Papiertüte und zeigte ihm alles. »Det wollt ick schnell meine Freundin bringen. Die stricht ooch und hat nischt zu essen. Bis du uffgewacht wärst, wär ick ooch wieda hier jewesen.«

Karl Großmann glaubte ihr. »Jut, nimm se mit. Und Kaffee ooch. Da steht 'ne Blechbüchse, da kannsten rinjießen.«

Das tat Johanna Sosnowski dann auch, und als sie die Wohnung verließ, verabredeten sie sich für fünf Uhr. »Wieda uff'm Andreasplatz.«

Schon eine halbe Stunde vorher war er da, um auf sie zu warten. Auch deswegen, weil er sich ganz besonders zu ihr hingezogen fühlte. Sie erinnerte ihn irgendwie an Grete, aber auch an Luise, die Arbeiterin in der Neuruppiner Tuchfabrik, für die er so geschwärmt hatte. Das mit dem »Arschgesicht« hatte er vergessen.

Abrupt wurde er aus seinen Gedanken gerissen: Vor ihm stand seine Schwester Guste, inzwischen verehelichte Jakobs, die nun auch in Berlin, und zwar in der Hagenauer Straße lebte. Schwer atmend kam sie daher. Ihr Asthma war mit den Jahren nicht besser geworden. Gleich nach der eher kühlen Begrüßung fragte sie ihn, wo er sich denn herumtriebe, am Schlesischen Bahnhof an seinem Wurststand habe sie ihn nicht getroffen, zu Hause in der Wohnung auch nicht.

»Keen Wunda«, sagte Karl Großmann, der mitunter durchaus auch witzig sein konnte. »Sonst müßtet mir ja dreimal jeben – aber die Welt hat schon jenuch, wenn eena von meine Art uff ihr rumlooft.«

Sie setzte sich zu ihm und erzählte. Daß zwei ihrer vier Kinder immer wieder epileptische Anfälle bekämen. Und was mit ihren Geschwistern passiert war. Daß Wilhelm an Paralyse gestorben war und Johanna immer hysterischer wurde. Daß Agnes die Gräber ihrer Mutter und ihres Vaters liebevoll pflegte. »Manchmal is sie aber nicht mehr so richtig im Koppe.« Zwei der Schwestern hätten Kinder, die im Irrenhaus wären.

»Is schon schlimm allet«, sagte Karl Großmann. »Aber vor allem: der arme Franz.« Sein Halbbruder hatte sich, kaum daß seine ersten 15 Jahre Zuchthaus abgesessen waren, erneut an einem Kind vergangen und war zu weiteren 15 Jahren verurteilt worden – um bald darauf an Kreislaufversagen zu sterben.

»Das ist der Schandfleck der Familie«, sagte Guste.

»Dafür steh' ick um so jlänzender da«, sagte Karl Großmann, öffnete seine Brieftasche, ließ seine Geldscheine sehen und schenkte seiner Schwester einen Hunderter. Hochbeglückt zog sie von dannen.

Großmann schloß die Augen und genoß die Sonne, die sich aber nach einiger Zeit verdunkelte. Das war keine Wolke, das spürte er, sondern der Schatten eines Menschen, der sich vor ihm aufgebaut hatte. In der Annahme, daß es Johanna sein würde, schlug er die Augen wieder auf. Doch es war nur Emma, eine ihrer Freundinnen.

»Na, warteste uff die Johanna?«

»Haste wat dagegen?«

»Weeßte eigentlich, det die gerade aus'm Jefängnis raus is?«

Karl Großmann war das ziemlich egal. »Hat se wenigstens keene anderen Männer haben können.«

Emma intrigierte gern und hatte auch ihre eigenen Interessen. »Na, du hast dir ja eine Schöne anjeschafft: Die hat einen Bräutigam, der in der Fabrik arbeitet, und dem bringt sie täglich Kaffee.«

Großmann fuhr hoch. »Meine Stullen, wat? Anjelogen hat se mir, betrogen! Det Aas bring ick um!« Dabei geriet er in eine so besinnungslose Wut, daß er aufsprang und so lange mit dem rechten Fuß gegen einen Baumstamm trat, daß die Rinde abplatzte.

»Ist ja schon jut, is ja schon jut.« Emma suchte ihn zu beruhigen. »Nimm lieber mir – ick hab' keenen Bräutigam.«

»Ick mach mir 'ne Warteliste«, sagte Karl Großmann. »Da kommste dann an erste Stelle ruff.«

Kaum war Emma wieder verschwunden, da kam ein guter Bekannter vorbei, Gustav Schmidt, ein Fabrikarbeiter, der in der Kleinen Andreasstraße 6 im Keller wohnte und auch eine Wirtschafterin hatte. Sogleich klagte ihm Großmann sein Leid, daß ihn seine Johanna so fürchterlich angelogen und die großmütig gespendeten Eßwaren nicht ihrer Freundin, sondern ihrem Bräutigam gebracht habe.

Gustav wiegte den Kopf hin und her. »Du, ick gloobe, die brennt dir durch.«

Doch er sollte sich irren, denn kaum hatte er seinen Verdacht geäußert, sahen sie Johanna schon kommen, den leeren Kaffeetopf in der Hand. »Meine Freundin läßt sich ooch schön bedanken für det Essen.«

»Du lügst!« fuhr Karl Großmann sie an, hielt sich aber, da Gustav dabei war, merklich zurück. »Wo warste überall hin, los, rück schon raus mit die Wahrheit! Bei dei'm Bräutigam, wa?«

Johanna stritt alles ab und behauptete, gleich zu ihrer Freundin gegangen und auch direkt zurückgekommen zu sein. »In'ne Koppenstraße, frag ihr doch, se wird dir't bestätigen. Ick schwöre dir, Karl, ick hab' dir nich anjelogen.«

Großmanns Erregung legte sich wieder. Er machte ihr keine weiteren Vorwürfe. Vielleicht sagte sie ja die Wahrheit – und außerdem hatte das alles auch noch Zeit bis später. Gustav Schmidt schlug nun vor, nachher zu viert ins Kino in der Blumenstraße zu gehen. Karl Großmann war einverstanden, wollte aber vorher in der nahen Markthalle noch die Eßwaren für den Sonntag einkaufen.

»Dabei lass' ick mir nicht lumpen«, sagte er. »Schließlich war mein Vater Lumpenhändler.«

Vorher aber kehrten sie noch mit Gustav in eine Schankwirtschaft ein und tranken dort einige Schnäpse. Dann trennten sie sich von ihm und stiegen noch einmal in die Wohnung in der Langen Straße hinauf, wo Karl Großmann das Abendbrot zubereitete. Erst dann ging es zum Einkaufen. Schnell hatte er jeweils ein halbes Pfund Butter, Schinken und Speck, 15 Schrippen, ein Weißbrot, ein Graubrot, vier Schnecken und vier Milchbrötchen in der Tasche, die er erst einmal bei Gustav Schmidt in der Kleinen Andreasstraße abstellte. Auf dem Weg zum Kino kaufte er Johanna noch zwei Pfund Birnen. »Damit du während die Vorstellung wat zu präpeln hast.« Er gab sich alle Mühe, sie zu verwöhnen. So wie er auch Grete immer verwöhnt hatte. Als sie in der Paul-Singer-Straße an einem Schuhgeschäft vorbeikamen und im Schaufenster ein paar dunkelbraune Sommerschuhe zu 65 Mark sahen, rief er spontan: »Die schenk' ich dir!« Doch sie lehnte dankend ab und sagte, sie hätte lieber ein Paar gelbe gehabt.

Im Kino war es richtig gemütlich. Er hielt ihre Hände, und sie kuschelte sich an ihn. Karl Großmann registrierte ein Gefühl, das er nur schwer einordnen konnte. Bisher hatte er in fast allen Frauen reine Gebrauchsgegenstände gesehen, und die ihrerseits wollten meistens auch nur kühl ihre Geschäfte mit ihm abschließen; bei dieser Johanna aber war es so ganz anders. Fast so wie mit Grete. Er verglich Grete in Gedanken immer wieder mit seinem Zeisig, mit seinem Hänschen. Da war plötzlich Wärme in ihm, ein Funken von Liebe, nur hatte er kein Wort dafür. Alles lag wohl daran, daß der Film ihn mächtig aufwühlte. *Scherben* hieß er und war eine Familien- und Liebestragödie. Ein Bahnwärter, dargestellt von Werner Krauss, erwürgte den Mann, der seine Tochter verführt hatte. Manches verstand Karl Großmann nicht, denn es gab kaum Zwischentitel, aber allein schon die Musik sorgte dafür, daß er seine Aufwallungen kaum beherrschen konnte und sich immer wieder die Tränen aus den Augen wischen mußte.

Nach der Vorstellung gingen sie in die Kneipe, die sich über Gustavs Kellerwohnung befand. Karl Großmann trank ein Bier und sechs bis acht Weinbrand, während sich Johanna sehr zurückhielt. Gegen 23 Uhr verließen sie das Lokal, und Johanna holte die Tasche mit den eingekauften Eßwaren aus Gustavs Wohnung. Dann gingen beide Arm in Arm nach Hause. Es war ja nur zweimal um die Ecke.

Oben angekommen, kochte Karl Großmann erst einmal für beide eine Kanne Kaffee. »Sitzen wa noch 'n Weilchen beisammen und reden über allet«, schlug er ihr vor. Und irgendwie formte sich, wenn auch noch diffus, der Gedanke in ihm, ob es nicht vielleicht sogar möglich wäre, diese Johanna irgendwann zu heiraten. Das hatte er schon mit der Grete vorgehabt, wenn da nicht ... Er ging jetzt auf die Sechzig zu, und so konnte es nicht weitergehen. Vielleicht wurde alles anders und besser, wenn er eine Ehefrau hatte, eine, die immer an seiner Seite war und auf ihn aufpaßte. So eine Frau wie seine Mutter. Und diese Johanna war so eine.

Und vielleicht wäre alles ganz anders gekommen, wenn Johanna Sosnowski nicht eben in dieser Sekunde, in der Großmanns Leben womöglich – wenn auch nicht eben gerade wahrscheinlich – doch noch eine Wende hätte nehmen können, ausgerechnet auf das zu sprechen gekommen wäre, was er schon verdrängt hatte: ihren angeblichen Bräutigam.

»Du, Karl, ick schwöre dir, det ick heute nachmittag bei keenem andern Mann jewesen bin.«

Da stellte Karl Großmann die Kaffeetasse, die er ihr gerade eben galant hatte reichen wollen, abrupt auf die Kochmaschine, und wie auf einen Schalterdruck hin wurde sein Blick plötzlich so finster, so böse und inquisitorisch, daß sie erstarrte. »Lügst du mich schon wieder an?«

Sie wich ihm aus. »Du hast doch genug zu essen, du hast doch keinen Schaden von, wenn ein anderer auch was davon kriegt.«

»Aber nicht dein Bräutigam, basta!«

»Hat ja auch allet meine Freundin jekriegt.«

Nun konnte er seiner Wut nicht mehr Herr werden. »Du verdammte Lügnerin, du!« Wie besessen suchte er nach einem Gegenstand, um auf sie einzuschlagen, fegte dabei einiges von der Kochmaschine, bekam schließlich einen Hammer zu fassen und stürzte auf sie zu. Sie sprang auf, ihr Stuhl fiel um. Instinktiv riß sie die Hände hoch, um Gesicht und Kopf zu schützen. Das wertete er als Versuch, ihn zu ohrfeigen, und war nun erst recht nicht mehr zu bremsen. Dreimal schlug er zu.

Als er wieder bei Sinnen war, lag Johanna Sosnowski blutüberströmt und leblos am Boden. »Meine arme Johanna«, murmelte er, nahm sie auf und trug sie zum Bett, wo er sie lange mit einem nassen Handtuch abrieb. Doch nichts wollte mehr helfen, sie war gestorben. Stundenlang ging er nun im Zimmer auf und ab, und für Sekunden kam ihm sogar der Gedanke, zur Polizei zu gehen. Doch er verwarf ihn auf der Stelle. Nein, lieber wollte er sterben, als den Rest seines Lebens im Zuchthaus verbringen.

Und je länger er über alles nachdachte, desto mehr gewann das Sadistische und das Nekrophile, das in ihm steckte, wieder die Oberhand und ließ nur noch einen Gedanken zu: »Schneid sie klein und bring sie weg!« Er tat es, nachdem er die Tote entkleidet hatte, ohne jede Gefühlsregung, so als stünde er noch am Block des Fleischers Kliefoth in Neuruppin und zerlegte ein Schwein. Die Leiche war noch warm, die Glieder der Toten noch schlaff und nicht erstarrt. Er begann mit der Abtrennung des rechten und des linkes Beines oberhalb des Kniegelenkes, dann löste er die Schenkel aus dem Hüftgelenk und die Arme aus den Schulterblättern. Schließlich schnitt er die Gurgel durch und trennte den Kopf vom Rumpf. Die abgetrennten Leichenteile stapelten sich auf dem Läufer vor dem Bett. Nach einer kleinen Pause, es war nun schon weit nach Mitternacht, schnitt er den im Bett verbliebenen Rumpf vom Hals zum Leib hin auf, wobei er die Rippen durchtrennte. Dann bog er den Brustkorb auf und nahm die Eingeweide heraus. Alles kam in eine Waschschüssel und wurde in den Ausguß gekippt. Danach trug er den Rumpf zum Ausguß, hielt ihn unter laufendes Wasser, spülte das Blut heraus und zerlegte ihn mühsam in fünf Teile. Schließlich versteckte er alle festen Leichenteile hinter dem Kopfende seiner Feldbettstelle, wo er sie mit Lappen, Handtüchern und Kleidungsstücken der Toten zudeckte.

Es war sieben Uhr morgens geworden, bis er seine schaurige Arbeit beendet hatte. Mit einer Ruhe, sollte später der in forensischen Fragen überaus kompetente Autor Hans Hyan schreiben, *die jenseits jeden menschlichen Begriffes, jeder überhaupt vorstellbaren Gefühlsmöglichkeit liegen muß!* Für Karl Großmann war es ganz einfach: Er konnte abstrahieren wie ein Chirurg und ging mit menschlichem Fleisch ebenso um wie ein Schlächter mit dem eines Tieres.

Wie auch immer: Er war von allem so erschöpft, daß er sich erst einmal auf sein Feldbett warf und nur noch schlafen wollte. Doch nach einer halben Stunde war er schon wieder wach. Er stand auf und bemühte sich, alles Blut wegzuwischen. Dann lief er auf die Straße hinunter und verbrachte den Sonntag, wie er es oft tat, mit anderen Männern in Kneipen und auf dem Andreasplatz. Erst gegen 20 Uhr war er wieder in seiner Wohnung, kümmerte sich aber nicht um die Leichenteile und ihre Beseitigung, sondern legte sich ins Bett. Ohne irgendwelche Träume und ohne einmal aufzuwachen, schlief er bis zum Montag morgen durch.

Nach dem Frühstück machte er sich an die Zerteilung des Fleisches und der Knochen seines Opfers. Dazu legte er die Stücke nacheinander auf seine »Wasserbank«, das heißt auf die neben Ausguß und Wasserleitung stehende Bank aus Holz. Zunächst zerkleinerte er die harten Teile wie Herz, Lunge und Leber, dann die Gedärme und trug sie nacheinander in den Abort, um sie hinunterzuspülen. Daraufhin löste er alles Fleisch von den Knochen und schnitt es ebenfalls in kleine Würfel. Die nächste Frage war nun: Wohin mit dem, was im Abflußrohr steckengeblieben wäre? Erst dachte er daran, zum Nikolassee zu fahren und die restlichen Leichenteile ins Gebüsch zu werfen, dann aber entschloß er sich, alles doch wieder peu à peu in der Nähe der Langen Straße zu entsorgen. So ging er an den beiden nachfolgenden Abenden kurz nach 20 Uhr mehrere Male zum Engelbecken und entleerte den Inhalt seiner grünen Einholetasche in den Kanal. Den Kopf der Sosnowski hatte er zuerst vergessen, dann aber zog er die Kopfhaut mitsamt den Haaren hinunter, schnitt die Ohren ab und verbrannte alles im Ofen, wie auch den Rest der Rippen und die Strümpfe, die Schuhe, den Sommermantel und das Korsett. Den Schädel warf er dann frühmorgens ins Wasser.

So schien alles glattgegangen zu sein. Doch kurze Zeit danach wurde er zum zweiten Mal von seinem Nachbarn Clemens Netter angesprochen, diesmal vor der Haustür.

»Et stinkt ja schon wieder so entsetzlich aus Ihre Wohnung ...«

Karl Großmann zuckte gleichmütig mit den Schultern. »Wat soll sein: Meine Kaninchenzibbe hat gejungt, aber die Jungen sind tot jeblieben, und ick hab' vagessen, ihnen in'n Müll zu werfen.«

Wieder in seiner Wohnung, suchte er dann nach der Ursache des Gestanks, was wegen seines fehlenden Geruchssinns ein wenig dauerte. Schließlich fand er eine Schüssel unterm Bett, in der die verwesenden Hände der Sosnowski lagen. Ihretwegen wollte er nicht extra zum Kanal gehen, also verbrannte er sie. Um die Nachbarn zu beruhigen, zündete er Räucherkerzen an.

Bei der Suche nach weiteren möglicherweise übersehenen Leichenteilen stieß er auf den grauen Samtrock der Toten. Es war ein schöner Stoff, viel zu schade, um ihn ins Feuer zu werfen. Also schnitt er sich ein schönes Stück heraus und hielt es nachdenklich in die Sonne: »Da lass' ick mir 'ne Weste draus machen – zum Andenken an ihr. Nich war, mein Hänseken.«

VIERTER TEIL

Ein Mann sucht sich und seine Braut

FÜNFZEHN

13. und 14. August 1921

Friedrich Zetzscha bat den Chauffeur der Kraftdroschke, nicht direkt zum Bahnhof zu fahren. »Bitte noch eine kleine Ehrenrunde durch die Innenstadt. Wer weiß, wann ich wieder mal in Breslau bin.«

»Ja, machen Sie mal – ich bezahl's ja.« Sein Vater, der hinter ihm saß, konnte sich diesen Kommentar denn doch nicht verkneifen.

»Ehrenfried!« Friedel Zetzscha stieß ihrem Mann den Ellenbogen in die Seite. »Es wird nicht gleich unser Ruin sein.«

Friedrich Zetzscha mußte schmunzeln. Obwohl seine Eltern beide so »friedliche« Vornamen trugen, ging es in ihrer Ehe nicht eben friedvoll zu. Sein Vater kam aus kleinen Verhältnissen, hatte sich mühsam zum Amtmann hochgedient und war in der Stadtverwaltung damit befaßt, streng auf die Einhaltung der Haushaltsvorschriften zu achten und jeglicher Verschwendung Einhalt zu gebieten. Seine Mutter hingegen kam aus einer Familie von vergleichsweise wohlhabenden Fleischern und Wurstfabrikanten und kannte keine größere Freude als die, Geld unter die Leute zu bringen. Genauso oft wie über die häuslichen Finanzen stritten sie sich aber über den rechten Lebensweg. Er liebte es biedermeierlich und gediegen, sie hatte einen gewissen Hang zum Höheren. Entsprechend unterschiedlich dachten sie auch über Friedrichs Entscheidung, nach Berlin zu gehen.

»Ich sehe Friedrich schon im Reichstag sitzen, und wie er dann aufsteht und eine große Rede hält.«

»Sitzen sehe ich ihn auch – aber im Gefängnis. Dieses Berlin macht über kurz oder lang alle Menschen zu Kriminellen. Oder sie werden Opfer von Verbrechern ...«

»Hör auf damit!« rief Friedrich Zetzscha. »Grete ist keinem Verbrechen zum Opfer gefallen. Sie hat immer davon geträumt, Schauspielerin zu werden, und vielleicht tingelt sie irgendwo umher.« Er war der festen Überzeugung, daß sie diesem Lellichow nur erlegen war, weil er ihr versprochen hatte, sie irgendwie zur Bühne zu bringen.

»Fährst du diesem Flittchen auch noch hinterher.« Seine Mutter war schon wieder dabei, sich zu erregen. »Weißt du, wo du hingehörst? In die Irrenanstalt! Jahrelang hast du sie nicht mehr gesehen – und durchgebrannt ist sie dir mit diesem adligen Fatzke.«

»Sie ist sein Opfer gewesen.«

»Ihre Mutter ist ihr Opfer gewesen«, ging sein Vater dazwischen. »Die hat sie auf dem Gewissen.«

Zetzscha hörte nicht mehr hin. Grete Tschau war seine erste große Liebe gewesen. Das zählte. Wenn er sie nun suchen wollte, dann aber vor allem, weil ihn der alte Tschau darum gebeten hatte. Seit dem Tod seiner Frau verfiel er mehr und mehr, und der Pfarrer hatte ihm geraten, seinen Frieden mit seiner Tochter zu schließen. »Sie hängen doch an ihr, Herr Tschau, und Sie wissen doch: Richte nicht, auf daß du nicht gerichtet wirst. Nehmen Sie den Bannfluch von Ihrer Grete, bevor es zu spät ist.« Selber zu krank, um nach Berlin zu fahren und nach Grete zu suchen, hatte Herbert Tschau ihn, Friedrich Zetzscha, darum gebeten. »Ich bin ja nur ein kleiner Buchhalter und kann Ihnen kein Geld dafür geben, aber wenn Sie sowieso schon in Berlin sind ...«

In der Hauptsache jedoch fuhr Zetzscha in die Hauptstadt, um Unter den Linden zu studieren und an der Spree irgendwie nach oben zu kommen. Als Journalist wie in der Politik. Nach dem Krieg war er in die SPD eingetreten und hatte dort auch schon einige kleinere Funktionen innegehabt. Doch das Schreiben war seine größere Leidenschaft. In Ohlau hatte er ein längeres Volontariat absolviert und danach als freier Mitarbeiter für schlesische Blätter gearbeitet. Für seinen Vater war das alles die berühmte brotlose Kunst, auch die vom Sohn anvisierten Studienfächer gefielen ihm nicht.

»Nationalökonomie und Soziologie ... Was ist denn das eigentlich?«

»Lies mal Max Weber.«

»Dazu ist mir mein Augenlicht zu schade. Das erspare ich mir.«

Friedrich Zetzscha hatte sich die Antwort gespart und nur gemurmelt: »Klar, wo du doch immer sparen willst.«

Jahrelang hatte er sich darauf gefreut, von Breslau loszukommen, aber nun mußte er feststellen, daß ihm der Abschied doch verdammt schwer fiel. Daß er ein so sentimentaler Hund war und hier im Taxi sogar feuchte Augen bekam, hätte er nie für möglich gehalten. Wie durch einen Schleier hindurch sah er alles: den Dom mit seinen beiden Türmen, das fürstbischöfliche Palais, die Sandinsel mit der »Marienkirche auf dem Sande«, das Rathaus aus spätgotischer Zeit, Schloß und Universität.

»Wenn du hier studiert hättest, wär's billiger gekommen«, hatte sein Vater gesagt. Doch das meiste bezahlte ja ohnehin sein Opa, der Vater seiner Mutter.

Friedrich Zetzscha konnte es nicht fassen, daß er es so lange in Breslau ausgehalten hatte. Nun ja, wenn er ehrlich war, hatte er im Schützengraben von nichts anderem geträumt, als wieder heimzukehren ins warme Nest am Nikolaitor im Schatten der Barbarakirche. Wie hatte er in der Schule gelernt: *Kirchen, die zum Himmel ragen,/gotisch feierlich und fern der Zeit,/schauen einsam auf die Stadt herab./Schwer von alten Sarkophagen,/die umwittert Unvergänglichkeit ...*

Die Oder würde er vermissen, und vor allem die heimatlichen Laute: »Geihste meite neiber eiber die Auder?« Auch den »Sträselkucha«, den die Mutter wie keine zweite backen konnte. Sie kam aus Beuthen, nicht aus dem in Oberschlesien, sondern dem kleinen Schifferstädtchen an der Oder, das sie Kuh-Beuthen nannten. 100mal hatte ihm seine Mutter die Geschichte erzählt: Ein protziger Berliner hält mit seiner Kutsche dort auf dem Marktplatz und schnarrt: »He, sagen Sie mal, ist das hier das sogenannte Kuh-Beuthen?« Die Antwort: »Ju, ju, do honn Se rächt, doas ies dohier Kuh-Beuthen, die Uchsen foahrn jetzt durch.«

Der Abschied auf dem Bahnsteig geriet so, wie es der Vater

wünschte: »Machen wir es kurz und schmerzlos.« Dann saß Zetzscha im Zug, rollte westwärts und hatte Verse von Angelus Silesius im Sinn: *Freund, so du etwas bist, so bleib doch ja nicht stehn:/Man muß aus einem Lichte fort ins and're gehn. Der cherubinische Wandersmann*, das Hauptwerk des Mannes, der eigentlich Johannes Scheffler hieß und 1624 in Breslau das Licht der Welt erblickt hatte, war Friedrich Zetzschas Lieblingsbuch. Und eine der Scheffler'schen Sentenzen stand auch als Leitspruch über seinem Aufbruch nach Berlin. *Mensch, werde wesentlich! Denn wenn die Welt vergeht,/so fällt der Zufall weg; das Wesen, das besteht.*

Als er kurz einnickte, hatte er die Stimme der Mutter im Ohr, wie sie Weihnachten ein Gedicht vortrug: *O Freda über Freda! Ihr Nuppern kommt und hiert,/woas mir doch uf der Hede/für 'n Wunder is possiert! – Es koam e weeßa Engel/bei hucher Mitternacht,/dar sung mir a Gesängel,/doaß mir doas Herze lacht. – A soate: Freet euch olle,/der Heiland is gebor'n/zu Bethlehem eim Stolle,/dan hoat er sich erkor'n.*

Am Mittag des 14. August 1921 setzte Friedrich Zetzscha den Fuß zum ersten Mal in seinem Leben auf Berliner Boden, und dies geschah selbstverständlich auf dem Schlesischen Bahnhof. Irgendwie war er von der diffusen Erwartung erfüllt gewesen, die Stadt würde ihn freudig begrüßen. Doch nun realisierte er, daß ihn niemand begrüßte. Schon gar nicht die Stadt. Die zeichnete sich nach seinem ersten Eindruck im Gegenteil dadurch aus, daß ihr alles egal war. Er fühlte sich einsam, von Gott und allen Menschen verlassen. Fiele er jetzt tot um, bliebe niemand stehen. Sein Schicksal interessierte keinen. »Berlin, mich ängstigt dein steinernes Herz.« Unter diese Überschrift wollte er seinen ersten Bericht aus der Hauptstadt stellen.

Als er mit seinem schweren Koffer auf dem Bahnsteig stand, wurde ihm bewußt, daß er sich für die ersten Stunden in Berlin eigentlich gar keinen Plan gemacht hatte. Sich irgendwie ein Hotel suchen und dann weitersehen, das war alles gewesen, was er gedacht hatte. Aber nicht mit dem schweren Koffer in der Hand! Also brachte er den erst einmal zur Gepäckaufbewahrung. Dann trat er vor den Bahnhof und wandte sich nach rechts, bis er eine größere, nach Norden führende Straße erreichte. *Fruchtstraße* las er. Was mochte es hier für Früchte geben? Sicherlich nicht die süßesten, konstatierte er nach ein paar hundert Metern. Höchstens »Früchtchen«. Ein Blick auf den Stadtplan sagte ihm, daß er sich nach links wenden mußte, wollte er in die Innenstadt. Also tat er es und bog in die Lange Straße ein. Seine Impressionen aus dieser Gegend und diesem Milieu sollte er später in einem Artikel für eine Breslauer Zeitung wie folgt zusammenfassen:

Es war ein Sumpf, in den ich da geraten war, ein Sumpf im Berliner Osten, gelegen zwischen dem Alexanderplatz, den Hunderte von Mädchen und Frauen jeden Tag aufsuchen, um die Sittenkontrolle des Polizeipräsidiums zu frequentieren, und dem Schlesischen Bahnhof, wo tagtäglich noch einmal Hunderte von bettelarmen Menschen angespült werden, die Arbeit suchen. Doch kaum einer von ihnen findet eine Beschäftigung. Da liegen sie denn auf dem Pflaster, haben keine Wohnung und kein Essen und leiden bitteren Mangel. Was bleibt ihnen da, als dem Verbrechen und der Prostitution anheimzufallen. Zu ihnen gesellen sich all die, die von der Gesellschaft ausgestoßen worden sind, die unbarmherzige Verwandte auf die Straße gesetzt haben. Kommen jene hinzu, die – mit oftmals nur geringen Strafen – aus den Gefängnissen entlassen worden sind und nun erst recht keine Stellung und kein Unterkommen mehr finden, und all die abgeglittenen Mädchen, die einmal Verkäuferinnen, Dienstmädchen, Buchhalterinnen oder Fabrikarbeiterinnen waren, dann eine Zeitlang ausgehalten wurden und jetzt keine andere Wahl mehr haben, als vom Verkauf ihres Körpers zu leben. Doch der ist meist schon elend und ihre Nerven sind zerrüttet ... Sie haben es doppelt schwer, denn zum einen haben die registrierten Strichmädchen Angst um ihre Einkünfte und wollen diese »Nutten« in ihren Revieren nicht dulden, und zum anderen leben sie in ständiger Angst, in polizeiliche Kontrollen zu geraten und wegen verbotener Unzucht ins Gefängnis zu kommen. Da sitzen sie denn auf den Bänken der großen Plätze, in den Kaffeeklappen und Destillen und warten ebenso offensichtlich wie verstohlen auf mögliche Freier, krank, elend und am Verhungern. Eigentlich hätten sie allen Grund, sich fallen zu lassen, ins Wasser zu gehen oder sich vor die U-Bahn zu werfen, doch sie hängen mit einer schier unfaßbaren Zähigkeit an ihrem jammervollen Dasein. Ohne Mitleid laufen die Menschen an ihnen vorüber. Das Proletariat kämpft noch um seine Existenz, das Lumpenproletariat hingegen ist verloren. Die, die keine Arbeit und kein Heim mehr haben, verrecken wie die Hunde.

Am Alexanderplatz angekommen, hatte Friedrich Zetzscha vom vielen Pflastertreten müde Füße, und am rechten Hacken schien sich die erste Blase zu bilden. Der Trubel hier war etwas viel für ihn, beinahe wäre er von einer Straßenbahn erfaßt worden. Aus allen Richtungen kamen sie herangeschossen. Er ging also in ein Restaurant und bestellte sich eine Portion Kaßler mit Sauerkraut und ein Bier. Während er auf das Essen wartete, musterte er die vorbeigehenden Frauen, und er fragte sich, wann er wohl eine von ihnen besitzen würde. Aber wer nahm schon einen aus der Provinz?

Nachdem er sich gestärkt hatte, entschloß er sich zu einem ganz besonderen Abenteuer: zu einer Fahrt mit der U-Bahn. Seit er während der Brussilow-Offensive anderthalb Tage verschüttet in einem Bunker gelegen hatte, litt er unter einer gehörigen Tunnelphobie. Er schaffte es aber, wenn auch mit einigem Herzrasen und Schweiß auf der Stirn, sich einen Fahrschein zu kaufen und auf den Bahnsteig hinunterzulaufen. Dort stand schon ein Zug abfahrbereit in Richtung Schönhauser Allee (Nordring), und schnell sprang er hinein, bevor es zu einer Panikattacke kommen konnte. Im Zug selber ging es einigermaßen, obwohl er so schwer Luft bekam, als hätte er Asthma. Zugleich aber war er stolz darauf, sich überwunden zu haben, und mußte insgeheim seinem Vater zustimmen, der immer gesagt hatte: »Ich kann nicht, heißt: Ich will nicht, und wenn man will, dann kann man auch.« Gleichviel, er empfand es dennoch als Erlösung, als die Untergrundbahn hinter den Stationen Schönhauser Tor und Senefelder Platz plötzlich und unerwartet wieder nach oben stieg und zur Hochbahn wurde. Genug der Mutprobe, auf dem Bahnhof Danziger Straße sprang er wieder aus dem Zug. Es schien ihm nun – nach einem erneuten Blick in den Plan – das Klügste zu sein, über die Schönhauser Allee zurückzulaufen und am Alexanderplatz in die Stadtbahn zu steigen. Die fuhr hoch oben, auf einem gemauerten Viadukt.

Doch in der Gegend kurz vor dem Alex reizte es ihn, in die Nebenstraßen einzubiegen, und so geriet er unversehens ins Scheunenviertel. Davon hatte sein Vater des öfteren erzählt. Daß man es unbedingt meiden müsse. In der Mulackstraße gab es verrauchte Kaschemmen, und Zetzscha hatte Bedenken, von jemandem hineingezogen und unter Alkohol gesetzt zu werden. Über die August- kam er zur Oranienburger Straße. Auffällig hübsche Frauen liefen dort entlang. Sie trugen meist Kostüme mit einem modernen Fuchskragen, hohe, enge Stiefel und schicke Hüte. Und wie sie ihm zulächelten! Schien er also in Berlin doch Chancen zu haben. Einer – er gab ihr den Namen Miezi, weil sie für ihn etwas Wienerisches an sich hatte – blickte er so tief in die schwarzen Augen, daß er über seine eigene Courage erschrak und schnell weiterging. *Und führe mich nicht in Versuchung* ... Ob das ein Übel war, von dem er erlöst werden mußte, stand zwar auf einem anderen Blatt, doch er hatte sich vorgenommen, sein Leben in der Hauptstadt nicht mit rasch wechselnden Liebschaften zu verplempern. Also widmete er sich dem Anblick der Neuen Synagoge und versuchte, ihren Stil irgendwo einzuordnen. Maurisch wahrscheinlich. Als er weiterging, angelockt von der architektonischen Pracht des Postfuhramtes, kam ihm Miezi abermals entgegen. Er dachte im ersten Reflex an Schicksal und Fügung; als sich die dunkelhaarige Schöne dann aber lasziv mit der feuchten Zunge über Ober- und Unterlippe fuhr, begriff er, warum Miezi hier flanierte. Und das am hellichten Tage! Was mochte so eine wie Miezi kosten? Friedrich Zetzscha hatte keine Ahnung von den Berliner Preisen. Er beschloß, Miezi ganz einfach zu fragen. Ausschließlich aus wissenschaftlichem und journalistischem Interesse. Doch wo war sie abgeblieben? Er suchte nach ihr und entdeckte sie schließlich, wie sie gerade den Fahrdamm überquerte und in die Nebenstraße einbog, die westlich der Synagoge die Oranienburger Straße kreuzte. Fast hatte er sie eingeholt, da verschwand sie in einem der Häuser. Ohne sich weiter zu besinnen, betrat er den Hausflur. Finster war es hier, und es roch nicht eben nach Weihrauch und Myrrhe, eher nach Wirsingkohl und Urin. Und dies derart intensiv, daß er sich die Nase zuhalten mußte. In einer Nische stand ein altes Fahrrad, in der anderen ein Mann, der ...

Friedrich Zetzscha kam erst wieder zu sich, als sie ihm im St.-Hedwigs-Krankenhaus in der Großen Hamburger Straße die Platzwunde an der Stirn genäht hatten.

»Da haben Sie aber Glück gehabt«, sagte der Arzt.

»Was für ein Glück, wenn einem sein ganzes Geld weggenommen wird?«

»Daß sie Ihnen nicht den Schädel eingeschlagen haben.«

Zetzscha tröstete sich, wie anders auch, mit dem großen Silesius: *Viel haben macht nicht reich. Der ist ein reicher Mann, der alles, was er hat, ohn' Leid verlieren kann.*

Immerhin war er bald wieder so gut beieinander, daß er zu Fuß und erstaunlicherweise ohne große Kopfschmerzen zur Polizei gehen und Anzeige erstatten konnte. Man nahm den Raubüberfall mit unbewegter Miene auf, und es war ihm geradezu peinlich, die Beamten mit einer solchen Bagatelle zu behelligen. »Das ist heute schon der vierte Fall dieser Art«, verriet man ihm. »Wenn wir Glück haben, kriegen wir den Mann beim zehnten Mal. Aber Ihr Geld werden Sie nicht wiedersehen.«

»Was soll ich nun machen? Ich steh' doch ohne jeden Pfennig da.«

»Da sind Sie nicht der einzige in Berlin. Haben Sie nicht irgendwelche Verwandte in Berlin?«

»Doch, eine Tante in Friedensdorf.«

Der Beamte hatte Mühe, nicht in Gelächter auszubrechen. »Haben wir nicht, junger Mann, kriegen wir auch nicht wieder rein. Fredersdorf haben wir, das liegt nach Strausberg hin.«

»Nein, das muß mitten in der Stadt sein. Eine Straßenbahn soll vorbeifahren.«

»Na, Dörfer hinten dran haben wir viele – Rixdorf, Wilmersdorf, Reinickendorf, aber nicht mit Frieden vorne. Da gibt's zu wenig von in Berlin. Fällt mir nur ein Stadtteil ein: Friedenau. Welche Straße soll's denn sein?«

»So was Komisches. Ich glaube: Südwestkorso.«

»Das ist nicht komisch, das ist vornehm.«

»Der Mann ist auch 'n hohes Tier bei der Post, Postrat oder so.«

»Haben Sie die Adresse?«

»Nein. Aber wenn Sie so nett sein könnten ... Damaschke heißen die Leute, Konrad und Dora.«

Der Beamte war so nett und schlug nicht nur im Adreßbuch nach, sondern schenkte ihm auch noch 20 Pfennige Fahrgeld. »Mit der S-Bahn bis Wilmersdorf-Friedenau oder mit der U-Bahn bis Rüdesheimer Platz. Straßenbahn – warten Sie – wahrscheinlich die 69. Ja, nehmen Sie mal die, da brauchen Sie nicht erst groß umsteigen. Die Haltestelle ist hier gleich um die Ecke.«

Friedrich Zetzscha bedankte sich und machte sich auf den Weg nach Friedenau. Die 69 kam, kaum daß er sich auf die Haltestelleninsel gedrängelt hatte. Das Zielschild beruhigte ihn: *Friedenau, Südwestkorso Ecke Laubacher Straße.* Der Kriminalbeamte hatte also recht gehabt, verfahren konnte er sich nicht. In der Straßenbahn bekam er vorn im Triebwagen einen Sitzplatz rechts am Fenster, und das auch noch in Fahrtrichtung, so daß er die Fahrt mit der 69 wie eine Stadtrundfahrt genießen konnte. Er versuchte, sich die Namen der Straßen und Plätze zu merken, hatte er doch vor, ein echter Berliner zu werden. Die kamen ja bekanntlich alle aus Breslau, und so hatte er keine Angst, daß er es nicht schaffen würde, hier anzuwachsen. Obwohl ... Gott, war das alles riesig! Mühlendamm, Köllnischer Fischmarkt, Spittelmarkt, Leipziger Straße ...

»Noch jemand ohne Fahrschein?« Der Schaffner stand fordernd und angsteinflößend vor ihm. Zetzscha zuckte zusammen und wollte schon sagen, daß er nicht bezahlen könne, da man ihm sein ganzes Geld geraubt hätte, besann sich dann jedoch auf die milde Gabe, die er von der Berliner Polizei erhalten hatte. Weiter ging es, folgte Haltestelle auf Haltestelle, wurde schwungvoll abgeklingelt. Es sah schon komisch aus, wie der Schaffner an der Lederschnur riß, die unter dem Wagendach angebracht war. Immer, wenn es weitergehen sollte. Potsdamer Platz, Potsdamer Straße, Grunewaldstraße, Berliner Straße, Kaiserallee, Kaiserplatz ... Ah, linker Hand lag der Bahnhof Wilmersdorf-Friedenau, und sie fuhren unter der Ringbahn hindurch. Jetzt mußte der Südwestkorso kommen. Und richtig, sie bogen rechts in eine Allee ein, die schon etwas hermachte. Friedrich Zetzscha suchte die Häuserfronten nach der richtigen Hausnummer ab, fand sie aber erst kurz vor der Endhaltestelle. Er stieg aus und sah auf die Uhr. Halb fünf war es schon geworden. Nun gut, da brauchte er wenigstens nicht zu befürchten, die gute Tante Dora beim Mittagsschlaf zu stören.

Je näher er kam, desto banger wurde ihm. Er wußte, daß sich seine Mutter und ihre Cousine nie besonders gut verstanden hatten, ganz im Gegenteil. Die Damaschkes waren sich immer als etwas Besseres vorgekommen und hatten es nicht einmal für nötig gehalten, zu Hochzeit, Kommunion oder den runden Geburtstagen nach Breslau zu kommen. »Wir hier in der Provinz sind denen zu poplig«, hatte sein Vater immer gesagt. Und nun stand er wie ein Bettler vor der Tür seiner Verwandten. Zetzschas Hände waren feucht, und er zögerte lange, den wie golden schimmernden Klingelknopf nach unten zu drücken. Endlich faßte er sich ein Herz. Aber nur ganz kurz. Nichts. Noch einmal. Endlich waren drinnen im Korridor schlurfende Schritte zu hören. Die Abdeckung des Gucklochs wurde nach hinten geschoben, dann kam ein ziemlich ungnädiges: »Ja, was ist?«

»Guten Tag. Hier ist Friedrich.«

»Welcher Friedrich?«

»Der aus Breslau. Friedrich Zetzscha, der Sohn von Friedel.«

Eine Kette klirrte, dann wurde aufgeschlossen. »Was willst *du* denn hier?«

Daß sie ihn mit offenen Armen empfangen würde, hatte er nun wirklich nicht erwartet, aber daß die Begrüßung so eisig ausfiel, nun auch wieder nicht. Gott, war diese Dora Damaschke eine fürchterliche alte Scharteke. Er schluckte. Am liebsten hätte er gesagt: »Du kannst mich mal!« und wieder kehrtgemacht, doch wenn sie ihm nicht wenigstens 50 Mark borgte, konnte er gleich zur Bahnhofsmission gehen. »Entschuldige bitte die Störung, Tante Dora, ich hätte euch auch gar nicht weiter belästigt, wenn ... Aber du siehst ja die Wunde hier am Kopf, ich bin an der Oranienburger Straße überfallen worden ... Mein ganzes Geld ist weg. Und ein Zimmer habe ich noch nicht, ich bin ja erst heute morgen in Berlin angekommen.«

»Bei uns wohnen kannst du nicht!« Sie gab sich Mühe, die gesamte Breite der Tür mit ihrem wabbligen Körper auszufüllen. »Das hat deine Verflossene, die Grete, letztes Jahr auch schon versucht. Und auch ihr ist alles Geld gestohlen worden. Denk mal an, so'n Zufall.«

»Du, ich lüge nicht, du kannst bei der Polizei nachfragen.«

»Na gut, komm rein. Aber in einer Viertelstunde mußt du wieder weg sein, denn dann kommt Konrad nach Hause – und der hat gegen alle was, die aus Breslau kommen. Ich bin ja nicht so, aber er ...« Sie führte ihn in die Küche, wo er immerhin eine Tasse Kaffee und ein Stück Napfkuchen vorgesetzt bekam. »Die Grete hat doch was mit diesem Offizier gehabt ... Kannst du immer noch nicht von der lassen? Diese Männer!«

»Nein, ich will hier studieren.« Das hob ja einen Menschen.

Tante Dora öffnete ihren Küchenspind und suchte aus verschiedenen Töpfen und Gläsern einige Geldscheine und -stücke zusammen. »Hier, das sind rund 50 Mark. Damit mußt du auskommen. Ich schreibe dann nach Breslau, daß sie mir das Geld mit der Post nach Berlin zurückschicken. Du weißt ja: Borgen macht Sorgen.«

Zetzscha mußte sich zwar ziemlich überwinden, doch da ihm Tante Dora ihre stark geschminkte und fettige Wange auffordernd hinhielt, konnte er nicht anders, als ihr mit einem Küßchen zu danken.

Schon stand er wieder im Treppenhaus, aufatmend, als hätte er einen schmerzhaften Besuch beim Zahnarzt mit Anstand hinter sich gebracht. Unten auf dem Südwestkorso zögerte er einen Augenblick, unschlüssig darüber, was nun zu tun war. Sich erst eine Bleibe suchen? Erst das Gepäck vom Bahnhof abholen? Oder einfach in die Straßenbahn steigen und sich treiben lassen? Er entschloß sich, mit der U-Bahn zum Görlitzer Bahnhof zu fahren und dort zu versuchen, sich ein Zimmer zu mieten, denn das letzte Lebenszeichen Gretes war eine Postkarte gewesen: *Berlin SO 36 – Hochbahnhof Görlitzer Bahnhof.* Und er wollte doch schon bald Nachforschungen anstellen.

Ohne sich zu verfahren, erreichte er sein Ziel, stieg aus und bog, einem ungewissen Impuls folgend, von der Skalitzer in die Manteuffelstraße ein. Nach wenigen Schritten, ungefähr auf Höhe der Naunynstraße, entdeckte er im Schaufenster eines kleinen Kolonialwarenladens den Zettel *Zimmer zu vermieten* und nahm das für einen Wink des Schicksals. Die Inhaberin hieß Hedwig Nothvogel. Das versprach eine gemütliche alte Dame. Drei Stufen waren hochzusteigen. Als er die Tür nach innen drückte, klingelte es geradezu lieblich. Es war aber niemand im Laden, weshalb sein »Guten Tag!« etwas lauter ausfiel.

Hedwig Nothvogel erschien und erwies sich als resolute Witwe mit Dutt und Kittelschürze. Sie war beinahe ebenso breit wie lang, und da ihre Beine von ihrer langen Schürze völlig verdeckt waren, schien es Zetzscha so, als würde sie wie eine Kugel hereinrollen. Sie zeigte ihm ein Zimmer, das zwar klein und ohne Fenster war, eine ehemalige Dienstmädchenkammer, ihm aber vorerst einmal auszureichen schien. Der Preis war kein Problem. Er mietete es für die zweite Augusthälfte und den September über, und seine Wirtin führte ihn in ihre gute Stube, um die Sache zu begießen. Zu diesem Zweck holte sie zwei Gläser aus ihrer Anrichte, spendierte ihren besten Eierlikör und stieß mit Friedrich Zetzscha an. »Daß Sie sich wohl fühlen bei Tante Hete.«

»Bei Ihnen ganz sicher«, sagte er, war sich aber Sekunden später in dieser Hinsicht nicht mehr ganz so sicher, denn Hedwig Nothvogel nahm die Likörgläser, nachdem beide ausgetrunken und den Rest der gelben Masse mit der Zunge ausgeleckt hatten, wischte sie mit dem Ärmel ihres Kleides sauber und stellte sie in den Schrank zurück. Wenn sie das bei fünf bis sechs Mietern pro Jahr schon seit langem so machte, dann ... Er mußte ein wenig schlucken und kam schnell auf sein Gepäck zu sprechen. »Das muß ich jetzt noch vom Schlesischen Bahnhof abholen. Ist das weit von hier?«

Hedwig Nothvogel überlegte. »Hier die Manteuffel hoch, dann rechts in die Köpenicker, über die Brommybrücke rüber – und dann seh'n Se links schon den Bahnhof. Zu Fuß nich mal 'ne halbe Stunde, und zurück mit das Gepäck laufen Se am besten die paar Meter bis zur Andreasstraße und nehmen da die 63, wie ick imma – ach nee, die fährt ja seit 1914 nicht mehr, nee, die 22 isset ja jetzt –, bis hier, Ecke Waldemarstraße.«

Friedrich Zetzscha bedankte sich und machte sich auf den Weg. Am Schlesischen Bahnhof angekommen, fiel ihm ein, daß es ja längst Zeit war, zu Abend zu essen. Sein Hunger war so groß, daß er auf der Stelle nach einem Wurststand Ausschau hielt. Ein paar Schritte weiter stand schon einer. Es duftete verlockend, und er kaufte sich ein Paar Lange Wiener, obwohl der Händler ziemlich schmuddelig wirkte.

SECHZEHN

17. August 1921

Eine leichte Sommergrippe hatte Friedrich Zetzscha für zwei Tage außer Gefecht gesetzt, und so kam er erst heute, am Mittwoch, dazu, wieder ernsthaft nach Grete Tschau zu forschen. Seine Wirtin hatte zwar gemeint, dies sei ziemlich aussichtslos – siehe die berühmte Nadel im Heuhaufen –, doch er schätzte seine Chancen erheblich höher ein, denn so groß Berlin mit seinen fast vier Millionen Einwohnern auch sein mochte, er wußte ja, in welchem Milieu er Grete suchen mußte: der Boheme. Erste Besuche in sogenannten Künstlerlokalen hatten am Vorabend nichts gebracht. So nahm er sich nun die Schauspielschulen, Theater und Filmstudios vor. Von der Operette und der Massary hatte Grete geschwärmt, und so lag es nahe, sich an den Bühnen umzuhören, wo die Diva zuletzt aufgetreten war. Hedwig Nothnagel wußte, wo: »Im Metropol-Theater und im Berliner Theater in der Charlottenstraße.« Doch in beiden Besetzungsbüros fragte er vergeblich nach Grete Tschau.

Enttäuscht ließ er sich treiben, stieß schließlich auf eine ungewöhnlich breite Straße und las zu seiner Überraschung: *Unter den Linden.* In derselben Sekunde registrierte er das, was Max Weber »emotionale Aufwallung« nannte: ein ungemein euphorisches Gefühl, das Glück, diesen Augenblick erleben zu dürfen. Einer seiner Jugendträume war in Erfüllung gegangen: als Student Unter den Linden flanieren. Nun, noch war er gar nicht immatrikuliert, aber dies ließ sich schon innerhalb der nächsten Stunde erledigen, denn die Universität lag ja in nächster Nähe.

Als er sich eingeschrieben hatte und aller Papierkram erledigt war, schlenderte er noch ein wenig durch die ehrwürdige Alma mater, die in den Semesterferien wie leergefegt war. Er stand gerade vor den Aushängen, als er von einem Studenten angesprochen wurde. Ob er wüßte, wo hier die Toiletten seien.

»Nein, tut mir leid, ich bin noch nicht einmal im ersten Semester – trotz meines hohen Alters.«

Man kam ins Gespräch, und schließlich stellte der andere sich als Reinhold Besenbinder vor. »Aus Templin oben.« Medizin wollte er studieren. Er war stämmig und erdverwachsen und sah mit seinem rotblonden Stoppelhaar genauso aus, wie sich Zetzscha den echten Märker vorgestellt hatte. Man ging gemeinsam in ein kleines Café an der Königstraße, und bald darauf hatte Zetzscha dem neuen Freund verraten, daß er zwar des Studiums wegen nach Berlin gekommen war, aber zugleich auch nach seiner verschollenen Braut suchen wollte. In knappen Worten schilderte er, wie sich ihre Wege getrennt hatten.

»Hm ...« Besenbinder machte ein besorgtes Gesicht. »Wenn die man nicht schon abgeglitten ist ...«

»Wie meinen Sie das?«

»Daß sie ihren Körper verkauft.«

An den leuchtenden Augen erkannte Friedrich Zetzscha, daß der andere eine besondere Affinität zu diesem Gewerbe fühlte, wahrscheinlich auch schon einiges an Geld dort gelassen hatte. Auch wenn er Besenbinders Vermutung bezüglich Grete für falsch hielt, beschrieb er sie so gut wie möglich und zeigte ihm ein altes Porträtphoto – für alle Fälle, man wußte ja nie.

Doch Besenbinder verneinte, Grete hatte er noch nie gesehen. Er kam nun auf seine einschlägigen Erfahrungen zu sprechen. »Das ist bei uns Familientradition. Außerdem will ich mal Gynäkologe werden, und es ist durchaus nützlich, von meinen späteren Patientinnen möglichst viele etwas genauer kennenzulernen.«

Zetzscha fand das moralisch nicht ganz in Ordnung, wagte aber nicht, Besenbinder zu kritisieren, um sich nicht als Spießer zu entlarven. Statt dessen spöttelte er nur: »Der Mann, der rings um den Luisenstädtischen Kanal zerstückelte Frauenleichen ins Wasser wirft, wird genau dasselbe Ziel gehabt haben: einen Frauenkörper ganz besonders intensiv zu studieren.«

Besenbinder sah ihn schräg von der Seite an. »Herzlichen Dank für den schmeichelhaften Vergleich!«

»Meine Wirtin sagt, der Täter müsse ein Schlächter sein oder aber ein Gehilfe aus der Pathologie, jedenfalls einer, der etwas von der Chirurgie versteht, so sauber seien die Leichen alle zerlegt worden.«

»Reden wir lieber von etwas anderem.« Abrupt wechselte Besenbinder das Thema und kam auf den Boxkampf des Jahrhunderts zu sprechen: Jack Dempsey (USA) gegen Georges Carpentier (Frankreich). »80 000 Menschen in der Freiluftarena von Jersey City – nur gekommen, um zuzusehen, wie zwei Männer aufeinander einschlagen.«

»Umgekehrt wäre es noch interessanter gewesen«, meinte Zetzscha.

Reinhold Besenbinder schrie auf. »Da, sehen Sie mal! Auf der Straße draußen ...« Ein von Edmund Rumpler konstruiertes Tropfen-Auto rollte vorüber. »Sechs-Zylinder-Heckmotor. Der leistet 35 PS und bringt den 1,5 Tonnen schweren Wagen auf 95 Stundenkilometer.«

Dann redeten sie über Enrico Carusos Tod und über die bevorstehenden Deutschen Leichtathletik-Meisterschaften in Hamburg, an denen Besenbinder liebend gern teilgenommen hätte. »Aber meine Knieverletzung ... Im Juni bin ich die 100 Meter in 11,5 Sekunden gelaufen. Hubert Houben, den Krefelder, hätte ich zwar nicht geschlagen, der wird eine Zeit knapp unter elf laufen, aber für den Endlauf hätte es gereicht.«

Zetzscha winkte den Ober herbei. Als sie gezahlt hatten, fragte Besenbinder, ob sie nicht den Rest des Tages gemeinsam verbringen sollten. »Ich kann Ihnen bei der Suche nach Ihrer Braut behilflich sein. Als Junge habe ich die Detektivromane meines großen Bruders immer verschlungen, kann Ihnen also eine Menge Fachwissen andienen.«

»Einverstanden.« Zetzscha war es lieb, einen Begleiter zu haben. »Aber wo fangen wir an?«

»Ich würde mal sagen: bei den Filmleuten. Grete hat doch keine richtige Schauspielschule besucht. Und beim Film braucht man das nicht.«

»Und wo finden wir die Filmleute?«

»In Woltersdorf – und im Telefonbuch.«

Sie ließen sich eins bringen und schrieben sich einige Nummern ab. Vom nächsten Postamt probierten sie sie nacheinander durch. Die ersten Anrufe brachten nichts, dann aber, als sie beim Buchstaben C angekommen waren, fanden sie eine erste heiße Spur: Bei der Firma Carl Collini hatte man ein Bild von Grete im Karteikasten.

»Ich kann mich aber nicht mehr an eine Grete Tschau erinnern«, sagte ihnen die Sekretärin. »Moment mal ...« Sie schien den Hörer zuzuhalten und jemand zu fragen, der sich mit ihr im Büro befand. »Der Herr Collini sagt mir, daß sie mit der Valeska befreundet war, Valeska Saarow.«

»Und wo können wir diese Valeska finden?«

»Die wohnt jetzt ... Moment mal ... Die wohnt jetzt am Schlesischen Bahnhof, in der Fruchtstraße 74.«

Sie bedankten sich und stiegen zur Stadtbahn hinauf, um zum Schlesischen Bahnhof zu fahren. Die Adresse stimmte zwar, doch als sie schnaufend im vierten Stock des Seitenflügels angekommen waren, öffnete ihnen trotz wiederholten Klingelns niemand. Eine Nachbarin, die gerade vom Einkaufen kam, war ihnen behilflich. »Die is nich da, die hab' ick ehm inne Kneipe unten jesehn. Jleich nebenan die.«

Das Restaurant war unmöglich zu verfehlen. Die Schaufensterscheibe war über und über mit kunstvoll geschwungenen weißen Buchstaben bedeckt: *Patzenhofer – Zum Hackepeter – Fremden Logis – Max Großmann – Warme Küche – Speisetafel.* Sie setzten sich, bestellten sich je ein Pils und eine Portion Hackepeter und fragten dann nach dieser Valeska.

»Det is die da hinten inna Ecke. Der Heinrich Zille malt ihr jerade.«

Das sagte die Bedienung mit viel Ehrfurcht, und Friedrich Zetzscha staunte, hatte er doch in Breslau nie etwas von einem Maler dieses Namens gehört. Reinhold Besenbinder aber wußte bestens Bescheid. »Mein Vater hat von dem ein Buch, einen Privatdruck – die *Hurengespräche*. Die hat er immer vor mir versteckt, die standen gut verschlossen bei ihm in der Praxis im Giftschrank. Aber eines Tages habe ich den Schlüssel doch gefunden – und das Buch dann verschlungen. Ich kann Ihnen sagen! Diese Zeichnungen! Und was er die Mädchen so alles erzählen läßt! Die Olga zum Beispiel. Die ist von ihrem eigenen Vater geschwängert worden, und der hat sich dann, nachdem er wieder aus dem Gefängnis raus war, selber ertränkt. Oder die Alma. Die hat's auch mit ihrem Vater getrieben und ist in die Besserungsanstalt gekommen, ins ›Dosenheim‹. Dort soll sie das nette Lied gelernt haben: *Ich bin noch klein/Mein Ding wird rein/Ich will auch immer artig sein/Ach liebes Gottchen/Bewahr mein Grottchen/Vorm ollen großen Hosenwurm/Und seinen Samen/Amen.* So steht's bei Zille, glauben Sie mir.«

Zetzscha war ziemlich entsetzt, aber Besenbinders Augen leuchteten, und er konnte gar nicht aufhören.

»Dann hat sich Zille noch die Lutschliese vorgenommen. Warum die so heißt, können Sie sich sicher denken.«

»Ja«, antworte Zetzscha, obwohl er die Wahrheit bestenfalls erahnte.

»Unübertrefflich ist aber die Bollenguste. Wissen Sie, was Bollen sind?«

»Ja: Zwiebeln. Oder Löcher in den Strümpfen.«

»Auch, vor allem aber sind Bollen das, was wir Skrotum nennen. Zille hat so eine deftige Art, die Dinge zu beschreiben, und dabei oft auch lustig, das gefällt mir. Bollenguste hatte also ihr Bäckerbuch, das heißt, sie betrieb, wie Zille schreibt, *een jangbares Jeschäft for stehende Artikel oder feiner ausjedrückt: een Sanatorium für steife Jlieder*. Sie lernt nun einen Künstler kennen, den Maxe, einen Gipsformer, liebt und heiratet ihn. Sie sind eine glückliche Familie, denn wenn Guste mal unpäßlich ist, beglückt er ihre Mutter. Dann aber betrügt er beide und liegt besoffen mit einer rothaarigen Nutte zu Hause. Da packt Guste ein unbändiger Zorn – und sie schneidet Maxe die Hoden ab.«

»Hören Sie auf!« Friedrich Zetzscha schüttelte sich vor Entsetzen und fuhr sich mit der rechten Hand instinktiv zwischen die Beine, um das zu schützen, um das er fürchtete.

Heinrich Zille mußte gemerkt haben, daß am Nebentisch von ihm die Rede war, und winkte herüber. Er klappte seinen Skizzenblock zu, und Valeska stand nun auf, um zum Tresen zu gehen und mit Max Großmann zu sprechen. Zetzscha nutzte die Gelegenheit und fuhr seinen rechten Arm aus wie eine Schranke. »Entschuldigen Sie, meine Dame, ich hätte Sie gern einen Augenblick gesprochen ...«

Sie taxierte ihn mit einem schnellen Blick. »Da bin ich aber gespannt. Worum geht's denn?«

»Um meine Braut. Mein Name ist Friedrich Zetzscha, und Sie sollen eine Freundin von Grete sein.«

»War. Wir haben uns aber aus den Augen verloren, als ich nach Königsberg gegangen bin. Jetzt bin ich zwar wieder zurück, hab' aber nie wieder was von ihr gehört. Ich wollte wieder Kontakt mit ihr aufnehmen, doch alle, die sie kannten und die ich gefragt hab', meinten, sie hätte sich schon einige Zeit nicht mehr blicken lassen. Sie war einfach nicht aufzufinden. Ich schätze, es wird mit ihr bergab gegangen sein, lausig wie die Zeiten sind.« Damit verließ Valeska das Restaurant.

Reinhold Besenbinder stand nun auf und fragte erst den Maler Zille und dann den Wirt, ob sie von einer gewissen Grete gehört hätten. Beide Männer verneinten, meinten aber, daß die Mädchen am Andreasplatz immer viel wüßten. Besenbinder und Zetzscha bedankten sich und ließen sich den Weg beschreiben.

Die jungen Frauen, die sie dort trafen, waren solche Elendsgestalten, daß Besenbinder jede Lust verging. »Ich möchte ans ›Moulin Rouge‹ denken und nicht ans städtische Siechenhaus.« Ihre ersten Nachfragen blieben ergebnislos, und sie bekamen, als sich herausstellte, daß sie keine Freier waren, Worte an den Kopf geknallt, die Zetzscha rot werden ließen. Schließlich fanden sie eine kleine verhuschte Blumenhändlerin, die angab, Grete zu kennen.

»Ick jloobe, die arbeitet jetzt bei dem Dreetz da inna Zorndorfer Straße. Der hat 'ne Wäscherei und 'ne Plätterei und fährt die sauberen Sachen immer mit'm Pferdewagen aus. Und da is imma eene bei, die det Zeug dann bei die Leute hinträgt, während er uff'm Kutschbock sitzen tut.«

Sie bedankten sich und folgten der Wegbeschreibung der Blumenhändlerin. Die Fruchtstraße hoch, über den Küstriner Platz hinweg bis zum Frankfurter Tor, dann über die Große Frankfurter und weiter bis zu den Friedhöfen, dann rechts.

»Zorndorf, ah ja ...« Zetzscha hatte seinen Vornamen vom großen Friedrich her, und sein Vater hatte dafür Sorge getragen, daß er alle Schlachten des Preußenkönigs auswendig kannte. »25. August 1758 – Schlacht von Zorndorf. Die Russen unter General Fermor gegen die Preußen mit Friedrich II. und Seydlitz, dem großen Reitergeneral. Am Ende ein unentschiedener Ausgang und 31 000 Tote und Verwundete.«

Hier, in der Zorndorfer Straße, war das Bild nicht mehr vom Lumpenproletariat geprägt, hier wurde die Arbeiterehre hochgehalten, auch von denen, die keine Arbeit mehr hatten. Das Geschäft des Walter Dreetz war schnell gefunden. Die Ladentür stand offen, und dennoch fühlten sie sich, kaum daß sie eingetreten waren, wie in einer Sauna. Nur daß es nicht nach Kräutern roch, sondern nach Chemikalien. Im Hintergrund standen zwei Frauen in leichten weißen Kittelschürzen und schwangen mit mächtigen Oberarmen dampfende Bügeleisen. Ebenso hustend wie schwitzend fragten sie nach Herrn Dreetz. Der sei Ware ausfahren. »Mit sei'm Pferd.« Ob eine Grete Tschau bei ihnen arbeite.

»Weeß ick doch nicht«, antwortete eine der Plätterinnen. »Der Chef schleppt so ville Mädchen hier an, det man da keenen Überblick mehr hat. Aba mir geht det ja nischt an.«

»Wann können wir denn Herrn Dreetz mal sprechen?«

»Sind Sie von die Polizei?«

»Wie kommen Sie denn darauf?«

»Ach, nur so.«

Friedrich Zetzscha hielt es für das Beste, die Sache offen zu lassen. »Vielen Dank für Ihre Auskünfte. Ja, dann ... Wir kommen morgen wieder.« Damit verließen sie die Plätterei und gingen die Zorndorfer Straße hinauf. An ihrem Ende hatten sie eine Straßenbahn vorbeifahren sehen. Und vielleicht kam ihnen ja Dreetz auf seinem Pferdewagen entgegen.

Besenbinder blieb stehen, um sich eine Zigarette anzustecken. Er tat es vor einem Friseurladen, und der Barbier, der sehnsüchtig auf Kunden wartete, war sofort an der Tür, um sie aufzureißen und die beiden Männer mit einer einladenden Handbewegung hereinzubitten.

»Nein, nein.« Im ersten Reflex winkte Zetzscha zwar ab, besann sich aber sofort eines Besseren: Die Haare schneiden lassen mußte er sich ohnehin – und es war eine gute Gelegenheit, den Friseur zu fragen, ob dieser Dreetz wirklich der Blaubart war, als den ihn seine Plätterin hingestellt hatte. Besenbinder kam mit und ließ sich zwar nicht die Haare schneiden, beglückte den Friseur aber damit, daß er ihm eine Packung »Männerschutz« abkaufte. Dann machte sich der Figaro ans Werk. Er war ausgeprägter Pykniker, und sein Bauch war so dick, daß er, zumal er nur kurze Stummelärmchen hatte, gar nicht richtig an Zetzschas Kopf herankam. Schon nach dem ersten Schnippschnapp seiner Schere begann er mächtig zu schnaufen, was ihn aber nicht daran hinderte, pausenlos zu plappern.

»Ja, der Walter Dreetz ... So viele Damenbekanntschaften wie der ... Immer wieder neue Mädchen ... Und manchmal hört man nachts auch Schreie aus seinem Laden ... Wenn ich mit meinem Hund abends noch mal ums Karree gehe ... Ich will ja nichts gesagt haben, aber ...«

Eine halbe Stunde später, als die beiden in der Petersburger Straße standen und auf ihre Bahn warteten, hatte sich Friedrich Zetzscha alles zusammengereimt: »Das mit den vielen Leichenfunden hier in der Gegend deutet ja auf einen Massenmörder hin ... Es muß ein Mann sein, der viel mit Frauen zu tun hat, ohne daß er damit gleich Verdacht erregt, also jemand, der Frauen in seinem Betrieb beschäftigt. Es ist schwere Arbeit in der Wäscherei, in der Plätterei, und so erscheint es selbstverständlich, daß viele schnell wieder alles hinwerfen, also verschwinden. Aber vielleicht sind sie gar nicht weg, um sich woanders Arbeit zu suchen, vielleicht hat Dreetz sie auch ...«

Besenbinder lachte. »Sie haben wirklich eine blühende Phantasie!«

»Wir müssen diesen Dreetz dingfest machen, bevor er sich neue Opfer sucht. Passen Sie auf, das ist der Lustmörder, den sie seit langem suchen.«

»Kommen Sie, Zetzscha!« Besenbinder winkte ab. »Ein Mann kann auch Lust haben, viel Lust, ohne daß er gleich ein Lustmörder ist.«

»Sie haben doch selbst von unserem Friseur gehört, daß nachts regelmäßig Schreie aus seinem Laden kommen.«

»Ja, Lustschreie.«

»Nein, weil er die Mädchen mißhandelt hat.«

Ein Zug der Linie 9 hielt vor ihnen. *Ostring* stand vorn auf dem Zielschild, und der Schaffner bestätigte ihnen, daß sie am Bahnhof Warschauer Brücke vorbeikommen würden. Dort trennten sich ihre Wege. Besenbinder stieg zur S-Bahn hinunter, um nach Friedrichsfelde zu fahren, wo er eine neue Liebschaft hatte, während Zetzscha zur Hochbahn ging. Sicher, er hätte die drei Stationen zum Görlitzer Bahnhof auch laufen können, aber eine Fahrt mit der Hochbahn war so faszinierend für ihn, daß er diesem Impuls nicht widerstehen konnte.

Er stand in Fahrtrichtung rechts am Fenster und sah mit großen Kinderaugen auf die Straße hinunter. Berlin war für ihn ein großer Märchenwald, und der U-Bahnwaggon mit seinen vielen golden glänzenden Messingteilen der Salonwagen des Königs. Kaum hatte sich der gelb-rote Zug in Bewegung gesetzt, hielt er auch schon wieder. Stralauer Tor hieß die Station. Dann ging es über die Spree hinweg, und unten lag der Osthafen. Wenn er in Breslau einen Oderkahn bestiege – wie lange würde er brauchen, um hier im Osthafen zu sein? Bald eine Woche, schätzte er. Die Oberbaumbrücke mit ihrem vielen Backstein liebte er ganz besonders. Wie eine Burg, wie eine Wehranlage kam sie ihm vor, und auch der nächste Bahnhof, Schlesisches Tor, begeisterte ihn. Obwohl er nach außen hin allem Neuen zugewandt war, hatte er einen starken Hang zu Mittelalterlichem. Nun sah er auf die Skalitzer Straße hinunter, und die breite Emmaus-Kirche zog an ihm vorbei. Mit ein wenig Mühe konnte er ihre Inschrift entziffern: *Herr, bleibe bei uns, denn es will Abend werden.*

Da schrie er auf: »Grete!«

Er hätte schwören können, daß sie eben aus der Kirche herausgekommen war. Wann hielt der Zug denn endlich? Warum hielt er nicht?! Fast hätte Zetzscha die Notbremse gezogen. Nur 20 Sekunden vergingen noch, aber ihm kam es wie eine Ewigkeit vor, bis die Bremsen endlich anzogen. Er riß die Tür auf, bevor der Zug zum Stehen kam, aber es nützte nichts, schon vorher abzuspringen, denn am Görlitzer Bahnhof gab es nur einen Ausgang – und der war ausgerechnet in Fahrtrichtung vorn. Er mußte also, als er die Treppen hinuntergesprungen war, noch eine ganze Bahnsteiglänge zurücklaufen.

Er holte alles aus seinem Körper heraus.

»Grete ...!«

Siebzehn

18. August 1921

Der *Berliner Morgen-Zeitung* von diesem Donnerstag war es nur eine kleine Notiz in ihrem Beiblatt wert, aber Friedrich Zetzscha las es am Frühstückstisch mit einigem Entsetzen:

Der Leichenfund am Engelbecken ist noch nicht aufgeklärt. Auch ist das Opfer des Verbrechens noch nicht bekannt ... Merkmale sprechen dafür, daß für alle drei Verbrechen ein einziger Täter in Betracht kommt, ein alter Wüstling, der im östlichen Südviertel, in der Gegend des Schlesischen Bahnhofs zu suchen sein wird ... Die Morde und die Zerstückelung der Leichen können nur in einem geschlossenen Raume ausgeführt worden sein, einer einsamen Wohnung, einer Waschküche, einem Schuppen oder dergleichen. Die Kriminalpolizei ist jetzt dabei, die Gegend um den Schlesischen Bahnhof herum und die Umgebung der Fundorte nach derartigen Räumlichkeiten, die in Betracht kommen können, abzusuchen ...

»Da sollen sie sich mal diesen Dreetz vorknöpfen«, sagte Zetzscha. »Waschküche und Wäscherei, das ist ja fast dasselbe.«

»Haben Sie denn schon bei der Polizei angerufen?« fragte Hedwig Nothvogel, die ihm, da im Laden vorn noch nichts los war, gern Gesellschaft leistete.

»Ja, gleich heute morgen, die haben das auch aufgenommen, aber ich glaube nicht, daß da etwas geschehen wird. Die Zorndorfer Straße liege nicht unmittelbar am Schlesischen Bahnhof.«

»Aber wenn Sie Ihre Braut gestern noch gesehen haben, dann ...«

»Ja, dann kann Sie eigentlich nicht unter den Opfern sein, ich weiß.« Zetzscha stand derart unter Spannung, daß sein nächster

Schluck Kaffee zu groß geriet und er sich verschluckte. Es wurde ein kleiner Erstickungsanfall, bis er die Luftröhre freigehustet hatte. Hedwig Nothvogel klopfte ihm auf den Rücken. »Aber ich bin mir eben nicht sicher, daß es wirklich Grete war. So oben von der Hochbahn aus ... Knapp 100 Meter Entfernung. Vielleicht war es auch nur eine Frau, die ihr zum Verwechseln ähnlich sah.«

»Haben Sie denn nicht herumgefragt?«

»Na sicher, aber keiner hat mir weiterhelfen können.«

»Und was nun?«

»Ich habe mich um elf Uhr mit Besenbinder verabredet, und dann wollen wir diesem Dreetz noch einmal auf den Zahn fühlen. Das ist ja die einzige Spur, die wir bisher haben.«

Gegen zehn Uhr verließ Friedrich Zetzscha seine Unterkunft und machte sich auf den Weg zur Großen Frankfurter Straße, wo er Reinhold Besenbinder in seinem Lieblingsetablissement treffen wollte, dem Café von Max Klante. Dessen Geschichte hatte ihm der neue Freund schon am ersten Tag ausführlich erzählt. Besenbinder hatte einen wohlhabenden Vater, der ihn so üppig alimentierte, daß er einen Teil seines Geldes bei Max Klante anlegen konnte. Noch 1919 hatte dieser Klante als Photograph so wenig verdient, daß sich seine Steuerschuld auf 20 Mark belief, zwei Jahre später aber besaß er drei Autos, einen Rennstall und eine hochherrschaftliche Villa in Berlin-Karlshorst, unweit der dortigen Trabrennbahn. Wer in seine Max Klante & Co. GmbH investierte, dem versprach er eine 100prozentige Verzinsung seiner Einlagen innerhalb von zwei Monaten, was einem Jahresverdienst von 600 Prozent entsprach. All dies sollte durch Wettgewinne erreicht werden. Die Sache war auch wunderbar angelaufen, und die ersten Gewinne waren prompt ausgezahlt worden. Mit den Einzahlungen späterer Klienten. Hunderte stürmten nun Klantes Büro, um ihr Glück zu machen, und er bekam den Beinamen »der Volksbeglücker«. Er selber setzte beim Wetten große Summen – und hatte Erfolg. Bald hatte er Millionen beisammen und gründete einen eigenen, sehr erfolgreichen Rennstall. Sein Stern stieg und stieg. Beneidenswert.

Dies alles im Kopf, bestieg Zetzscha an der Ecke Adalbert-/Waldemarstraße die 3, den »Großen Ring«, um hoch zur Großen

Frankfurter Straße zu fahren. Er traf Besenbinder bei einem Apfelstrudel und der Lektüre der neuesten Rennzeitung an. Er sah müde und ausgezehrt aus und hatte dunkle Ringe unter den Augen.

»Nur Ihretwegen sehe ich so elend aus«, erklärte er Zetzscha.

»Warum denn das?«

»Ich hab' mich mal im Milieu umgetan und nach Ihrer durchgebrannten Braut gefragt.«

»Aber hoffentlich noch die Bollen dran ...?«

»Ja, aber leerer noch als leer.« Besenbinder stöhnte auf.

»Und – hat sich Ihr Einsatz gelohnt?«

»Ja, insofern schon, als sich in den einschlägigen Kreisen keiner an eine Grete aus Breslau erinnern konnte. Was ja tröstlich für Sie sein müßte.«

»Ist es auch.« Zetzscha kam nicht weiter, denn in diesem Augenblick betrat Max Klante sein Café, und die kleine Kapelle spielte einen extra für ihn komponierten Marsch. Das Volk jubelte. Erst nach einer Pause von gut drei Minuten konnte Zetzscha fortfahren. »Mir war so, als hätte ich Grete gestern von der Hochbahn aus gesehen.«

Besenbinder winkte ab. »Halluzinationen. Wenn man zu intensiv an einen Menschen denkt, kommt so etwas öfter mal vor. Auch wenn die Menschen schon lange tot sind. Entschuldigen Sie.«

»Nein, nein, möglich ist alles. Aber noch habe ich ja die Hoffnung, sie zu finden. Vielleicht lebt sie unter einem Künstlernamen. Dieser Walter Dreetz hat bestimmt eine Menge Geld, vielleicht hält er sie aus, um sie zu einem Filmstar zu machen.«

»Wieder Ihre blühende Phantasie. Sie sollten Schriftsteller werden und nicht Journalist und Soziologe.«

»Danke. Warum nicht Kriminalbeamter? Wenn dieser Dreetz wirklich der gesuchte Massenmörder ist und ich ihn dingfest mache, werden sie mich am Alexanderplatz mit Kußhand nehmen.« Zetzscha schien es fast ernst zu meinen mit dem, was er da sagte. »Darum: Auf, auf, hin zu Dreetz. The hunt is on, um es mal auf Englisch zu sagen.«

»Französisch ist mir lieber.« Besenbinder grinste zweideutig. »Besonders mit der da ...« Er zeigte auf eine elegant gekleidete Dame, die gerade das Café betrat und der ihre Profession auf den ersten Blick nicht anzusehen war – es sei denn, man war ein solcher Kenner der Szene wie Reinhold Besenbinder aus Templin. »Oh ...!« Besenbinders Ausruf bezog sich darauf, daß die hochgewachsene Frau mit dem modischen Kleid aus Madeira-Stickerei und einem auffallend breitkrempigen Hut herüberwinkte und ihm bedeutete, doch zu ihr an den Tresen zu kommen. »Das ist die Gerda«, erklärte er Zetzscha. »An sich Tänzerin ...« Schnell hatte er sich erhoben und sich auf den Weg zu ihr gemacht.

Zetzscha sah ihm ein wenig neidisch hinterher. Warum hatte er keinen reichen Vater, der ihm solche Wonnen ermöglichte? Eine müßige Frage. Er hätte ja auch einen haben können, der Landarbeiter war und Jauche auf die Felder fuhr. Oder auch keinen, das heißt einen, der sich sofort nach der Zeugung oder irgendwann nachher einfach aus dem Staube gemacht hatte. Es war schon ein schöner Schwindel, wenn die Politiker immer betonten, daß alle Menschen von Geburt her gleich wären. Waren sie eben nicht! Er unterbrach seinen Ausflug in die Welt des Metaphysischen, denn Besenbinder kam zurück. »Na, was ist?«

»Gerda hat sich auch mal umgehört, wo Mädchen wie Ihre Braut eventuell landen können, und sie meint, wir sollten mal den Wurstverkäufer am Schlesischen Bahnhof fragen, einen gewissen Großmann. Der soll eine Menge Geld haben und immer wieder von der Bahn abgekommene junge Mädchen als Haushälterinnen bei sich einstellen.«

Zetzscha überlegte. »Kann sein, daß es der ist, bei dem ich mir neulich 'ne Wurst gekauft habe. So ein alter Waldschrat war das. Ich glaube nicht, daß der ... Aber fragen kostet ja nichts.«

»Was denn nun: erst Dreetz oder erst Großmann?«

»Ich weiß auch nicht ...«

Besenbinder winkte die Serviererin herbei. »Bitte zahlen. Zusammen. Fahren wir erst mal zum Schlesischen Bahnhof. Ich muß da sowieso hin, für meinen Vater ein paar Auskünfte einholen. Das ist auch so ein Reiseonkel. Nach Karlsbad will er bald wieder.«

Damit war die Sache entschieden. »Also erst Großmann, dann Dreetz – ja, so geht's.«

»Sie sollten Werbetexter werden.«

»Warum nicht. Wenn Sie erst Ihre Praxis haben, dann texte ich: Ob Deutsche oder Inder – muß der Blinddarm raus, dann Dr. Besenbinder.«

Beide hatten keine große Lust, bei dem schwülen Wetter »durch halb Berlin zu latschen«, und so warteten sie auf die Straßenbahn und fuhren mit der 3 zur Breslauer Straße hinunter, von wo sie bis zum Schlesischen Bahnhof nur noch wenige hundert Meter zu gehen hatten. Erst holte Besenbinder seine Auskünfte ein, dann machten sie sich auf die Suche nach Karl Großmann.

»Hier hat der Wurstverkäufer neulich gestanden, als ich ...« Friedrich Zetzscha brachte den Satz nicht mehr zu Ende, denn zu seiner großen Enttäuschung war der Platz heute leer.

»Fragen wir doch mal den Schupo da drüben«, schlug Besenbinder vor. »Der sieht so wissend aus.« Sie gingen über die Straße, und der angehende Mediziner aus Templin deutete eine formvollendete Verbeugung an. »Pardon, Herr Wachtmeister, entschuldigen Sie die Störung, aber wir suchen meinen Onkel, einen Herrn Großmann.«

»Restaurant Hackepeter, Fruchtstraße 75«, kam es prompt und ohne Ansehen der Person.

»Nein, den nicht, sondern den Wursthändler hier, einen gewissen Karl Großmann.«

»Lange Straße 88.«

Zetzscha staunte nicht schlecht. »Wie – Sie kennen die Adressen aller Leute hier?«

»Aller nich, junger Mann, aber der Großmann tanzt ja alle naselang bei uns auf'm Revier an und beschwert sich über seine Haushälterinnen, daß die ihm allet klauen.«

Zetzschas Herz schlug einige Takte schneller. »War da vielleicht auch eine gewisse Grete Tschau dabei?«

»Wieso woll'n Se det wissen?« Nun fiel dem altgedienten Beamten plötzlich ein, daß er eigentlich nicht so redselig sein durfte.

»Das ist meine Braut. Aus Breslau. Die ist verschollen, und ich bin nach Berlin gekommen, sie zu suchen.«

»Na, denn isset wat anderet.« Der Mann überlegte eine Weile.

»Nee, is mir nich erinnerlich. Aber fragen Se den Großmann doch mal selber.«

Sie bedankten sich und ließen sich den Weg zur Langen Straße beschreiben. »Von der Madai rechts in die Koppen – und denn kommt se schon.«

In zehn Minuten waren sie da, studierten den Stillen Portier und stiegen dann zur dritten Etage hinauf.

»Hier stinkt's ja fürchterlich«, sagte Zetzscha und hielt sich die Nase zu.

Besenbinder lachte. »Wie in der Pathologie. Mein Vater hat mich in Templin mal mitgenommen, ich weiß, wovon ich rede. Aber sicherlich wimmelt es hier von Ratten, und die verenden dann, wenn die Leute Gift ausbringen, irgendwo in den Zwischendecken oder Rohrabdeckungen, und verwesen da.«

»Hören Sie auf!« Zetzscha schüttelte sich.

An der Wohnung Großmanns angekommen, lauschten sie einen Augenblick, hörten aber nirgendwo einen Laut, so daß Zetzscha nickte und Besenbinder am Klingelzug riß. Drinnen schepperte eine Glocke. Ansonsten rührte sich nichts.

»Keiner zu Hause«, stellte Besenbinder fest, bevor er es noch einmal probierte. »Wenn er schlafen sollte, müßte er längst aufgewacht sein.« Um aber sicherzugehen, bummerte er mit beiden Fäusten gegen die dunkel gebeizte Wohnungstür. Auch das brachte nichts.

»Versuchen wir's mal beim Nachbarn«, sagte Zetzscha und wandte sich nach links zum Namensschild *M. ITZIG*. »Das wird doch nicht etwa der Bruder vom Veitel sein?«

»Sie reden wirr, mein Herr.«

»Nie etwas von *Soll und Haben* gehört – Gustav Freitag. Veitel Itzig als der Protagonist.«

»Nein«, mußte Besenbinder zugeben. »Romane lesen galt bei uns zu Hause als reine Zeitverschwendung.«

»Aus Romanen lernt die Menschheit doch am meisten.«

»Die Menschheit lernt überhaupt nicht«, beschied ihn Besenbinder und versuchte sein Glück nun bei den Itzigs.

Doch er hatte den Klingelzug noch nicht einmal berührt, da

wurde die Wohnungstür schon aufgezogen, und eine ziemlich unwirsch dreinblickende Hausfrau in mittleren Jahren fragte sie harsch, was sie hier wollten, wartete die Antwort jedoch gar nicht erst ab, sondern legte augenblicklich los. »Können Se nicht lesen unten: *Betteln und Hausieren verboten!* Wir jeben sowieso nischt.«

Zetzscha fand es ein wenig ehrenrührig, für einen Bettler gehalten zu werden, obwohl das bei einem armen Studenten ja eigentlich stimmte, doch so hatten sie ihm die Berliner in Breslau ja immer geschildert: rauh, aber herzlich. Also trug er der Frau Itzig sein Anliegen in aller Ruhe vor. »... und nun haben wir erfahren, daß Ihr Nachbar hin und wieder eine Haushälterin beschäftigt. Vielleicht ist darunter auch eine Grete gewesen, Grete Tschau aus Breslau.«

»Da müssen Se Herrn Großmann schon jefälligst alleene fragen. Wie soll ick mir denn in dem seine Verhältnisse auskenn'n. Hier macht jeda seins. Juten Tag und juten Weg – und sonst nischt.« Und um ihre Hilfsbereitschaft unter Beweis zu stellen, sprach sie einen schwergewichtigen Mann, der gerade die Treppe herunterkam, von sich aus auf das Thema an. »Momentchen mal, Herr Witzke, wissen Sie, ob der Großmann mal 'ne Haushälterin hatte, die Grete hieß und aus Breslau kam?«

»Bestimmt nich, nee. Ick kenne Großmann ja jut, rein geschäftlich, um et mal zu betonen, und seine Mädels ooch, aba eine Grete is da nie bei gewesen, det könnt' ick unter Eid aussagen.«

»Und was spricht man sonst so über Herrn Großmann?« fragte Besenbinder.

Herr Witzke überlegte nicht lange. »Det is 'n ruhiger, ordentlicher Bürger.«

»Der tut keena Flieje wat zuleide«, fügte Frau Itzig hinzu.

Enttäuscht verließen Zetzscha und Besenbinder das Mietshaus in der Langen Straße. Was lag nun näher, als sich wieder ihrer anderen Spur zuzuwenden: Walter Dreetz. Bis zur Zorndorfer Straße war es nur ein Katzensprung, und 20 Minuten später standen sie zum zweiten Mal vor der Wäscherei. Diesmal hatten sie mehr Glück, denn der Lieferwagen mit dem davorgespannten Gaul rollte gerade erst los. Auf dem Kutschbock saß ein durchaus ansehnlicher Mann von etwa 50 Jahren, der Zetzscha stark an den Maitre seiner Breslauer Tanzschule erinnerte. Das dunkle Haar, der keck geschwungene Schnurrbart, die etwas schäbig gewordene Eleganz. *Schöner Gigolo, armer Gigolo* ... Zu vermuten war, daß er einmal als Offizier dem Kaiser gedient hatte und nach seiner Entlassung aus dem gewesenen Heer Seiner Majestät die Wäscherei seines Vaters übernommen hatte. Irgendwie mußte man sich ja durchs Leben schlagen.

»Daß Grete bei dem angeheuert hat, kann ich mir schon vorstellen«, sagte Zetzscha.

»Ja, und dabei immer frische Bettwäsche«, fügte Besenbinder hinzu.

Sie hatten es versäumt, Dreetz auf der Stelle anzusprechen, und mußten ihm nun hinterherlaufen. Zwar war der braune Kaltblüter vor dem Fuhrwerk sicher keines von Max Klantes Rennpferden, wie Besenbinder mit sicherem Blick erkannte, aber dennoch kamen sie ganz schön ins Schwitzen und hatten Mühe, Anschluß zu halten. Dem Arztsohn aus Templin fiel es allerdings leichter, das Tempo zu halten, denn ihn lockte ganz offenbar das Mädchen, das neben Dreetz auf dem Kutschbock hockte. Dralle Blondinen in dünnen Sommerkleidern, die Beine und Brüste voll zur Geltung kommen lassen, waren seine große Leidenschaft.

Wie auch immer, beim ersten Halt des Wagens, das war Koppen-, Ecke Rüdersdorfer Straße, trat er schnell an den Kutschbock, um die junge Schöne anzusprechen. »Entschuldigen Sie, sind Sie zufällig die Grete Tschau aus Breslau?«

»Nein. Wieso?«

Nun war es an Friedrich Zetzscha, an den Wagen zu treten, aber bei seiner Annäherung scheute das Pferd, schnaubte, stieg in die Höhe und wollte ihn mit den Vorderhufen traktieren. Er ging schnell zwei Schritte zurück und wartete, bis Dreetz das Tier wieder im Griff hatte. Dann erzählte er dem Wäschereibesitzer das, was er schon Hedwig Nothvogel, Besenbinder, Großmanns Nachbarn und vielen anderen vorgetragen hatte. »Nun wollte ich Sie fragen, Herr Dreetz, ob meine Braut bei Ihnen mitgeholfen hat, die frische Wäsche auszufahren ...«

Walter Dreetz zwirbelte seinen Schnurrbart und überlegte. »Ich hatte mal eine Grete, aber die kam aus Zehdenick und hieß auch nicht Tschau. Eine kleine Dralle, so wie ich sie gerne habe.« Er legte seiner derzeitigen Hilfskraft die linke Hand auf die Hüfte. Die rechte hielt die Peitsche.

»Nein, das kann sie nicht gewesen sein. Meine Braut ist eher brünett und schlank.«

Damit war ihr Gespräch beendet, und die dralle Blondine sprang vom Bock, öffnete die Tür an der rechten Seite des Gefährts, nahm einen Stapel schneeweißer, gebügelter Schürzen und Tücher heraus und trug sie in ein Milchgeschäft. Walter Dreetz knallte dabei mit der Peitsche. Wohl ebenso, schien es Zetzscha, um Besenbinder davon abzuhalten, dem Mädchen hinterherzulaufen, wie ihm zu drohen. Lag es im Bereich des Möglichen, daß dieser Mann eine Geliebte aus lauter Eifersucht erschlagen und zerstückeln konnte? Er diskutierte das nachher mit Besenbinder, und auch der Freund war der Meinung, daß einiges dafür spräche.

»Ob wir gleich zur Polizei gehen ...?« Zetzscha war sich noch unschlüssig.

»Nein, wir haben doch nichts in der Hand gegen ihn. Wir sollten ihn aber noch ein Weilchen im Auge behalten.«

Zetzscha grinste. »Schon wegen seiner schönen Begleiterin.«

»Das auch.«

So gaben sie sich als Sherlock Holmes und Dr. Watson und folgten Dreetz und seinem Pferdefuhrwerk durch Friedrichshain und Kreuzberg. Unauffällig und in gebührendem Abstand. Das war monoton und mühsam, brachte aber keinerlei Zuwachs an Erkenntnis, so daß Zetzscha sich schließlich an einen der Sprüche seines Vaters erinnert fühlte: »Meine Damen und Herren, Sie sehen, daß Sie nichts sehen.« Dann aber, als Dreetz vor einer der billigen Absteigen in der Madaistraße hielt, direkt am Schlesischen Bahnhof, wurde es plötzlich spannend, denn am Wurststand war wieder Betrieb, und Zetzscha rief: »Du, das wird der Großmann sein.«

Sie traten näher, und Zetzscha erschrak, denn selten hatte er einen Menschen gesehen, der häßlicher war als dieser Karl Großmann. Wieder wurde er an eine Standardwendung seines Vaters erinnert: »Wenn sie den in die Geisterbahn stellen, kriegen die Leute garantiert 'n Herzschlag.« Trotzdem stellte er sich an, wartete, bis er an die Reihe kam, kaufte sich ein Paar Jauersche und fragte, während Großmann das Wechselgeld abzählte, nach Grete.

»Wir haben gehört, daß Sie immer wieder Haushälterinnen beschäftigen, und da wollte ich fragen, ob da auch meine Verflossene dabei war, die Grete Tschau aus Breslau.«

Der Händler, der, so schien es, keine Zähne mehr besaß und sein Gebiß wohl zu Hause vergessen hatte, brummelte etwas zwischen Gaumen und Lippen. »Ja, so ist es, wenn man keinen Ehestand hat und braucht immer eine Frau für die Wirtschaft. Da nimmt man die, da nimmt man jene, aber alle sind se nur aus auf das Geld, das man hat. Ausnehmen wollen se einen wie 'ne Weihnachtsgans. Helfen einem für eine Mark und beklauen einen für 20 Mark. Da können Sie sich drehen und wenden, wie Sie wollen, der Arsch bleibt immer hinten. Aber sie rennen einem ja die Bude ein, die Weiber. Nicht retten kann man sich vor die. Geld zieht die an wie Scheiße die Fliegen.«

Zetzscha ertrug es nicht länger, sich das anzuhören. »Ich wollte ja nur wissen, ob Sie meine gewesene Braut auch bei sich beschäftigt haben, die Grete ...«

»Ja, einmal ist mir eine Gräte im Hals steckengeblieben, und da hat die Bertha dabeigesessen und sich gefreut, daß ich bald tot daliege und sie mir alles Geld wegnehmen kann. Das denken sie sich alle, wenn sie bei mir sind, daß sie mein Geld alles kriegen. Huren sind das alles, Dreckshuren!«

»Kommen Sie, Zetzscha!« Besenbinder zog ihn weg vom Stand. »Der Mann gehört ins Irrenhaus. Wie Sie mir Ihre Braut beschrieben haben – mit solch einem halb Debilen wie dem, verwahrlost wie er ist, hätte die sich doch nie und nimmer eingelassen. Dann schon eher mit einem wie Dreetz.«

Also nahmen sie dessen Verfolgung wieder auf. Gemeinsam allerdings nur bis zum Kottbusser Tor, wo sich Dreetz von seiner Hilfskraft trennte. Die blonde Dralle stieg zur Hochbahn hinauf, während der Wäschereibesitzer »Hüh!« rief und allein nach Hause fuhr. Besenbinder zögerte keine Sekunde, das zu tun, was seinem Naturell entsprach. Dem Freund fröhlich und frivol zuwinkend, folgte er der Schönen.

Zetzscha blieb allein zurück. Seine Stimmung war mit »depressiv« noch positiv beschrieben. Es erschien ihm alles so sinnlos, und er fühlte sich verlassen. Aber egal. Wie in Trance lief er dem Dreetzschen Fuhrwerk hinterher. Doch nun, da das nicht mehr in jeder Straße zwei-, dreimal hielt, hatte er sowieso keine Chance, Anschluß zu halten. Außerdem wurde es schon langsam dunkel, was aber wohl weniger an der vorgerückten Tageszeit als am nahenden Gewitter lag. Gleich mußte es losgehen, die Böen wurden immer heftiger, Äste brachen von den Bäumen, zwischen Blitz und Donner lagen nur zehn Sekunden. Alles flüchtete sich in Hauseingänge und Läden.

Sie waren am Luisenstädtischen Kanal angekommen und hatten das Engelbecken direkt vor sich. Da stoppte Walter Dreetz sein Gefährt, sprang vom Bock, klappte den Sitz hoch, nahm ein Paket von der Größe eines prall gefüllten Rucksacks heraus, machte ein paar Schritte zur Seite und warf es in hohem Bogen ins Wasser.

FÜNFTER TEIL

Ein Kommissar ist nah am Kollabieren

ACHTZEHN

20. August 1921

Dr. Friesack liebte es, ausgiebig zu frühstücken und sich bei der Morgenlektüre alle Zeit der Welt zu lassen. Besonders am Samstag und nach drei wohlverdienten Urlaubstagen. Seine Frau wußte, daß ihm diese Stunde heilig war, und ließ ihn in Ruhe. Sie gab sich sogar Mühe, mit ihren Stricknadeln nicht anders als dezent zu klappern. Die Kinder waren bei der Großmutter im Garten. Glücklicherweise.

Was die Zeitungen am 20. August 1921 zu vermelden hatten, war nicht eben erbaulich. Reichsfinanzminister Joseph Wirth vom Zentrum hatte in Berlin den Entwurf eines neuen Steuergesetzes vorgelegt. Vorgesehen war eine Verdoppelung der Zölle und Verbrauchssteuern und eine Verzehnfachung der Kraftfahrzeugsteuer. Was das hieß, war klar: Alles wurde teurer, und sie würden den Gürtel enger schnallen müssen. Dr. Friesack sehnte sich nach der Idylle seiner Jugend zurück. Er war 1888 auf die Welt gekommen, im sogenannten Drei-Kaiser-Jahr, und konnte sich noch ganz genau daran erinnern, wie euphorisch und voller Hoffnung sie Silvester 1899 auf dem Balkon gestanden und das neue Jahrhundert begrüßt hatten. Doch dann war der große Kladderadatsch gekommen, der Krieg, vor dem August Bebel schon 1911 im Reichstag gewarnt hatte: *Die Götterdämmerung der bürgerlichen Welt ist im Anzuge ... Sie stehen heute auf dem Punkte, Ihrer eigenen Staats- und Gesellschaftsordnung das Totenglöcklein zu läuten.* Und man hatte diese Ordnung dann tatsächlich zu Grabe getragen. Für Dr. Friesack war sie noch immer die bestmögliche.

Raoul Friesack war mit Leib und Seele Jurist und mehr noch

Polizist, genauer gesagt Kriminalkommissar. Seine Ideologie war einfach genug: Wollten die Menschen halbwegs glücklich sein, mußte ihr Leben wirksam geregelt werden, mußte es Gesetze geben – und wer gegen die verstieß, war ausfindig zu machen und einer wohlberechneten Bestrafung zuzuführen. Zu dieser straffen inneren Haltung war er in der Folge eines zwar subtil und mit Samthandschuhen, aber deswegen nicht minder erbittert ausgetragenen Vater-Sohn-Konfliktes gekommen. Denn Ferdinand Friesack, Literaturprofessor an der Berliner Universität, liebte den chaotischen Wildwuchs des Lebens und huldigte der Devise: *Immer so laufen lassen, wie es gerade kommt, der Herr wird sich schon was dabei gedacht haben.* Und irgendwie war er auch ein verkappter Anarchist mit einer klammheimlichen Freude an allen Menschen, die gegen die gesetzten Normen verstießen. Erst das gab nach seinem Empfinden dem Leben einen Sinn. Eine Einstellung, über die sich sein Sohn Raoul immer wieder fürchterlich aufregen konnte. Auch verzieh er seinem Vater nie, ihm diesen albernen Vornamen verpaßt zu haben. Der Alte, profunder Fontane-Kenner, hatte es in Champagnerlaune getan, denn bei dem großen Neuruppiner stand der Satz: *Wer aus Friesack ist, darf nicht Raoul heißen.* Nun, sie kamen zwar nicht aus dem verschlafenen und eher ärmlichen Friesack im Havelland, sondern aus Berlin, doch da sie so hießen, fand sein Vater die Namensidee um so witziger. Wie auch immer, Raoul Friesack hatte bei den Lehrern von der Reputation seines Vaters nicht schlecht profitiert und ohne Mühe die Schule zu Ende gebracht, um sich dann mit Eifer auf sein Jurastudium zu stürzen. Sein großes Ziel war es, einmal als Oberstaatsanwalt zu wirken. Doch gerade hatte er die zweite Staatsprüfung geschafft und seine Dissertation erfolgreich verteidigt, da war es an der Zeit gewesen, zu den Waffen zu eilen. Als Leutnant hatte er im Westen gekämpft und war 1917 schwer verwundet worden. Am Ende des Krieges war er dann froh gewesen, daß sie ihn bei der Berliner Polizei genommen hatten. Wie etliche jüngere Kollegen mit Abitur und zumindest begonnenem Studium hatte er die unteren Ränge übersprungen und sofort die Eignungsprüfung für Kriminalanwärter abgelegt. An der Höheren Polizeischule in Eiche und im Polizeipräsidium in Berlin hatte es Lehrgänge über Polizeirecht und Kriminologie gegeben.

1919 war die Berliner Kriminalpolizei neu organisiert worden und befand sich nun auf dem Weg zu beruflicher Autonomie und hoher fachlicher Kompetenz. So wurden die systematische Auswertung von Fingerabdrücken und die genaue ballistische Untersuchung eingeführt. Die Kriminalpolizei bildete den Kern der Abteilung IV des Polizeipräsidiums am Alexanderplatz. Dort gab es neun Fach-Inspektionen, wobei die Inspektion A, zu der auch Dr. Friesack gehörte, alle Fälle von Mord und Körperverletzung zu bearbeiten hatte. Die Berliner Kriminalkommissare bewährten sich ganz besonders bei der Aufklärung von Mordfällen und sollten bald in dem Ruf stehen, die besten in Deutschland zu sein. An ihrer Spitze standen Ernst Gennat, Ludwig Werneburg und Erich Anuschat. Gennat, schon 1906 Kommissar geworden, genoß einen legendären Ruf als Mordexperte. Seine Popularität war nicht zuletzt auf seine Körperfülle zurückzuführen. Bei seinen Kollegen hieß er deshalb auch »der volle Ernst«. Seine Vorliebe für Buttercremetorte war überall bekannt. Doch erst 1926 sollte es ihm gelingen, eine feste Mordkommission zu installieren – bis dahin war es üblich, im Falle eines Mordes eine Ad-hoc-Kommission aus Kriminalbeamten der verschiedenen Inspektionen zusammenzustellen.

Seine Frau hatte Dr. Friesack bei einer Abschlußfeier im Institut seines Vaters kennengelernt. Margarete hatte bis zur Geburt des ersten Kindes als Bibliothekarin gearbeitet und war ihm im ersten Augenblick als viel zu intellektuell erschienen, fast schon als Blaustrumpf englischer Provenienz. Doch nach dem ersten Tanz war er ihr, wie er es immer ein wenig selbstironisch formulierte, verfallen. *Alles in mir ist nun daraufhin fokussiert, sie zu besitzen*, hatte er an seinen besten Freund geschrieben. 1915, kurz bevor er in den Krieg gezogen war, hatten sie geheiratet und die schöne große Wohnung am Rüdesheimer Platz bezogen. Ihr Vater war Rektor einer Friedenauer Grundschule. Wenn er sie nicht jeden Monat mit einer kleinen Summe unterstützt hätte, wären sie nicht über die Runden gekommen.

»Das Pfund Butter hat gestern schon über 30 Mark gekostet«, sagte Margarete, als sie sah, daß ihr Mann dabei war, seine Zeitung zusammenzufalten.

Dr. Friesack lächelte. »Na, jetzt werden wir ja auch wieder unsere Päckchen aus Luckenwalde bekommen.« Das bezog sich darauf, daß seine Kollegen den Eisenbahnarbeiter Krüger hinter Schloß und Riegel gebracht hatten. Der war in der Güterabfertigung Luckenwalde auf die Idee gekommen, Frachtbriefe zu fälschen und eine Reihe von Sendungen an seinen Schwager in Berlin umzudirigieren. Der hatte sie dann in Neukölln an Hehler verkauft. Unter den Paketen waren auch etliche gewesen, in denen ein Onkel Margaretes aus seiner Fabrik wertvolle Stoffe an sie geschickt hatte, um ihnen ein wenig unter die Arme zu greifen. Seine Frau hatte daraus Kleider geschneidert und an entfernte Bekannte verkauft.

»Du hast ja recht, anderen geht es noch viel schlechter als uns.« Kaum hatte Margarete einen Blick in die *Berliner Morgen-Zeitung* geworfen, war sie auf eine Schreckensmeldung gestoßen:

Mutter und Sohn gemeinsam in den Tod. Eine Tragödie hat sich in der gestrigen Nacht in dem Hause Borsigstraße 24 abgespielt. Dort wurden gestern vormittag die 43 Jahre alte Witwe Anna Paul, geborene Kraut, mit ihrem 23 Jahre alten Sohne, dem Eisenbahnarbeiter Hermann Paul, besinnungslos im Bett aufgefunden. Mutter und Sohn hatten sich, wie der Befund erkennen ließ, absichtlich mit Leuchtgas vergiftet.

Entsetzt las sie den Artikel vor.

Dr. Friesack stand auf. »Ich hab' mich um meine eigenen Leichen zu kümmern, gut daß du mich daran erinnerst.« Wenn er pünktlich im Dienst sein wollte, mußte er sich beeilen. Zeit, Margarete noch einmal an sich zu drücken, mußte aber sein. Dann lief er zur U-Bahn.

Auf dem Bahnhof Nürnberger Platz stieg sein Vater in den Zug. Man konnte es nur bedingt Zufall nennen, denn sein alter Herr suchte es immer so abzupassen, daß er seinen Sohn auf dem Weg ins Präsidium in der U-Bahn erwischte. Auch in den Semesterferien. Seit dem Tod seiner Frau war er zuviel allein.

»Wieder auf dem Weg ins Institut?«

Der Vater nickte. »Zu Hause fällt mir doch die Decke auf den Kopf. Ich will meine Arbeit über Fontanes Kriegsberichterstattung zu Ende bringen. Du weißt doch: 4000 Seiten über die preußischen Kriege und Siege von 1864 bis 1870/71 sind es bei ihm geworden, und, mein Gott, was hätte er statt dessen noch für wunderbare Romane schreiben können! Er muß es auch selber eingesehen haben, denn wie heißt es in einem Brief an seinen Sohn George: *Hüte Dich vor Verplemperungen, das ist der höchste Ausdruck meiner väterlichen Weisheit. Dein Vater hat sich auch verplempert* ...« Und wieder einmal erzählte der alte Friesack in epischer Breite, wie er Fontane in den 1890er Jahren während eines Kuraufenthalts auf Norderney persönlich kennengelernt hatte. Erst kurz vor Ende ihrer gemeinsamen Fahrt fragte er nach dem Wohlbefinden seines Sohnes.

»Danke. Die Menschen tun uns ja immer wieder den Gefallen, sich gegenseitig umzubringen, so daß wir nicht zur Wohlfahrt müssen.«

»Ja.« Der Vater lachte. »Wie sagt doch Fontane: *Der Mensch ist eine Bestie und seiner Niedertracht muß mit Mitteln aus demselben Arsenal begegnet werden.*« Damit war er auf dem Bahnhof Friedrichstadt angekommen und sprang aus dem Zug.

Dr. Friesack fuhr weiter bis zum Alexanderplatz. Im Polizeipräsidium ging es vergleichsweise hektisch zu, und insbesondere die Abteilung IV hatte mehr zu tun, als ihr lieb war. 1920 hatte es in Berlin 75 Fälle von Mord und Totschlag gegeben. 51 Männer und 24 Frauen und Mädchen waren gewaltsam ums Leben gekommen. Diese Zahl war mehr als doppelt so hoch wie vor dem Krieg. Blieb nur der Trost, daß man bei den Kapitalverbrechen gegenüber Städten wie New York, London, Chicago und Paris noch immer weit im Rückstand lag. Doch gerade die Gegend um den Schlesischen Bahnhof schickte sich ja an, mit berüchtigten Gegenden wie etwa Soho in Konkurrenz zu treten. Ende Mai war Dr. Friesack an einer großen Razzia beteiligt gewesen und hatte mitgeholfen, in den Lokalen rundum 83 verdächtige Personen aufzulesen und auf einen Lastkraftwagen zu verladen. Nach zwölf von ihnen hatte man schon lange gefahndet. Es gab auch eine Schickeria in Berlin, die gern zum Schlesischen Bahnhof kam, und der junge Klaus Mann sollte später schreiben: *Die Romantik der Unterwelt war unwiderstehlich. Berlin ... enthusiasmierte mich durch seine schamlose Verruchtheit.* Dr. Friesack dagegen steckte berühmte Trickdiebe und Hochstapler wie die »Gräfin Corona«, Meistereinbrecher wie Emil und Erich Strauß und Hoteldiebe wie Paul und Willi Kassner, deren Fassadenklettereien zu romantischen Legenden wurden, in die Schublade »Gesindel«.

Das alles aber waren Bagatellen im Vergleich zu den Leichenfunden und den Schreckenstaten der letzten Zeit. Dr. Anuschat, dem er auf dem Flur begegnete, untersuchte einen vermuteten Muttermord in der Görlitzer Straße 36. Eine gewisse Emilie Zweck sollte von ihrem Sohn erschlagen worden sein.

»Er soll seiner Mutter Lysol zu trinken gegeben haben«, sagte Dr. Anuschat. »Sie ist zwar zusammengebrochen, hat das aber überlebt. Worauf er sie offenbar mit einem Kopfkissen erstickt hat. Nachbarn haben Hilfeschreie und einen schweren Fall gehört.«

»Und worum soll ich mich jetzt vordringlich kümmern?« fragte Dr. Friesack.

»Da haben wir den Mordanschlag in Weißensee in der Sedanstraße 43, wo die Schankwirtin Helene Kulp auf ihren blinden Mann geschossen hat. Aber wichtiger sind die Leichenfunde, daß sich da einer drum kümmert.«

Dr. Friesack wußte Bescheid. Zwischen dem 7. und dem 10. August hatte man zerstückelte Frauenleichen aus dem Luisenstädtischen Kanal gezogen. Aber nicht genug damit: Seit 1918 waren in Kanälen, in Abfallkörben und auf Parkbänken rund um den Schlesischen Bahnhof 23 Leichen gefunden worden. Alles Frauen. Ein jedes Mal fachkundig zerlegt, die Knochen »entfleischt«. Aus dem Landwehrkanal war ein Kopf geborgen worden, abgetrennt zwischen dem zweiten und dem dritten Halswirbel, mit nur noch ganz wenigen dunkelblonden Haarresten. Nase und Stirn waren in der Mitte durchgetrennt, die Oberlippe hatte einen waagerechten, drei Zentimeter langen und bis auf den Knochen reichenden Schnitt aufgewiesen. Der Unterkiefer war in den Gelenken ausgelöst worden. Zudem hatte man am Nikolassee und bei Grünau vergrabene Leichenteile gefunden. Hier hatte der Täter versucht, sie zu verbrennen.

Dr. Anuschat faßte nun noch einmal alles zusammen. »Inzwischen haben sich ein Zahnarzt und unser Röntgenfachmann alles angeschaut, und wir sehen schon ein wenig klarer. Grünau dürfte nicht mit den anderen Taten zusammenhängen. Und Nikolassee war ja auch schon am 7. September letzten Jahres. Außerdem: Eine Leiche in einen Vorort zu schaffen und sie dort zu verbrennen und zu vergraben, setzt ja ein ganz anderes Muster voraus, als sich ihrer dort zu entledigen, wo man die Tat begangen hat. Das könnten wir also erst einmal ausklammern. Aber wer weiß ...? Konzentrieren wir uns dennoch auf die Leichenfunde zwischen Engelbecken und Schlesischem Bahnhof. Das erste identifizierte Opfer ist mit großer Sicherheit eine gewisse Frida Schubert. Der nahebei gefundene Kopf ist schon so stark in Verwesung übergegangen, daß er ihr von daher gehört haben könnte, doch das Gebiß spricht ganz eindeutig dagegen. Es ist also mit Sicherheit eine zweite Frau ermordet worden. Aber damit nicht genug. Die beiden Füße und der Teil des Beckens, die gestern angeschwemmt wurden, sind sozusagen ganz frisch und können nach Ansicht des Arztes höchstens 14 Tage im Wasser gelegen haben, also nicht zur Schubert und auch nicht zu dem besagten Kopf gehören, wenn ich das einmal so ausdrücken darf.«

»Wir haben es also mit mindestens drei zerstückelten Frauen zu tun, die in ein und derselben Gegend ins Wasser geworfen wurden«, stellte Dr. Friesack fest.

»So ist es, Herr Kollege. Und die Gerichtsmediziner sind sich sicher, daß es sich in allen Fällen um eine gleichartige Zerstückelung handelt, sie also dieselbe Handschrift tragen.«

»Und es kommt kein Student oder Heilgehilfe in Frage, der sich mit seinen anatomischen Präparaten einen bösen Scherz erlaubt hat?«

Dr. Anuschat schüttelte den Kopf. »Eine gewisse Sachkenntnis billigt man dem Mörder schon zu, aber es scheint ausgeschlossen zu sein, daß hier ein Arzt oder sonstiger Fachmann am Werk gewesen ist.«

»Ist ein Fleischermeister oder -geselle schon ein Fachmann?«

»Ach, die armen Fleischhacker, wie man früher sagte. Lassen wir die in Ruhe. Mein Onkel Max ist einer – und der schafft es nicht einmal, eine Fliege zu erschlagen.«

»Und was nun?« fragte Dr. Friesack.

Der Kollege zog die Mitteilung aus der Tasche, die er für die Presse formuliert hatte, und las sie vor. *»Alle Personen, die irgendwelche Mitteilungen über das unheimliche Treiben des Mörders machen können, werden ersucht, sich bei den Kriminalkommissaren Dr. Riemann und Werneburg im Zimmer 34 des Berliner Polizeipräsidiums zu melden.«*

»Gut«, sagte Dr. Friesack. »Dann werde ich mich an meinen Schreibtisch zurückziehen, alle Unterlagen und die Presse noch einmal durchgehen und auf den genialen Gedankenblitz warten, der uns zum Täter führt.«

Nun, lange mußte er nicht warten, auch wenn es kein Gedankenblitz war, der ihm Hoffnung machte, in der Sache »Leichenteile« ganz entscheidend voranzukommen, sondern die Anzeige eines junges Mannes, der in sein Zimmer eingetreten war. Er hieß Friedrich Zetzscha, kam aus Breslau und suchte in Berlin unter anderem seine verschwundene Braut.

»Grete ... Grete Tschau. Schauspielerin wollte sie werden, hat aber wohl kein Engagement gefunden und ist offensichtlich immer weiter abgesackt. Da haben mein Freund Reinhold Besenbinder und ich uns auf die Suche gemacht.« Ausführlich berichtete er darüber. » ... und sind schließlich bei dem Betreiber einer kleinen Wäscherei und Plätterei in der Zorndorfer Straße hängengeblieben, einem gewissen Walter Dreetz. Den haben wir nun sozusagen beschattet und dabei erwischt, wie er nach Einbruch der Dämmerung ein Paket in den Kanal am Engelbecken geworfen hat, in den Luisenstädtischen Kanal.«

Sofort war Dr. Friesack aufgesprungen. »Eine sehr interessante Spur, in der Tat.« Ihm war ganz heiß geworden. Hatte er derart Fortune, dann wäre das für seine weitere Karriere von großem Nutzen. Er griff sich sofort zwei subalterne Beamte und ließ sich ein Polizeifahrzeug kommen, um mit den beiden und Zetzscha zum Engelbecken zu fahren. An der von diesem bezeichneten Stelle ließ sich zunächst nichts finden, doch als sich dann zur Hilfe gerufene Feuerwehrleute mit einem Schlauchboot auf die Suche machten, hatten sie schnell ein etwas unter der Wasserfläche liegendes Paket entdeckt, das sich an einer umgestürzten Weide verfangen hatte.

»Das ist es!« rief Friedrich Zetzscha. »Genau das hellblaue Packpapier.«

Die Spannung stieg an, als man es herausgezogen und auf den Uferstreifen gelegt hatte. Schwer genug war es, und man konnte durchaus annehmen, daß es die Überreste eines Menschen enthielt. Dr. Friesack wollte ganz sicher gehen und schickte einen seiner Beamten ins nächstgelegene Restaurant, um telefonisch einige Kriminaltechniker herbeizurufen. Die kamen auch relativ schnell, sicherten alle verfügbaren Spuren und brachten das Paket ins Labor, um es ausführlich zu untersuchen. Alle hielten den Atem an, als man daran ging, es vorsichtig öffnen. Zetzscha drohte umzukippen. Wenn das nun Grete war ...

Sie war es aber nicht. Was sie fanden, war ein Stapel total ruinierter Bettwäsche eines Hotels am Schlesischen Bahnhof. Jemand hatte ein viel zu heißes Bügeleisen benutzt. Das weiße Leinen wies eine Unmenge brauner Schlieren und Brandflecke auf.

Neunzehn

21. August 1921

Mannheim Itzig war mit seiner Frau Helene an diesem Sonntag schon früh zum Baden an die Bammelecke gefahren. Mit der Eisenbahn vom »Görlitzer« nach Grünau, dann zu Fuß erst durch den Wald und anschließend am Langen See entlang. Das war am billigsten. Nachdem sie ausgiebig geschwommen waren, lagen sie nun auf ihrem Handtuch am Wasser und sahen den weißen Segelbooten hinterher, die vor der grünblauen Kulisse der Müggelberge wie Schmetterlinge tanzten, mehr aber noch den Motorbooten. Denn das war Itzigs großer Traum: einmal einen solchen »Kasten« besitzen und all die Gewässer abklappern, die er bei seinen Ausflügen vom Ufer aus gesehen hatte oder nur von der Landkarte her kannte – den Müggel-, den Dämeritz-, den Flaken-, den Kalk-, den Werl-, den Peetz-, den Seddin-, den Krossin- und den Zeuthener See. Dann die Dahme hinunter Richtung Spreewald.

»Ist das 'n herrlicher Tag heute.« Helene Itzig rekelte sich. »Und das Wetter erst. Da kann man eigentlich nicht klagen.« Wie überhaupt über den ganzen August nicht. Er war nicht so heiß wie der Juli und nicht so verregnet wie der Juni gewesen. Doch in der Luft hing schon ein feiner Schleier, und so fern war der Herbst nicht mehr.

Mannheim Itzig hatte die Augen geschlossen und träumte davon, daß seine Motoryacht hochseetüchtig wäre. Er sah sich die Oder abwärts fahren, bei Stettin in die Ostsee hinein, durch den Nord-Ostsee-Kanal hindurch, dann immer entgegen dem Uhrzeigersinn um Europa herum, bei Gibraltar ins Mittelmeer hinein und dann in einem Rutsch nach Haifa. Seit er einen Vortrag von Theodor Herzl gehört hatte, war er glühender Zionist und wollte unbedingt in Palästina leben. Was hatte er in Berlin groß zu verlieren?! Er war Lagerarbeiter bei einer Firma in der Köpenicker Straße, und seine Wohnung in der Langen Straße war auch nicht gerade ein Palast. Doch er wollte nicht groß jammern. Sie hatten ein Dach über dem Kopf, immer einigermaßen zu essen, und vor allem gab es in Berlin keine Progrome, anders als etwa in Galizien, wo seine Eltern und Großeltern aufgewachsen waren. »Nu«, sagte er des öfteren, »was will man mehr.« Aber eine schönere Wohngegend wünschte er sich schon. Von einem Motorboot einmal abgesehen.

Seine Frau hatte gelernt, koscher zu kochen, am liebsten aber war es ihm, wenn sie zum Picknick im Grünen gebratenen Fisch mitnahm. Und ein paar dünn mit Butter bestrichene Schrippen dazu. So ließ sich's leben. Nach dem Mittagessen legten sie sich in den Halbschatten und schliefen eine Runde. Dann gab es lauwarmen Kaffee aus der mitgebrachten Flasche und abgeriebenen Kuchen. Nach einer kurzen Verdauungspause stiegen sie noch einmal ins Wasser, planschten, spritzten sich naß und schwammen noch ein bißchen. Anschließend waren sie rechtschaffen müde.

»Jetzt müßte es einen Ruck geben – und wir wären zu Hause«, sagte Helene Itzig.

Nun, bis sie nach Hause kämen, würde noch einige Zeit vergehen, denn allein zum Bahnhof Grünau waren es zu Fuß fast vier Kilometer und vom Görlitzer Bahnhof zur Langen Straße noch einmal gute zweieinhalb, so Pi mal Daumen, wie Itzig errechnete. Darum bettelte seine Frau jetzt auch, daß sie doch bis Grünau mit der Uferbahn fahren sollten.

»Kommt nicht in Frage, wir müssen sparen.«

So wurde es 21 Uhr, bis sie zu Hause waren und todmüde in ihre Sessel sanken. Sie wollten sich nur noch schnell die Füße waschen, die »Käsemauken«, wie Mannheim Itzig sich ausdrückte, und dann ins Bett gehen. Zuerst mußte er aber noch auf die Toilette, die sie mit dem anderen Mieter der großen Wohnung teilten, dem Karl Großmann. Mit den Worten »Der Morgenschiß, der kommt gewiß, und wenn es spät am Abend ist« verließ er das Wohnzimmer, nicht jedoch ohne sich vorher eine Kerze anzuzünden, denn elektrisches Licht hatten sie in dieser Gegend noch nicht. Vom Treppenflur her hörte er Kichern und Gackern. »Wieder eine, die Zickenkarl anschleppt«, sagte er zu seiner Frau, ehe er die Tür hinter sich zuzog. In diesem Augenblick rief Karl Großmann, sichtlich angetrunken, irgendeiner nach oben enteilenden Frau etwas zu.

»Wen haste denn heute wieder angeschleppt?« fragte Itzig. »Die Grete wieder?«

»Nee, die sieht bloß so aus, det is die Marie Nitsche, 'ne Köchin, die sie gerade aus'm Untersuchungsgefängnis entlassen ham.«

»Mann, hast du 'n Verbrauch an Weibern«, sagte Itzig, halb neidvoll, halb anklagend.

»Itzig, komm doch mal her mit deine Kerze und schließ ma mal die Tür uff«, bat Großmann. »Ick kann det Schlüsselloch nich finden.«

Itzig tat ihm den Gefallen und blieb dann neugierig im Flur stehen, um zu warten, was nun passierte. Es gab kein Loch in der Wand, und ein Voyeur war er auch nicht, doch wenn Großmann nebenan seine Frauen vernaschte, regte ihn das immer an.

Die Nitsche war inzwischen in ihrer Trunkenheit weiter nach oben gelaufen, und Großmann rief ihr hinterher: »Mäuschen, komm mal runter!« Das tat sie dann auch, nachdem sie oben von Gustav Witzke weggeschickt worden war, und ging mit Karl Großmann in dessen Zimmer. Itzig schlüpfte mit ihnen zusammen hinein und steckte die Petroleumlampe an, weil Großmann zu betrunken dazu war. Immerhin schaffte der es dann, die Lampe, die an der Wand an einem Nagel hing, auf den Tisch zu stellen. Die Nitsche war schon dabei, sich zu entkleiden.

Itzig machte große Augen, wurde dann aber von Karl Großmann aus dem Zimmer gedrängt. Die Tür fiel ins Schloß. Itzig tat nun so, als ginge er in seine Wohnung zurück, blieb aber auf dem Korridor stehen und lauschte.

»Wo bleibsten so lange?« Helene Itzig war ein wenig mißtrauisch geworden. Sie fürchtete schon seit langem, daß Großmann ihren Mann mal zu sich ins Zimmer holen und ihn zum Mitmachen auffordern würde. »Wir sind doch kein Puff hier.«

»Ich will mal hören, was Zickenkarl so mit den Mädchen macht. Nicht, was du denkst, sondern ... Ob man nicht doch mal zur Sitte gehen sollte.« Zur Sittenpolizei. Dagegen konnte Helene nichts haben.

»Dann mach mal, aber paß auf, dettet nich ins Höschen geht.« Sicherheitshalber blieb sie in ihrer Küchentür stehen. Die führte auf den Korridor hinaus, den sie mit Großmann gemeinsam hatten.

Itzig selber schlich sich auf Zehenspitzen in die Nähe von Großmanns Tür. Kurze Zeit später hörten sie aus dessen Zimmer einen hellen Schrei und lautes Röcheln. Dann waren mehrere dumpfe Schläge zu vernehmen, so als würde Großmann mit der Faust auf das Mädchen einschlagen. Mannheim Itzig wollte daraufhin in Großmanns Zimmer eindringen, doch seine Frau hielt ihn zurück. »Misch dir da nich ein, lauf lieber schnell zur Polizei runter!« Die war gleich um die Ecke.

Dort, in der sogenannten Andreaswache, saßen die Polizeioberwachtmeister Eugesser und Klähn mit einigen Kollegen zusammen, die Uniformkragen aufgeknöpft, sprachen über dieses und jenes und warteten darauf, daß ihre Schicht langsam zu Ende ging. Viel passiert war heute nicht. Doch da kam Itzig in die Wache gestürzt und schrie: »Schnell, kommen Se sofort bei uns!«

»Wieso, ham Se den Kaiser jesehn?« brummte Klähn.

»Nee, Herr Kommissar, bei den Großmann isset wohl ernst diesmal. Da schreit 'ne junge Frau, als ob er se umbringen will.«

»Wer sind Sie denn?« fragte einer. Nur für das Protokoll.

»Se müßten mir doch kennen: Itzig, Mannheim Itzig, Lange Straße 88.«

Oberwachtmeister Klähn versah seinen Dienst schon lange in der Gegend des Schlesischen Bahnhofs und wußte genau, wann tatsächlich was zu befürchten war. Schnell griff er nach seinem Koppel und stieß die Tür zum Nebenzimmer auf. »Wachtmeister Kuhnke, Sie übernehmen das Revier. Oberwachtmeister Eugesser, Sie kommen mit mir mit.« Er knöpfte noch seinen Uniformkragen zu, dann drängte er Itzig auf die Straße hinaus. »Los, laufen Sie voran, damit wir besser finden, wo es ist.«

Keine drei Minuten später standen sie an der Tür, an der das Papierschild mit dem Namen *Großmann* mit einem Reißnagel angeheftet war. Oberwachtmeister Klähn klopfte, ohne zu zögern, mehrmals gegen die hölzerne Füllung. »Machen Sie auf, Großmann, Polizei!«

Endlich kam von drinnen Großmanns Stimme: »Ich kann nicht aufmachen, ich schlafe schon! Kommen Sie doch morgen früh, dann bin ich auch zu Hause. Ihr könnt jetzt doch nichts sehen. Könnt ihr denn een alten Mann nicht schlafen lassen?!«

Jetzt war Klähn doch für einen Augenblick etwas unschlüssig und besann sich erst einmal auf den entsprechenden Paragraphen in der Polizeiverordnung: *Eingriffe in die bürgerliche Wohnung sind nur zu rechtfertigen, wenn Leib und Leben oder das Eigentum eines Staatsbürgers auf dem Spiel stehen ...* Nun, nach dem, was ihm der Nachbar von den Schreien in Großmanns Wohnung erzählt hatte, und so blaß, wie Itzigs Frau geworden war, schien das ja der Fall zu sein. Mit einem kleinen Anlauf warf er sich gegen die Tür. Doch die war aus massivem Holz gemacht und hielt ihm stand.

»Vielleicht hat er gar nicht abgeschlossen«, sagte Mannheim Itzig. »Voll, wie er war.«

Und richtig: Als Klähn auf die Klinke und zugleich mit dem Fuß gegen die Tür drückte, gab diese nach. Was die beiden Männer im schwachen Licht der blakenden Petroleumlampe sahen, ließ sie erschauern ...

In der Anklageschrift des Generalstaatsanwalts beim Landgericht liest sich das wie folgt:

Das Zimmer war durch die auf dem Tische stehende schwach brennende Küchenlampe erleuchtet, und Großmann stand etwa in der Mitte des Zimmers am Ende der Holzbettstelle völlig nackt. In der Hand hatte er eine Tasse, in der er mit einem Löffel umrührte. Seine rechte Körperseite, hauptsächlich an der Brust und an den Oberschenkeln, die Geschlechtsteile und das Gesicht waren mit Blut besudelt. Auf der Feldbettstelle lag völlig nackt die Nitsche. Ihr Kopf war blutig, auch der Körper war mit Blut beschmiert. Die Hände waren mit starkem Bindfaden auf den Rücken gebunden, auch das linke Bein war oberhalb des Knies abgeschnürt und an das Bett gefesselt. Ihr Mund war weit aufgesperrt und darin steckte ein zusammengedrücktes Handtuch von 30 ctm. Breite und 50 ctm. Länge. Der Polizeiwachtmeister Eugesser riß das Handtuch sofort aus dem Mund heraus, nachdem er sich überzeugt hatte, daß das Mädchen noch schwache Herztätigkeit zeigte. Neben der Nitsche in Brusthöhe lag links ein Kartoffelstampfer sowie eine hölzerne kleine Kelle, die beide mit Blut befleckt waren. Die Kleidungsstücke des Mädchens lagen auf der Holzbettstelle, welche gegenüber der Feldbettstelle an der Wand stand. Der Polizeiwachtmeister Klähn nahm dem Großmann die Tasse aus der Hand, die, wie sich später herausstellte, eine Zyankalilösung enthielt, und sagte: »Was haben Sie denn hier gemacht, Sie sind ja ein Mörder!«, worauf Großmann erwiderte: »Ich habe bloß Rache geübt, weil sie mich bestohlen hat.« Der sogleich herbeigeholte Arzt Dr. Kuhlmann konnte nur noch den Tod der Nitsche feststellen. Als Großmann dies auf der Polizeiwache mitgeteilt wurde, sagte er: »Gott sei Dank, daß das Aas tot ist, die hat mich genug geärgert. Nun werden sie mich ja den Kopf kürzer machen.

Bei Hans Hyan läuft die Festnahme Großmanns, nachdem man ihm die Tasse mit dem Zyankali weggenommen hat und sich der Nitsche zuwenden will, etwas dramatischer ab: *Er suchte den Beamten in jeder Weise zu hindern, als dieser das Bett besichtigen wollte. Der schleuderte ihn zur Seite ...*

Und Erich Frey, der Karl Großmann später vor Gericht verteidigen sollte und viel mit ihm gesprochen und Briefe vom ihm bekommen hat, macht aus dem Ganzen eine drehbuchreife Szene, wobei aus Mannheim Itzig aus einsehbaren Gründen Robert Iglitzki wird:

Großmann hält in der einen blutigen Hand eine Steingut-Tasse. Er will die Tasse an den Mund setzen.

»Nein, du Hund!« Klähn schlägt schwer zu. Klirrend fällt die Tasse zu Boden. Am nächsten Morgen werden die Gerichtschemiker feststellen, daß sich in ihr halb gelöstes Zyankali befand.

»Halt den Kerl fest!« schreit Klähn seinem Begleiter zu. Dann stürzt er zum Bett. Er reißt das Deckbett hoch, prallt zurück.

Durch die offene Tür hört man einen dumpfen Fall im Treppenhaus. Robert Iglitzki hat in der Tür gestanden. Er hat gesehen, was Wachtmeister Klähn sah. Er ist ohnmächtig geworden.

Ein, zwei Sekunden später steht Oberwachtmeister Klähn schaudernd vor der blutüberströmten Frau. Dann legt er sein Ohr an ihr Herz. Er hört drei schwache Schläge. Dann nichts mehr. Aus. Schwer richtet sich der Beamte auf. Langsam geht er auf Großmann zu.

Der weicht zurück. In seinen Augen funkelt hündische Angst. Ein-, zweimal schlägt der Beamte zu. Es ist ihm egal, ob Zeugen es sehen.

»So«, sagt er und atmet schwer. Er wischt sich das Blut von der Hand, weiß nicht, ob es von der Frau ist oder von Großmann, aus dessen Oberlippe es rot quillt. Dann zieht Oberwachtmeister Klähn sein schweres Notizbuch aus der Rocktasche.

»Ich habe bloß Rache genommen, denn das Aas hat mich bestohlen«, wimmert Großmann.

Als Großmann eine Stunde später gefesselt abgeführt wird, muß er durch eine hundertköpfige Menge Spießruten laufen. Hunderte von Fäusten erheben sich, Stöcke werden geschwungen, und besonders die Frauen schleudern ihm die wüstesten Beschimpfungen ins Gesicht.

»Du bist ein Mörder!« schreit ihm eine Frau zu.

Seine Hände, die auf den Rücken gefesselt sind, zucken.

»Ein Mörder bin ich nicht, ich bin ein Totschläger«, erwidert er.

»Mensch, das kostet dir deine Kohlrübe«, schreit ein Mann.

»Det weeß ick alleene«, antwortet Großmann.

ZWANZIG

22. und 23. August 1921

Im Polizeipräsidium am Alexanderplatz herrschte am Morgen des 22. August 1921 helle Aufregung: Die hiesige Reserve-Mordkommission war vom 50. Polizeirevier in der Kleinen Andreasstraße telefonisch über die Festnahme Karl Großmanns in Kenntnis gesetzt worden. Seit Monaten war man wegen der Leichenfunde im Luisenstädtischen Kanal zutiefst beunruhigt – und nun schien es endlich eine heiße Spur zu geben. Der Befund zur ermordeten Maria Nitsche ließ sofort erkennen, daß die Frau das Opfer eines Sadisten ersten Grades geworden war.

Kriminalkommissar Ludwig Werneburg hatte sofort den Stadtplan vor Augen. »Von der Langen Straße bis zum Luisenstädtischen Kanal ist es ja nur ein Katzensprung.«

»Wenn der man nicht alle auf dem Gewissen hat«, meinte einer der Kriminalsekretäre.

So viel Spekulation liebte Werneburg nicht. »Abwarten. Und ehe wir uns diesen Großmann selber vorknöpfen, sehen wir uns erst mal seine Wohnung an.« Schnell hatte er seine Leute zusammengetrommelt, darunter auch die Kommissare Dr. Riemann und Dr. Friesack.

Dr. Friesack fühlte ein gewisses Kribbeln im Körper. Es war – wenn man vielleicht auch nicht vom hehren Atem der Geschichte sprechen konnte – doch gewiß ein unvergleichliches Erlebnis, einem Massenmörder zu begegnen und sein blutiges Treiben aufzudecken.

Im Auto, das sie zum Tatort in der Langen Straße brachte, saß Dr. Riemann neben ihm und ließ seiner Phantasie freien Lauf.

»Wahrscheinlich stehen die Schüsseln mit dem Blut seiner Opfer bei ihm noch unterm Bett. Und das kleingeschnittene Fleisch daneben. Bestimmt ist alles verwertet worden. Schließlich war er ja Wurstmaxe.«

Da erinnerte sich Dr. Friesack, daß er sich öfter am Schlesischen Bahnhof ein Paar Lange Wiener oder Jauersche gekauft und mit Behagen verzehrt hatte, aller Wahrscheinlichkeit nach bei Großmann. Als er sich das ausmalte, wurde ihm so übel, daß er die Tür aufstoßen und sich übergeben mußte.

Hätte er es nicht schon in der Holzmarktstraße getan, dann sicher, als sie bei Karl Großmann in der Wohnung standen, denn hier stank es nicht nur, wie Werneburg anmerkte, wie im Schweinestall, sondern noch viel schlimmer: nach Tod und Verwesung.

Dr. Riemann griff hinter das Bett. »Hier liegen einige Kleidungsstücke, Röcke, Unterwäsche ... verschiedene Größen. Offensichtlich stammen sie nicht von ein und derselben Person, sondern von verschiedenen Frauen.«

Werneburg wies die Kriminaltechniker an, Großmanns Ofen zu untersuchen. »Falls er noch weitere Morde begangen haben sollte, ist ja zu vermuten, daß er nicht nur Leichenteile ins Wasser geworfen, sondern auch welche verbrannt hat. Und Sachen auch.«

Doch der erste Augenschein war eher enttäuschend. »Fehlanzeige, Chef. Der Ofen ist fein säuberlich ausgekratzt. Die Asche befindet sich bereits im Müllkasten.« Nur in der Kochmaschine fanden sich noch einige Aschereste. Man kratzte sie zusammen und sammelte sie in einer Tüte.

»Bringt sie zu Professor Strauch, der soll alles untersuchen«, lautete Werneburgs Weisung. »Außerdem muß die Holzbank hier unter die Lupe genommen werden. Sieht so aus, als hätte er seine Opfer auf dem Ding zerlegt.«

Auf der Holzbettstelle fand man die Strümpfe der Nitsche, in denen eine Menge Geld steckte: nämlich genau 301,25 Mark – gestückelt in einen Hundertmark-, neun Zwanzigmark-, einen Zehnmark-, zwei Zweimark-, sechs Einmark- und zwei Fünfzigpfennigscheine. Dazu kamen noch zwei Zehn- und ein Fünfpfennigstück. Die Zwanzigmarkscheine wiesen teilweise Blutflecken auf.

»Das ist ja interessant«, sagte Dr. Riemann.

Zurück im Morddezernat, trafen sie dann mit Karl Großmann zusammen. Und zwar auf dem Gang. Eine Gruppe von Kriminalsekretären hatte ihn in die Mitte genommen. Dr. Friesack fuhr zusammen. Etwa so wie als Kind in der Geisterbahn. Aus tiefliegenden, starren, kleinen Augen blickte Großmann ihn an. Sein Oberschädel war übergroß, die Nase spitz und gebogen. In den tief eingekerbten Gesichtszügen lagen eine Verkniffenheit und eine Bösartigkeit, wie Dr. Friesack sie noch nie gesehen hatte. Großmann war zweifellos der widerlichste Mensch, der ihm je begegnet war.

Nun begann der Vernehmungsmarathon. Tag für Tag suchten sie ihn auszuquetschen, mindestens acht, manchmal auch zehn Stunden lang. Wobei sie sich natürlich abwechselten. Neben Werneburg und Dr. Riemann kümmerten sich Dr. Anuschat und Dr. Jiehnke um Karl Großmann. Meistens war auch Dr. Friesack zugegen. Er hatte die wenigsten Dienstjahre auf dem Buckel, und man überließ ihm daher gern das Protokollieren.

Im Bericht der Mordkommission Werneburg-Riemann sollte es später zusammenfassend heißen:

Die Vernehmungen des Großmann stießen auf die aller erheblichsten Schwierigkeiten, die aus seiner großen Vorsicht und seiner außerordentlichen Gerissenheit sowie aus seinem durch kein Zureden zu beseitigenden Mißtrauen resultierten. Allen Tatsachen und Beweisen, die ihm von den vernehmenden Beamten vorgehalten wurden, setzte er ein stumpfes »Nein« oder ein »Ich weiß nicht« entgegen. Oft genug gab er sich das Ansehen, als ob er den Verhandlungen gar nicht oder nur mühsam folgen könne. Hielt man ihm aber einige Tage später ältere Zeugenaussagen oder sonstige weiter zurückliegende Ereignisse vor, wußte er auf das Kleinste Bescheid und korrigierte den Vernehmenden auch in den aller unwichtigsten Umständen. Ein weiterer Beweis für sein phänomenales Gedächtnis ist die Tatsache, daß er sich sowohl geringfügiger Kleinigkeiten seines Vorlebens als auch bis in das Kleinste der Vorgänge bei der Beiseiteschaffung der verschiedensten Frauenleichen zu erinnern vermag. – Seine Verteidigung lief von vornherein auf das Bestreben heraus, seine Taten ... als Totschlag zu konstruieren. Fallfragen nach dieser Richtung hin merkte er sofort, wußte sie auch, solange ihm nichts bewiesen werden konnte oder er kein Geständnis abgelegt hatte, derart scharfsinnig mit Gründen zu belegen, daß sie das Aussehen absoluter Glaubwürdigkeit hatten. Mit dieser Intelligenz ist verbunden ein außerordentlicher Geschäftssinn und eine ausgeprägte Habsucht.

Zuerst ging es natürlich darum, die Umstände aufzuklären, unter denen die 1886 in Dresden geborene Köchin Maria Nitsche ums Leben gekommen war. Inzwischen hatte sich auch herausgestellt, warum einige Zeitungen gemeldet hatten, bei Großmanns Opfer habe es sich um die Schneiderin Emma Boretzky gehandelt: Die Nitsche hatte sich, warum auch immer, in der Pappelallee unter diesem Namen angemeldet, und die Reporter hatten da in der Eile einiges verwechselt.

»Daß Sie die Nitsche getötet haben, Großmann, das geben Sie doch zu?« fragte Werneburg.

»Ja, ich hab' das Aas erschlagen, als sie mir beklaut hat. In meine Wut. Mein Geld hab' ick mir sauer verdienen jemußt, und wenn nu eene kommt und nimmt et mir weg, dann seh' ick natürlich rot. Wer tut det nich, Herr Kommissar. Wie heißt et doch in die Bibel: Unrecht Gut gedeihet nicht. Is se doch selba schuld dran. Reiner Totschlag, Herr Kommissar.«

Dr. Friesack hatte Mühe, das alles zu notieren. Wenn Karl Großmann etwas abblocken wollte, dann war er sehr einsilbig, witterte er aber keine Falle, dann konnte er eine Ewigkeit schwadronieren. Als Händler hatte er sich das offenbar so angewöhnt. Wohl um die Kunden anzulocken und zu bewegen, etwas zu kaufen. Von anderen Prozessen her wußte Dr. Friesack, wie die Fachleute das nannten, wenn einer gar nicht mehr aufhören konnte zu reden und zu reden: die Logorrhöe.

Jetzt griff auch Dr. Anuschat ein. »Erzählen Sie doch mal, Großmann, wo und wie Sie die Nitsche kennengelernt haben.«

Großmann fühlte sich auf sicherem Terrain. »Ja nu ... Ick bin nich hausieren jegangen, sonntags kooft ja sowieso keener was, oder? Und mein'n Wurstkessel hab' ick ooch kalt jelassen. Wozu ooch, ick hatte ja die janze Woche üba jenug vadient.« Er habe sich Schlips und Kragen umgebunden und sei dann in eine der vielen Budiken am Schlesischen Bahnhof gegangen, um etwas zu essen. »Kasseler Rippenspeer. Da war noch der Gustav da und welche aus der Langen Straße. Man kennt ja 'n Haufen Leute, wenn man in die Jegend da handeln tut. Eena frägt ma, ob ick schon 'ne neue Wirtschafterin habe. Nee, hatte ick nich.« Also hätte er schnell gezahlt und sich dann auf die Suche gemacht.

Dr. Friesack notierte dann weiter:

Großmann geht die Paul-Singer-Straße hinunter bis zur Koppenstraße und biegt links ein. Es ist sechs Uhr abends. Eine Frau kommt ihm entgegen: die Maria Nitsche. Sie hat Tränen in den Augen. Großmann bleibt stehen und spricht sie an: »Kann ich Ihnen vielleicht helfen?« Sie verneint. »Mir kann keena helfen. Ick bin gerade aus'm Frauengefängnis entlassen. Und nu stehe ick uff da Straße.« Großmann faßt sie unter den Arm und tröstet sie. Nachdem sie ihren Koffer bei ihm in der Wohnküche abgestellt hat, geht er mit ihr auf einen Rummelplatz in der Köpenicker Straße. Sie fahren Karussell und Geisterbahn und setzen sich in die Ringerbude. Am Glücksrad gewinnt die Nitsche ein kleines rosiges Schwein aus Steingut, einen Talisman. Zwischendurch spendiert ihr Großmann immer mal wieder einen Süßen, das heißt einen Likör und ein Bier. Er selber trinkt erhebliche Mengen. Seine Brieftasche ist prallgefüllt mit Fünfzig- und mit Hundertmarkscheinen.

»Sie waren also schon ein wenig angetrunken, Großmann, und Ihre Begleiterin gehörig angeheitert?« wollte sich Werneburg noch einmal vergewissern.

»Ja.« Großmann wurde nun zunehmend wortkarger.

»Und Ihr Flurnachbar, der Herr Itzig, mußte Ihnen die Tür zu Ihrer Wohnküche aufschließen ...?«

»Ja.«

Dr. Jiehnke sah ihn aufmunternd an. »Erzählen Sie mal, Großmann. Wir sind ja hier alles Männer und ... Sie wissen ja.«

Großmann begann nun wirklich zu reden. Zusammenfassend wurde im Bericht der Mordkommission festgehalten:

In der Wohnung will er zunächst mit ihr (der Nitsche – H. B.) Kaffee getrunken haben, den er erst selber gekocht haben will. Er hätte dann noch mit ihr zusammen am Tisch gesessen und sich mit ihr unterhalten. Plötzlich sei die Nitsche nach seiner Angabe, ohne von ihm aufgefordert zu sein, aufgestanden und hätte sich bis auf die Strümpfe, die sie anbehielt, nackend ausgezogen und in seine Feldbettstelle gelegt. Kurze Zeit darauf hätte auch er sich zu ihr gelegt. Als er dann versucht hätte, mit seiner rechten Hand an dem Geschlechtsteil der Nitsche zu spielen, hätte sie sich hiergegen gesträubt. Als die Nitsche mit ihrer linken Hand ihren Geschlechtsteil zu verdecken suchte, hätte er ihr den Vorschlag gemacht, sich die Hände fesseln zu lassen. Mit diesem Vorschlag hätte sich die Nitsche sofort einverstanden erklärt, jedenfalls hätte sie sich nicht zur Wehr gesetzt. Er – Großmann – hätte ihr dann die Hände auf dem Rücken zusammengebunden ...; schließlich hätte er ihr noch das linke sowie das rechte Bein mit einer laufenden Schlinge an den Bettrand der Feldbettstelle gebunden, so daß sie mit gespreizten Beinen auf der Bettstelle gelegen hätte. Als Grund für die Fesselung der Beine der Nitsche gibt Großmann an, daß die Nitsche bei dem Geschlechtsverkehr die Beine zusammengekniffen hätte. Die Fesselung will er, wie er immer wieder betont, mit dem Einverständnis der Nitsche vollzogen haben. Bei der Fesselung will er keine Geschlechtserregung gehabt haben. Nachdem er diese Manipulationen mit der Nitsche vorgenommen hatte, will er noch einmal auf die Toilette gegangen sein. Als er zurückgekommen sei, hätte ihn die Nitsche zum Geschlechtsverkehr aufgefordert. Beim Umfassen der Waden hätte er in ihren Strümpfen ein Knistern verspürt, wobei ihm der Gedanke gekommen sei, daß ihm seine Beischläferin Geld genommen und sich in den Strumpf gesteckt hätte. Er hätte sofort das wie üblich auf dem Tisch liegende, in Zeitungspapier eingewickelte Geld nachgezählt und hierbei festgestellt, daß ihm 300 M fehlten. Da er kurze Zeit vorher von einer anderen Frauensperson (Frida Thomas) um 2600 M bestohlen worden sei, sei er in Wut geraten. Im knienden Zustande hätte er der Nitsche mit einer Reibekeule drei bis vier Schläge auf den Kopf gegeben. Da die Nitsche geschrien hätte, hätte er ihr einen Knebel aus einem

Handtuch in den Mund gesteckt. Kurze Zeit darauf sei die Polizei erschienen. Sein erster Gedanke sei gewesen, sich zu vergiften. Er hätte auch Zyankali in seine Kaffeetasse getan, jedoch keine Gelegenheit mehr gehabt, das Gift zu sich zu nehmen.

Hier hakte Werneburg ein. »Das klingt ja alles sehr schön, Großmann, aber die Wahrheit dürfte wohl doch etwas anders ausgesehen haben.«

»Ick weeß wirklich nich, was Sie damit sagen wollen, Herr Kommissar.«

»Erklären Sie uns doch mal bitte, wie es kommt, daß der Nitsche auch der After aufgerissen ist. Nun, Großmann?«

»Ich weiß es nicht.«

»Ich aber.« Dr. Anuschat hielt ihm einen hölzernen Kochlöffel hin, den man blutbefleckt auf der Feldbettstelle gefunden hatte. »Mit dem hier.«

Großmann zuckte mit den Schultern und sagte es, damit es förmlicher klang, sogar auf hochdeutsch: »Ich weiß es nicht.«

Dr. Anuschat fixierte ihn. »Der Gerichtsmediziner meint, daß Sie es, wenn nicht mit dem Kochlöffel, dann mit zwei oder drei Fingern gemacht hätten.«

»Ist der denn dabeigewesen?« fragte Karl Großmann. »Da kann ich mich nicht dran erinnern.«

»Nur Ihr Zeisig ist dabeigewesen ...«

»Ja.«

Bei der Mordkommission war man sich einig, daß Großmanns Angaben zum Fall Nitsche erlogen waren. So irrational das auch scheinen mochte, der Alte kämpfte mit aller Kraft und aller Chuzpe dagegen an, als Mörder gebrandmarkt zu werden, als Lustmörder. Jemand zu sein, der im – berechtigten – Zorn einen anderen Menschen erschlagen hatte, das ja, damit konnte er ganz offenbar leben, aber ein Sittenstrolch, eine Bestie, das auf keinen Fall, das ließ sein Selbstbild nicht zu. »Darum macht er diese ganzen Klimmzüge«, sagte Werneburg, als sie sich in der Mittagspause zu einer kurzen Beratung und zur Zeitungslektüre zurückgezogen hatten.

In Berlin gab es morgens, mittags und abends aktuelle Zeitungen, und in der *BZ am Mittag* fand sich ein erster Bericht über den

Fall Großmann. Vieles stimmte nicht. Karl Großmann wurde als Arbeiter ausgegeben und die Tote als die 34 Jahre alte Schneiderin Emma Poretzky aus der Pappelallee 7. Einiges war auch reine Phantasie: *Im ersten Verhör behauptete er, die Poretzky sei ihm 300 Mark schuldig gewesen. Wegen der Rückzahlung sei es in der Nacht zum Streit gekommen. Hierbei habe er sie in der Aufregung und Wut umgebracht.* Eine der fettgedruckten Zwischenüberschriften lautete *Der gesuchte Lustmörder?* Weiter hieß es:

Da die Berliner Kriminalpolizei in ihren Bekanntmachungen über die Leichenfunde am Engelbecken angegeben hatte, daß der Mörder sein Unwesen in der Nähe des Schlesischen Bahnhofs getrieben hatte, verbreitete sich gestern nacht bei der Verhaftung des Großmann im gesamten Stadtviertel das Gerücht, daß er der gesuchte Massenmörder vom Engelbecken wäre ... Vor dem Hause Lange Straße 88, in dem Großmann ermittelt wurde, bildete sich eine große Menschenmenge, die bald den Verkehr auf der Straße verminderte, so daß die Schutzpolizei genötigt war, die Massen zu zerstreuen.

Das *Berliner Tageblatt* vom 22. August 1921 war insgesamt etwas präziser und gab den Namen der Getöteten richtig wieder, wollte seine Leserinnen und Leser aber auch mit erfundenen Schauermärchen locken:

Von anderer Seite erfahren wir noch, daß das Mädchen wahrscheinlich den Erstickungstod erlitten hat, da der Verbrecher ihr eine Reibekeule tief in den Mund gestoßen hatte. Außerdem fand man an der Leiche einen langen Stirnschnitt, als ob die Ermordete skalpiert werden sollte. Bei der Durchsuchung der Wohnung fand man eine sehr große Geldsumme im Kohlenkasten. – Bei der Art des Verbrechens bleibt zu erwägen, ob Großmann nicht die Zerstückelung der zurzeit aufgefundenen Frauenleichen vorgenommen hat. Der Mörder kannte sehr viele Straßenmädchen aus der Gegend am Schlesischen Bahnhof und wird auch als widernatürlich bezeichnet.

Sogar die *Vossische Zeitung* vom 22. August 1921 erwies sich nicht als sehr seriös, gab sie doch den Namen des Opfers mit Emma Boretzky an, Schneiderin, 34 Jahre, wohnhaft Pappelallee 77.

Weiterhin war der Ausgabe zu entnehmen, daß man bei Karl Großmann 35 000 Mark gefunden hätte und daß der Händler auch verdächtigt würde, die Frida Schubert ermordet zu haben.

»Vielen Dank für den Hinweis«, sagte Werneburg. »Da wäre ich von alleine gar nicht drauf gekommen.«

Dr. Riemann kam aus der Langen Straße zurück, hatte mit einigen Nachbarn und Anwohnern gesprochen und nach Augenzeugen gesucht, die Großmann möglicherweise beim Beseitigen der Leichenteile beobachtet hatten, war aber nicht viel weitergekommen. Auch waren im Engelbecken, obwohl man es intensiv abgesucht hatte, keine weiteren Funde gemacht worden.

Nach der Mittagspause ließen sich die Kommissare Karl Großmann erneut ins Vernehmungszimmer bringen, um ihn in die Mangel zu nehmen.

Werneburg begann. »Mensch, Großmann, das mit dem Diebstahl der 300 Mark durch die Nitsche, das können Sie doch einem erzählen, der sich die Hose mit der Kneifzange anzieht. Das ist doch fingiert.«

Großmann starrte dumpf vor sich hin. »Ich weiß nicht, was Sie von mir wollen.«

»Sie haben das Geld, das auf dem Tisch gelegen hat, nachgezählt, als die Nitsche noch am Leben war?«

»Ja.«

»Und ihr später das Geld im Strumpf gelassen ...?«

Wieder gab sich Karl Großmann begriffsstutzig. »Wie: später?«

»Na, als Sie die Nitsche erschlagen hatten.«

»Das Geld im Strumpf belassen ...?« Großmann tat so, als hätte er den Sinn der Worte noch immer nicht erfaßt.

»Ich meine: nicht sofort wieder herausgezogen, als Sie sie getötet hatten, was ja nahegelegen hätte ...«

»Nein«, bekannte er schließlich.

Dr. Friesack, der das genau protokollierte, fand, daß sich Karl Großmann wie ein Schachspieler verhielt, der genau nachdachte, welche Folgen ein Zug am Anfang für die weitere Dauer der Partie haben würde.

Nun nahm Dr. Riemann den Faden auf. »Sie haben also die

Geldscheine, die von uns im Strumpf der Nitsche gefunden worden sind, nicht mehr selber angefaßt ...?«

»Nee. Höchstens als ick ihr beim Verkehr anjefaßt habe.«

»Da war aber der Strumpf dazwischen.«

»Ja.«

»Und der war so dick, daß da kein Blut durchkommt.«

»Weiß ich nicht.«

»Ich aber. Und ich kann es Ihnen sagen: Da kommt so schnell keine Flüssigkeit durch, das ist dichtes Gewebe.«

»Weiß ich nicht.«

Nun setzte Dr. Jiehnke an. »Also Großmann, jetzt sage ich Ihnen mal, wie es gewesen ist und wie nicht. Was Sie uns da aufgetischt haben, ist so nicht wahr, denn sowohl das von uns auf dem Tisch vorgefundene, in Papier eingewickelte Geld als auch das Geld, das wir im Strumpf der Nitsche entdeckt haben, weist Blutflecke auf. Warum? Weil Sie das auf dem Tisch liegende Papiergeld erst in den Strumpf der Nitsche gesteckt haben, nachdem Sie Ihre Beischläferin erschlagen beziehungsweise ihr den After aufgerissen, also Blut an den Händen hatten.«

»Nein, Herr Kommissar.«

»Doch, Herr Großmann. Und warum? Weil Sie uns einen Diebstahl vortäuschen wollen. Ohne Diebstahl würde es für Sie keinen Grund gegeben haben, so fürchterlich zornig auf die Nitsche zu werden und deshalb auf sie einzuschlagen. Sie brauchen den Diebstahl, um den nachfolgenden Totschlag zu konstruieren.«

Karl Großmann schüttelte den Kopf. »Det Aas hat mir beklaut, ick bleibe dabei.«

Nun ergriff Dr. Riemann das Wort. »Wie soll denn die Nitsche an das Geld gekommen sein?«

»Na, sie is an den Tisch jegangen und hat et ausjewickelt.«

»Das wollen Sie nicht gehört und nicht gesehen haben? Das ist doch Humbug, so groß ist doch Ihre Wohnküche nun weiß Gott nicht. Das hätten Sie doch unbedingt merken müssen, zumal Sie ja mißtrauisch waren, siehe Ihre anderen Wirtschafterinnen, die Sie ja alle bestohlen haben sollen, wie sie es selbst in der Wache Andreasstraße immer wieder gemeldet haben.«

Großmann grinste. »Sie wird es gemacht haben, als ich draußen uff der Toilette war.«

Schwupp, dachte Dr. Friesack, jetzt ist er doch noch in die Falle gegangen. »Kann ja gar nicht sein«, hielt er Großmann vor. »Die Nitsche konnte den Diebstahl ja gar nicht ausführen, während Sie auf der Toilette waren, denn zu dieser Zeit war sie ja schon lange gefesselt. Wie Sie uns selber geschildert haben.«

Karl Großmann blieb nichts weiter, als das mit gesenktem Kopf und beredtem Schweigen hinzunehmen.

Die nächste halbe Stunde verbrachten sie damit, die Frage zu klären, ob Großmann den After mit den Fingern oder mit dem Holzlöffel aufgerissen hatte, und Dr. Friesack mußte wiederum gegen seinen Brechreiz ankämpfen. »Leichenfest« zu sein, das war das eine, das hatte er im Krieg und seinen – wenn auch wenigen – bisherigen Dienstjahren ausreichend einüben können, aber sich die detaillierte Schilderung sadistischer Untaten anzuhören, das war etwas anderes, und es fiel ihm unendlich schwer. Er suchte sich von den Bildern zu lösen, die Großmann mit seinen Schilderungen evozierte, und schrieb schließlich mechanisch ins Protokoll:

Die Aufreißung hat Großmann offenbar erst vorgenommen, als er die N. mit der Reibekeule betäubt hatte, denn hätte er die Darmverletzung noch beim vollen Bewußtsein seines Opfers vorgenommen, so hätte die N. infolge des furchtbaren Schmerzes, den sie durch die Verletzung erlitt, derartig laut geschrien, daß die Hausbewohner schon früher aufmerksam geworden wären.

Werneburg ließ sich nun von Karl Großmann zum wiederholten Male schildern, wie die Begegnung mit der Nitsche abgelaufen war. Dies in der Hoffnung auf Ungereimtheiten und Widersprüche. Den ersten glaubte Werneburg schnell entdeckt zu haben. »Sie bleiben also dabei, Großmann, die Tat erst 20 bis 30 Minuten nach dem Eintreten in Ihre Wohnküche begangen zu haben?«

»Ja, ick hab' doch erst Kaffee für ihr kochen jemußt. Und, Sie werden das nicht so kennen, aber wer im Ofen Feuer machen will, der muß sich erst das Papier zusammensuchen, damit et brennt, Zeitungspapier. Und dit dann zerknüllen. Holz hab' ick noch klein jemacht. Det dauert, Sie. Denn hab' ick mir mit die Marie an'n Tisch jesetzt und Kaffee mit ihr jetrunken.«

»Nicht doch!« ging Dr. Anuschat dazwischen. »Ihr Nachbar, der Zeuge Mannheim Itzig, hat doch schon kurze Zeit, nachdem er Ihre Wohnküche verlassen hat, einen hellen Schrei und bald darauf dumpfe Schläge gehört.«

»Sie haben also die Tat unmittelbar nach Betreten Ihrer Wohnküche begangen«, suchte Werneburg den Händler festzunageln. Dieser Punkt war von zentraler Wichtigkeit, wollte man Karl Großmann den Tatvorsatz nachweisen, ihn also überführen, daß er die Nitsche schon mit der Absicht angesprochen hatte, sie umzubringen. Und Werneburg drückte das auch ganz drastisch aus: »Großmann, da ist nichts mit einer Tat im Affekt, da ist nichts mit bloßem Totschlag! Sie haben die Nitsche zum Zwecke der Abschlachtung in Ihre Wohnung mitgenommen.«

»Nein.«

»Doch! Ihnen ging es von Anfang an nur um die Befriedigung Ihres anomalen Geschlechtstriebes – und sexuelle Befriedigung finden Sie nur, wenn Sie dabei auch Blut sehen.«

Doch Großmann blieb dabei, nichts anderes im Sinn gehabt zu haben, als mit der Nitsche normal zu verkehren, und sie erst in seiner Wut, in die er nach Entdeckung des Diebstahls geraten sei, so arg zugerichtet zu haben.

Wieder legte Werneburg eine Pause ein und ließ Karl Großmann zurück in seine Zelle bringen. Inzwischen waren einige Informationen aufgelaufen. Die erst am gestrigen Tage neu aus dem Engelbecken gefischten Leichenteile waren obduziert worden. Der Kopf, die beiden Füße und der Beckenknochen gehörten, wie nun feststand, zu ein und derselben Person. Zudem hatten Beamte in Großmanns Wohnung ein Buch gefunden, in dem der Name der Eigentümerin vermerkt war: *Else Baumann*. Sie war von ihren Eltern, die einen Bauernhof in Mecklenburg besaßen, erst verstoßen und dann als vermißt gemeldet worden.

Obwohl es später Abend geworden war, ließ sich Werneburg Karl Großmann noch einmal vorführen und versuchte es mit einem Bluff.

»Draußen steht eine gewisse Else Baumann, die mit Ihnen einiges zu bereden hat. Soll ich sie hereinholen?«

»Ja, machen Sie det.«

Werneburg hatte Großmann unterschätzt. So erschöpft er auch war, derart leicht hereinlegen ließ er sich nicht. Zwar gab er zu, daß sich die Baumann als Wirtschafterin bei ihm aufgehalten hatte, mehr aber nicht. Auch Dr. Jiehnke hatte mit seinen Tricks keinen Erfolg.

»Großmann, wissen Sie, was über Sie in den Zeitungen steht? Da steht, daß Sie der *Massenmörder von SO 36* sind. 23 Mädchen sollen Sie ermordet haben ... Oder sind das noch zuwenig?«

»Ick weeß nich, wovon Sie reden. Außer die Nitsche hab' ick mir nischt vorzuwerfen. Und die is selba schuld, hätt' se mir doch nich beklauen sollen.«

Am 23. August 1921 wurde Dr. Friesack schon am Frühstückstisch mit Karl Großmann konfrontiert, denn seine Frau hatte nachts geträumt, bei ihm in der Wohnung gewesen zu sein. »Irgendwie hat er mich betäubt und zu sich verschleppt. Ich habe auf seiner Feldbettstelle gelegen, und er ist mit einem Messer auf mich zugekommen.« Schreiend war sie aufgefahren.

»Ich hätte dir gestern abend nicht alles so haarklein erzählen sollen«, fand er.

»Ach, weißt du, die ganze Stadt ist ja irgendwie süchtig, von Karl Großmann zu hören. Der süße Schauer. Die Lust an der Angst. Das Glück, ihm entkommen zu sein.«

»Nun ...« Er lachte. »Soweit wir wissen, hat er sich nur Sittendirnen der untersten Kategorie und total heruntergekommene Frauen in die Wohnung geholt. Die Damen der besseren Stände dürften wohl vor ihm absolut sicher gewesen sein.«

»Trotzdem. Für ganz Berlin gilt doch im Augenblick, was bei Shakespeare steht ...« Sie mußte kurz nachdenken, dann hatte sie's: »*A faint cold fear thrills through my veins.* Der Mensch braucht das.«

Als Dr. Friesack dann wie jeden Morgen mit der U-Bahn vom Rüdesheimer zum Alexanderplatz fuhr, schlug er, kaum daß er

Platz genommen hatte, seine Zeitung auf. Was gab es Neues? In Jena war der Parteitag der KPD eröffnet worden. Im besetzten Rheinland waren die Bürger, die die alte kaiserliche Reichsflagge Schwarz-Weiß-Rot an ihren Häusern gehißt hatten, von den französischen Militärbehörden zu 1000 Mark Strafe verdonnert worden. Im US-Bundesstaat Connecticut durften die Friseure ihren Kundinnen nur mit behördlicher Genehmigung einen Bubikopf frisieren.

»Sorgen haben die Leute«, sagte der ältere Herr, der neben ihm saß und mitgelesen hatte.

»Ja ...« Dr. Friesack hatte wenig Lust zu morgendlicher Konversation. Er suchte und fand im Inneren der Morgenausgabe des *Berliner Tageblattes* etwas über den Fall Großmann. Von *neuen Belastungsmomenten* war die Rede:

Die Durchsuchung, die die Kriminalpolizei gestern in der Wohnung des verhafteten Händlers Großmann vornahm, förderte noch sehr bemerkenswerte Funde zutage. In dem Wohn-, Schlaf- und Küchenraum, der vor Schmutz und Ungeziefer starrte, fand man unter einer Bettstatt in einer Schüssel mit Wasser einen blutigen Unterrock, in einer Ecke verschiedene Frauenstiefel und einen Muff. Man nimmt an, daß diese Dinge mit den früheren unaufgeklärten Verbrechen im Zusammenhang stehen. Daß Großmann als früherer Schlächter imstande war, Leichen zu zerstückeln, bedarf keiner Erwähnung. Die Lagerstatt in seinem Zimmer weist starke Blutdurchtränkungen von dem neuen Verbrechen auf.

Hingewiesen wurde auf die Laube, die Großmann in der Landsberger Allee gehabt haben sollte. Dr. Friesack wußte, daß da noch eine Menge Arbeit auf sie zukommen würde:

Für die weitere Aufklärung ist es sehr wichtig, daß sich bei der Kriminalpolizei alle die Personen melden, die mit Großmann bei seinen Handelsgeschäften in Berührung gekommen sind. Nur dann läßt sich auch feststellen, ob er schon Kleidungsstücke oder andere Sachen von etwaigen früheren Opfern verkauft hat.

Die diesbezüglichen Nachforschungen wurden Dr. Friesack übertragen, und mit dem Kriminalsekretär Krause machte er sich dann auf den Weg zum Schlesischen Bahnhof. Obwohl er alles andere als eine ordentliche Buchführung vorzuweisen hatte, waren in

Großmanns Papieren doch einige Namen gefunden worden. Die ersten Gespräche brachten nichts, dann aber zog Krause einen Zettel hervor, auf dem der Name Witzke vermerkt war: *Gustav Witzke, Geschäftslokal: Waldemarstraße 73, Wohnung: Lange Straße 88.*

Dr. Friesack wurde hellhörig. »Den kenne ich doch. Das ist einer jener kleinen Gauner, die wir nie so richtig zu fassen kriegen. Die leben in der Grauzone und machen gute Geschäfte: Kleinvieh macht auch Mist. Aber wenn der im selben Haus wie Großmann gelebt hat, dann ...«

Als Friesack Witzke auf diese Zusammenhänge ansprach, wurde der schnell zu einem »Schwitzke«, wie Krause später anmerken sollte.

»Aber mit dem Zickenkarl seine Morde hab' ick nischt zu tun, Herr Doktor«, beteuerte er immer wieder. »Det schwöre ick Ihnen.«

Dr. Friesack hatte keinerlei Skrupel, ein wenig zu bluffen. »Aber Sie haben doch Frauenkleidung von ihm gekauft – und da ist Ihnen nie der Gedanke gekommen, daß er deren Besitzerinnen vorher ...?«

»Nee.« Witzke gab sich treuherzig. »Mir hat er imma erzählt, det seine Wirtschafterinnen ihn beklaut haben. ›Justav, wieda fehl'n mir 'n paar Scheine!‹ Und zum Ausgleich dafür hat er dann 'n Teil von ihren Sachen einbehalten und vakooft.«

»Und das haben Sie geglaubt?«

»Ja, warum denn nich?«

Krause schüttelte den Kopf. »Weil Sie doch als sein Nachbar Schreie gehört haben müssen.«

»Gott, manche brauchen det eben bei die Liebe.«

Nein, Gustav Witzke ließ sich nicht festnageln, und Dr. Friesack wußte, daß sie keine Chance hatten, ihn wegen Beihilfe zu belangen. Er machte noch einen letzten Versuch. »Wir suchen noch dringend nach Zeuginnen, also nach Frauen, die bei Karl Großmann als sogenannte Wirtschafterinnen waren und ihm entkommen sind. Kennen Sie da jemanden?«

Witzke überlegte einen Augenblick und entschloß sich dann, guten Willen zu zeigen und einen Namen zu nennen. »Da is mir nur eine jewisse Grete Tschau erinnerlich. Die hat bei mir wat vakooft und 'ne neue Stellung jesucht. Da hab' ick ihr jesagt, det Großmann imma wieder mal wat sucht. Wie konnte ick denn ahnen, det er ...«

Krause notierte sich den Namen Grete Tschau; dann zogen sie weiter, ohne aber bei ihren nachfolgenden Gesprächen mehr Glück zu haben. Auch die Vernehmung Großmanns brachte keinerlei neue Erkenntnisse. Obwohl sich alle bei der Mordkommission einig waren, daß er aller Wahrscheinlichkeit nach zwei Dutzend Morde auf dem Gewissen hatte, blieb er dabei, nur die Tötung der Nitsche zuzugeben.

»Warum nur?« fragte Werneburg.

»Vielleicht nimmt er an, daß er nicht hingerichtet wird, wenn er nur einen Mord begangen hat«, war Dr. Jiehnkes Vermutung.

Dr. Friesack wurde rechtsphilosophisch. »Man müßte ihm einige Belohnungen in Aussicht stellen, wenn er weitere Taten zugibt.«

»Ja.« Werneburg wurde drastisch. »Daß man ihn nur teilweise köpft.«

Werneburg war sich sicher, daß man Karl Großmann zumindest die von seiner Kommission nachfolgend aufgelisteten Morde – darunter auch der zunächst ausgeschlossene Fall vom Nikolassee – zurechnen konnte:

1. Fall Lietzensee

Nach den vorliegenden Akten wurde am 5.5.19 im Lietzensee der Brustkorb einer Leiche gelandet. Das Fleisch war ringsum bis auf die Rippen abgeschält. Nach dem Befund war die Person weiblichen Geschlechts und 20–30 Jahre alt. Am 17.5. wurden der Kopf der Ermordeten, die Beckenknochen und einige Fleischteile am Bahnhof Jungfernheide aus der Spree gelandet. Der Fall ist in Charlottenburg bearbeitet worden ... Die ganze Art der Zerteilung der Leiche läßt auf die Tat Großmanns schließen.

2. Fall Nikolassee

Am 7.9.20 wurden im Jagen 76 in der Nähe der Kaiserbrücke (Station Nikolassee) in einer Schonung an der Kronprinzessin-Chaussee ... Leichenteile gefunden. Von den Knochenteilen war sämtlichst das Fleisch abgeschält. Der Kopf war durch Verkohlung unkenntlich gemacht worden. Wie bereits im Fall Lietzensee erwähnt, läßt die Abtrennung des Fleisches von den Knochenteilen darauf schließen, daß die Zerteilung von Großmann vorgenommen wurde.

3. Fall Schubert

Am 13.10.20, am 15.10.20 und am 18.10.20 wurden ... Knochenteile gefunden, die, wie die Ermittlungen des C. C. Lehnerdt ergaben, Teile der ermordeten Schubert waren.

In den beiden letzterwähnten Fällen hatten die Ermittlungen ergeben, daß eine Identität der Täterschaft vorliegen müsse. Die Tat mußte in beiden Fällen in einem abgeschlossenen Raume (Wohnung, Keller, Waschküche, Schuppen etc.) ausgeführt sein. Der Tatort war vermutlich die Gegend des Schlesischen Bahnhofs ... Von der Schubert war erwiesen, daß sie am Schlesischen Bahnhof strichen ging.

Dies alles bewog Werneburg, Karl Großmann am Nachmittag noch einmal gehörig in die Mangel zu nehmen.

»Großmann, Sie können sich denken, warum wir Sie so dringend sprechen wollen?«

»Fehlt Ihnen jemand zum Skat?«

Das war ebenso schlagfertig wie unverschämt, und die Beamten der Mordkommission waren so verblüfft, daß sie ein wenig aus dem Konzept kamen. So ließ die nächste Frage einige Sekunden auf sich warten. Dr. Friesack stellte sie schließlich.

»Sind Sie eigentlich Angler, Großmann?«

»Wieso?«

»Weil Sie so gerne zum Nikolassee rausfahren.«

»Weeß ick nich, wo det sein sollte.«

»Aber die Spree kennen Sie doch ...?«

»Ick bin Nichtschwimmer, wenn Sie det meinen.«

»Wann waren Sie denn zum letzten Mal in der Jungfernheide draußen?«

»Kenn' ick nich. Ick bin aus Neuruppin und nich aus Berlin.«

»Da gibt es doch auch einen schönen See. Hat man da auch alles ins Wasser geworfen, was man loswerden wollte?«

»Det is mir nich mehr erinnerlich.«

»Wollten Sie die sterblichen Überreste der Maria Nitsche auch wieder ins Engelbecken werfen?«

»Ick kann mir an überhaupt nischt mehr erinnern!« schrie Karl Großmann, kippte seitlich vom Stuhl und schlug, am Boden liegend, mit beiden Fäusten gegen einen Aktenschrank. »Ja, ick hab' se alle umjebracht: die Kaiserin von Frankreich, die Rosa Luxemburg, alle!« Dann schlug er um sich, trat, biß und bespuckte die Beamten. Nachher wollte er ihnen klarmachen, daß er die Nitsche in geistiger Umnachtung umgebracht habe.

EINUNDZWANZIG

24. bis 27. August 1921

Die Völker der Welt blickten an diesem Mittwoch, dem 24. August 1921, durchaus nicht nach Berlin, um die Taten des Massen- und Lustmörders Karl Großmann zu verfolgen, sie hatten anderes zu tun – und anderswo gab es weitaus mehr Tote zu registrieren. So zum Beispiel viele tausend im Verlauf der Schlacht am Fluß Sakarya, wo türkische Truppen das griechische Heer zurückschlugen, und genau 41 beim Absturz des britischen Luftschiffes ZR 2 bei Hull.

In Berlin aber war Karl Großmann weiterhin das Gesprächsthema Nummer eins, und die Mordkommission Werneburg-Riemann setzte auch an diesem Tage alles daran, ihn dahin zu bringen, mehr als den Mord an der Köchin Maria Nitsche zu gestehen, wurde doch überall kolportiert, er habe seit 1914 mehr als 100 Frauen und Mädchen getötet und zerstückelt, womöglich gar zu Würstchen verarbeitet.

Der Dienst begann an diesem Morgen mit einem Bericht von Prof. Strauch. Er teilte – zunächst mündlich – mit, was die von ihm vorgenommene Untersuchung der in Großmanns Ofen vorgefundenen Asche ergeben hatte.

»Danach steht fest, daß Großmann außer der Nitsche noch mindestens eine andere Frauensperson umgebracht hat, da wir in der Asche Handknochen vorgefunden haben, die mit Sicherheit nicht zu ihr gehören.«

»Wußten wir's doch!« riefen die anwesenden Kriminalbeamten wie aus einem Munde. Das Ergebnis war ein gewaltiger Ansporn für sie, Karl Großmann zum Sprechen zu bringen.

Wenig später hielten sie das Gutachten der Staatlichen Nahrungsmittel-Untersuchungsanstalt in den Händen, erstellt von Dr. Bames und Dr. Griebel. Werneburg überflog es und faßte für die Kollegen das Wesentliche zusammen: »An Großmanns beiden Messern wurden geringe Mengen Blut festgestellt, das sich als Menschenblut erwies. Auf seiner Holzbank, seiner sogenannten Wasserbank, konnten zahllose von scharfen Messerschnitten herrührende Einschnitte festgestellt werden, deren Lage darauf schließen läßt, daß auf der Bank Fleischteile mit Hilfe von Messern zerkleinert worden sind. Hierauf deutet auch die vollständige Durchdringung des Holzes mit Fett hin. Bei genauerer Untersuchung der Bank fand Dr. Bames in den Einfügungsstellen der Beine sowie in Ritzen und Spalten zahlreiche kleine Teilchen, die vorwiegend aus Fett- und Bindegewebe bestanden. Die biologische Reaktion läßt erkennen, daß die Teilchen von menschlichen Körpern herrühren. Außerdem waren an den Beinen der Bank vereinzelte kleine Bluttröpfchen vorhanden, die aus Menschenblut bestanden. Die in der Wohnung Großmanns vorgefundenen Kleidungsstücke – ein Unterrock, eine weiße Bluse und andere – wiesen ebenfalls Menschenblut auf. Außerdem konnte menschliches Blut nachgewiesen werden auf dem Läufer und an einem Sack, der offensichtlich zum Transport der Leichenteile gebraucht worden ist.«

Kaum hatte er geendet, da klopfte einer der Kriminalsekretäre an, trat ein und berichtete, daß geradezu scharenweise Frauen und Mädchen erschienen wären, um zu Protokoll zu geben, was sie mit Großmann erlebt hatten. Die Stenotypistinnen kämen gar nicht so schnell mit dem Tippen hinterher. Am Ende sollten sie 16 umfangreiche Aussagen beisammen haben. Fast alle waren sie deckungsgleich. Dr. Friesack war dabei, als eine gewisse Emma Boritzki aus der Prinzenallee 25 in Berlin-Friedrichsfelde ihre Erlebnisse mit Großmann schilderte. Sie war insofern eine besonders interessante Zeugin, als die Zeitungen sie anfangs als Opfer angegeben hatten – als Emma Boretzky bzw. Poretzky, Schneiderin, 34 Jahre, wohnhaft Pappelallee 77.

»Ja, wenn et die Verwechslung nich jegeben hätte, wäre ick ooch schon tot«, erklärte sie den Beamten mit einer Logik, die sich Dr. Friesack nicht so ganz erschließen wollte. Wie er überhaupt manches nicht verstand. Vor allem, wie ein Mann auf den Gedanken kommen konnte, mit dieser Frau geschlechtlich verkehren zu wollen. »Da vergeht einem ja jede Lust, wenn man die sieht«, sollte er nachher zu Dr. Jiehnke sagen. »Da würde ich mich doch lieber kastrieren lassen, als mit der ins Bett zu steigen.« Klein und gedrungen war die Boretzki, hatte Dackelbeine, eine breitgedrückte Nase und ein pockennarbiges Gesicht. Ihr Kleid hätte in den Lumpensack gehört – und sie selber in die Badewanne. Aber für Karl Großmann mußte sie attraktiv gewesen sein. Sie war eben Teil seiner Welt, und offensichtlich hatte er an die Frauen der höheren Stände nicht einmal zu denken gewagt.

Die Boritzki erzählte, wie Großmann sie betäubt, gefesselt und mißhandelt hatte. »Und wenn ick nich hätte fliehen können, dann hätta ooch Hackfleisch aus mir jemacht.«

»Aber als Großmann Sie auf dem Andreasplatz angesprochen hat, da haben Sie keine Bedenken gehabt?« fragte Dr. Friesack.

»Nee. Die alten Knacker wie der, det sind die besten Freier. Wenn et bei die noch mal klappt, sind se selig und legen noch 'n Scheinchen druff.«

»Geekelt haben Sie sich nicht?«

»Mann, Sie sind jut. Wenn ick mir det aussuchen könnte, würde ick ooch lieber mit eenem Herrn Direktor in't Adlon jeh'n. Aba eene wie ick, die muß bei't Strichen nehm', wat jrade kommt – und wenn et eena wie Großmann is. Friß Vogel – oder stirb.«

Dr. Friesack dankte seinem Schöpfer dafür, daß er in eine andere Welt hineingeboren worden war und nicht am Schlesischen Bahnhof leben mußte.

Doch auch Karl Großmann hatte ja nicht nur in dieser Gegend gelebt, sondern auch in seiner Laube in der Kolonie Alt-Landsberg. Am heutigen Vormittag nun wollte man vom Alexanderplatz hinaus zur Landsberger Chaussee fahren, um zu sehen, ob man Karl Großmann hier mehr entlocken konnte als im Präsidium. Doch der schlug wild um sich, als man ihn auf den Hof hinunterführen wollte, wo schon zwei Kraftwagen mit laufendem Motor auf ihn und die Beamten warteten.

»Ick will da nich mehr hin!« schrie Großmann. »Nur üba meine Leiche!«

Werneburg stieß ihn vorwärts. »Es wird nicht Ihre Leiche sein, Großmann, die wir dort finden werden.«

»Et geht um die Leute da. Die haben mir jezwungen, meine Laube zu vakoofen. Weil sie meine Karnickel zu sehr gestunken haben. Reine Schikane war det, Herr Kommissar.«

Aber sosehr er sich auch sträubte, man schleppte ihn nach unten und verfrachtete ihn in eines der Autos. Weit war es nicht, denn die Landsberger Allee ging ja gleich vom Alex ab, und hinter dem Bahnhof der Ringbahn trug sie dann den Namen Chaussee. In einer Viertelstunde waren sie am Ziel.

Dr. Riemann war schon einige Zeit vor Ort, um die Parzelle mit anderen Beamten Quadratmeter für Quadratmeter umzugraben.

»Na?« fragte Werneburg voller Spannung – in der Mordkommission ging man bisher davon aus, daß Großmann einen Teil seiner Opfer hier vergraben hatte. Doch zu Werneburgs großer Enttäuschung sagte der Kollege Dr. Riemann nur: »Nichts, absolut nichts.« Um dann Sekunden später, als er seinen Spaten noch einmal in den hellgelben märkischen Sand gestochen hatte, aufzuschreien: »Doch, hier ist was!«

Dr. Friesack fand es zwar makaber und zynisch – und dennoch freute er sich, daß sie offenbar endlich einen Leichnam gefunden hatten, eingehüllt in grünes Segeltuch. »Da, Blutflecke ...!« Doch groß war ihre Enttäuschung, als sie einige Spatenstiche später feststellen mußten, daß in Großmanns Gemüsebeet nur eine leere Tasche lag.

Werneburg hielt sie hoch und wandte sich an Großmann. »Kennen Sie die?«

»Nee, die muß einer von meinen Vorgängern hier verbuddelt haben. Nu schieben Sie mir mal nicht allet in die Schuhe. Vielleicht hab' ick ooch noch den da in Sarajevo erschossen.«

»Det Schwein lügt doch wie jedruckt!« schrie daraufhin einer der vielen Laubenpieper, die sich am Zaun versammelt hatten und Dr. Riemann und seine Leute schon seit geraumer Zeit beobachteten. »Det is der Schliemann mit seine Ausgrabungen«, hatte er vorhin gelästert. Aber nun wurde er ernsthaft. »Det is doch die Tasche von die Schubert, die Frida. Det is eene von die Frauen, die det Schwein hier jehabt hat. Imma haben die jeschrien, aba keena hat da wat jegen jemacht.«

Die Bewohner der Laubenkolonie Alt-Landsberg bestürmten die Kommissare nun geradezu mit ihren Aussagen; und es stellte sich heraus, daß Karl Großmann wegen seines Treibens in der ganzen Gegend berüchtigt und verhaßt war. Mehrere Male habe er Schulmädchen in seine Laube gelockt, ihnen Schokolade geschenkt und sich sittlich an ihnen vergangen.

»Den alten Lüstling, den sollten Se gleich mal 'n Kopp kürzer machen!« schrie eine Rentnerin und machte auch gleich vor, wie sie sich das vorstellte, indem sie nämlich mit ihrem Messer den oberen Teil ihrer hochgehaltenen Salatgurke abschlug. »Aber bei der Justiz, da schläft ja alles. Ich kann gar nicht zählen, wie oft wir schon die Polizei geholt haben, als Großmann seine Weiber bei sich hatte. Immer diese Schreie!«

Auch Dr. Friesack konnte es nicht fassen, daß so lange nichts geschehen war. Und wenn der Itzig am 21. August nicht zur Andreaswache gelaufen wäre, dann wäre Karl Großmann weiterhin am Werk gewesen ... »Was unsere Wachtmeister nicht sehen wollen, das sehen sie auch nicht«, sagte Dr. Friesack zu Ludwig Werneburg. »Die Frage ist nur, warum sie es nicht sehen wollen ...«

»Weil in vielen von ihnen ein Großmann steckt«, war Werneburgs Antwort. »Er hat das stellvertretend für diese Herren gemacht.«

Dr. Friesack ging diese Deutung dann doch zu weit. »So einer wie Großmann, da kommt doch einer auf 100 Millionen. So schlecht ist die Menschheit ja nun auch wieder nicht.«

»Na schön.« Werneburg lenkte ein. »Sagen wir mal: Auf einen Teufel wie Großmann kommt auch ein Heiliger.«

Damit stiegen sie wieder in ihre Kraftwagen, um ins Leichenschauhaus in der Hannoverschen Straße zu fahren. »Wo man schon mal unterwegs ist«, meinte Dr. Riemann.

Auf einem der Seziertische lag der Leichnam der Köchin Maria

Nitsche, und Karl Großmann wurde nun von Kommissar Werneburg gebeten, ihnen vorzuführen, was er mit der Toten angestellt hatte. Der Gerichtsmediziner hatte zu diesem Zweck einen hölzernen Kochlöffel, einen Kartoffelquetscher und ein Handtuch mitgebracht.

»Wenn Ihnen damit jedient is«, sagte Karl Großmann ungerührt und machte sich ans Werk. Inzwischen war auch der Staatsanwalt hinzugekommen.

»Ich muß mal raus«, sagte Dr. Friesack. Wieder war er nahe daran, sich zu übergeben. Er fand dieses Procedere höchst widerlich, auch wenn es vom Gesetz vorgeschrieben war und der Wahrheitsfindung diente. Tief in seinem Inneren war er dafür, Lustmörder à la Karl Großmann auf der Stelle standrechtlich zu erschießen. Wozu hinterher noch ewig im Schmutz herumwühlen?! Als Friesack sich so weit gefangen hatte, daß er dieser ganz speziellen Gegenüberstellung – Täter versus totes Opfer – wieder beiwohnen konnte, war Ludwig Werneburg gerade dabei, Karl Großmann gehörig unter Druck zu setzen. Dieser sollte endlich etwas zu seinen »Aufwallungen«, wie sie das auf der Wache nannten, sagen. Der Kommissar war überzeugt davon, daß Großmann seine Handlungen nur zur Befriedigung seines anomalen Geschlechtstriebes ausgeführt hatte.

»Großmann, nun mal zur Sache. Vorher ist bei Ihnen nichts steif geworden, als sie aber mit der Nitsche so verfahren sind, wie Sie es uns eben demonstriert haben, da haben Sie ihn endlich hochgekriegt.«

»Det kann ja bei Sie der Fall sein, Herr Kommissar, aba nich bei mir. Ick wollte die Nitsche nur untersuchen, wat sie hatte, weil et nich richtig geklappt hat bei ihr, und warum se imma Schmerzen hatte, wenn ick ihr jefickt habe. Da mußte doch wat dagegen tun, Karl, hab' ick bei mir jedacht, du mußt die doch helfen, die lebt doch schließlich von ihre Votze.«

Dr. Friesack war allergisch gegen diesen Jargon der Gosse und hätte sich am liebsten die Ohren zugehalten. Einfach widerlich! Wenn er etwas haßte, dann waren es primitive Menschen. Und dieser Karl Großmann war so primitiv, wie es nicht mal die Neandertaler gewesen waren. Selbst die hätten ihn als Schandfleck gesehen.

Werneburg war da erheblich hartgesottener. »Also, jetzt mal unter Männern, Großmann: So richtig gekommen ist es Ihnen doch erst, wenn Sie Blut gesehen haben ...«

»Blut, nee. Ick bin jelernter Schlächter, Herr Kommissar, und ick hab' so viel Blut in meinem Leben jeseh'n, det ich dabei bestimmt nischt mehr fühle.«

»Klar, aber wenn Sie sich in einem bestimmten Erregungszustand befinden«, fügte Dr. Anuschat hinzu. »Im Rausch, dann ...«

»Im Rausch bin ick nur, wenn ick mir besaufen tu.« Großmann ließ sich nicht ins Bockshorn jagen. »Soll ick's Ihnen noch schriftlich geben: Ick bin keen Lustmörder, wie Sie det nennen, ick bin auch keen normaler Mörder, denn det einzige, wat ick jemacht habe, is'n Totschlag. Höchstens. Wie mir die Grete, äh: die Marie in Rage gebracht hat, dadurch weil sie mir beklaut hat. Aba da krieg' ick mildernde Umstände für. Det vasteht wohl jeder, det ick mir det nicht jefallen lasse. Ick hab' mein Jeld schwer jenug verdient. Jehn Sie mal hausieren oder vakoofen heiße Würstchen am Schlesischen. Ne Viehcherei ist det, und denn kommt so 'ne blöde Schlammvotze und klaut einem allet. Die is doch selba schuld an allet.« Und er setzte an, um der Toten die Reibekeule auf den Kopf zu schlagen. Dr. Jiehnke konnte ihn gerade noch zurückreißen. Großmann fuhr ihn an: »Hände weg, du Nappsülze! Entweder ick soll euch nu zeigen, wie't war oda ick soll et nich. Wenn aba, dann müßta mir ooch lassen.«

Sie beschlossen, Karl Großmann wieder ins Präsidium zu bringen und für den Rest des Tages in seine Zelle zu sperren. »Käfig«, sagte Dr. Friesack, »nicht Zelle, denn der ist doch mehr ein Tier als ein Mensch.«

»Gott hat ihn als Menschen geschaffen«, sagte Dr. Jiehnke, der gerne Shakespeare-Stücke sah. »Also laßt ihn als solchen gelten.«

Sie machten sich nun daran, sich den Zeugen zuzuwenden, die inzwischen im Wartezimmer Platz genommen hatten. Der erste, der Dr. Friesack zufiel, arbeitete in einer Kohlenhandlung in der Manteuffelstraße und hatte am Luisenstädtischen Kanal einen

Mann beobachtet, offensichtlich Karl Großmann. » ... wie der wat ins Wasser geworfen hat, so'n jroßet Paket. Aus 'ner grünen Tasche hat er et jezogen. Und dann rin.« – Warum er denn nicht sofort Anzeige erstattet habe? – Erstens habe er auf der anderen Seite des Kanals gestanden und zum zweiten ja nicht ahnen können, daß es sich um Leichenteile gehandelt habe, schließlich sei er kein Hellseher. »Aber daß et der Großmann jewesen is, das kann ich beschwören.«

»Danke«, sagte Dr. Friesack. Das Gericht freute sich immer über solche Beobachtungen. »Und wann haben Sie gesehen, was Sie gesehen haben?«

Der Kohlenarbeiter mußte nicht lange überlegen. »Det is am Sonntag jewesen.«

»An welchem Sonntag bitte?«

»Na, am 14. August.« Das wußte er so genau, weil er an diesem Tag 44 Jahre alt geworden war.

Nun war Dr. Friesacks Dank wirklich echt, denn die Nitsche war am 21. August ermordet worden, genau eine Woche später, also mußte Karl Großmann im August mindestens noch eine weitere Tat begangen haben.

Der nächste Zeuge, der ihm gegenübersaß, war der Zapfer Wilhelm Deutschel, der sich erinnern konnte, wie Karl Großmann ihm in angetrunkenem Zustand erzählt habe, er »ruiniere die Weiber«, die zu ihm kämen, vollkommen und habe dazu Instrumente, mit denen er dies im Unterleib ausführe. Besonders arbeite er mit Quirl und Löffel.

»Und da sind Sie nicht zur Polizei gegangen ...?«

»Herr Kommissar, was meinen Sie, was mir die Leute im Suff so alles erzählen?! Und dann: Eine Kneipe, wo bekannt wird, daß der Wirt sofort zur Polente rennt, die kann gleich zumachen.«

Auch der Zeugin Martha Henning gegenüber hatte Karl Großmann geäußert, er gebrauche die Mädchen, die zu ihm kämen, »mit dem Quirl und in der Blase«. Noch hanebüchener aber fand Dr. Friesack das, was die Zeugin Franziska Mückenheim, geb. Urbankiewicz, aus der Koppenstraße der Stenotypistin in den Block diktierte; Großmann sollte zu ihr im Mai 1921 wörtlich gesagt haben: »Ich arbeite nicht, morde nur die Leute und nehme ihnen das Geld weg. Ich bin Schlächter von Beruf, schlachte aber kein Vieh, sondern nur Frauen. Ich schneide sie in Stücke und verbrenne die Stücke. Den Pferden steche ich die Augen aus, den Hunden schneide ich die Augen mit einem Messer aus, und die kleinen Kinder schlage ich mit einem Stein tot.«

»Und da haben Sie nichts unternommen?«

»War doch klar, daß der im Koppe nich ganz richtig war und nur rumjesponnen hat.«

Dr. Friesack konnte es nicht fassen. »Sie müssen doch von den Leichenfunden im Engelbecken gelesen oder wenigstens gehört haben und da einen möglichen Zusammenhang mit Großmann gesehen haben ...«

»Hab' ick nich. Wer denkt denn an so wat. Hinterher is man imma klüger, klar ...«

Der nächste Besucher, der zu Dr. Friesack ins Zimmer geführt wurde, war ein junger Mann, dem er vor kurzem schon einmal begegnet war – ah ja, dieser Student und angehende Journalist aus Breslau, der auf der Suche nach seiner verschollenen früheren Braut war. Er hatte ihn hergebeten, um ihm von Witzkes Aussage zu berichten.

»Friedrich Zetzscha ...«

»Ja, ich erinnere mich. Nehmen Sie doch bitte Platz, Herr Zetzscha.«

»Danke. Ich habe mich gar nicht hergetraut ... aus Angst, Sie wollen mir sagen, daß meine Braut, daß die Grete Tschau auch auf der Liste der Opfer zu finden ist.«

»Nein, ist sie nicht. Ich muß Ihnen allerdings leider mitteilen, daß Großmann nach Aussage eines Nachbarn offenbar schon einmal Kontakt zu ihr aufgenommen hat. Doch das heißt ja noch nichts! Bis jetzt kennen wir nur ein Opfer: die Maria Nitsche, die Köchin. Sie werden das aus den Zeitungen wissen.«

»Dann kann ich trotz allem noch hoffen?«

»Ja, das können Sie, Herr Zetzscha.«

Als Dr. Friesack am Morgen des 25. August 1921 ins Polizeipräsidium kam, war er ziemlich übermüdet. Es war eine schreckliche Nacht gewesen. Als sie zu Bett gegangen waren, hatte sich seine Frau an ihn gekuschelt und geliebt werden wollen, doch er war dazu nicht imstande gewesen. Jede Lust am Geschlechtsverkehr war ihm vergangen, und er schaffte es nicht, Margarete intim zu berühren. »Es geht nicht, ich muß immer an Großmann und seine Frauen denken ...«

Und noch immer kamen Mädchen zum Alexanderplatz, um der Mordkommission zu schildern, was ihnen Karl Großmann angetan hatte. Man notierte sich alles. Die Bilder glichen sich:

Im Mai 1921 holte er die Sittendirne Elisabeth Schillinger in seine Wohnung. Als sie sich entkleidet und er sich zu ihr gelegt hatte, preßte er sie an sich, so daß sie sich nicht wehren konnte, und fuhr ihr nach einem von seiner Seite vergeblichen Versuch, in erregter Weise den Beischlaf zu vollziehen, mit mehreren Fingern seiner rechten Hand tief in den Mund, so daß sie keine Luft bekommen konnte. Nach heftigem Kampf gelang es ihr, sich so weit frei zu machen, daß sie etwas Luft holen und um Hilfe rufen konnte. Großmann ließ sie darauf gehen.

Im Mai 1921 hatte er auf einige Tage die Schnitterin Elisabeth Pursche in seine Wohnung genommen, nachdem er sie im Wartesaale des Schlesischen Bahnhofs angesprochen hatte. Zunächst verkehrte er geschlechtlich mit ihr in normaler Weise, nach einiger Zeit versuchte er, auch bei ihr mit der Hand in die Scheide einzudringen, wollte ihr einmal auch einen Bleistift in die Geschlechtsteile einführen. Die Pursche ließ dies aber nicht zu. Eines Tages gelang es ihm jedoch, seine Hand tief in den Geschlechtsteil der Pursche hineinzubringen, so daß sie laut aufschrie. Sie hatte noch tagelang heftige Schmerzen. Als die Pursche ihn fragte, weshalb er es tue, erklärte er: Ich muß das haben, ich will sehen, wie du gebaut bist.

Die Sittendirne Grete Styczynski brachte er im Mai 1921 in seine Behausung. Nachdem sich beide entkleidet hatten, legten sie sich ins Bett. Großmann war so erregt, daß er zitterte und kaum sprechen konnte. Plötzlich faßte er sie um und kniff ihr heftig in die

Brüste, so daß sie starke Schmerzen und tagelang blaue Flecken hatte. Dann versuchte er mit der ganzen Hand in den Geschlechtsteil des Mädchens einzudringen. Als sie wegen der hierdurch verursachten Schmerzen laut aufschrie, ließ er davon ab und führte seinen Geschlechtsteil bei ihr ein, ohne jedoch trotz längeren Bemühens Samenerguß zu haben. Hierauf steckte er ihr plötzlich zwei Finger so tief in den Mund, daß sie heftige Schmerzen verspürte und keine Luft bekommen konnte. Als sie ihn hierauf von sich stieß, schlug er sie mit der Faust heftig auf Brust und Rücken. Auf ihre Hilferufe kamen Hausbewohner an die Nebentür, worauf er von ihr abließ.

Die unverehelichte Lucie Alt, die bereits im Jahre 1918 normalen Geschlechtsverkehr mit Großmann gehabt hatte, suchte ihn im Sommer 1921 in seiner Wohnung auf. Auf sein Verlangen zog sie sich nackend aus und ließ sich die Hände auf dem Rücken zusammenbinden, da Großmann angab, sie so besser befriedigen zu können. Er begann dann, seinen Geschlechtsteil einzuführen, griff ihr dann aber plötzlich mit der rechten Hand in den Mund und stieß seine Finger tief in den Kehlkopf, so daß dort an zwei Stellen blutige Verletzungen entstanden.

Die Sittendirne Margarete Knop, die er bereits 1918 kennengelernt hatte, forderte er im Sommer 1921 auf, mit ihm zu gehen, und versprach ihr 250 Mark, wenn sie sich fesseln und von ihm in die Hand schneiden ließe: Er müsse Blut sehen. Damals ging die Zeugin nicht darauf ein. Im August 1921 ging der Angeschuldigte mit der Zeugin, die ihn zunächst nicht wiedererkannte, in deren Wohnung zum Zwecke des Geschlechtsverkehrs. In der Wohnung erklärte er dann, er wolle nicht geschlechtlich verkehren, faßte sie plötzlich und würgte sie, indem er mit der linken Hand den Hals von hinten und mit der rechten an ihre Gurgel faßte. Kurz zuvor hatte er die Zeugin gefragt: »Soll ich dich mal würgen?« Als sie ihrerseits fragte: »Hast du was davon?«, erwiderte er: »Eine ganze Masse!«

Im Juli 1921 ging Großmann mit der Sittendirne Hulda Seifert in deren in der Markusstraße 3 gelegenen Wohnung zwecks Geschlechtsverkehrs. Der Geschlechtsverkehr fand in regelmäßiger

Weise statt. Gleich drauf griff Großmann der Zeugin an den Hals und würgte sie längere Zeit so stark, daß sie keine Luft bekam und bereits ganz blau im Gesicht wurde. Durch das zufällige Hinzukommen einer Freundin wurde Großmann bestimmt, sie loszulassen, und flüchtete.

Im Juli 1921 wollte er mit der damals sich bei ihm aufhaltenden Frida Thomas geschlechtlich verkehren, mit der er schon vorher wiederholt in normaler Weise Geschlechtsverkehr gehabt hatte. Die Thomas lehnte es ab, da sie ihre Regel hatte. Als die Thomas gleich darauf Urin ließ, trank er diesen mit Blut gemischten Urin aus und stellte den leeren Topf wieder unter das Bett.

Im Juli machte Großmann auf dem Andreasplatz die Bekanntschaft der Gertrud Haag. Gemeinsam mit der mit ihm auf demselben Korridor wohnenden Familie Itzig machte er mit der Haag einen Ausflug nach Treptow und ging dann abends mit ihr in seine Wohnung. Nachdem sie dort gegessen und Kaffee getrunken hatte, verfiel sie in einen betäubungsähnlichen Zustand. Als sie am Morgen aus ihrer Betäubung erwachte, lag sie völlig entkleidet auf der im Zimmer stehenden Feldbettstelle, ihre Hände waren auf den Rücken gefesselt und die Beine waren in weitgespreizter Stellung mit einer Schnur am Bettpfosten befestigt. Sie hatte beim Erwachen heftige Schmerzen am Geschlechtsteil und sah auf einer neben dem Bett stehenden Holzbank einen Blechlöffel, ein großes Messer und einen Federhalter liegen. Die Schmerzen dauerten mehrere Tage. Unter der Angabe, den Mülleimer auf den Hof tragen zu wollen, ist die Zeugin geflüchtet.

Anfang August 1921 holte er vom Andreasplatz die Emma Boritzki in seine Wohnung. Nachdem er Kaffee gemacht hatte, bot er ihr, der Zeugin, zum Trinken an; sie lehnte jedoch ab, weil sie bemerkt zu haben glaubte, daß er kurz vorher eine feste Masse, die er von einem Regal herunternahm, in den Kaffee hineingetan hatte. Großmann strich ihr hierauf mit der Hand über das Gesicht, als ob er sie streicheln wollte. Die Zeugin hatte das Gefühl, als ob sie infolge eines Geruchs, den sie empfand, schwindelig wurde, jedenfalls behauptet sie, infolgedessen in der nächsten Zeit in einem willenlosen Zustande gewesen zu sein. Großmann riß ihr darauf die

Kleider herunter, bis sie nackt war, legte ihr die Hände auf den Rücken und band sie mit einer starken Schnur zusammen. Er warf sie dann ins Bett und legte sich zu ihr. Hierbei zitterte er, atmete schwer und befriedigte sich selbst durch Onanieren, ohne die Zeugin geschlechtlich zu gebrauchen. Er wurde dann ruhiger und band die Zeugin wieder los. Hierauf steckte er seine ganze rechte Hand tief in die Geschlechtsteile der Zeugin, während er mit der linken Hand gegen ihren Unterleib drückte. Nachdem er die Hand im Innern mehrere Male herumgedreht hatte, zog er sie heraus, hielt sie gegen das Licht, und, nachdem er bemerkt hatte, daß sie blutig war, leckte er das Blut von den Fingern ab. – Großmann strich der Zeugin dann wieder mit der Hand über das Gesicht, und sie glaubte abermals, einen starken Geruch zu verspüren, der sie besinnungslos machte. – Als sie nach einiger Zeit zu sich kam, bemerkte sie, daß ihre Hände wieder auf dem Rücken zusammengebunden und daß die Beine in der Gegend der Knie an dem Bett angebunden waren. Großmann hantierte an der Kochmaschine herum, machte Wasser heiß und schien erfolglos etwas zu suchen. Durch Aneinanderreiben der Hände und Reiben der die Beine fesselnden Schnüre gelang es der Zeugin, ihre Fesseln zu lockern. Schnell, ohne daß Großmann es hindern konnte, raffte die Zeugin ihre Sachen zusammen und flüchtete unbekleidet aus der Wohnung.

Nur noch wenige Zeuginnen und Zeugen brachten Werneburg und seine Männer wirklich weiter.

Da war zunächst die 26jährige Martha Baltzer aus Jüterbog, die man aus einem Frauengefängnis zum Alexanderplatz brachte. Sie war schon im Oktober 1920 nach dem spurlosen Verschwinden ihrer Freundin Frida Schubert zur Polizei gegangen und hatte Karl Großmann verdächtigt: »Er hat zu mir gesagt, ich soll nur ruhig sein, sonst würde er noch ganz was anderes mit mir machen.« Kurz danach erschien auch ein früherer Geliebter der Schubert, der Töpfermeister Otto Tannenbaum, im Zimmer 35 und wiederholte das, was er schon vor einem knappen Jahr an anderer Stelle zu Protokoll gegeben hatte, daß er nämlich am 2. Oktober 1920 Karl Großmann und die Schubert in der Markthalle am Andreasplatz gesehen haben wollte. »Sie haben janz eng beieinander gestanden und wat jeflüstert. Und jetzt, als ick det Bild von ihm in'ne Zeitung jesehen habe, hab' ick den Großmann wiedererkannt.« Schließlich berichteten mehrere Bewohnerinnen der Langen und der Koppenstraße, daß die Schubert acht Tage vor ihrem Verschwinden als Wirtschafterin bei Großmann gewesen sei und man die beiden mehrmals in der Volksspeisehalle in der Andreasstraße gesehen habe. »Er hat sie auch Ohrfeigen jegeben, und einmal issa mit'm Messa uff ihr losjegangen.«

Bei den Fragen nach weiteren Wirtschafterinnen Großmanns fielen mehrfach die Namen Melanie Sommer und die »Schwarze Anna«. Dr. Friesack diktierte einer der Stenotypistinnen später in den Block:

In der Volksspeisehalle hat Großmann im Dezember 1920 auch die Melanie Sommer kennengelernt. Sie saß traurig am Mittagstisch und sah den anderen beim Essen zu, hatte aber selber kein Geld, sich etwas zu bestellen. In dieser Verfassung trat Großmann zu ihr an den Tisch, zeigte ihr das Geld in seiner Brieftasche und fragte sie, ob sie »Freud und Leid mit ihm teilen« wolle. Die Sommer schüttelte sich vor Ekel, als sie diesen alten, unsauberen und widerlichen Mann vor sich sah, folgte ihm aber trotzdem nach längerem Widerstand in seine Wohnung, weil das immer noch besser war, als den Hungertod zu erleiden. Die »Schwarze Anna« ist ein altes Strichmädchen, das in unvorstellbarer Not gelebt hat. Beide sind, nachdem sie bei Großmann zu Hause gewesen sind, spurlos verschwunden, während man sie davor regelmäßig in der Umgebung der Andreasstraße gesehen hat.

Karl Großmann wurde nun aus seiner Zelle geholt, und Werneburg und seine Leute machten sich daran, ihn mit diesen Aussagen zu konfrontieren.

»Kennen Sie die Frau hier?« Werneburg reichte ihm eine inzwischen beschaffte Photographie der Schubert hinüber.

»Nein, nie gesehen.«

»Die Frida ...«

»Ick kenne keene Frida!«

»Und wie ist es mit der ›Schwarzen Anna‹?«

Da zeigte sich Karl Großmann kooperationsbereiter. »Die is bei mir als Wirtschafterin beschäftigt jewesen, da könnten Se recht haben.«

»Aber Sie haben sie nicht angemeldet ...?«

»Nee, die is ja von der Polizei jesucht worden, weil se wat vom Hängeboden jeklaut hat. Also jing det nich. Et sind ja janz jemeine Menschen, die andere vapfeifen, und zu die tu ick nich zählen. Ick hab' ooch meine Ehre, Herr Kommissar. Ohne seine Ehre kann der Mensch nicht leben. Und wat Sie mir ooch hoch anrechnen müssen, is, det ick die Meechens alle vorm Hungertod errettet habe. Ich!«

»Auch die Melanie Sommer?«

»Die ooch. Aber die hab' ick nach acht Tage vierkantig die Treppe runtergeschmissen, weil se mir meine Streichhölzer jeklaut und an meine Konkurrenz vakloppt hat. Det Aas, det.«

»Die Sommer ist anschließend nie mehr gesehen worden.«

»Vielleicht isse in't Wassa jegangen und hat sich selber umjebracht.«

»Vielleicht haben Sie sie auch ins Wasser geworfen – in kleinen handlichen Paketen.«

Karl Großmann wurde wieder förmlich. »Ich weiß nicht, wovon Sie reden.«

Dr. Riemann mischte sich nun ein. »Von den zerstückelten Leichen, Großmann, die man in der Nähe Ihrer Wohnung aus dem Wasser gefischt hat – an der Schillingbrücke, am Engelbecken, am Luisenstädtischen Kanal.«

»Weiß ich nicht.«

»Haben Sie nie was von gehört oder gelesen?«

»Ick lese keene Zeitung.«

»Also, Sie bleiben dabei, daß sie nur die Nitsche ermordet haben?«

»Ick habe die Nitsche nicht ermordet – det war sozusagen 'n Unfall. Weil sie mir bestohlen hat, wollte ick sie nur 'n Denkzettel verpassen, und in meine jroße Wut hab' ick dann aus Versehen 'n bißchen doller zujeschlagen.«

Damit beendeten sie das Verhör und beschlossen, Großmann

am Nachmittag einige der Frauen gegenüberzustellen, die sich bis jetzt am Alexanderplatz gemeldet hatten. Auge in Auge mit seinen unglücklichen Opfern, da wurde er womöglich weich und bequemte sich zu einem umfassenden Geständnis.

»Als erste schicken wir die Baltzer ins Feuer«, sagte Kommissar Werneburg. »Die hat starke Nerven und schon damals bei ihrer Anzeige keine Angst vor ihm gehabt.«

Kaum hatte Großmann die Baltzer erblickt, begann er sie auch schon mit den übelsten Schimpfworten zu belegen. »Du bist doch das letzte Stück Dreck. Dich sollte man ins Scheißhaus werfen und runterspülen. Erst nimmste mich aus wie 'ne Weihnachtsgans, und dann rennste zur Polente, du Stinkevotze du, und lügst denen die Hucke voll. Was ich alles mit dir jemacht haben soll. Normal jefickt hab' ick mit ihr, Herr Kommissar, nischt weita. Und det is ja wohl nicht vaboten, wie! Oder ficken Sie mit Ihrer Ollen nich, wenn Se in't Bett jehen? Und det is 'ne jroße Unjerechtigkeit, det ick hier einjesperrt bin. Deswegen. Bringen Se doch jleich alle Männer in't Jefängnis, die ficken, alle! Janz Deutschland sitzt dann hinta Jittan.«

Nicht viel anders verliefen die übrigen Gegenüberstellungen. Im Bericht der Mordkommission sollte es später heißen:

Sein Auftreten sowohl den vernehmenden Beamten als auch denjenigen Zeugen gegenüber, die Belastendes gegen ihn aussagen, ist frech und anmaßend. Eine Flut roher und gemeinster Schimpfworte ergießt sich gelegentlich über alle Personen, die mit ihm in Berührung kommen. Manches Mal wieder sucht er den schlechten Eindruck, den er macht, durch einen ihm eigentümlichen urwüchsigen Humor abzuschwächen.

»Sehen wir es mal positiv«, sagte Dr. Friesack. »Immerhin hat Großmann ja damit zugegeben, die Zeuginnen gekannt und sie als ›Wirtschafterinnen‹ bei sich in der Wohnung gehabt zu haben.«

»Trotzdem ...« Werneburg war die Sache allmählich leid. »Eigentlich könnten wir aufhören, weitere Zeuginnen aufmarschieren zu lassen. Keine weiteren Scheußlichkeiten mehr, es reicht! Tatbeweise, um Großmann unschädlich zu machen, haben wir ja nun ausreichend. Alles bis ins Letzte zu untersuchen, führt doch nur dazu, daß es mit der Anklageerhebung bis zum Sanktnimmerleinstag dauern kann.«

Dr. Riemann widersprach ihm. »Wie viele Opfer es auch insgesamt sein mögen, alles werden wir nie aufklären können, aber wir müßten ihm wenigstens die drei, vier Morde nachweisen, die er zuletzt begangen hat. Und da müßten wir auch seine Geständnisse haben.«

»Gut.« Werneburg ließ sich überzeugen. »In diesem Sinne: Erst mal weitermachen!«

Dr. Friesack hatte sich einen kurzen Artikel der *BZ am Mittag* vom Vortag, dem 25. August 1921, ausgeschnitten und unter seine Federschale gelegt. Unter der Überschrift *Der Frauenmörder Großmann vor einem Geständnis* hieß es da unter anderem:

Die Zahl der Mädchen, die er im verzweifelten und verhungerten Zustand gewöhnlich in der Gegend um den Schlesischen Bahnhof aufgegriffen und mit sich nach Hause genommen hat, läßt sich bisher noch nicht annähernd übersehen. Vorläufig steht jedenfalls fest, daß es weit mehr als 100 sind. Eine beträchtliche Anzahl dieser Frauen, die natürlich unangemeldet bei dem Junggesellen gewohnt hatten, ist seit dem Zuzug verschollen.

Die *BZ am Mittag* vom 26. August 1921 gab an, daß die Bewohner der Langen Straße 88 von mindestens 150 Wirtschafterinnen sprachen, die sich bei Großmann aufgehalten haben sollten.

Werneburg war da wenig hoffnungsfroh. »Wie sollen wir das jemals schaffen, die alle zu ermitteln und herauszufinden, wen er umgebracht hat und wer ihm entkommen ist?«

»Niemals«, sagte Dr. Riemann. »Es sei denn, Großmann hat doch irgendwie Buch geführt und wir finden noch, was er aufgezeichnet hat.«

»Der Menschentyp ist er aber nicht.«

»Leider.«

»Der Staat sollte von jedem Massenmörder per Gesetz verlangen, daß er alle seine Opfer namentlich festhält«, fügte Dr. Anuschat hinzu.

»Gott, sind Sie wieder drastisch heute.«

Karl Großmann waren dann im Laufe des Tages trotz allen Widerstrebens doch noch einige weitere Namen zu entlocken: So wollte er eine Maria Feld bei sich beschäftigt haben, dazu noch eine Lisbeth Petsche (»Die hab' ick aus Eifersucht rausjeschmissen!«) und eine Erna Monzki, von denen aber jede Spur fehlte, sowie die 25 Jahre alte Frida Thomas, die sich gerade im Untersuchungsgefängnis befand.

Aber nicht diese Aussage brachte sie einen erheblichen Schritt voran, sondern das Erscheinen der Prostituierten Erna Perlewitz aus der Paul-Singer-Straße. Sie gehörte zu einer gehobeneren Kategorie ihres Berufsstandes als die Mädchen, die bisher ins Präsidium gekommen waren, und anders als diese hatte sie weder als »Wirtschafterin« bei Karl Großmann gearbeitet noch Geschlechtsverkehr mit ihm gehabt.

»Nein, der wäre etwas unter meinem Niveau gewesen. Deswegen bin ich auch nicht hier, sondern wegen eines Mädchens. Die ist so Mitte zwanzig und ist am 1. August bei mir eingezogen. Ich vermiete nämlich ein Zimmer. An Frauen. Sie kam mit einem Koffer an und hat auch alles ausgepackt, aber nur ganze zwei Tage bei mir gewohnt, dann ist sie nicht mehr gekommen. Ohne sich aber abzumelden. Das einzige, was sie mir gesagt hat, war, daß sie am Andreasplatz einen alten Herrn kennengelernt hätte, der sie als Wirtschafterin einstellen wollte. In der Langen Straße, wenn ich mich recht erinnere.«

Dr. Friesack war sofort hellhörig geworden. »Den Namen haben Sie nicht?«

»Nein. Vielleicht hat sie ihn genannt, und ich hab' ihn vergessen ... Mit der Anmeldung bei der Polizei wollten wir noch warten, bis ...«

»Ich verstehe.«

»Und nun fürchte ich, daß dieser Großmann sie auch ... Was man so liest.«

Dr. Friesack stand auf und führte die Perlewitz zu den Kleidungsstücken, die man in Großmanns Wohnung gefunden und sichergestellt hatte. »Erkennen Sie hier etwas wieder, das Ihrer Untermieterin gehört hat?«

Er brauchte nicht lange zu warten, bis ihr Ausruf kam: »Ja, das hier!« Es waren der Teil eines Samtrockes, eine weiße Bluse, ein weißer Unterrock und ein seidenes Taschentuch mit einer Krone.

»Und bei Ihnen zu Hause, in dem Zimmer, das Sie vermietet haben, liegen da auch noch Sachen?«

»Ja sicher, wer sollte das denn abgeholt haben?«

Sofort schnappte sich Dr. Friesack einen Kriminalassistenten, um sich an Ort und Stelle umzusehen. Und sie hatten Glück, denn bei den Habseligkeiten, die das besagte Mädchen bei der Perlewitz zurückgelassen hatte, befand sich auch eine Mitgliedskarte der Ortskrankenkasse. Danach handelte es sich bei ihr um die unverehelichte Johanna Sosnowski, geboren am 2. August 1897 in Wartenburg.

Werneburg war hocherfreut. »Versuchen wir, so schnell wie möglich eine Photographie der Sosnowski zu bekommen, und gehen wir mit dem in die Lange Straße, um zu erfahren, wann sie zuletzt mit Großmann zusammen gesehen worden ist.«

Als Dr. Friesack am Morgen des 27. August 1921 – ein Samstag – die Zeitung aufschlug, war aber nicht die mögliche Wende im Fall Großmann das herausragende Thema, sondern der Fememord, dem der Zentrumspolitiker Matthias Erzberger zum Opfer gefallen war. Zwei Mitglieder der Organisation Consul, eines rechtsradikalen Geheimbundes, hatten ihn in Bad Griesbach/Schwarzwald auf der Straße erschossen. Weil er am 11. November 1918 in Compiègne als Vorsitzender einer deutschen Kommission den Waffenstillstand mit den Alliierten unterzeichnet hatte, war er zum Haßobjekt der Rechten geworden. Als »Vaterlandsverräter« hatten sie ihn denunziert. Die Organisation Consul war eine Nachfolgeorganisation der Brigade Ehrhardt, die im März 1920 maßgeblich am Kapp-Putsch beteiligt gewesen war.

»Na, freust du dich nun?« Margarete Friesack sah ihren Mann aufmerksam an.

»Wie kommst du darauf? Ich hab' ihn, weiß Gott, nicht gemocht, aber so ein Ende: nein! Wir haben überdies erfahren, daß die Organisation Consul eine Elitetruppe eingerichtet hat, den »Germanenorden«, der politische Morde ausführen soll. Und Mord bleibt Mord, ob er nun von Großmann ausgeführt wird oder von Tillessen und Schulz.« Das waren die beiden Täter im Fall Erzberger. »Im Gegenteil: Diese beiden sind viel schlimmer als Großmann, denn der weiß eigentlich nicht so recht, was er getan hat, dumpf wie er ist, die aber mit ihrer Intelligenz, die wissen es ganz genau.«

Im Polizeipräsidium angekommen, bereitete die Mordkommission weitere Gegenüberstellungen vor. Werneburgs Ziel war und blieb es, Karl Großmann auf kleiner Flamme gar zu kochen. Zuerst konfrontierte man ihn mit der unverehelichten Lucie Alt aus der Mulackstraße 17. Sofort begann er, sie wild zu beschimpfen.

»Du Miststück aus da Mulackritze! Jut, det ick nich riechen kann, aba ick weeß jenau, det du so stinkst wie 'n janzen Heringsfaß. Du mit deine ausjeleierten Votze. Hören Se nich uff die, Herr Kommissar, wenn det Aas 'n Mund uffmacht, denn lügt se.«

Dr. Riemann versuchte ihn zu bremsen. »Nun ist es aber gut, Großmann, sonst ...«

» ... sperren Se ma ein, ick weeß.« Großmann lachte schallend. »Da wünsch' ick Ihnen ville Spaß dabei.«

Dr. Jiehnke wandte sich der Zeugin zu und fragte sie, was denn Großmann alles mit ihr angestellt habe. Sie schilderte es in allen Einzelheiten. » ... und dann hat er mir die Hände auf'm Rücken zusammengebunden.«

»Ja«, ging Großmann dazwischen. »Weil ick noch mal uff die Toilette mußte und nich wollte, det mir det Miststück wieda wat klaut. Als se vor drei Jahre bei mir war, ham ma hinterher 300 Märker jefehlt. Alle sind se nur zu mir jekommen, um an mein Jeld ranzukommen. Keen Oogenblick konnte man die Mistviecher alleene lassen.«

»Das ist nicht wahr!« protestierte die Alt.

»Halt die Schnauze!« fuhr Großmann sie an. »Dir ham se doch schon lange den Verstand aus'm Kopp jefickt.«

Dr. Friesack mußte sich eingestehen, daß sie kein Mittel hatten, Großmann an seinen Ausfällen zu hindern. Aber die Zeugin schien hartgesotten und diesen Ton gewohnt zu sein, so daß sie sich nicht weiter aufregte, sondern ungerührt fortfuhr: »Ja, und dann hat er plötzlich seine rechte Hand genommen und mir den Zeigefinger in den Hals gesteckt, ganz tief rein. Ich dachte, ich muß ersticken. Der wollt' mich umbringen.«

»Ick wollt' dich nicht umbringen, du mageret Suppenhuhn du, ick wollt' dir retten. Sie hat 'n Stück Schrippe jejessen, Herr Kommissar, und sich daran vaschluckt. Keene Luft hat se mehr jekriegt, so fest hat det in'n Hals festjesessen, und ick mußte mit'm Finga rin, ihr retten.«

So ging das den ganzen Vormittag über, und die Zusammenfassung ihrer Vernehmungen, die Dr. Friesack später in der *Berliner Morgen-Zeitung* finden sollte, entsprach weithin den Tatsachen:

Die Zeugen setzen sich aus mehreren Gruppen zusammen. Da sind zunächst die sehr vielen Mädchen, die Großmann gekannt haben und von denen auch viele nicht nur einmal bei ihm gewesen sind, sondern sogar mehrere Tage oder auch Wochen bei ihm waren. Es ist fast unerklärlich. Daß einzelne dieser Mädchen es sogar bis zu zwei Monaten bei ihm ausgehalten haben, obwohl er gegen fast alle ausnahmslos gewalttätig geworden ist. Daß sich diese Mädchen überhaupt mit ihm eingelassen haben, liegt daran, daß der seinem Äußeren nach verlumpte Mensch in seinen Kreisen den »Kavalier« zu spielen verstand. Er besaß immer eine dicke »Marie«, ein Bündel Zwanzig-, Fünfzig- und auch Hundertmarkscheine, die er, in Zeitungspapier eingeschlagen, ständig bei sich trug. Mit diesem Gelde prahlte er nicht nur, sondern zeigte sich zuweilen auch sehr freigebig. Wiederholt spielte er sogar den »Lebemann«. Wenn er in »Stimmung« war, gab er das Geld aus und hielt in Lokalen die anwesenden Männer und die Mädchen frei. So kam es, daß sich viele an ihn heranmachten in der Erwartung, daß bei ihm etwas zu holen sei. Das scheinen auch einige der Mädchen durch Diebstahl versucht zu haben. Eine zweite Gruppe der Zeugen bilden die Personen, die verdächtige Wahrnehmungen ge-

macht haben und von denen auch einige gesehen haben wollen, wie Großmann zur Nachtzeit Pakete in den Luisenstädtischen Kanal geworfen hat. Eine dritte Gruppe endlich sind Leute aus dem Hause, die über sein Treiben Aussagen machen. Die Vernehmungen schreiten nur langsam vorwärts. Das Gesamtergebnis der bisherigen Zeugenvernehmungen läßt den Verbrecher immer schwerer belastet erscheinen. Bisher aber hat er sich zu einem Geständnis noch nicht bereit erklärt, leugnet vielmehr alles, was die Mädchen gegen ihn aussagen.

Inzwischen waren die Kriminalsekretäre, die an diesem Morgen in der Langen Straße nach Augenzeugen gesucht hatten, ins Polizeipräsidium zurückgekommen und berichteten, daß die Sosnowski zuletzt am 13. August, einem Sonnabend, in Gesellschaft des Großmann gesehen worden sei.

Werneburg rief seine Leute zusammen und ließ sich Karl Großmann kommen. Ohne lange Vorrede hielt er ihm das Photo der Sosnowski vor die Nase. »Kennen Sie diese Dame hier?«

Karl Großmann zuckte zusammen. »Kann sein. Ja. Aber is det vielleicht vaboten, ihr zu kennen?«

Werneburg ignorierte seine Bemerkung. »Wann waren Sie denn das letzte Mal mit ihr zusammen?«

»Weiß ich nicht.«

Dr. Riemann legte einige der Kleidungsstücke auf den Tisch, die sie bei Großmann in der Wohnküche gefunden hatten. »Aber das hier kennen Sie ...?«

»Nein.«

»Das haben wir bei Ihnen in der Wohnung gefunden.«

»Na, denn muß et ja stimmen, wenn Sie det sagen, Sie haben ja studiert, und ick bin nur 'n kleena Händler und Schlächtergeselle. Mit uns könnt ihr't ja machen.«

»Diese Kleidungsstücke haben mit Sicherheit der Johanna Sosnowski gehört.«

Karl Großmann lachte. »Na, denn jeben se se ihr doch wieda, wird se sich freuen drüber.«

Nun waren die Kommissare doch für einen Augenblick perplex: So viel Frechheit war ihnen noch nicht begegnet. Dr. Anuschat faßte sich als erster und wurde geradezu poetisch. »Tote brauchen keine Kleider.«

»Wieso – hat se sich vor'n Zug geworfen?« Karl Großmann ließ sich durch nichts erschüttern. »Det wollt' se imma schon mal.«

»Sie hat sich nicht geworfen«, sagte Dr. Jiehnke, »sie ist geworfen worden – und zwar von Ihnen in den Kanal am Engelbecken.«

»Tut mir leid, da muß ick nich dabeijewesen sein.«

Karl Großmann spielte mit ihnen, und sie fanden kein Mittel dagegen. Er gab zwar zu, daß die Sosnowski mit ihm Verkehr hatte, leugnete aber hartnäckig, sie ermordet und zerstückelt zu haben. Für die Mordkommission war die Sache sonnenklar: Da sie von der Polizei nicht gesucht wurde und auch sonst keine Ursache hatte, ihre immerhin nicht ganz wertlosen Sachen in Stich zu lassen, konnte mit Sicherheit angenommen werden, daß sie am 13. August von Großmann umgebracht worden war. Es war ferner zu vermuten, daß die am 19. August im Luisenstädtischen Kanal aufgefundenen Leichenteile der Sosnowski zuzurechnen waren. Die eventuelle Wiedererkennung des im Wasser vorgefundenen Schädels seitens der Angehörigen und Bekannten der Sosnowski war leider unmöglich, da der Kopf abgeledert war. Die Kopfhaut war mit den Ohren vom Schädel heruntergerissen worden. Da die Leichenteile laut ärztlichem Gutachten etwa sechs Tage im Wasser gelegen hatten, stimmten die Daten auffallend überein. Weitere Teile waren nicht mehr gefunden worden, obwohl man Taucher eingesetzt hatte. Offenbar hatte Großmann – wie schon die Hände – auch die übrigen fehlenden Teile im Ofen verbrannt.

Wie auch immer, Karl Großmann bestritt weiterhin energisch, die Sosnowski umgebracht und ihren zerstückelten Körper ins Wasser geworfen zu haben.

»Macht nichts«, sagte Dr. Friesack, »immerhin ist ja heute früh im Strafgefängnis Plötzensee Karl Großmanns Vorgänger hingerichtet worden, ›unser‹ Friedrich Schumann.« Der hatte zwischen 1914 und 1919 in Falkenhagen und im Falkenhagener Forst sieben Morde begangen, wozu noch 15 Mordversuche, drei

Raubüberfälle, elf Notzuchtverbrechen, fünf Brandstiftungen und neun einfache und schwere Diebstähle kamen. »Und wenn der Schumann so geendet ist, dann läßt uns das bei Großmann ja noch hoffen.«

Zweiundzwanzig

8. bis 28. September 1921

Nach dem Mord an Matthias Erzberger hatte Reichspräsident Friedrich Ebert von der SPD am 29. August den Ausnahmezustand über das Deutsche Reich verhängt. Damit waren Druckschriften, Versammlungen und Vereinigungen, die eine Gefährdung der jungen Republik durch Extremisten – von rechts wie links – befürchten ließen, verboten. Und niemand außer den Angehörigen der Reichswehr durfte Uniform tragen. Hunderttausende demonstrierten für den Erhalt der Republik. Die KPD mit Clara Zetkin an der Spitze verurteilte zwar die Ermordung Erzbergers, griff aber zugleich die Regierung an. Bayern ging einen Sonderweg, ließ in Nürnberg sozialdemokratische Demonstrationen zum Schutz der Republik auflösen und unternahm – trotz des Verbots der Reichsregierung – nichts gegen das Erscheinen des NSDAP-Organs, des *Völkischen Beobachters*, wohingegen die SPD-nahe *Münchener Morgenpost* verboten wurde. In Coburg ging man gewaltsam gegen Menschen vor, die gegen die Ermordung Erzbergers demonstrierten, und ein Polizist warf eine Handgranate in die Menge. In Berlin wartete man auf die Uraufführung des Films *Sappho* mit Pola Negri in der Titelrolle.

Was Karl Großmann betraf, war die Mordkommission in den letzten zwei Wochen kaum vorangekommen: Mit 100prozentiger Sicherheit stand fest, daß er das 24 Jahre alte Dienstmädchen Johanna Sosnowski umgebracht hatte, aber ein Geständnis wollte er noch immer nicht ablegen. Die Zeitungen hielten die Berlinerinnen und Berliner auf dem Laufenden, wobei ihre Berichte mit der

Zeit immer kürzer und sachlicher wurden. So war in der *Berliner Morgen-Zeitung* vom 30. August 1921 unter anderem folgendes zu lesen gewesen:

Die aus Wartenburg in Ostpreußen stammende Sosnowski war im November 1919 nach Berlin gekommen und zuerst bei einer Frau in der Neuen Roßstraße bis zum August 1920 als Dienstmädchen in Stellung. Später war sie dann bei einem Restaurateur in der Wallstraße tätig. Weihnachten kam sie dann, weil sie sich in anderen Umständen befand, in ein Krankenhaus. Seitdem hatte sie sich meistenteils bei ihrem Bräutigam aufgehalten. Dieser hatte sie zuletzt am 12. d. M. gesehen. Sie trug damals eine weiße Bluse und einen abgetragenen schwarzen Samtrock mit schmalen und breiten Tuchstreifen. Auch zwei andere bereits ermittelte und am ... Sonntag vernommene Zeugen hatten sie am 12. d. M., nachmittags, in einem Lokal getroffen. Sie erzählte diesen, daß sie am Schlesischen Bahnhof einen alten Mann habe kennengelernt, der viel Geld habe und dem sie die Wirtschaft führe. Bei dieser Gelegenheit zeigte sie auch ein Taschentuch, das als Monogramm eine Krone und darüber die Buchstaben E. B. trug. Seit diesem Tage ist dann die Sosnowski nirgends mehr gesehen worden. Nun wurden bei Großmann außer den der Nitsche gehörenden Kleidungsstücken noch verschiedene andere gefunden. Unter diesen befand sich auch der zerschnittene schwarze Samtrock der Sosnowski und das Taschentuch mit der Krone.

Auch in ihrer Ausgabe vom 2. September 1921 hatte die *Berliner Morgen-Zeitung* nicht versäumt, ihre Leserschaft über den Fall Großmann auf dem Laufenden zu halten:

Am schwersten belastet wurde der Verbrecher durch das Gutachten des Gerichtsarztes Professor Dr. Strauch. In dem Zimmer Großmanns lagen in den Ecken große Schmutzhaufen, Reste von Nahrungsmitteln aller Art, Käse, Obst usw., die auch mit Aschenresten vermengt waren. Diesen Unrat hat Professor Dr. Strauch genau untersucht und dabei die Feststellung gemacht, daß sich unter der Asche Reste von mindestens zwei menschlichen Händen befanden. Außerdem wurden noch Knochenteile von einem Brustkorb vorgefunden. Wahrscheinlich hat der Verbrecher Leichen verbrannt. Die spärlichen Überreste der Knochen hat er dann mit der anderen Asche ausgeschüttet, weil er es wohl für ausgeschlossen hielt, daß man daraus noch erkennen könnte, daß diese von einem Menschen herrühren. Als Professor Dr. Strauch dieses Gutachten im Beisein des Mörders verlas, machte dieses zwar sichtlich einen tiefen Eindruck auf Großmann. Er faßte sich aber bald wieder und setzte sein Leugnen fort. Er will keine Erklärung dafür haben, wie diese Aschenreste in sein Zimmer gekommen sein können. Er selbst habe sie jedenfalls nicht dorthin geschüttet. Außer diesen Knochenresten hat Professor Dr. Strauch auch noch Korsettstangen von mindestens zwei Korsetts in den Schmutzhaufen gefunden. Auch über deren Herkunft konnte der Verbrecher keine Angaben machen.

So war es Tag für Tag gegangen, und am 3. September 1921, einem Sonnabend, hatte man im selben Blatt unter den Überschriften *Die Vernehmung des Lustmörders Großmann – Der Verbrecher leugnet weiter* dieses lesen können:

Die Vernehmungen des Lustmörders Großmann brachten gestern trotz seines fortgesetzten Leugnens durch die übereinstimmenden Aussagen von etwa 30 Zeugen den Beweis, daß auch die Sosnowski zu den Opfern des Wüstlings gehört. Großmann, der zunächst bestritt, daß es sich um die Sachen der Sosnowski handeln würde, die bei ihm gefunden wurden, gibt jetzt die Möglichkeit zu, daß es deren Kleidungsstücke sein könnten, kann sich aber, wie er sagt, nicht erklären, wie diese in sein Zimmer gekommen sind, ebensowenig wie die Knochenreste von menschlichen Körpern, die der Gerichtsarzt Professor Dr. Strauch in Aschenresten vorgefunden hatte. Gestern wurde dem Verbrecher auch das chemische Gutachten des Chemikers Dr. Barnes vom Nahrungsmitteluntersuchungsamt vorgehalten. Dieses erkennt der Verbrecher nicht an. Er sagte, daß er auf der Bank Katzen und Hunde geschlachtet habe und das an dieser und anderen Gegenständen gefundene Blut und die Fleischfasern von diesen Tieren herrühren müssen. Katzenblut ist nach seiner Behauptung von Menschenblut nicht zu unterscheiden. Der Befund hat jedoch einwandfrei ergeben, daß es sich um Menschenblut und Fasern von Menschenfleisch handelt.

Für die Gerüchte, daß der Verbrecher das Fleisch seiner Opfer zum Genuß verkauft oder verarbeitet hat, sind bisher noch keine sicheren Beweise vorhanden. Ebenso hat man für die Zahl der mutmaßlichen Opfer des Lustmörders noch keine sicheren Unterlagen.

Der letzte Ausriß aus der *Berliner Morgen-Zeitung*, den Dr. Friesack vor sich liegen hatte, stammte vom Dienstag, dem 6. September 1921:

All das gegen ihn vorliegende Belastungsmaterial konnte den Verbrecher nicht bewegen, irgend etwas zuzugeben, was nicht mit der Ermordung der Nitsche zusammenhängt, bei der er nicht leugnen kann, weil er dabei auf frischer Tat ertappt worden ist. Ihm ist seiner Darstellung nach alles rätselhaft. Mit gespannter Aufmerksamkeit folgt er allen Zeugenaussagen und sucht diesen stets eine andere Erklärung zu geben. Findet er eine solche nicht, so erklärt er immer wieder, daß ihm diese Sache rätselhaft sei. Er weiß genau, daß er nicht einen einzigen Fall zugeben darf, da er damit sogleich auch der anderen Morde überführt wäre. Denn es steht außer Zweifel, daß die Verbrechen alle von ein und derselben Person ausgeführt worden sind. Nachdem nunmehr die Vernehmungen Großmanns vorläufig abgeschlossen sind, erstrecken sich die Ermittlungen der Kriminalpolizei darauf, den Verbleib der bisher noch unauffindbaren Mädchen festzustellen, die mit Großmann in Berührung gekommen sind oder einige Zeit bei ihm waren.

Nun zeigte der Kalender Donnerstag, den 8. September 1921, und der Stand der Dinge war immer noch derselbe. Karl Großmann war auch am heutigen Vormittag nicht zu packen gewesen, und man hatte ihn in seine Zelle zurückbringen lassen.

»Laßt alle Hoffnung fahren«, sagte Werneburg.

Dr. Friesack blätterte gelangweilt in den Aussagen der Mädchen, die Großmann entkommen waren, und stieß dabei – es war reiner Zufall – auf das Wort *Zeißig*. Schrieb man das nicht mit s ...? So ganz sicher war er sich auch nicht. Er war kein Ornithologe, und die Rechtschreibung war immer seine große Schwäche gewesen. Also fragte er die Kollegen.

»Eindeutig mit s und nicht mit ß«, antwortete Dr. Riemann.

»Dann müssen wir das hier alles korrigieren, ehe es der Untersuchungsrichter kriegt.«

»Dann machen Sie mal.« Werneburg lachte schadenfroh und fragte dann, was für einen Zeisig er denn meine.

»Na, Großmanns Vogel. Alle Mädchen, die bei ihm gewesen sind, erwähnen den irgendwie.« Und nun ließ Dr. Friesack, was eigentlich gar nicht seine Art war, seiner Phantasie freien Lauf. »Warum haben wir den noch nicht vorladen lassen, schließlich ist er das einzige Lebewesen auf der Welt, das Großmanns Taten alle verfolgt hat. Auch den Mord an der Sosnowski.«

Werneburg spann den Faden weiter. »Gute Idee. Wir hängen das Tierchen einfach hier auf, vielleicht irritiert Großmann das ein wenig.«

»Wo steckt der Zeisig eigentlich?« fragte Dr. Jiehnke.

Keiner wußte es, und Dr. Anuschat vermutete, daß das Vögelchen längst verhungert und verdurstet und in die Mülltonne gewandert war.

»Nein.« Werneburg widersprach ihm. »Da kennen Sie die Berliner schlecht. Die lieben ihre Wellensittiche und ihre Kanarienvögel und alles, was sonst noch fliegen kann und in ein Bauer paßt, viel inniger als ihre Nächsten. Und Großmanns Zeisig, den wird sich bestimmt einer der Nachbarn geholt haben. Also los, meine Herren: festnehmen und vorführen.«

Dr. Friesack fiel es zu, in die Lange Straße zu fahren und sich auf die Suche zu machen. Eine Stunde später stand er mit dem Bauer in der Hand vor Werneburg. »Kein Problem: Die Itzigs hatten ihn in Pflege genommen.«

Was dann einen Tag später, am 9. September 1921, geschah, ist den Erinnerungen des Strafverteidigers Dr. Dr. Erich Frey genau zu entnehmen:

Als Großmann am folgenden Morgen ins Zimmer 34 geführt wird, bleibt er verdutzt auf der Schwelle stehen. Da, zwischen den Fenstern, hängt das Vogelbauer.

»Hänseken!« Er stürzt darauf zu. Er will an die Stäbe klopfen, aber seine Hände sind gefesselt. Erst auf einen Wink Werneburgs

nimmt ihm der ihn begleitende Beamte die Handschellen ab. Eine halbe Stunde lang versinkt für Carl Großmann die Welt ringsum. Er ist allein ... mit seinem Hänschen.

Mit unendlicher Geduld wartet Kriminalkommissar Werneburg. Er blättert in Akten, tritt ans Fenster und sieht den Vorortzügen zu, die draußen über den Stadtbahnbogen rollen. Werneburg hat Zeit. Er weiß: Jede Minute, die Großmann sich mit seinem Zeisig beschäftigt, bringt ihn dem Geständnis näher. Jedes Piepsen des Tierchens, jedes Wort, das Großmann dem Vogel zärtlich zuflüstert, macht ihn weicher.

Eine geschlagene Stunde läßt Werneburg dem Mörder Zeit für seinen Zeisig. Dann tritt er interessiert neben Großmann: »Ich glaube, wir müssen ihn mal mit Insektenpulver einstreuen. Er kratzt sich ja, als hätte er Milben.«

»Ach nee, meinen Sie wirklich, Herr Kommissar?«

»Ja, bestimmt.« Werneburg macht die Tür zum Vorzimmer auf. Er ruft nach Oberwachtmeister Wild, der die Außenermittlungen in der Großmann-Sache leitet. »Wild, schicken Sie doch mal schnell einen Mann rüber in die Tierhandlung in der Grunerstraße und lassen Sie Milbenpulver holen.«

»Wird jemacht.«

Zehn Minuten später hält Großmann den Vogel vorsichtig in der Hand, und Kriminalkommissar Werneburg streut ein feines Pulver auf das Gefieder. Ängstlich zucken die Augen des Tierchens hin und her.

»Na na, ick tu dir doch nischt«, sagt Großmann. »Dir tu ick doch nischt. Du bist doch mein Hänseken ...«

»Wenn die Menschen so gut wären wie die Tiere, dann gäb's keine Kriminalpolizei und kein Präsidium«, sagte Werneburg.

»Da ham Se recht, Herr Kommissar ... Übrijens, wat ick Ihnen schon lange erzählen wollte ...«

»Na, nun tun Sie mal erst Hänseken in seinen Käfig.«

Großmann läßt die Gittertür des Vogelbauers herunter. Er blickt dem Kommissar offen in die Augen: »Weil Se so nett zu mein Hänseken waren, will ick Ihnen die Wahrheit sagen ... Ja, ick hab' die Marie Nitsche umjebracht und ooch die andre, die Johanna.«

»Die hat Sie also auch bestohlen, die Johanna?«

»Nicht doch, Herr Kommissar«, Großmann macht eine vertrauliche Geste. »Det war doch allet nur, weil ick mir nich beherrschen konnte, wenn son Mädchen bei mir war ...«

Und nun sprudelt es bei Großmann hervor ...

So weit Erich Frey, der Karl Großmann später vor Gericht verteidigen wird. Hinzuweisen bleibt noch auf die Tatsache, daß Frey Carl schreibt und nicht Karl und dies auch begründet: *Carl* Großmann, mit *C.* Darauf legte er besonderen Wert. Wir schließen uns hingegen der amtlichen Schreibweise an und bleiben beim K. Wieviel dichterische Freiheit bei dieser Szene im Spiel ist oder ob Frey das, was er da aufgeschrieben hat, von Großmann original so gehört hat, wissen wir nicht. Doch auch ein so sachverständiger Autor wie Jan Feustel mißt dem Einsatz des Zeisigs Hänschen entscheidende Bedeutung zu.

Wie auch immer, der Damm war jedenfalls gebrochen, und Karl Großmann begann zu schildern, weshalb und wie er die Sosnowski getötet hatte. Dies selbstverständlich aus seiner ganz persönlichen Sicht, wie auch anders – und immer darauf bedacht, »nur« als Totschläger und nicht als Mörder dazustehen. Eifersucht hielt er für ein sozusagen edles Motiv.

Hans Hyan faßt sein Geständnis wie folgt zusammen:

Zu Hause habe er sie gefragt, wem sie die Stullen gebracht hätte? – Sie wollte aber nicht eingestehen, daß sie einen Bräutigam habe. Darüber hätten sie sich gezankt. – Großmann weint, während er das erzählt. – Im Wortwechsel hätte sie nach ihm geschlagen. Darauf habe er ihr ein paar Schläge auf den Kopf gegeben, da war sie tot. Er habe sie erst noch gekühlt und wieder zu beleben versucht, aber da sie doch tot blieb, habe er gedacht: du wirst sie kleinschneiden!

Karl Großmann schloß seine Ausführungen mit dem Hinweis, daß er an der Johanna doch sehr gehangen habe, weshalb ihr Samtrock auch nicht mit den anderen Sachen in den Ofen gewandert sei. »Da wollte ick mir 'ne Weste draus machen lassen – zum Andenken an ihr.«

Sosehr man sich in der Mordkommission Werneburg-Riemann

auch über den Erfolg freute, Großmann endlich zum Reden gebracht zu haben, so skeptisch war man im Hinblick auf den Wahrheitsgehalt vieler seiner Aussagen. Man bezweifelte, daß er in dem Augenblick, in dem Blut sichtbar wurde, keine geschlechtliche Erregung mehr gehabt haben wollte. Daß er die tote Sosnowski nicht mehr benutzt hatte. Immer wieder kam das zur Sprache. »Das sollen wir Ihnen wirklich glauben, Großmann?«

»Ja, so isset jewesen: Ick hab' ihr nur aus Wut erschlagen.«

Werneburg griff schließlich tief in die Trickkiste. Der im Luisenstädtischen Kanal gefundene Schädel konnte Großmann nicht mehr vorgelegt werden, da er bereits präpariert worden war, aber eine Photographie lag bei dem Kommissar in der Schublade. Nun hielt er sie hoch. »Kennen Sie das Gesicht wieder?«

Karl Großmann zögerte keine Sekunde. »Klar, det is der Johanna ihrt.«

»Wirklich?« fragte Dr. Riemann. »Wenn Sie die Sosnowski wirklich mit einem Hammer erschlagen haben wollen, dann müßte doch eine entsprechende Verletzung am Schädel sichtbar sein – ist sie aber nicht!«

»Det kann ick mir ooch nich erklär'n.«

»Vielleicht haben Sie uns die Ermordung der Sosnowski doch nicht ganz richtig geschildert ...?«

»Doch.«

»War es nicht so, daß Sie die Sosnowski ebenso gefesselt haben wie die Nitsche – und ihr dann den Finger in den Hals gesteckt haben, so daß sie erstickt ist?«

»Nein.«

»Und auch als Sie die Sachen der Sosnowski verbrannt haben, wollen Sie keine geschlechtliche Erregung gehabt haben?«

»Nein.«

So blieben doch noch einige Fragen offen, und im Bericht der Mordkommission sollte es später heißen:

Vermutlich ist auch die Sosnowski infolge des Hammerschlages nicht sofort tot gewesen, sondern nur betäubt. Dann hätte er sie noch in lebendem Zustand zerschnitten. Die Art, wie er die Leiche zerstückelt hat, erscheint glaubhaft, nur wird er die Zerteilung nicht im Bett vorgenommen haben, sondern auf der Bank. Auch seine Angabe, er hätte die Leichenteile immer in den Abendstunden fortgeschafft, ist nicht zutreffend, da er ja auch gehört wurde, als er in den frühen Morgenstunden seine Wohnung verließ. Außerdem ist er auch von Zeugen zu ganz anderen Tageszeiten am Kanal gesehen worden.

Was sich die Kommissare auch einfallen ließen, um Karl Großmann zu weiteren Geständnissen zu bewegen, sie bissen sich die Zähne an ihm aus. Bei Erich Frey liest sich das wie folgt:

Sechs Stunden lang erzählt Großmann ... Er hält eine Vorlesung darüber, wie er die beiden jungen Frauen fachgerecht getötet hat ... Er doziert noch immer, als die Gaslampen angezündet werden. Bleich, zusammengesunken hängen die Kriminalisten auf ihren Stühlen.

»Und genauso haben Sie es bei den anderen gemacht?« fragt plötzlich Werneburg.

Wie von einer Nadel gestochen fährt Großmann hoch: »Ick weiß von keine andern! Kommen Se mir bloß nicht so, lieber Mann!«

Sechs Stunden lang hat Großmann mit seinen grausigen Erzählungen abgegolten, was Kriminalkommissar Werneburg seinem Hänseken Gutes getan hatte. Nun sind sie quitt. Meint Großmann.

Als Dr. Raoul Friesack und seine Frau Margarete am Mittwoch, dem 14. September 1921, am Frühstückstisch saßen, war nicht Karl Großmann ihr bevorzugtes Thema. Es gab auch noch anderes zu bereden. Zum Beispiel die Frage, ob die städtischen Bediensteten noch einmal in den Streik treten würden. Am Montag hatten sie es getan, weil ihr Tarifvertrag von 1919 gekündigt worden war, und ganz Berlin war ohne Strom und Gas gewesen, die Bahnen hatten stillgestanden, und in den Fabriken war nicht gearbeitet worden. Am Sonntag war der Wettbüroinhaber Max Klante in Konkurs gegangen. Kurz darauf hatte man ihn verhaftet. Er hatte innerhalb eines Jahres 60 000 Menschen um insgesamt 100 Millionen Mark betrogen.

»Kann man nicht einmal über etwas Erfreuliches reden?« fragte Dr. Friesack.

Seine Frau lächelte hintergründig. »Vielleicht über Trude Hesterberg ...« Die allseits bekannte Soubrette und Schülerin Max Reinhardts hatte gerade im Keller des Theater des Westens ihr Kabarett »Die wilde Bühne« eröffnet.

»Fürchterlich!« rief Dr. Friesack. »Der ganze Schrecken, den ich in natura erlebe, nun auch noch auf der Bühne: Leichenschauhaus, Zuhälter, Straßenmädchen, das ganze Kaschemmen-Milieu. Eine entsetzliche Vorstellung! Mit diesem Großmann ist mir der Spaß daran ein für allemal vergangen.«

»Und du meinst wirklich, das ist 'ne Nuß, die ihr nie ganz knakken werdet?«

»Scheint so. Aber Werneburg will ihn heute vormittag ins Leichenschauhaus schleppen und ihn die einzelnen Leichenteile und den zuerst gefundenen Schädel – Unterkiefer vom Oberkiefer getrennt – rekognoszieren lassen. Und ich muß mit ...«

Gegen elf Uhr wurde Karl Großmann im Obduktionssaal an einen Tisch geführt, auf dem die in der Zeit vom 7. bis zum 10. August 1921 im Luisenstädtischen Kanal aufgefunden Leichenteile ausgebreitet lagen. Dr. Friesack dachte, daß die deutsche Sprache das mit dem Begriff »sterbliche Überreste« sehr schön auf den Punkt brachte. Er hatte einmal im Kino gesehen, wie – durch eine Unaufmerksamkeit des Vorführers – ein Film rückwärts gelaufen war, und so stellte er sich nun vor, daß dies auch hier geschähe, so lange, bis sich aus den herumliegenden Teilen wieder ein Ganzes gebildet hatte und die Ermordete quicklebendig auf die Straße lief. Ein grausameres Puzzle ließ sich nicht denken, und wieder hatte Dr. Friesack große Mühe, die Fassung zu wahren. Er bewunderte die Kollegen Werneburg und Dr. Riemann, die das alles so gelassen betrachteten wie die Auslagen im Schaufenster ihres Fleischers.

»Nun, Großmann«, begann Ludwig Werneburg, »das muß Ihnen doch alles sehr bekannt vorkommen ...«

Der Mörder brummte etwas Unverständliches und vertiefte sich in den Anblick der Leichenteile. So als müßte er etwas aus seinem Gedächtnis hervorholen, das sehr tief versenkt worden war. Dann aber legte er los und war genauso geschwätzig wie fünf Tage zuvor. »Ja ja ... So hab' ick die Johanna kleingeschnitten. Det is nämlich 'ne Kunst, wissen Se, det kann keener, der et nich jelernt hat. Wie ick damals in Neuruppin. Kliefoth hieß mein Meesta, det weeß ick noch janz jenau. Und rausjeflogen bin ick bei ihm nur, weil ick seine Alte jefickt habe. Det hatta nich so jern jehabt. Aba die hat jejuchzt. Die wollte keen Jeld, die wollte nur mein Ding drinne ham. Die hätt' mir ooch noch wat dafür bezahlt. Und als ick denn hier nach Berlin jemacht bin, da hab' ick ja ooch noch bei eem Fleischer jearbeitet, jleich hier um de Ecke am Alex. Und jelernt is jelernt. Ob Se nun Schwein zerlegen oder 'nen Menschen, det is detselbe. Fleisch is Fleisch und Knochen sind Knochen. Da is keen Untaschied bei. Aba schwera is et jewesen. In 'ner Fleischerei, da ham Se ja so ville Messa und ooch 'n richtijet Hackebeil, aba bei mir inne Wohnung da ... Besonders mühsam isset mit det Rückgrat jewesen, da hätt' ick mir fast selba in'n Bauch jestochen. Det is schon 'n Kunststück jewesen, det in'a Mitte eenmal durchzuschneiden.«

So ging es endlos weiter, und Dr. Friesack notierte sich in seinem Block: *Absoluter Mangel an irgendwelchem menschlichen Empfinden. Kalt gegenüber allem Grauen. Zynische Rohheit.*

Als Karl Großmann auf dem Tisch auch ein paar Unterarme liegen sah, von denen das Fleisch nicht abgetrennt war, meinte er, daß man diese fortschaffen solle. »Die sind nich von mir abjeschnitten worden, nee, bei mir is det imma allet janz sauba. Und ooch die andren Teile: noch so viel Fleisch dran ... Det muß die Eile jewesen sein, sonst ...«

Dr. Straßmann, der Pathologe, kam nun auf die Idee, eine intakte Frauenleiche in den Saal schaffen zu lassen. »So, Großmann, nun können Sie uns mal ganz genau zeigen, wie Sie das bei der Nitsche und bei der Sosnowski gemacht haben.«

Karl Großmann ließ sich das nicht zweimal sagen, und als er fertig war, bezeichnete Dr. Straßmann die von ihm gewählte Methode als äußerst geschickt. Großmann strahlte und sagte: »Danke für die Blumen, Herr Doktor.«

Werneburg kam nun mit seinem großen Coup: »Ja, Großmann, nun muß ich Ihnen mal was sagen: Sie haben uns erzählt, die Leichenteile, die Sie hier sehen, die stammen von der Johanna Sosnowski ... So ist es doch?«

»Ja.«

»Da muß ich Sie aber enttäuschen: Das kann gar nicht sein, denn diese Teile sind alle zwischen dem 7. und dem 10. August aus dem Luisenstädtischen Kanal gefischt worden – also zu einer Zeit, zu der die Sosnowski unter Garantie noch gelebt hat.«

Doch Karl Großmann ließ sich dadurch nicht erschüttern. »Tja, dann muß ick mir ebent jeirrt ham.«

»Also sind das nicht die Überreste der Johanna Sosnowski?«

»Wenn Sie et sagen.«

»Also: nein?«

»Ja.«

Dr. Riemann stieß nach. »Und von wem stammen sie dann?«

Karl Großmann wurde immer unwirscher. »Weiß ich nicht.«

»Aber das ist doch Ihre Handschrift, da sind Sie doch eben noch ganz stolz drauf gewesen.«

»Ick hab' die nich zerschnitten, und ick hab' die nich in'n Kanal jeworfen. Det is'n andrer jewesen, det woll'n Se mir nur untajubeln.« Dr. Straßmann zeigte ihm nun den zuerst gefundenen Schädel, und er wurde immer erregter. »Weiß ick nich, kenn ick nich. Lassen Se mir doch bloß mit dem janzen Scheißdreck in Ruhe.«

Werneburg winkte die anderen zur Tür. »Kommen Sie, machen wir Schluß für jetzt. Heute nachmittag im Präsidium geht's weiter.«

Aber auch bei dieser Vernehmung blieb Karl Großmann hartnäckig dabei, nur zwei Frauen, die Nitsche und die Sosnowski, umgebracht zu haben.

»Allet wat Se noch an Leichenteile jefunden ham, für die kann ick nischt. Da muß in Berlin noch 'n andrer rumloofen, der Leichen zerstückelt. Den Täter, den suchen Se mal, der den Kopp zaschnitten hat, den Kopp da, den Se mir imma wieda zeigen. Wenn Se zu dämlich sind, den zu finden, denn muß ick det ausbaden. Nee, Sie, nee, nich mit mir, da suchen Se sich mal 'n andren Idioten für!«

So ging das zwei Tage lang.

Es war Freitag, der 16. September 1921, und so konnte Dr. Friesack wieder damit rechnen, daß sein Vater auf dem U-Bahnhof Nürnberger Platz ganz zufällig in den Zug stieg, in dem er zum Alex fuhr – zweiter Wagen, erste Tür. Die Verabredungen für das nahende Wochenende waren zu treffen. Sonntags hielt es der Alte nie allein zu Hause aus, aber auch seine Enkelkinder warteten auf ihn. Und richtig: Der Herr Prof. Dr. Ferdinand Friesack stand schon winkend auf dem Bahnsteig. Sie begrüßten sich herzlich und kamen, als alle familiären Neuheiten abgehandelt worden waren, schnell auf Karl Großmann zu sprechen.

»Schön, daß Neuruppin nun nach Schinkel, Fontane und Gustav Kühn einen vierten Sohn besitzt, der in die Geschichte eingegangen ist. Wenn ich so lese, daß dieser Großmann mindestens zwei Dutzend Frauen auf dem Gewissen haben soll, dann scheint mir, daß Fontane das irgendwie vorausgeahnt hat ...« Und er zitierte aus einem Gedicht, das im Jahre 1844 entstanden war: *»Ich kenn einen Jäger, man heißt ihn ›Tod‹:/Seine Wang ist blaß, sein Speer ist rot,/ Sein Forst ist die Welt, er zieht auf Pirsch* ... Und Großmann ist von Neuruppin aus auf die Pirsch gezogen. Was meint ihr denn: Wie viele Morde werdet ihr ihm nachweisen können?«

»Ich fürchte, nicht sehr viele.«

»Ach, wenn doch die Toten sprechen könnten.«

»Das tun sie höchstens durch ihre Knochen, ihre Asche und das, was sie an Kleidung hinterlassen haben.«

Aber auch das half ihnen im Fall Karl Großmann nicht mehr weiter, und so rechneten sie in der Mordkommission fest damit, daß auch dieser Tag die Überschrift »Nichts als Stillstand« tragen würde. Doch da sollten sie sich gehörig geirrt haben. Dabei begann in der ersten Runde am Vormittag alles wie gewohnt.

»Großmann, Sie wollen uns heute ganz sicher von dem dritten Mädchen erzählen, von dem sie so furchtbar geärgert worden sind, daß Sie ...«

»Nein.«

»Dann fangen wir lieber mit der Frida Schubert an. Was war denn mit der?«

»Weiß ich nicht.«

»Und was ist mit der Grete Tschau?« fragte Dr. Friesack, als er sich in diesem Augenblick rein zufällig an den Besuch ihres früheren Bräutigams erinnerte.

Karl Großmann, der an diesem Tag noch blasser und elender aussah als sonst schon, blickte kurz auf. »Die Grete ...? Ich kenne keine Grete.«

Um Großmann weiter zu verunsichern und aus der Reserve zu locken, kam Werneburg nun die Idee, einfach den Namen von dessen Schwester zu nennen. »Und wie ist es mit der Guste Jakobs?«

Großmann kniff die Augen zusammen. »Wat hat denn meine Schwester mit det allet zu tun?«

»Na, Ihre ganze Familie zählt doch auch zu Ihren Opfern. Was Sie denen alles angetan haben, Ihren Brüdern und Schwestern, Ihren Neffen und Nichten! Mit einem Massenmörder verwandt zu sein, das ist doch Sippenhaft.«

»Außer meine eene Schwester hat sich nie eena um mir jekümmert.«

»Sie meinen die Guste?« Werneburg wollte sichergehen.

»Ja.«

»Na, dann holen wir die mal her und sehen, was die zu sagen hat. Wild, fahren Sie mal in die Hagenauer Straße und sehen zu, daß Sie die Frau Jakobs herschaffen können.«

Anderthalb Stunden später war es soweit. Die Geschwister fielen sich nicht etwa um den Hals, doch registrierte Dr. Friesack bei Karl Großmann immerhin einen Anflug von Gefühl, der hoffen ließ, daß Werneburgs Rechnung aufgehen würde.

»Ach, Karl, daß man sich unter diese Umstände wiedersehen muß«, stöhnte seine Schwester.

»In St. Moritz uff de Kurpromenade wär't mir ooch lieba«, war die Antwort.

»Wenn Vater und Mutter das wüßten.«

»Ja, is schon 'n Jlück, det se beede tot sind. Rechtzeitig sterben, det is schon wat Jutet.«

»Stimmt denn das alles, was so in'er Zeitung steht – über dich ...?«

Karl Großmann senkte den Kopf. »Ja.«

Seine Schwester sah die Kommissare an. »Er kann nichts dafür, er ist krank. In unserer Familie haben viele 'n Dachschaden. Das ist die schlimme Erbmasse von unserem Vater. Karl hat das alles geerbt, daß er die Mädchen ...«

»Die Gutachter werden das schon klären«, sagte Werneburg. »Wir hier sind nicht das Gericht. Wir sind nur dazu da, herauszufinden, wie es war. Wie viele Mädchen es waren.«

»Siehste, Karl. Und je mehr es waren, desto eher werden die Gutachter doch merken, daß du eigentlich in die Irrenanstalt gehörst, weil Vater dir das Böse alles vererbt hat und einer der Brüder dort schon verstorben ist. Du kannst da nichts für. Also: Sag die Wahrheit.«

»Hör uff, Juste. Ick hab' nur zwee erschlagen und keene mehr.«

»Karl, du mußt dich ehrlich machen.«

»Nur die beeden geh'n uff mein Konto.«

»Karl, sag die Wahrheit – mir zuliebe.«

»Ick werd's mir überlegen. Bis nachmittags um viere oder fünf. Da werd' ick 'ne Aussage machen.«

Doch als Großmann in den Nachmittagsstunden erneut vorgeführt wurde, erschien er ganz offenbar wieder mit dem festen Vorsatz, nicht die Wahrheit sagen zu wollen. Zäh wie immer zog sich die Vernehmung hin, und Stunde auf Stunde verging, ohne daß Karl Großmann ein drittes Geständnis ablegen wollte. Sie versuchten es mit immer neuen Tricks und Argumenten, doch vergeblich.

»Großmann, wieviel ist zwei mal zwei?«

»Warum fragen Sie mich det, det müßten Se doch selba wissen, Herr Kommissar!«

Dr. Riemann ließ sich nicht provozieren. »Vier, Großmann, vier. Das ist so sicher wie das Amen in der Kirche. Und genauso sicher ist es, daß nicht alle Leichenteile und Ascheneste, die wir bei Ihnen gefunden haben, zu der Nitsche und der Sosnowski gehören. Da muß es noch eine dritte Frau gegeben haben. Wer ist diese dritte Frau?«

»Warum fragen Sie mir det? Hat doch meine Schwester selba jesagt, det ick nich bis drei zählen kann.«

So ging es in endlosen Schleifen, und Dr. Friesack ertappte sich bei dem Gedanken, daß es die Obrigkeit im Mittelalter bei solchen Vernehmungen doch um einiges leichter gehabt hatte – wegen der Möglichkeit, den Verdächtigen mal eben auf die Folterbank zu spannen. Werneburg entsann sich schließlich der Aussage eines Mieters in der Langen Straße 88 und blätterte in den Akten, bis er die entsprechende Protokollnotiz gefunden hatte.

»Sagen Sie, Großmann, kennen Sie einen gewissen Clemens Netter?«

»Ja, dit is 'n Nachbar von mir.«

»So ist es. Und der Zeuge Netter hat am 22. August ausgesagt, daß er zwölf bis vierzehn Tage davor Licht in Ihrer Wohnung gesehen hat – bis zwei Uhr nachts.«

»Na und, was is'n da so Besonderet dran? Ick habe meine Zettel geschrieben für die Bestellungen bei meine Lieferanten, und ick hab' mein Jeld jezählt. Kleinvieh macht ooch Mist. Da wird et schon manchmal spät in'ne Nacht.«

»Schön, aber Netter hat in den nächsten Tagen auch einen üblen Geruch bemerkt, der eindeutig aus Ihrer Wohnung gekommen ist ...«

»Det war von die Karnickel, die ick jeschlachtet hab'.«

»Ach! Und warum haben dann die Chemiker kein Kaninchenblut auf Ihrer Holzbank gefunden?«

»Weil die et jar nich jesucht ham. Und untascheiden können die et ooch nich.«

»Rechnen wir mal«, fuhr Dr. Anuschat fort. »Der Zeuge Netter hat den ›bestialischen Gestank‹, wie er es nannte, in der Zeit zwischen dem 8. und dem 10. August wahrgenommen. Und unterstellt, daß er von einer verwesenden Leiche stammt, dann kann es nicht die Maria Nitsche gewesen sein, denn die haben Sie erst am 21. August getötet, und auch nicht die Johanna Sosnowski, denn die hat am 13. August dran glauben müssen. Es muß also, wenn die Gesetze der Logik Gültigkeit haben, eine dritte Frau im Spiele sein. Na ...?«

»Weiß ich nicht.«

Dr. Friesack rechnete weiter. Dem Gutachten Dr. Straßmanns zufolge hatten die Knochen, die wahrscheinlich zu diesem dritten Opfer Großmanns gehörten, sechs bis vierzehn Tage im Wasser gelegen. Gefunden hatte man diese Teile zwischen dem 7. und dem 10. August. Das ließ darauf schließen, daß Karl Großmann die Tat in den ersten Augusttagen begangen hatte. Aber wie ihm dies entlocken – das war die große Frage. Eine Antwort wußte keiner.

»Na gut, Großmann«, sagte Werneburg. »Wir haben Zeit. Und wenn es morgen früh werden sollte.« Die Dämmerung war schon hereingebrochen. »Und wenn Sie meinen, Ihrer Verurteilung dadurch entgehen zu können, daß Sie hier bis in alle Ewigkeit im Polizeipräsidium sitzen, dann haben Sie sich geirrt. Wir brauchen nicht zu warten, bis Sie uns geschildert haben, wie Sie Ihr 25. Opfer erschlagen haben, wir können auch morgen früh alles, was wir schon haben, an den Untersuchungsrichter schicken – und die Dinge nehmen ihren Lauf ...« Was am Ende stand, brauchte er nicht extra auszuführen: das Fallbeil. »Aber Sie können auch vorher noch reinen Tisch machen und hoffen, daß Ihnen Ihr Schöpfer das dermaleinst als einen Akt der Reue anrechnen wird.«

»Und Sie nur in die Irrenanstalt kommen«, fügte Dr. Anuschat hinzu.

Doch Karl Großmann schwieg. Schwieg lange. Fünf Minuten, zehn Minuten. Auch keiner der Beamten sagte etwas. Jeder vermied auch das geringste Geräusch.

Endlich stieß Karl Großmann, dabei schwer atmend, einen Namen hervor: »Grete!«

»Wer ist Grete?« fragte Werneburg.

»Die kam aus Schlesien.« Er beschrieb Alter, Größe und Figur der Frau mit knappen Worten. »Üba 20 isse jewesen, stark jebaut, aba mit'm schmalet Jesicht. Haare hat se dunkelblonde jehabt.«

»Wie hieß sie denn weiter?« fragte Dr. Jiehnke. »Grete ...?«

»Keene Ahnung, wie se hieß. Ick hab' ihr imma nur Grete jenannt.«

»Kann sie also auch einen ganz anderen Namen gehabt haben?«

»Ja, kann se.«

»Und – ist Ihnen an der Grete noch was ganz Besonderes aufgefallen?«

Karl Großmann überlegte einen Augenblick. »Ja, schlechte Zähne hat se jehabt. Und der Daumen an ihre rechte Hand war, wie soll man det sagen, also, der war verkrüppelt, war der.«

»Dann erzählen Sie mal«, sagte Werneburg und lehnte sich zurück.

Karl Großmann tat es, immer wieder zögernd, immer wieder ab- und ausweichend. Er habe diese Grete auf dem Andreasplatz kennengelernt. Sie sei mit ihm in seine Wohnung gegangen, sei ihm dort zu Willen gewesen, nachdem sie beide vorher gegessen und getrunken hätten. Dann wäre sie allein fortgegangen, um aber am nächsten Tage wiederzukommen. Sie habe bei ihm ihre Bluse gewaschen, sei dann abermals fortgegangen und erst einige Tage später zu ihm zurückgekommen. Sie hätten sich beide in jeder Weise verstanden. Zu dieser Zeit habe er aber eine Wirtschafterin namens Pürschke gehabt, die die Grete nicht mehr hereinlassen wollte. Erst als die Pürschke nicht mehr bei ihm wohnte, habe die besagte Grete ihn von neuem besucht, aber nun nicht mehr mit ihm in Berührung kommen wollen. Er sei wütend geworden, habe sie aufs Bett geworfen, mit dem Quirl auf ihr Gesicht losgeschlagen und ihr den Zipfel eines Handtuchs in den Mund gesteckt. Sie hätte noch zwei Stunden geröchelt. Inzwischen sei er aber zur Besinnung gekommen, und nun habe ihm das Mädchen leid getan. Er habe ihr Brust und Kopf mit Wasser gekühlt und die Haut gerieben. Als er merkte, daß sie tot war, habe er die Leiche zerteilt und sie fortgetragen, um sie im Luisenstädtischen Kanal zu versenken.

Die Beamten der Mordkommission hatten nun doch noch einige Fragen.

»An den genauen Tag können Sie sich nicht erinnern?«

»Nein.«

»Es wird der 3. oder 4. August gewesen sein«, sagte Dr. Friesack aufgrund seiner früheren Berechnungen.

Großmann reagierte genervt. »Weiß ich nicht.«

»Und womit haben Sie die Grete erschlagen?« fragte Dr. Anuschat.

»Kann ich mich nicht dran erinnern.«

»Auch mit der Reibekeule – wie die Nitsche?«

Karl Großmann lachte. »Bei der nächsten, die ich mir hole, mach ich 'n Photo von und schenk' Ihnen das, Herr Kommissar.«

Wieder waren alle perplex. Aber als Dr. Anuschat empört auffahren wollte, machte Werneburg eine beschwichtigende Geste, die heißen sollte: Lassen Sie ihn ruhig gewähren, je lockerer er wird, desto eher gibt er auch die anderen Morde zu, die er zweifellos begangen hat.

Dr. Jiehnke versuchte es wieder mit der Methode »vertraulich von Mann zu Mann«: »Wir haben schon viele Männer hier im Präsidium gehabt, die immer ganz wild wurden, wenn sie Blut gesehen haben, und deren Lust am größten war, wenn sie eine Tote benutzt haben. Ich hör' das gerne, erzählen Sie mal ...« Gespannt beugte er sich nach vorn.

Doch Karl Großmann fiel nicht darauf herein. »Ick erkläre hiermit, det ick keene geschlechtliche Erregung bei jehabt hab'.«

»Aber Sie haben doch die Grete am Andreasplatz schon deswegen angesprochen ...?«

»Nee, hab' ick nich! Und hör'n Se endlich uff damit: Ick bin keen Mörder, ick hab' ihr nur erschlagen, weil ick in dem Moment, wo se nich mit mir ficken wollte, tücksch uff ihr war. Det ist allet!«

Bei den Beamten der Mordkommission machte sich nun ein wenig Siegesstimmung breit. Trotz aller Erschöpfung und der Gewißheit, noch einen weiten Weg vor sich zu haben. Wieder rechnete Dr. Friesack: Für die ersten drei Geständnisse hatten sie fast vier Wochen gebraucht, und wenn Karl Großmann wirklich, wovon alle Fachleute ausgingen, mindestens zwei Dutzend seiner »Wirtschafterinnen« getötet hatte, dann hatten sie bei diesem Tempo bis Pfingsten 1922 mit ihm zu tun. Gerade sagte Werneburg, daß für heute Feierabend sei, da kam Großmann aus heiterem Himmel mit einer weiteren Überraschung.

»Und wenn Se mir 'n Kopp kürzer machen lassen, dann die Itzig jleich mit, denn die hat die Grete tot neben mir im Bette liegen seh'n, und ick hab' ihr Jeld dafür jejeben, det se nischt sagt.«

»Morgen ist auch noch ein Tag«, sagte Kriminalkommissar Werneburg. »Und die Itzig läuft uns nicht weg.«

Am 17. September 1921 war Dr. Raoul Friesack beim Frühstück gedanklich weniger bei Karl Großmann und Helene Itzig als vielmehr schon in Wendisch-Rietz am Südufer des Scharmützelsees, wohin sie nach Dienstschluß alle fahren wollten. Die ganze Familie einschließlich seines Vaters. Doch die Lektüre der *Berliner Morgen-Zeitung* führte ihn schnell wieder in den beruflichen Alltag zurück.

Großmanns drittes Mordgeständnis, stand da in großen Lettern – und darunter etwas kleiner, aber auch noch fett: *Mit der Leiche im Bett.* Nach einem Verweis auf das gestrige Verhör schrieb der Redakteur:

Hiernach kennt er sein drittes Opfer selbst nicht. Auch der Kriminalpolizei ist dessen Persönlichkeit noch nicht bekannt, doch dürfte es nach dem Geständnis Großmanns wohl bald gelingen, diese festzustellen ... Diese Grete war schon mehrmals bei Großmann gewesen, hatte bei ihm geschlafen, war dann aber wieder ihrer Wege gegangen. Nach einigen Tagen trafen sich dann beide auf Verabredung am Andreasplatz. Die letzte Nacht, in der das Verbrechen ausgeführt worden ist, erwachte Großmann nach seiner Darstellung um fünf Uhr früh. Als er mit dem Mädchen verkehren wollte, habe diese sich geweigert. Darüber ist er so wütend geworden, daß er nach irgendeinem Gegenstand gegriffen und damit auf den Kopf des Mädchens eingeschlagen habe. Dieses sei dann mit dem Kopf aus dem Bett gefallen, und auf dem Fußboden habe sich eine große Blutlache gebildet. Er habe, nachdem er am Puls festgestellt, daß das Mädchen tot gewesen sei, den Kopf wieder zurückgelegt und dann neben der Leiche noch bis acht Uhr morgens geschlafen. Um diese Zeit habe es an der Tür geklopft. Es war seine Flurnachbarin, Frau Itzig. Er habe schnell geöffnet und sich dann wieder neben der Leiche ins Bett gelegt, diese aber zugedeckt. Frau Itzig sei an sein Bett getreten und habe gesagt: »Karl, du hast schon wieder eine.« Er habe darauf geantwortet: »Ja, aber laß man, die schläft noch.« Frau Itzig aber habe die Bettdecke zurückgeschlagen und dabei gesehen, daß der Kopf im Blute schwamm. Zugleich sei sie auch in die Blutlache getreten. Dann habe sie sich das Mädchen genauer angesehen, und dabei habe sie ebenfalls gesehen, daß es tot gewesen sei. Als sie ihm das vorgehalten habe, habe er geantwortet: »Das ist wohl möglich!« Nun habe die Frau Itzig gesagt: »Nun rücke sofort mit 50 Mark heraus, sonst zeige ich dich an!« Das habe er dann auch getan, und Frau Itzig sei gegangen. Er habe dann das Blut aufgewischt ...

Die verhaftete Frau des Händlers Itzig war von vornherein der Mitwissenschaft verdächtig. Die Tür ihrer Wohnung ist von der Großmanns nur 1 1/2 Meter entfernt. Sie hat außerdem mit Großmann, wie dieser angibt, wiederholt verkehrt und ging bei ihm aus und ein. Hiernach war es gleich auffallend, daß sie nichts gehört und nichts gesehen haben wollte. Großmann erklärt jetzt, daß er ihr nicht einmal, sondern wiederholt Schweigegeld gegeben habe.

Dr. Friesack war gespannt, was aus dieser Beschuldigung werden würde. Bevor sie sich jedoch der Itzig zuwenden konnten, ging es noch einmal um die ermordete junge Frau, die Karl Großmann Grete genannt hatte. Noch in der Nacht hatte sich Oberwachtmeister Wild im Milieu am Schlesischen Bahnhof umgehört und von den dort tätigen Sittendirnen erfahren, daß nur eine der Kolleginnen – neben schlechten Zähnen – einen verkrüppelten rechten Daumen gehabt habe: die Elisabeth Barthel. Da sie registriert war, konnte ihr Photo schnell herbeigeschafft werden. Als man Karl Großmann diese Photographie vorlegte, erkannte er sie auf der Stelle als die Person wieder, die er als Grete bezeichnet hatte. Sie fuhren daraufhin ins Leichenschauhaus, wo er die ihm vorgelegten Körperteile als Teile der von ihm getöteten Grete beziehungsweise Elisabeth Barthel wiedererkannte.

Daraufhin hielt Werneburg ihm einen Kopf hin. »Und der, der ist auch von Ihrer Grete, um mal dabei zu bleiben, der Elisabeth ...?«

»Ja, det is ihr Kopp, det erkenn' ick an die Zähne.«

Werneburg sah ihn prüfend an. »Sind Sie sich da ganz sicher?«

»Ja.«

»Da haben Sie also den Unter- vom Oberkiefer abgetrennt?«

»Weiß ich nicht mehr.«

Daß Kommissar Werneburg immer wieder auf den Kopf zu sprechen kam, hatte seine besondere Bewandtnis. Zwar konnten die fraglichen Leichenteile der Elisabeth Barthel zugerechnet werden, nicht aber der Kopf. Dr. Straßmann hatte in seinem Gutachten das Alter der getöteten Frau mit 24 bis 25 Jahren angegeben, was sich mit den Aussagen Großmanns deckte; dem zahnärztlichen Gutachten Dr. Peters zufolge ließ der Großmann eben vorgelegte Kopf aber auf *eine Frauensperson* zwischen 35 und 50 Jahren schließen. Es war deshalb zwingend anzunehmen, daß er nicht der Elisabeth Barthel gehört hatte, sondern einer anderen Frau, deren Leichenteile nicht beziehungsweise noch nicht im Wasser gefunden oder von Großmann verbrannt worden waren.

»Ich bin überzeugt, daß er wirklich eine Frau mit dem Vornamen Grete gekannt und getötet hat«, sagte Werneburg, als sie wieder im Präsidium waren. Also fragte er Großmann, ob und wie viele »Wirtschafterinnen« mit dem Vornamen Grete er gehabt habe.

»Weiß ick nich. Stücker drei oder vier ...«

Daraufhin legte man ihm die Photographien aller Frauen vor, die als vermißt gemeldet worden waren und den Vornamen Grete trugen.

»Erkennen Sie eine davon wieder?«

»Nein.«

Wie auch immer, die Mordkommission konnte davon ausgehen, daß es mit Sicherheit ein viertes nachweisbares Mordopfer Großmanns gab, und es sprach einiges dafür, daß es die schon öfter erwähnte Frida Schubert war.

»Ich bin mir absolut sicher, daß Großmann noch eine Reihe anderer Frauenspersonen auf dem Kerbholz hat«, sagte Ludwig Werneburg. »Zunächst aber wollen wir dieser Itzig mal tüchtig auf den Zahn fühlen. Ich kann mir nicht vorstellen, daß die Itzigs die ganze Zeit über nichts von Großmanns Treiben bemerkt haben wollen.« So ließ er Helene Itzig ins Zimmer bringen und hielt ihr die Aussagen ihres Nachbarn vor. »Nun, was sagen Sie dazu?«

»Det is allet erstunken und erlogen, Herr Kommissar. Fragen Sie meinen Mann.«

Das wollte Werneburg nicht. Die beiden hatten sich ja ohnehin abgesprochen. »Und daß Sie mit Großmann geschlechtlich verkehrt haben ...?«

»Seh' ick so aus?!«

Fast hätte Dr. Friesack dazwischengerufen: »Ja!«, konnte sich aber gerade eben noch zügeln.

»Sie haben aber ein Mädchen neben Großmann im Bett gesehen?«

»Ja, aber ick hab' doch nicht wissen können, daß die schon tot jewesen is.«

Dr. Riemann bluffte nun wieder ein wenig. »Wie kommt es eigentlich, daß Sie jeden Tag im Zimmer Großmanns gewesen sind? Ich geh' doch auch nicht jeden Tag in die Wohnung meines Nachbarn ...«

»Na ...« Die Itzig zögerte einen Augenblick. »Mein Mann ist doch nebenbei auch Händler, und da hab' ick bei Zickenkarl nachjesehen, ob der wat bei sich liegen hatte, wat mein Mann noch irgendwo loswerden konnte. Alte Kleidungsstücke und so.«

»Und da ist Ihnen nie aufgefallen, daß Blut an den Kleidern war?«

»Nee, da war nie wat.«

»Das sollen wir Ihnen glauben?«

»Ja, weil det die Wahrheit is.«

Werneburg schüttelte den Kopf. »Nee, liebe Frau ...« Für ihn war sie Mittäterin, aber er war sich auch im klaren darüber, daß man ihr das kaum nachweisen konnte. »Und was meinen Sie, warum Karl Großmann Sie derart beschuldigt hat?«

»Aus reine Rachsucht, Herr Kommissar, weil ick doch, als det mit die Nitsche war, det Jeschreie und Jewimmere, weil ick doch zu mei'm Mann jesagt habe: ›Los, hol die Polizei!‹«

Werneburg sah ein, daß er gegen dieses Argument beim Untersuchungsrichter keine Chance hatte, und ließ die Itzig wieder laufen.

Als die Männer der Mordkommission Werneburg-Riemann am 28. September 1921 beisammensaßen und wieder einmal, mehr und mehr der Verzweiflung nahe, darüber berieten, wie man Karl Großmann endlich »knacken« und zu weiteren Geständnissen bringen konnte, erschien der Kriminalsekretär Oehmig, Leiter der

Vermißtenstelle der Kriminalpolizei, um ihnen zu berichten, daß es ihm mit Hilfe zweier Kollegen gelungen sei, den Leichenfund am Nikolassee aufzuklären.

»Bei der Toten handelt es sich um die 31 Jahre alte Anna Wrobel aus Posen, beschäftigt gewesen in der Fleischbeschaustelle des städtischen Schlachthofes. Gewohnt hat sie bei einem Hausdiener namens Oberndorf in der Zionskirchstraße 39a, dem sie die Wirtschaft geführt hat und mit dem sie auch ein Verhältnis hatte. Anfang September letzten Jahres hat er sie dann aus Eifersucht ermordet, und ein ihm bekannter Schlächter, der 30 Jahre alte Robert Zintler aus der Schivelbeiner Straße 21, hat ihm dann geholfen, die Leiche fachgerecht zu zerlegen.«

»Also nicht unser Karl Großmann!« entfuhr es Ludwig Werneburg, und Dr. Friesack konnte ihm die Enttäuschung ansehen. Alle ahnten, was nun kommen würde: Höherenorts würde man darauf drängen, die Suche nach weiteren Opfern Großmanns als »vergebliche Liebesmüh« anzusehen und kurzerhand einzustellen. Ob nun drei Lustmorde oder dreißig – das Fallbeil war ihm sicher.

Und richtig, als die Kommissare sich bei der Staatsanwaltschaft eingefunden hatten, hieß es unmißverständlich: Schluß jetzt, es reicht! »Aber allein in diesem Jahr haben wir noch ein Dutzend ungeklärter Frauenmorde in Berlin«, hielt Werneburg dem entgegen. »Und Hinweise darauf, daß Karl Großmann es gewesen sein könnte. Aber nicht nur das: Seit 1914 ist er wieder in Berlin, und alles deutet darauf hin, daß er auch da schon gemordet hat. Acht Jahre sind das – und allein in diesem August hat er nachweislich drei Frauen ermordet. Mein Gott, wenn man das multipliziert, dann kommt man zu furchterregenden Schlüssen. Und denken Sie an die Aussagen der Zeuginnen, denen Großmann Kleidungsstücke geschenkt hat – Kleidungsstücke ihrer Vorgängerinnen. Da diese armen Dinger unter Garantie nichts weiter besessen haben als das, was sie am Leibe trugen, kann man sich nur einen Reim darauf machen. Außerdem ist da noch die andere Frage: Wie ist Karl Großmann zu dem vergleichsweise vielen Geld gekommen, das er immer bei sich gehabt hat? Doch nicht nur durch den Verkauf von Streichhölzern und Würstchen! Die Kleidungsstücke und sonstigen Habseligkeiten seiner Opfer wird er verhökert haben.«

»Trotzdem: Eine sichere Beweisführung dürfte da nicht möglich sein«, kam es von der Staatsanwaltschaft. »Also, Werneburg: Fertigen Sie und Dr. Riemann Ihren Bericht, und dann wird Großmann dem Untersuchungsrichter vorgeführt. Das Aktenmaterial kommt zu uns.«

So blieb ihnen nur, quasi heimlich weiterzumachen und gleichzeitig offiziell einen Schlußbericht abzuliefern und ein Fazit zu ziehen:

Wie bereits erwähnt, will Großmann in sämtlichen von ihm zugegebenen Fällen die Frauenspersonen erschlagen haben. Er spricht auch nur von Totschlag. Tatsächlich scheint er jedoch systematisch vorgegangen zu sein. Er hat sich als Opfer stets Frauen ausgesucht, die mittellos, wohnungslos und ohne Anhang waren. Er wußte also von vornherein, daß diese Personen niemals vermißt werden würden und daß die Ermittelung dieser Personen sehr schwierig bzw. unmöglich sein würde. Die von ihm angegebenen Gründe für den Totschlag sind in sämtlichen drei Fällen unglaubhaft. Im Falle der Nitsche fingiert er einen Diebstahl. Die Sosnowski will er erschlagen haben in der Wut, weil sie ihm gegenüber geleugnet hätte, daß sie noch einen Bräutigam habe. Die Grete hat er angeblich erschlagen, weil sie ihm den Geschlechtsverkehr verweigert hätte. In Wirklichkeit wird er wie im Falle Nitsche die mit Vorbedacht ausgewählten Opfer gefesselt und sie dadurch, daß er ihnen die Finger in den Hals steckte, erstickt haben.

Großmann ist ausweislich seines Strafregisters ein schwer vorbestrafter Mann, dem die Praxis der Polizei- und Gerichtsbehörden durchaus vertraut ist. Auf diese Kenntnis baut er mit großem Raffinement seine Verteidigung auf. Seine Jugend und sein Mannesalter bis zum 34. Lebensjahr sind charakterisiert durch ein unstetes Vagabunden- und Wanderleben. Er ist seinem zügellosen Triebe nach Freiheit und Umherstreifen in der Welt ebenso zügellos gefolgt. Sein Sexualempfinden hat sich frühzeitig auf abnormem We-

ge befunden, was einwandfrei aus seinen einschlägigen Vorstrafen hervorgeht. ... Dies ungezügelte sexuelle Triebleben hat ihn dann auch zu den hier in Frage kommenden Verbrechen getrieben.

Großmann wurde am 21. August 1921 festgenommen. Seine äußere Erscheinung machte einen durchaus verwahrlosten und vollkommen ungepflegten Eindruck, wie sie selbst in den Kreisen, zu denen er gehört, nur in ganzen Ausnahmefällen zu finden ist. Auffallend an ihm war besonders sein helles Auge, das einen klaren, durchdringend kalten Blick hatte. Trotz seines äußerlich ruinenhaften Aussehens besitzt er eine für sein Alter als bedeutend anzusehende Kraft ...

Allen äußeren Eindrücken gegenüber, die dem normal empfindenden Menschen ein Grauen oder ein tieferes Mitleid mit den Verwandten seiner Opfer einflößen, blieb er kalt, bzw. zeigte er eine zynische Rohheit ...

Großmann ist weder durch Güte noch durch Härte zu fassen. Seine Geständnisse legte er schließlich unter der Wucht des gehäuften Beweismaterials und unter der Vorstellung ab, daß diese geeignet seien, ihn ins Irrenhaus zu bringen und ihn vor der von ihm so gefürchteten Todes- bzw. Zuchthausstrafe bewahren könnten.

SECHSTER TEIL

Ein Vogel freut sich des Lebens

DREIUNDZWANZIG

24. Oktober 1921

Friedrich Zetzscha saß am Frühstückstisch und schwitzte. Und das im Oktober! Zwar war die seit Monaten anhaltende Hitzewelle in Deutschland am gestrigen Sonntag mit heftigen Gewittern zu Ende gegangen, doch seine schmale Kammer war immer noch die reinste Sauna. In Karlsruhe hatte es die Rekordtemperatur von 39 Grad gegeben, und bei ihm zu Hause in Breslau war das Thermometer immerhin auch auf 37 Grad geklettert. Sein Vater hatte arg mit dem Kreislauf zu tun gehabt. Die Wasserstände waren dramatisch abgesunken. Die Pfalz bei Kaub hatte man vom Ufer aus zu Fuß erreichen können, und in Teilen Berlins waren – wegen des Druckabfalls in den Leitungen – Wasserrationen an Tankwagen ausgegeben worden.

Während Zetzscha seine Marmeladenbrote aß, blätterte er in den Zeitungen. Da sein Etat zu klein war, als daß er sich die neuesten vom Tage hätte leisten können, griff er gern auf die älteren Exemplare zurück, die seine Wirtin sammelte, um darin vorn im Laden ihre Waren einzuwickeln. Immerhin waren diese vom Oktober 1921. Die Berliner Kellner streikten, weil der Magistrat das Verbot der Trinkgelder plante. Der Kölner Oberbürgermeister Konrad Adenauer hatte unterm Dom die Generalversammlung des Bundes deutscher Frauenvereine eröffnet. Feldmarschall Paul Hindenburg faselte davon, daß das deutsche Heer im Weltkrieg verraten worden sei. Eine Reihe von Spielfilmen hatte in Berlin seine Uraufführung erlebt: *Der müde Tod* in der Regie von Fritz Lang und mit Lil Dagover in der Hauptrolle, *Verlogene Moral* mit Adele Sandrock, *Das indische Grabmal, 1. Teil: Die Sen-*

dung des Jogi von Joe May und *Die Hintertreppe* von dem Regisseur Leopold Jessner – mit Henny Porten und Fritz Kortner. In Paris war der 16. Internationale Automobilsalon eröffnet worden und in Turin der 1. Internationale Soziologenkongreß. Zetzscha bedauerte sehr, nicht dabei gewesen zu sein. Die Verständigung der europäischen Völker hatte im Mittelpunkt gestanden.

Hedwig Nothvogel kam herein, ihm einen großen Kaffeetopf mit dampfendem Muckefuck zu bringen. »Na, wieder auf der Suche nach Neuigkeiten über Großmann?«

»Nein, da wird ja auch bis zum Prozeß nichts Großes mehr kommen.«

»Wenn man bedenkt, daß Sie ihm Auge in Auge gegenübergestanden haben.« Die Kolonialwarenhändlerin schüttelte sich.

»Gräßlich war er schon. Aber ich bin ja keine Frau.«

»Ob Ihre Braut denn wirklich ...« Sie wagte nicht weiterzusprechen.

Zetzscha sah sie an. »Die letzten beiden Wochen hatte ich genug in der Universität zu tun, aber jetzt, wo alles angelaufen ist, werde ich mich wieder mehr um Gretes Schicksal kümmern. Mit einem der Kriminalkommissare, dem Dr. Friesack, habe ich Kontakt geknüpft, und außerdem will ich nachher gleich mal den Rechtsanwalt aufsuchen, der Großmann verteidigen soll, einen gewissen Frey, Erich Frey.«

»Von dem hab' ich schon gehört, als sie gegen den Schumann verhandelt haben, den Massenmörder da aus Falkenhagen.«

»Ah ja.« Jetzt konnte sich auch Friedrich Zetzscha dunkel erinnern. »Der Frey, das war doch der mit dem Monokel.« Nun konnte er Männer mit Monokel auf den Tod nicht ausstehen, aber als er dann um elf Uhr in der Zimmerstraße Dr. Dr. Erich Frey in seiner Kanzlei gegenüberstand, sah er, daß das durchaus keiner dieser feisten konservativen Kriegstreiber war, wie er sie aus den Karikaturen linker Blätter kannte.

»Was kann ich für Sie tun, junger Mann?« fragte Frey.

»Meine Braut wird seit fast einem Jahr vermißt, und Karl Großmann soll sie gekannt haben ... Sie ist aus Breslau nach Berlin gekommen.«

»Genau wie ich.« Der Anwalt wurde um einiges persönlicher. »Nehmen Sie doch bitte Platz. Ja, wie bin ich an Großmann geraten? Nicht aus eigenem Antrieb, sondern weil er darauf bestanden hat, mich als Strafverteidiger zu haben. Weil ich den anderen Massenmörder, den Schumann, so schön ›runterjekricht‹ hätte, so Großmann wörtlich.«

»Und was hat er damit gemeint?«

»Wohl, daß sie den Schumann einen Kopf kürzer gemacht haben. Trotz oder wegen meiner Verteidigung. Wie auch immer, Kriminalkommissar Werneburg hat zu seinem Oberwachtmeister gesagt: ›Wild, lassen Sie dem Kind die Bulette, und rufen Sie den Dr. Frisch-Fromm-Fröhlich-Frey an. Benachrichtigen Sie ihn von dem großen Glück, daß der Olle ausgerechnet ihn haben will.‹ Und dann hat Großmann mich auch akzeptiert, weil ich ihm versprochen habe, mich um seinen Vogel zu kümmern.«

»Den da?« Zetzscha hatte sich schon gewundert, warum ein so prominenter Anwalt wie Dr. Frey ein vergleichsweise schäbiges Bauer im Büro hängen hatte.

»Ja, sein Hänschen, sein Hänseken, wie er ihn nennt, seinen Zeisig.«

»Besuchen Sie ihn denn oft in der Untersuchungshaft?«

»Sicher. Im Augenblick ist er mit Ketten an die Wand seiner Zelle angeschlossen, weil er in einem Wutanfall einen Wärter gewürgt hat. Was ihn aber am meisten bewegt, ist die Angst, daß ich eine Katze in der Kanzlei haben könnte, die sein Hänseken tötet.«

»Wie *er* seine Wirtschafterinnen und möglicherweise meine Braut ... Ob Sie ihn bitte einmal nach Grete fragen könnten?« Zetzscha reichte Dr. Frey eine Photographie hinüber.

»Ja, natürlich.«

Friedrich Zetzscha bedankte sich und hatte, als er die Kanzlei verließ, wieder ein klein wenig Hoffnung, Grete doch noch zu finden. Als er wieder draußen auf der Zimmerstraße stand, überlegte er. Da er ohnehin unterwegs war und nicht im Hörsaal saß, konnte er auch gleich ins Polizeipräsidium am Alexanderplatz fahren und noch einmal mit Dr. Friesack reden. Er ging zum U-Bahnhof

Kochstraße und fuhr eine Station in Richtung Norden, um am Bahnhof Friedrichstadt in die Linie zum Alex umzusteigen.

Dr. Friesack war in seinem Büro und hatte auch ein paar Minuten Zeit für Zetzscha. »Jetzt ist zwar alles bei der Staatsanwaltschaft, aber wir sollen nun doch noch sehen, daß wir die restlichen Fälle aufklären.«

»Das macht mir ja etwas Hoffnung im Hinblick auf meine frühere Braut.«

»Hoffnung?« Dr. Friesack sah ihn zweifelnd an.

»Solange Grete noch nicht in der Liste der Ermordeten aufgetaucht ist.«

»Ist sie nicht, das hätten Sie spätestens in der Zeitung gelesen. Allerdings ist sie auch nicht unter den vielen Zeuginnen, die Großmanns Wohnung noch lebend verlassen haben. Mal diese Grete, mal jene, aber offenbar nicht Ihre. Großmann bringt da auch immer einiges durcheinander. Und die Hinweise, daß Grete Tschau mit ihm bekannt war, möglicherweise sogar mal ein paar Wochen als Wirtschafterin bei ihm gewesen ist, sind weder widerlegt noch letztendlich bestätigt. Nichts Genaues weiß man nicht. Irgendwie scheint sie dann plötzlich wieder verschwunden gewesen zu sein. Sie können aber gern noch einmal die Kleidungsstücke und die übrigen Sachen durchsehen, die wir bei Großmann sichergestellt haben.«

»Danke, ja.« Friedrich Zetzscha tat es, aber erneut ohne Ergebnis.

Dr. Friesack suchte ihn zu trösten. »Bleibt ja immer noch die Hoffnung, daß Ihre Braut Berlin verlassen hat und nun irgendwo in der Provinz unter einem Künstlernamen Theater spielt.«

»Das glaube ich nicht, denn dann hätte sie sich doch schon triumphierend in Breslau gemeldet.«

»Warten Sie mal ...« Dr. Friesack hatte einen Gedanken, wie er Zetzscha vielleicht doch noch weiterhelfen konnte. »Da sitzt bei meinem Kollegen Dr. Anuschat gerade eine junge Frau, die auch schon frühzeitig mit Großmann in Berührung gekommen ist und die wie Ihre Braut keine gewerbsmäßige Sittendirne war. Vielleicht hat die etwas gehört, was wir noch nicht wissen. Das ist die ...« Er mußte einen Blick auf seine Notizen werfen. »Dora Fedler, Lange Straße 5. Warten Sie ...« Er zitierte wörtlich: »*Im Juni 1921 ging die Ehefrau Fedler, welche damals hochschwanger war, die Krautstraße nach der Langen Straße zu entlang. Der Angeschuldigte folgte ihr dauernd, obwohl sie sich dies wiederholt verbat, und sagte schließlich zu ihr: ›Kind, ich möchte mal bei dir Blut lecken.‹* Das war alles. Wird Ihnen nicht viel nützen, aber ...«

»Na ja, schaden kann's ja nicht«, sagte Zetzscha, ohne sonderlich begeistert zu sein.

»Ich bring' Sie mal rüber, und wenn Dr. Anuschat mit der Fedler fertig ist, können Sie ja miteinander reden.«

So geschah es dann, und eine Viertelstunde später standen sich Friedrich Zetzscha und Dora Fedler im Gang des Polizeipräsidiums gegenüber. Er erzählte ihr in knappen Worten, worum es ihm ging. »Wir sind aus Breslau. Grete Tschau war meine Braut und ist nach Berlin, um ans Theater zu kommen. Eine Affäre mit einem Offizier war da auch noch ... Nun, wie auch immer, so wie die Dinge liegen, ist nicht auszuschließen, daß sie Großmann auf den Leim gegangen ist.«

»Da waren ja so viele Frauen ...« Dora Fedler war etwas unruhig. »Mein Baby zu Hause ...«

»Ich zeig' Ihnen nur schnell ein Photo von Grete.« Zetzscha hatte es immer in der Brieftasche stecken.

»Das ist sie!« rief die junge Frau ohne Zögern. »Die war bei Großmann, das weiß ich ganz genau.«

Zetzscha traf es wie ein Kolbenhieb, und er taumelte, mußte sich an einem Pfeiler festhalten. Ihm war, als hätte er eben die Nachricht vom Tod Gretes erhalten. »Dann ist sie also auch ...«

»Nein, nein!« Dora Fedler legte ihre Hand beruhigend auf seinen Arm. »Sie lebt noch, sie hat alles überlebt. Wenn auch ...« Erschrocken brach sie ab.

»Bitte, erzählen Sie doch ...« Zetzscha hatte sich wieder in der Gewalt.

»Ja, also ... Grete muß so vier, fünf Wochen bei diesem Großmann gewesen sein, so von Anfang Juni bis Mitte Juli etwa. Ich hab' sie ein paar Mal beim Einkaufen getroffen – mit Großmann zusammen – und hab' nicht verstanden, wie sie das bei dem ausgehalten hat, bei diesem Ekelpaket. Aber ... Wahrscheinlich wär sie sonst verhungert. Elend hat sie ausgesehen wie Braunbier mit Spucke. Zuerst jedenfalls, nachher muß es ihr besser gegangen sein. Versteh' ich nicht, aber: Des Menschen Wille ist sein Himmelreich. Bis sie ihm dann eines Tages schreiend weggelaufen ist. Halbnackt ist sie unsere Straße runter ... Geschlagen hat er sie. Ich bin gerade mit dem Kinderwagen vom Andreasplatz gekommen und hab' sie noch mit nach oben genommen. Eine Tasse Muckefuck hat sie bekommen und dann ein altes Kleid von mir. Man hilft ja, wo man kann.«

»Und dann?«

»Wollen Sie das wirklich wissen?«

»Ja sicher!«

»Dann ist sie wieder weg. Ein paar Geldscheine hatte sie ja bei sich. Die hat sie bei Großmann mitgehen lassen, bei ihrer Flucht. Ihren ausstehenden Lohn, hat sie gesagt. Damit ist sie in eine kleine Pension gezogen, irgendwo in der Madaistraße. ›Besuchen Sie mich doch mal, Frau Fedler!‹ Wollte ich ja auch, aber das Kind macht ja so viel Arbeit. Jetzt ist meine Mutter da, aber ...«

»Was ist denn nun mit Grete?«

»Mit Grete ... Na, gestern hatte ich nebenan was zu besorgen – ich bin ja Schneiderin und nähe zu Hause –, da komme ich an der Pension vorbei, in die Ihre Grete wollte, und denke, da kannst du doch gleich mal ... Da sagt mir die Wirtin: ›Tut mir leid, Ihre Bekannte ist jetzt in Herzberge.‹«

»In Herzberge ...?« Zetzscha konnte damit nichts anfangen.

»Na, in der Irrenanstalt. Dalldorf und Herzberge, das sind die beiden Irrenanstalten bei uns. Wissen alle hier. Aber Sie kommen ja aus Breslau.«

Zetzscha mußte sich gegen den Pfeiler lehnen. Vor seinen Augen zogen bunte Schlieren vorüber, und sein Kreislauf drohte abzukippen. Er ahnte, warum sie Grete eingeliefert hatten. »Es ist sicher passiert, als sie erfahren hat, daß Großmann ein Massenmörder ist.«

»Ja, genau an dem Tag, wo sie diese Bestie festgenommen haben. Als da der Auflauf war auf der Straße.«

Minuten später stand Zetzscha auf dem Alexanderplatz, ohne recht zu wissen, wie er dorthin gekommen war. Furchtbar niedergeschlagen war er, so deprimiert wie nie zuvor in seinem Leben. Nur noch das eine konnte er denken: Mein Gott, wie schrecklich ist das alles! Seine Grete in den Fängen der *Bestie vom Schlesischen Bahnhof*, seine Grete in der Irrenanstalt.

»Ich muß sie da rausholen!« Er sprach es immer wieder vor sich hin, und die Leute begannen schon, sich nach ihm umzudrehen. Er wagte es nicht, jemanden zu fragen, wie er denn nach Herzberge käme. »Da gehörste ooch hin«, wäre die Antwort gewesen, fürchtete er. Die Berliner Schnauze war nicht ohne. Schließlich fand er einen Stadtplan mit den Linien der Straßen-, S- und U-Bahn, doch der war so riesig – wie sollte er da Herzberge finden? Hilflos glitt er mit seinem Zeigefinger hin und her zwischen Ost- und Westkreuz, zwischen Gesundbrunnen und Schöneberg, ohne fündig zu werden. Schließlich wagte er es, einen Polizisten zu fragen. Auch der grinste, verkniff sich aber jede Bemerkung.

»Nehmen Sie die 68, die hält hier direkt vor Ihrer Nase, und fahren Se bis Endstation.«

Das tat er dann auch, und obwohl er kaum mehr als eine halbe Stunde in der Straßenbahn saß, kam es ihm vor wie eine Ewigkeit. Ihm war, als würde er zu seiner eigenen Hinrichtung fahren. Und vielleicht behielten sie ihn wirklich da, denn von Minute zu Minute wuchs seine Angst, sich im wahrsten Sinne des Wortes zu verlieren. Wer bin ich, wo bin ich, was will ich eigentlich hier? Mitunter war ihm so, als wüßte er es nicht mehr.

Und der junge Arzt in Herzberge, zu dem er schließlich vordringen konnte, um eine Besuchserlaubnis zu erwirken, sah ihn mehr als prüfend an, als er seine Geschichte vorgetragen hatte. »Ist Ihnen nicht wohl?«

»Doch, doch.« Zetzscha sah Grete schon vor sich. In einer weißen Zwangsjacke, die Hände hinter dem Rücken zusammengebunden. »Und das alles ist meine Schuld.« Jetzt war es endlich heraus.

»Erzählen Sie mal ...«

»Ohne meine Eifersucht, da ... Sie war mit diesem Lellichow

erst nur tanzen. Mehr war da nicht, ich habe Grete aber unterstellt, sie habe ein Verhältnis mit ihm. Sie war empört. Ein Wort hat das andere ergeben. Bis sie dann gesagt hat, wenn ich sowieso der Ansicht sei, da wäre was, dann könne sie ja wirklich mal ... Wir sind im Krach auseinander.«

Der Arzt nickte. »Ich habe das mit Ihrer Grete lange erörtert. Sie hatten dann keinen Kontakt mehr ...?«

»Nein. Grete ist mit Lellichow dann nach Berlin gegangen. Und ich hab' sie nicht aufgehalten ... Das mit der Schauspielerei war doch von vornherein eine Schnapsidee, und in Berlin, da mußte sie vor die Hunde gehen.«

»Ist sie ja auch. Fast jedenfalls. Dieser Großmann hat versucht, sie zu erschlagen, nachdem er sie gefesselt hatte. So wie viele andere Frauen wohl auch. Doch Grete hat sich gerade noch losreißen können, ein Bein freibekommen können. Mit dem hat sie ihn in den Unterleib getreten, so daß er von ihr ablassen mußte. Als sie dann erfahren hat, daß er ein Massenmörder ist, hat sie im wahrsten Sinne des Wortes den Verstand verloren. Das macht der Organismus manchmal, um einen Menschen zu retten, das ist sozusagen die letzte Sicherung. Jetzt haben wir Grete aber wieder so weit, daß sie voll zurechnungsfähig ist, also ganz normal. Nur ... sie kommt sich immer noch vor wie ... verzeihen Sie den Ausdruck ... der letzte Dreck, von Großmann entehrt, ohne alle Menschenwürde. Sie haben es in der Hand, diesen Zustand zu ändern. Kommen Sie, Herr ...«

Sekunden später hielt Zetzscha Grete im Arm.

VIERUNDZWANZIG

30. Juni bis 3. Juli 1922

Das Jahr 1921 sollte trostlos zu Ende gehen. Immer teurer und knapper wurden die Lebensmittel, und nicht alle Deutschen konnten sich satt essen. Weil die Eisenbahn den Transport in die unterversorgten Gebiete nicht sicherstellen konnte und die Schnapsbrennereien zudem große Mengen aufgekauft hatten, kam es vielerorts zur sogenannten »Kartoffelnot«. In Berlin fehlte es zudem an frischer Milch. Wegen der großen Trockenheit im Sommer gab es nicht genug Winterfutter. Erst die »Hoover-Hilfe« und später die »Quäkerspeise« aus den USA sorgten dafür, daß Kinder nicht verhungerten. Vielfach kam es zu Hamsterkäufen. Wegen der Wohnungsnot mußten immer mehr der ärmeren Familien in Notwohnungen untergebracht werden, und da war häufig Schimmel an den Wänden, und die Tapeten fielen herunter. Der Kurswert der Mark erreichte immer neue Tiefstände. Man fürchtete, daß es in Deutschland so kommen könnte wie in Rußland, wo die Hungerkatastrophe Millionen Opfer forderte.

Vom neuen Jahr wünschten sich die Menschen dementsprechend vor allem, daß die Folgen des Weltkrieges nun endlich überwunden wurden und Not und Mangel ein Ende nahmen. Doch schon am Neujahrstag 1922 gab es die erste Katastrophenmeldung: Eine Springflut hatte weite Teile des Strandes von Westerland zerstört. Als böses Omen nahm man es auch, daß am 20. Januar die Schokoladenfabrik Sarotti in Berlin-Tempelhof völlig ausbrannte. Es folgten im Februar ein großer Streik der Eisenbahner und im März eine kräftige Steuererhöhung. Als Folge hoher Preise und niedriger Löhne nahmen Not und Armut weiter zu.

Die junge Republik kämpfte weiter um ihr Überleben, und die radikale Rechte ließ nichts unversucht, die Verhältnisse nachhaltig zu verändern. Die Schlägertrupps der NSDAP, von Adolf Hitler zur »Sturmabteilung«, SA, geformt, machten mit Saalschlachten von sich reden, weitaus gefährlicher war aber der Geheimbund Organisation Consul, OC, der schon den Mord an Matthias Erzberger zu verantworten hatte. Begründet hatte ihn der ehemals kaiserliche Marineoffizier Hermann Ehrhardt, der sich mit seiner Brigade bereits bei der Niederschlagung kommunistischer Aufstände in Braunschweig und Oberschlesien hervorgetan hatte und nach dem Scheitern des Kapp-Putsches nach Bayern geflohen war. Hier hatte der Münchener Polizeipräsident ihm und seinen Anhängern falsche Pässe ausgestellt und sie vor der Strafverfolgung bewahrt. Im Juni 1922 sollte die Organisation Consul gleich zweimal zuschlagen. Am 4. Juni verübte eines ihrer Mitglieder in Kassel ein Säureattentat auf den dortigen Oberbürgermeister Philipp Scheidemann, der am 9. November 1918 die Republik ausgerufen hatte und ihr erster Ministerpräsident war. Scheidemann konnte jedoch noch rechtzeitig die von ihm mitgeführte Pistole herausreißen und den Attentäter vertreiben. Am 24. Juni gelang zwei OC-Mitgliedern der Mord an Walter Rathenau. Der Außenminister, von der Rechten als »jüdischer Erfüllungspolitiker« geschmäht, fuhr in seinem Wagen die Königsallee in Berlin-Grunewald hinunter, als man aus einem anderen Automobil auf ihn feuerte. Sein Körper wurde dann von einer anschließend geworfenen Handgranate zerfetzt.

Eine Woche danach, am 1. Juli 1922, sollte vor dem Schwurgericht I des Landgerichts Berlin der Prozeß gegen Karl Großmann beginnen. Die Menschen hatten angesichts der Politikermorde hingegen anderes im Sinn, als darüber zu diskutieren, wie viele Frauen *die Bestie vom Schlesischen Bahnhof* nun ermordet hatte: drei bis vier oder dreißig bis vierzig. Was den Großmann-Prozeß aber noch mehr an Öffentlichkeit kostete, war der Druckerstreik. Vom 29. Juni bis 12. Juli 1922 erschienen in Berlin keine Zeitungen, und ausweichen auf Rundfunk und Fernsehen konnte man nicht. Das Publikum war also in doppeltem Sinne ausgeschlossen. Dazu kam eine gewisse Abstumpfung gegenüber Mord und Totschlag, denn es gab in dieser Zeit zuviel davon, als daß man bei jedem neuen Fall in helle Aufregung versetzt worden wäre. Nach Mitteilungen des Polizeipräsidiums gab es im Jahre 1922 in Berlin 60 Festnahmen und 132 Anzeigen wegen Mordes, Mordversuchs und Kindesmordes und außerdem 1709 aufgefundene Leichen, bei denen Selbstmord angenommen wurde.

Der Strafverteidiger Dr. Dr. Erich Frey hatte sich inzwischen intensiv mit Karl Großmann beschäftigt. In seinen Erinnerungen von 1962 beschreibt er auch, wie er sich im Vorfeld des Prozesses mit dem legendären Ernst Gennat trifft:

Zehn Monate arbeitete die Mordkommission Werneburg verbissen an der Aufklärung der restlichen Fälle. Aber die Staatsanwaltschaft begann jetzt energisch auf Abschluß der Ermittlungen zu drängen.

Sie hatte es eilig mit dem Prozeß. Drei Morde reichten doch aus, um gegen Großmann die Todesstrafe zu beantragen. Die Polizei protestierte: Erst müßten alle Verdachtsfälle geklärt werden. Es kam zu einem scharfen Kampf zwischen Alexanderplatz und Moabit. Im Laufe dieses Streits lernte ich einen der interessantesten Männer kennen, die je in Deutschland Verbrechen verfolgt haben: Kriminalrat Ernst Gennat.

Damals hatte Gennat gerade das Mord-Dezernat übernommen. Er bat mich dringend, ihn zu besuchen. Er war eine imposante Erscheinung. Schon damals wog er über 200 Pfund ...

Schamhaft schob er einen großen Teller mit Kuchen in die Schreibtischschublade, als ich eintrat. Er war ein leidenschaftlicher Kuchenesser, gab es aber nicht gern zu.

»Im Fall Großmann liegen die Interessen von Kriminalpolizei und Verteidigung ausnahmsweise mal auf der gleichen Linie«, sagte mir Gennat. »Jetzt soll ihm wegen der kümmerlichen drei Morde der Prozeß gemacht werden. Hauptsache Kopp ab, er hat ja nur einen. Ich möchte mal wissen, wo die Herren von der Staatsanwaltschaft ihren Kopp haben. 23 Morde bleiben ungeklärt! 23mal die Chance, daß Unschuldige in Verdacht geraten.«

»Sie wollen also, daß Großmann noch eine Weile der Menschheit erhalten bleibt?«

»Ja, wie sind die Aussichten?«

»Schlecht.«

»Die Gutachter?«

»Professor Strauch und Professor Störmer werden ihn beide für zurechnungsfähig erklären. Ich ziehe als dritten Gutachter Doktor Kronfeld hinzu. Er ist überzeugt, daß Großmann den Paragraphen 51 bekommen muß. Ich selber glaube nicht, daß es Zweck hat. Ja, wenn sich der Bursche nicht so raffiniert verteidigt hätte. Jetzt glaubt ihm natürlich keiner den Dachschaden.«

»Genau das Gegenteil ist richtig!«

»Wieso?«

»Haben Sie schon einmal einen Triebverbrecher erlebt, der einen Lustmord gleich gesteht?« Gennat strich sich über sein enormes Doppelkinn. »Eher gibt so einer zu, daß er Raubmord begangen hat. Diese Burschen haben doch alle furchtbare Minderwertigkeitskomplexe. Erst wenn sie kapiert haben, daß es um die Rübe geht, reisen sie auf die triebhafte Tour.«

Einen Tag vor dem Prozeß saß im Romanischen Café ein junges Paar händchenhaltend beisammen: der Journalist und Soziologiestudent Friedrich Zetzscha und die Direktrice Grete Tschau. »Da haben sich zwei gesucht und gefunden«, wußte Hedwig Nothvogel all ihren Kundinnen zu berichten. Sie war mächtig stolz darauf, daß sie bei der bevorstehenden Hochzeit als Trauzeugin fungieren sollte.

»Herr Ober, eine kleine Flasche Sekt bitte!« rief Zetzscha.

»Bist du verrückt geworden?« fragte Grete.

»Nur trunken vor Freude: Wir kriegen die Wohnung in der Gräfestraße. Und darauf muß doch angestoßen werden.«

Was sie dann auch taten. Zwar würde er noch ein paar Jahre studieren, aber sie hatte ja ihre Stelle bei Jerxheimer, und ein paar Mark verdiente er mit seiner Schreiberei auch noch dazu. Nur mit dem ersten Kind würden sie noch etwas warten müssen. Mit ihrem Vater hatte sich Grete bereits versöhnt. Und auch mit den Breslauer Schwiegereltern kam sie ganz gut zurecht, denn denen war der schöne Schein wichtiger als alles andere, und dank Sarah, die inzwischen aus New York zurückgekehrt war und wieder so eng mit ihr zusammenhing wie früher, hatte sie die lukrative Stelle in Jerxheimers neuer Filiale am Dönhoffplatz bekommen. So wie sie nun gekleidet war, als Geschäftsführerin in erstklassigen Kostümen, konnte man sie ohne Übertreibung als eine schöne Frau bezeichnen – da nahm sie es mit den Stars von Film und Bühne auf.

»Steht also unserem Glück nichts mehr im Wege«, freute sich Zetzscha.

Grete Tschau rührte nachdenklich in ihrer Kaffeetasse, ließ den kleinen Löffel immer schneller kreisen, bis sie einen wahren Mahlstrom erzeugt hatte. »Wenn man bedenkt, wie nahe ich am Abgrund gestanden habe ...«

Friedrich Zetzscha kam aus einem kleinbürgerlichen Hause und hatte folglich immer davon geträumt, eine unberührte Frau zum Traualtar zu führen, war aber zugleich auch fasziniert vom Mythos des sündhaften und lästerlichen Weibes. Eine Frau mit Vergangenheit, die ihm im Bett alle Wonnen bescherte, war ihm letztendlich vielleicht sogar lieber als das reine, aber spröde Hausmütterchen. Und Grete war so eine hübsche und kluge Frau. Wie ihn sein Freund Reinhold Besenbinder um sie beneidete! Und das wollte schon etwas heißen.

Er holte aus zu einer kleinen Rede. »*Das Verbrechen eint die aufrechten Gemüter*, schreibt Emile Durkheim, der große französische Soziologe. Und so sollten wir nun auch anstoßen auf Karl Großmann, denn ohne ihn wären wir nie zusammengekommen.«

»Sag das vor Gericht, vielleicht kriegt er dann mildernde Umstände und wird nur einmal statt dreimal zum Tode verurteilt.«

Der Prozeß sollte unter Ausschluß der Öffentlichkeit stattfinden, und so hatte Zetzscha rechtzeitig dafür gesorgt, für eine Breslauer Zeitung die Akkredetierung als Polizeireporter zu erhalten. Zudem hatte er sich mit Dr. Friesack so weit angefreundet, daß der ihm sowohl die Kopien des Berichtes der Mordkommission als auch der Anklageschrift vom 6. Juni 1922 überlassen hatte. Was der Generalstaatsanwalt beim Landgericht I gegen Karl Großmann vorzubringen hatte, war trotz der fehlenden Aufklärung zahlreicher Mordfälle beeindruckend:

Großmann ist demnach ein roher, zügelloser und zu jeder Straf-

und Gewalttat fähiger Mensch, wenn es sich darum handelt, seinem Geschlechtstrieb und seinen perversen Gelüsten zu frönen. Er ist eine Verbrechernatur, bei der sich sittliche Vorstellungen überhaupt nicht finden und der jede von ihm begangene Roheit und Straftat zu rechtfertigen und zu beschönigen sucht. Durch Ausübung von Gewalthandlungen an Frauen wird seine Geschlechtslust erregt und gesteigert. Um diese Erregung auszukosten, scheute er vor keiner Tat zurück. Ein Gefühl der Reue über seine Taten hat er nicht. Aus dieser Veranlagung heraus sind die ihm jetzt zur Last gelegten Straftaten zu beurteilen und zu würdigen.

Im Fall der Maria Nitsche ging man davon aus, daß er planmäßig vorgegangen war und mit Vorsatz auf sie eingeschlagen hatte, *da es ihm nur noch darauf ankam, der noch lebenden Nitsche innere Verletzungen beizubringen und dadurch seine Geschlechtslust zu befriedigen. Daß er dies in der von ihm erstrebten bestialischen Art nur tun konnte, wenn er den Zeugen für seine Tat beseitigte, war ihm von vornherein nicht zweifelhaft. Deshalb faßte er den Entschluß, die Nitsche während oder nach den Mißhandlungen zu töten, und führte diese in allen Einzelheiten geplante Tat auch plangemäß mit ruhiger Überlegung durch.*

Nicht anders war die Argumentation im zweiten Mordfall:

Die Angaben Großmanns über seine Beweggründe zur Mißhandlung der Sosnowski sind ganz unglaubhaft. Von einer Frauensperson, die auf seine Aufforderung ohne weiteres mit in seine Wohnung kam, mußte er annehmen, daß es eine Sittendirne sei, die keine Verpflichtung zur Wahrung der Treue hatte. Offenbar handelt es sich hier um eine erdachte Ausrede, welche die Annahme einer Überlegung bei der Tötung ausschließen soll, denn zu irgend einer ernstlichen Empörung lag für den Angeschuldigten unter den obwaltenden Umständen kein Anlaß vor. Es kann nach der Sachlage nur eine vorher wohlüberlegte und planmäßig ausgeführte Tötung aus geschlechtlichen Beweggründen in Frage kommen. Nachdem er wenige Tage vorher auf ähnliche Weise die Barthel getötet und eben erst ihren Leichnam beseitigt hatte, als er die Sosnowski bei sich aufnahm, kann bei der perversen Veranlagung Großmanns nur Tötung mit Überlegung in Frage kommen. –

Großmann behauptet, daß ihm seit einigen Jahren unter dem Einfluß von Alkohol bei Ärger plötzlich ganz schwarz vor Augen werde, so daß er sich und seine Regungen nicht beherrschen könne. Die eingehenden ärztlichen Untersuchungen der Gerichtsärzte Medizinalrat Dr. Stoermer und Professor Dr. Strauch haben indessen keinen Anhalt für die Richtigkeit dieser Behauptungen des Angeschuldigten erbracht, insbesondere besteht auch für das Vorhandensein einer geistigen Störung, welche die freie Willensbestimmung ausschließt, keine Unterlage. Großmann ist vielmehr als geistig völlig gesund zu erachten trotz seiner erheblichen sittlichen Defekte. Hieran wird bei ihm auch durch Genuß von Alkohol nichts geändert.

Am 1. Juli 1922, einem Sonnabend, war es dann soweit: Der Händler Karl Großmann, geboren am 13. Dezember 1863 in Neuruppin, im »Merkblatt« der Justiz in die *Verbr.-Klasse: Massenmörder* eingeordnet, stand in Berlin-Moabit vor seinen irdischen Richtern. 51 Namen standen auf der Liste der geladenen Zeuginnen und Zeugen. Und Karl Großmann bot allen, die sich im Schwurgerichtssaal versammelt hatten, eine große »Show«. So zum Beispiel, als die Zeugin Emma Boritzki ihre Aussage machte.

» ... als wir in seine Wohnung waren, hat er erst mal 'n Kaffee jemacht, 'ne Tasse voll ooch für mich.«

»Da seh'n Se ma, wie die lügt, Herr Präsident. Et is keene Tasse jewesen, sondern 'n Topf, und da is ja wohl nu 'n jewaltiger Unterschied zwischen 'ner Tasse und 'nem Topf. In einen Topf, da geht zweimal soviel rin wie in 'ne Tasse.«

»Ja, wir haben verstanden. Bitte, fahren Sie fort, Frau Zeugin.«

»Aba da in den Kaffee, da muß a wat rinjemacht haben, denn der hat so komisch jerochen – und plötzlich war ick wie jelähmt, det heißt, ick hab' noch allet mitjekriegt, watta mit mir jemacht hat, konnte ma aba nich mehr bewegen.« Sie schilderte nun alles, was ihr widerfahren war, und schloß damit, daß sich Großmann ihr Blut von den Fingern abgeleckt habe. »In einem Steintopf war ooch 'ne dicke, rötliche Masse drin ...«

»Geronnenes Blut?«

»Ja, und in eem Koffer hat blutige Frauenwäsche drinjelegen.

Aba det is noch nich allet: Uff'm Herd hat schon det Wassa jekocht, in eem jroßen Topp drinne ... Und wenn ick meine Fesseln nich abjekriegt hätte, dann wär' ick ooch von ihm zastückelt worden, und denn hätta mir da drin jekocht ...« Sie bekam einen Weinkrampf und mußte innehalten.

Als Karl Großmann vom Vorsitzenden aufgefordert wurde, sich zu den Aussagen der Boritzki zu äußern, legte er los: »Das ist doch alles Quatsch, hohes Gericht, wat diese stinkige Lügnerin da abläßt! Diese verfluchten Huren mit ihre Niedertracht imma! Die hat ja bloß imma Wasser gesoffen aus der Pumpe am Andreasplatz, wie soll die denn da wissen, wie Kaffee schmeckt, richtiga Kaffee, keen Muckefuck. Da isset doch keen Wunda, det die richtigen Kaffee für 'n Gift hält. Die ist doch bescheuert, die alte Nutte die. Wat hat se von ihren Luden bekommen? Prügel hat se bekommen und bestimmt keen juten Kaffee. Ick will Ihnen nu mal sagen, wie ick den imma jemacht habe ...« Das tat er dann auch in aller Ausführlichkeit. »Und überhaupt habe ich sie sehr gut behandelt, das muß die Zeugin selbst zugeben, sie hat sich dürfen Kaffee nehmen, und ich habe ihr Schrippen gegeben.«

»Aber jeschmeckt hat mir's nich!« rief die Boritzki dazwischen. »Dazu war allet ville zu dreckig bei dir, det war ja wie im Schweinestall.«

Der Vorsitzende ergänzte das noch. »Es haben uns auch einige andere Zeuginnen erklärt, daß es bei Ihnen im Flur – ich zitiere – ›fürchterlich nach Aas gestunken‹ habe.«

»Ich bin geruchlos, Herr Präsident.«

»Was ja vieles erklären dürfte!« rief der Staatsanwalt.

Karl Großmann wurde nun richtig feierlich: »Bei mir ist es ganz sauber, da hätten Sie können vom Fußboden essen, meine Herren!«

Der Vorsitzende hob die Hände, um die aufkommende Heiterkeit zu ersticken. »Angeklagter, was sagen Sie dazu, daß Ihnen die Zeugin vorwirft, Ihre ganze rechte Hand tief in ihr Geschlechtsteil gesteckt und dort mehrere Male herumgedreht zu haben?«

»Na, sicher war det so, aba ick hab' ihr doch nur helfen jewollt. Sie hat nämlich die janze Zeit üba gejammert, det se hat Schmerzen im Unterleib. Und da hab' ick ihr untersucht und ihr 'ne Salbe rinjeschmiert.«

Hatte die Boritzki bis dahin trotz ihres Weinkrampfes einen ziemlich gefestigten Eindruck gemacht, so verfiel sie plötzlich in ekstatische Zuckungen und stürzte zu Großmann hin, um ihn zu attackieren. Schließlich fiel sie zu Boden und mußte von einem anwesenden Arzt und mehreren Gerichtsdienern nach draußen geführt werden.

Zetzscha schüttelte nur den Kopf. Es war doch ebenso unmenschlich wie unergiebig, diese Frauen angesichts der vielen anwesenden Männer und quasi in aller Öffentlichkeit nach so intimen Dingen zu fragen, mochten sie mehrheitlich auch aus dem horizontalen Gewerbe kommen, aber auch da blieb man ja zu zweit in einem abgeschlossenen Zimmer.

Großmann suchte den Zusammenbruch der Boritzki sofort für seine Zwecke zu nutzen. »Sie sehen ja selber, meine Herren, det die 'n Dachschaden hat und det se sich det allet nur einjebildet hat, wat bei mir soll jewesen sint.«

Auch Dr. Frey hakte hier ein und wies darauf hin, daß die Zeugin Emma Boritzki ganz augenscheinlich schwere Epileptikerin sei. » ... und so kann die bald nach dem Trinken eingetretene Betäubung sehr wohl auch auf einen Krampfanfall zurückzuführen sein.«

Das war der erste Verhandlungstag, und am Montag, dem 3. Juli 1922 ging es nicht viel anders weiter. Kronfeld schreibt zu Großmanns Verhalten beim Prozeß:

Auch im Verhandlungstermin bot Großmann diese weitschweifige, an lauter Einzelheiten klebende, Belangvolles und Belangloses durcheinanderwirbelnde, formal unbeholfene und schwer berechenbare Form der geistigen Produktion ... Er war niemals auch nur in der leisesten gefühlsmäßigen Fühlung mit Richtern, Geschworenen und Zeugen. So erklärt sich die abstoßende Wirkung seiner Persönlichkeit auf diesen ganzen Menschenkreis nicht allein aus seinen Handlungen, sondern auch aus diesem Gefühlsdefekt, der alle Regungen seiner Persönlichkeit schwer verständlich und widerwärtig machte ... Großmann hat keine einzige seiner sadisti-

schen Handlungen als im engeren Sinne sexuell motiviert zugegeben; er hat sie entweder abgestritten oder aus anderen Ursachen zu motivieren versucht.

Es wollte dem Vorsitzenden einfach nicht gelingen, Karl Großmann darauf festzunageln, bei seinen Manipulationen an den Zeuginnen Wollust empfunden und ejakuliert zu haben. »Sie müssen doch etwas gespürt haben, Großmann, als Sie die Zeugin derart mit gespreizten und an Ihre Feldbettstelle gefesselten Beinen vor sich gesehen haben ...?«

»Nein, nichts.«

»Aber warum haben Sie das dann getan?«

»Weil ick ihr untersuchen und helfen wollte.«

»Sie hat doch dabei furchtbar geschrien.«

»Solche Untersuchungen tun nu mal weh, da kann man nischt machen gegen. Aba die Frau is ja von'a Natur aus so jebaut, det sie Schmerz unten rum vertragen kann, weil sie das ja bei die Geburt auch erleben tut.«

Friedrich Zetzscha konnte sich schon denken, warum Karl Großmann auf keinen Fall als Sittlichkeitsverbrecher verurteilt werden wollte: Es war ja bekannt, daß diese Art von Täter im Zuchthaus auf der untersten Stufe stand und häufig von den Haftgenossen mißhandelt wurde. Aber vielleicht hoffte er auch nur, mildere Richter zu finden, wenn er nicht als Sittenstrolch galt.

Eine entscheidende Rolle kam nun den Gutachten zu, und da sollte es zu einer Kontroverse zwischen Prof. Strauch und Dr. Störmer auf der einen und Dr. Kronfeld auf der anderen Seite kommen. Sosehr Hyans Bemerkung auch zutreffen mag, daß die beiden Erstgenannten Großmann nur aufgrund von *Betrachtungen zwischen Tür und Angel* beurteilt haben, so wenig wird ihre generelle Kompetenz in Zweifel gezogen, auch nicht von Kronfeld:

Sämtliche Gerichtsgutachter waren sich darüber einig, daß es sich um einen schwer belasteten Mann handele. Der von Kindheit auf asozial und antisozial war, bei dem starke Defekte des ethischen Verhaltens und des Gefühlslebens überhaupt vorliegen, bei dem eine ungeheure affektive Erregbarkeit immer wieder zum

Durchbruch gelangt, und bei dem eine abnorm gesteigerte und perverse Sexualität im Sinne des Sadismus eine Haupttriebfeder seines Handelns bildete. Inwieweit eine geistige Schwäche vorlag, blieb dahingestellt, ebenso die Möglichkeit einer epileptoiden Komponente. In forensischer Hinsicht reichten diese Befunde nicht aus, um generell einen Zweifel an seiner Zurechnungsfähigkeit zu begründen. Zur Zeit der Taten, so wurde allgemein angenommen, bestand Erinnerung an alle Einzelheiten, und starke Affekte krankhafter Art, insbesondere der sexuellen Sphäre, wirkten in der Motivierung entscheidend mit ... Es gab keinen Gutachter, der auf Grund dieses Materials sich hätte entschließen können, die Zurechnungsfähigkeit Großmanns für die in Frage stehenden Delikte zu verneinen.

Nichtsdestoweniger hielt Dr. Kronfeld den Fall aus forensischer Sicht nicht für ausreichend geklärt und stellte deswegen mit Bezug auf § 81 der Strafprozeßordnung den Antrag, Großmann über sechs Wochen hinweg in einer Anstalt sorgfältig zu beobachten. Dieser Antrag wurde aber, was auch Hyan sehr bedauerte, von Kronfelds Kollegen nicht unterstützt und vom Gericht abgelehnt. Auch dies ist ein Grund für Kronfeld, sich kritisch zum Großmann-Prozeß zu äußern:

Mir scheint ... der Fall in vierfacher Hinsicht nicht genügend geklärt: Erstens verschleierte das von Großmann gewählte Verteidigungssystem den Hergang der Tötungshandlungen in einer Weise, die ein forensisches Urteil zu seinen eigenen Gunsten äußerst erschwerte. Es gibt zwei Möglichkeiten: Entweder hat Großmann, wie die Anklage glaubt, die Mädchen vorsätzlich und mit Überlegung ermordet; d. h. er hat vom Augenblick an, wo er sie anlockte, den Plan ihrer Ermordung aus sexueller Begier gehabt und in der Handlung verwirklicht. Oder er hat zunächst nur sexuelle perverse Triebe gehabt, denen er nachging, und diese Triebe haben ihn im Laufe der einzelnen Triebhandlungen immer weiter fortgerissen, bis die Mädchen ihm unter den Händen starben. Es ist ferner die Frage der Überlegungsfähigkeit im allgemeinen, die bezüglich Großmanns bei allen seinen Handlungen aus sexuellem Triebe oder Affekte generell gestellt werden muß. – Zweitens müßte man die einzelnen Zeuginnen über sein Verhalten bei sexueller Betätigung ärztlich befragen ... Drittens ist der Fall ja klinisch ungeklärt. Es ist leicht möglich, daß epileptoide Episoden, endogene Verstimmungen usw. in der klinischen Beobachtung in Erscheinung getreten wären, die bei gerichtsärztlichen Besuchen im Gefängnis der Aufmerksamkeit entgehen mußten. Besonders ungeklärt ist ja auch die Frage seiner Intelligenz in klinischer Hinsicht. Und viertens endlich ist seine Alkoholtoleranz eine ungelöste Frage.

Das alles veranlaßte Friedrich Zetzscha, in seinem Beitrag für die Zeitung in Breslau gehörig Kritik an den Behörden zu üben:

Es scheint im Fall Großmann nun wirklich das Bedürfnis nach einem kurzen und billigen Verfahren den Sieg über die Wissenschaft davonzutragen, was indes nicht sein darf, wollen wir künftigen Generationen Fingerzeige darüber geben, wie sie es anstellen müssen, dem Volk Massenmörder vom Schlage Karl Großmanns zu ersparen. Aber noch ist der Prozeß ja nicht zu Ende – und wir hoffen auf Verhandlungstage, die uns höheren Erkenntnisgewinn bringen werden, vor allem aber darauf, daß Großmann dahin zu bringen ist, doch noch Auskunft über mögliche weitere Opfer zu geben, deren Zahl man auf mindestens zwei Dutzend schätzt, und viele hundert Mütter, Väter, Geschwister, Verwandte und Freundinnen schweben noch immer zwischen Hoffen und Bangen und haben einen Anspruch auf Gewißheit.

FÜNFUNDZWANZIG

5. Juli 1922

Der dritte Verhandlungstag im Großmann-Prozeß war auf Mittwoch, den 5. Juli 1922 angesetzt worden. Beim Frühstück, noch immer bei Hedwig Nothvogel in der Manteuffelstraße, las Friedrich Zetzscha den Lebenslauf Karl Großmanns, den ihm Dr. Friesack in einer Abschrift besorgt hatte. Dabei waren die eigenwillige Schreibweise und Zeichensetzung originalgetreu beibehalten worden, und immer wieder regten sie Zetzscha zum Schmunzeln an, so makaber das war. Zugleich fand er das Dokument sehr aufschlußreich. Sprache und Denken hingen ja eng zusammen, und wer nur über eine derart begrenzte Sprache verfügte, dem war auch nur primitives Denken zuzutrauen. Aber was wollte das schon heißen? Hunderttausende von Männern konnten sich auch nicht besser artikulieren als dieser Karl Großmann – und führten dennoch ein ehrbares Leben als Gleisbauarbeiter, als Müllmänner, als Wurstmaxen und und und.

So in seinen Gedanken, machte er sich auf den Weg, um Grete abzuholen, die sich in Jerxheimers Stammgeschäft in der Adalbertstraße eine Besenkammer zu einem kleinen Stübchen umgestaltet hatte. Sie mußte zum Dönhoffplatz, er zum Gericht nach Moabit, und so konnten sie ein Stück zusammen mit der Straßenbahn fahren. Als sie am Kottbusser Tor in die 27 stiegen, fanden sie sogar zwei Plätze nebeneinander und konnten ein wenig kuscheln. Und worüber redeten sie? Über Karl Großmann natürlich.

»Ach ja«, sagte Zetzscha. »Der Großmann ... Ein jeder von uns hat seinen psychischen Defekt, und in jedem von uns steckt ein Mörder.«

»Aber wir haben unsere Erziehung und unsere Bildung und stammen nicht aus Proletenfamilien, die von Geisteskrankheiten und der Armut verflucht sind.«

»Nun hast du auch noch Mitleid mit ihm.« Es klang wie ein Vorwurf.

»Richtet nicht, auf das ihr nicht gerichtet werdet!« entgegnete Grete.

»Er muß gerichtet werden, damit die Menschen sehen: So nicht!« Zetzscha hatte eine Vorlesung über G. W. F. Hegel belegt. »Das Positive erhält durch das Negative erst seinen Sinn, und die Norm ›Du sollst nicht töten‹ wird dadurch wieder gefestigt.«

»Ich fände es besser, man würde ihn ganz still und leise wegsperren. Er ist doch schon hart genug bestraft – vom Leben.«

Zetzscha lachte. »Ich wußte gar nicht, daß in dir eine Heilige steckt. Aber so unrecht magst du gar nicht haben. Wenn ich mir so vorstelle, als Karl Großmann auf die Welt gekommen zu sein ... Was könnte ich denn dafür?«

»Siehst du.«

»Wenn die Richter und die Geschworenen auch so denken, werden sie Großmann trotz aller Gutachten doch ins Irrenhaus stekken – und nicht köpfen lassen.«

»Warten wir's ab.«

Am Spittelmarkt mußte Grete aussteigen. Lange winkte er ihr hinterher. Am Hackeschen Markt sah er den Bahnhof Börse und sprang im letzten Augenblick aus der haltenden Straßenbahn, um auf der Stadtbahn zum Bahnhof Bellevue zu fahren, von wo aus sich das Kriminalgericht mit einem kleinen Fußmarsch gut erreichen ließ. So gut kannte er sich in Berlin nach einem Jahr schon aus.

Im Schwurgerichtssaal warteten alle voller Spannung, mit welchen Winkelzügen es Karl Großmann diesmal versuchen würde, seinen Kopf doch noch zu retten. Jetzt, nachdem ihm die Gutachter bescheinigt hatten, voll zurechnungsfähig zu sein, und ihm von allen der Vorsatz unterstellt worden war. Trotz aller Zweifel am Prozeßverlauf hatte sich auch Dr. Kronfeld dieser Meinung angeschlossen:

Mein persönliches Urteil geht dahin, daß Großmann ein epileptoider Imbeziller mit stärksten moralischen Defekten und erethischer Hemmungslosigkeit und Affekterregbarkeit war, bei dem eine sadistische und hypersexuelle Disposition durch seinen Lebensverlauf, insbesondere durch die 15jährige Zuchthausstrafe, eine phantastische Steigerung erfahren hat. Ich habe bezüglich der Tötungshandlungen den Eindruck des planmäßigen Vorgehens, nicht bloßer Triebhandlungen. Die Überlegungsfähigkeit zur Zeit der Tötungshandlungen würde ich für herabgesetzt halten, aber bejahen.

Die Verkündung des Urteils war für den 8. Juli 1922 vorgesehen – Karl Großmann und sein Verteidiger hatten also noch ein paar Tage Zeit, doch Zetzscha glaubte nicht an ihren Erfolg. Aber diesem Dr. Dr. Erich Frey war ja alles zuzutrauen ...

Karl Großmann ließ heute auf sich warten. Immer mehr Zeit verging, und der Vorsitzende, Landgerichtsdirektor Jeep, flüsterte schon ungeduldig mit seinen Beisitzern. Auch er schien nicht zu wissen, worin die Verspätung Großmanns begründet lag. Schließlich rief er einen Justizwachtmeister heran und schickte ihn zum Telefon. Der Mann kam zurück und legte einen Zettel auf den Richtertisch. Der Richter las ihn, schüttelte den Kopf, schob ihn den Beisitzern zu und griff zu seinem Barett. Nachdem er es feierlich aufgesetzt hatte, erhob er sich und suchte einen Augenblick nach Worten. Endlich fand er sie.

»Der Angeklagte Karl Großmann wird zu der heutigen Verhandlung nicht erscheinen. Er hat seinem Leben heute früh in seiner Zelle ein Ende gemacht. Über die Umstände, die es dazu kommen ließen, ist eine Untersuchung im Gange. Dieser Angeklagte, der vor diesem Gericht keinen Schimmer von Reue zeigte, hat sich einem höheren Richter gestellt. Er hat den dazu berufenen Geschworenen erspart, den Schlußpunkt hinter das Leben dieses nicht alltäglichen Verbrechers zu setzen. Das Verfahren ist geschlossen.«

Hans Hyan beschreibt die näheren Umstände dieses Suizids:

Karl Großmann, der bereits vorher einmal versucht hatte, Hand an sich zu legen, er sah am vierten Verhandlungstage früh-

morgens, als der ihn streng bewachende Aufseher für einige Minuten abberufen war, den günstigen Augenblick, die wahrscheinlich längst in seinem Kopfe schwebende Idee in die Tat umzusetzen. Er verbarrikadierte seine Zelle durch den gegen die feste Tür gestemmten Tisch und Schemel, dann verklebte er mit nassem Klosettpapier das kleine Fensterchen des »Spions« und hängte sich auf. Er hatte sich dazu aus von seinem Bettlaken gerissenen und naß gemachten Streifen einen Strick verfertigt, mit dem er sich kniend, an einem nur halbmannshoch über dem Boden eingeschlagenen Nagel, an dem sonst Handfeger und Müllschippe hingen, strangulierte. – Ich habe den Leichnam gesehen. Das Gesicht trug einen Ausdruck des Friedens und der Ergebung, den es in seinem wilden, blutigen, von tausend Dämonen gepeitschten Dasein gewiß niemals gehabt hat.

Vor seiner Selbsttötung hatte Karl Großmann auf einen Zettel noch seinen letzten Willen kundgetan: *Sorgt gut für mein Hänschen!*

Was man dann auch tat, und noch zwei Jahre lang zwitscherte der Zeisig vergnügt in seinem Bauer und war die Attraktion der Gefängnisannahmestelle.

EPILOG

Ein Denkmal für Karl Großmann

Sechsundzwanzig

Die ersten Zeitungen nach dem großen Druckerstreik erschienen erst wieder am Donnerstag, dem 13. Juli 1922, und die Redakteure hatten Mühe, all das, was in den Tagen des Ausstandes geschehen war, in knappen Worten zusammenzufassen. So blieben in der *Berliner Morgen-Zeitung* für Karl Großmann nur wenige Zeilen:

Schwere Verbrechen sind erfreulicherweise nicht zu verzeichnen. Aus der Gerichtschronik ist folgendes mitzuteilen: Der Prozeß gegen den Frauenmörder Großmann hat ein jähes Ende gefunden. Großmann hat seinem Leben durch Erhängen in seiner Zelle ein Ende bereitet. Großmann hat zu seiner Tat die wenigen Minuten benutzt, als der Wärter seiner Zelle sich zur Ablösung vorübergehend entfernt hatte. Er hat sein Bettzeug zerrissen, den abgerissenen Streifen naß gemacht, daraus einen Strick gedreht und sich an der inneren Zellentür an einem Nagel, der zur Aufbewahrung des Brotbeutels und des Staubwedels dient, erhängt. Das Verfahren wurde daher eingestellt, die Kosten fallen der Staatskasse zur Last.

Das ist als »Nachruf« sehr wenig für einen Mann, der in Deutschland die Tradition der Serienmörder begründet hat – Jahre bevor Haarmann und Denke, später Lüdke und Ogorzow die Szene betraten. Gemeint sind hier die von einem Menschen allein und in eigener Verantwortung, in Serie begangenen besonders scheußlichen Verbrechen, nicht die Untaten, die Deutsche im Namen ihrer Staaten, einer Ideologie oder ihrer Könige, Führer und Feldherren verübt haben.

Als Friedrich Zetzscha am 23. Juli 1922 in einem Café am

Kreuzberger Heinrichplatz saß und auf seine Grete wartete, hatte er die *Berliner Morgen-Zeitung* vor sich liegen und konnte unter der Überschrift *Der Frauenmörder Großmann nicht geisteskrank* dies lesen:

Dieser Tage wurde die Sektion des Schädels des Frauenmörders Großmann vorgenommen, über deren Ergebnis die Gerichtsärzte Professor Fraenkel, Geheimrat Straßmann und Professor Strauch in der Julitagung der Forensisch-Medizinischen Vereinigung berichteten. Die »Dena« erfährt darüber folgende Einzelheiten: Nach der Sektion der Schädeldecke selbst hat Großmann eine sogenannte Kreuznaht gehabt, d. h. die Stirnnaht führt bis zur Basis der Schädeldecke, wo sie sich mit den Schläfennähten kreuzt. Von maßgebenden Gelehrten wurde schon immer Menschen mit derartiger Schädelbildung ein höherer Grad von Intelligenz zugesprochen. Ferner zeigte die ebenfalls schon in Angriff genommene, aber noch nicht abgeschlossene Sektion des Großmannschen Gehirns, daß Großmann der Geruchssinn vollkommen verlorengegangen war. Daraus erklärt sich auch die Tatsache, daß Großmann tagelang neben den Schüsseln mit den Eingeweiden seiner Opfer sitzen konnte, ohne daß ihm der Verwesungsgeruch zum Bewußtsein kam. Das zusammenfassende Urteil der Gerichtssachverständigen auf Grund der bisherigen Feststellungen ist das, daß man in Großmann keineswegs einen Geisteskranken erblicken konnte. Die Scheußlichkeit seiner Verbrechen schreiben die Gutachter der durch langjährige Zuchthausstrafen herbeigeführten Abgestumpftheit zu. Der Beweggrund zu seinen Taten war letzten Endes immer sein großer Frauenhaß, der sich erklärlicherweise noch vergrößerte, wenn eine Frau ihn reizte. Wie die Untersuchung ergeben hat, haben auch tatsächlich alle Opfer ihn durch irgendeine Handlung, sei es durch Bestehlen oder Lügen, herausgefordert.

Als er Grete Tschau dann den Artikel zeigte, war sie empört. »Da haben wir es wieder: Die ermordeten Frauen sind letztlich selber schuld.«

Zetzscha konnte nicht anders, als ihr beizupflichten. »Ja, zumal ja objektiv durch nichts bewiesen ist, daß seine Opfer ihn wirklich belogen und bestohlen haben, das hat er doch alles nur erfunden, um sich zu exkulpieren und nicht als Mörder dazustehen, der alles vorher auf das Genaueste geplant hatte. Ganz spontan wollte er ja gehandelt haben, nichts weiter. Aber daß sich jetzt sogar Wissenschaftler seine Version der Dinge zu eigen machen, ist wirklich eine Schande.«

»Die sollten lieber alle ihre Mitarbeiter in Bewegung setzen und sie recherchieren lassen, damit wir endlich wissen, wie viele Frauen Großmann nun wirklich auf dem Gewissen hat.«

»Nur Gott, der Herr, hat sie gezählet«, sagte Zetzscha. »Wie die Sternlein, die am Himmel stehen.«

»Du hast heute deinen zynischen Tag.«

»So ist es. Und darum werde ich mich auch dafür einsetzen, diesem Karl Großmann auf dem Andreasplatz ein Denkmal zu errichten.«

Grete Tschau prallte regelrecht zurück. »Warum denn das?«

»Ein Mahnmal zum Gedenken an seine Opfer – auch an dich. Ein Denkmal im Sinne: Nun denkt mal alle nach! Denkt mal darüber nach, warum Karl Großmann so geworden ist, wie er war, und warum um den Schlesischen Bahnhof herum so viele Frauen und Mädchen herumlaufen, die für eine warme Mahlzeit und ein Dach überm Kopf alles mit sich machen lassen. Karl Großmann auch als Symbol dafür, wie groß das Kontinuum menschlicher Verhaltensweisen sein kann, wie es vom Heiligen bis zum Massenmörder reicht. Auch er ist als Mensch geboren worden. Und ich möchte wetten, daß es noch 100 Jahre später Stadtrundfahrten geben wird, bei denen der Cicerone den staunenden Zuhörern von Karl Großmann und seinen Untaten berichten wird. Die Leute gieren ja geradezu nach solchen Geschichten, denn in vielen von uns, den Männern insbesondere, steckt ein Stückchen Mörder – und Menschen wie Karl Großmann begehen ihre Verbrechen auch stellvertretend für andere. Also: Ein Karl-Großmann-Denkmal wäre wirklich eine Attraktion für die deutsche Hauptstadt.«

Verhandlungs-Nr. ~~3377 Iv...~~

Pers.-Akten L. u. Nr. G. 79442

Berlin C. 25, den 22. September 1921.
Alexanderstr. 3–6.

Tatort: Amtsgerichtsbezirk Berlin Mitte

Ergreifungsort: " " "

20

Merkblatt

über den (Stand) Händler

Rufnamen: Karl Friedrich Name: G r o s s m a n n

Spitzname: Zickenkarl Verbr.-Klasse: Massenmörder

am 13.12.1863 in Neuruppin (Kreis Neuruppin) geboren,

jetzt wohnhaft: Langestr. 88/89, Quergebäude 4 Tr.

zuletzt im Jahre 1921 wohnhaft gewesen: Langestr. 88/89

festgenommen durch: Polizeirevier 44 in Berlin

vorgeführt durch: Mordkommission C.C. Dr. Riemann und C.C. Werneburg

Militärverhältnis: Kontrollstelle:

verkehrt(e) in, bei

ist (war) verheiratet mit

Zuhälter, Zuhälterin:

dessen, deren Wohnung:

Vater: Karl Grossmann Stand Händler tot, wohnte in Neuruppin

Mutter: Sophie geb. Brüssel tot, wohnte in Neuruppin

Abteilung IV. Vfg.

1. ~~D ist entlassen, die Verhandlungen sind abgegeben an~~

D [illegible] ist vorgeführt

dem Herrn Ersten { Staats- / ~~Amts-~~ } Anwalt beim { Landgericht Berlin I / ~~Amtsgericht Berlin-Mitte.~~ }

~~dem Amtsgericht zu~~

2. Zur Steckbriefsammelstelle } löschen.

~~3. Zum Einwohnermeldeamt~~

3/ Dem ~~Erkennungsdienst~~ [illegible] anzulegen.

~~5. Der Inspektion~~ [illegible]

~~6. Der Sittenpolizei~~

~~7. Dem Polizeiamt~~

~~8. Dem Polizeirevier~~

photographiert u. gemessen [illegible] 3/10 21. zur Kenntnisnahme vorzulegen.

[illegible] Grade 22/9. 21

4. Zu den — ~~hiermit anzulegenden~~ — Personalakten. G. 79442.

I. A.

Zu 3) [illegible] I. [illegible]

Anhang Eins

Für Karl Großmann wurde nicht nur kein Denkmal errichtet, sondern er fand bis heute auch nicht die Beachtung, die man bei jemandem erwarten würde, der im *Guinness Buch der Rekorde*, gäbe es dort eine Abteilung »Serienmörder«, in der Rubrik »Widerwärtigster Täter« mit Sicherheit auf den ersten Platz käme. Salopp gesagt: Karl Großmann kommt im kollektiven Gedächtnis der Deutschen zu kurz.

Die Polizeihistorische Sammlung Berlin stellt ihn zwar vor, widmet ihm aber weniger Aufmerksamkeit als längst vergessenen und für die Kriminalgeschichte höchst unbedeutenden Geldfälschern und Bankräubern. Auch *Das große Verbrecherlexikon* erwähnt ihn, aber »nur« als *Wilhelm* Großmann, und es verlegt seinen Wurststand an den *Stettiner* Bahnhof. Die gewichtige *Chronik 1921 – Tag für Tag in Wort und Bild* läßt ihn zu einem Karl *Graßmann* werden und irrt sich auch hinsichtlich seines Berufes und des Tages seiner Verhaftung: *22. August. Montag. In Berlin wird der Arbeiter Karl Graßmann verhaftet. Er soll 20 Frauen getötet haben.*

Literatur und Film haben den Fall Großmann bisher gar nicht aufgegriffen. Vielleicht war er zu asozial, zu böse?

Geht es um seine Charakterisierung, so sehen ihn die Autoren als einzigartigen Unmenschen. *Es gibt wohl kein markanteres Beispiel für eine Bestie in Menschengestalt als Karl Großmann*, schreibt der Kriminalbeamte Franz von Schmidt in seinen Lebenserinnerungen (S. 190). Hans Hyan drückt es in seinem Buch *Tiermenschen* nicht weniger deutlich aus: *Es ist schwer, sich ein abschreckenderes Menschenbild vorzustellen als diesen Unzüchtler und vielfachen Lustmörder ... Man sieht nur einen schauderhaften, alten Kerl, eine Hyäne, eine Bestie, und man glaubt den ihn umwehenden Geruch nach faulenden Kadavern zu spüren ...*

Andere seriöse Autoren übernehmen die *Bestie*, so Leonhardt und Schurick sowie auch die Gerichtsmediziner Gunther Geserick, Klaus Vendura und Ingo Wirth, bei denen Großmann eine *Blutspur durch Deutschland* zieht. Sie kolportieren auch einiges andere, was Karl Großmann an sich zum deutschen »Negativhelden« à la Kürten und Haarmann machen müßte: *Wie bei Haarmann vermutet und bei Denke nachgewiesen, wird bis heute auch in den meisten Betrachtungen zum Fall Großmann ein Kannibalismus für möglich gehalten. Großmann soll von den Leichenteilen der zerstückelten Frauen seinen Besuchern angeboten haben. Ein anderes Gerücht besagte sogar, der Straßenhändler habe umliegende Gasthäuser damit beliefert. Wieder andere mutmaßten, er habe Leichenteile zu Wurst verarbeitet und auf dem Schlesischen Bahnhof aus seinem Wurstkessel an Reisende verkauft.*

Ist Karl Großmann also einerseits Teil der Ahnengalerie der Massenmörder, so scheint er andererseits doch einzigartig gewesen zu sein – so einzigartig widerlich, daß sich kaum jemand mit ihm beschäftigen mag. Hans Hyan bezeichnet ihn entsprechend als *singularen Kriminellen*. Wenig verwunderlich also, daß es auch einen routinierten Autor von Kriminalromanen Überwindung kostet, die Taten des Karl Großmann in Szene zu setzen – sie so zu beschreiben, wie sie der Täter erlebt haben könnte. Und das, ohne sich dem Verdacht auszusetzen, unbewußt Freude und Lust beim Schreiben und Beschreiben empfunden oder gar die eigenen »dunklen Triebe« in den Täter projiziert zu haben. Es ist eine nicht geringe Herausforderung, das nötige Einfühlungsvermögen für einen solchen Menschen aufzubringen, ist man selber kein sadistischer und nekrophiler Charakter im Sinne Fromms.

Erich Fromm (1977; S. 326, 373) definiert Sadismus als die Leidenschaft, *absolute und uneingeschränkte Herrschaft über ein lebendes Wesen auszuüben*, und Nekrophilie als *das leidenschaftliche Angezogenwerden von allem, was tot, vermodert, verwest und krank ist; sie ist die Leidenschaft, das, was lebendig ist, in etwas Unlebendiges umzuwandeln; zu zerstören um der Zerstörung willen.*

Hans Hyan schreibt 1924 in seinem Buch *Tiermenschen* (S. 44f):

Großmanns Vater ... wird als ein Säufer schwersten Grades geschildert, der obendrein einen exzeptionell bösen und jähzornigen

Charakter besaß. Auch der Großvater soll Delirant gewesen sein, was wiederum begreiflich macht, daß der Vater an Epilepsie und an Krampfanfällen jeder Art litt. – Die Mutter ... stammte ihrerseits von einem Vater, der 20 Jahre lang gelähmt war ... Aus ihrer ersten Ehe hatte sie unter ihren drei Kindern eine asthmatische Tochter. Der Sohn war ebenso wie Karl Unzüchtler schwerer Form ... Die asthmatische Schwester hatte vier Kinder, zwei davon sind ebenfalls epileptisch. – Großmann selbst hatte noch vier echte Geschwister. Er war der Älteste. Sein nächster Bruder starb an Paralyse. Und von dessen vier Kindern ist wieder eines geistesschwach. Eine Schwester Großmanns wird in ihrer ganzen Gebarung als auffallend geschildert; auch sie hat eine geisteskranke Tochter. Ebenso zeigte die jüngste Tochter des Lumpenhändlers diese seltsame, auffällige Art, sich zu geben (wahrscheinlich Hysterikerin), und hat wiederum eine epileptische Idiotin als Tochter ... Läßt sich eine schwerere Belastung und Erblichkeit in einer Familie denken?

Dazu vermerkt Hyan in einer Fußnote:

Es handelt sich bei der Familie Großmann, soweit die männliche Linie in Frage kommt, offensichtlich um einen der sogenannten »Verbrecherstämme«, die nicht so selten sind. Diese produzieren oft mit erschreckender Regelmäßigkeit immer von neuem Verbrecher, die häufig sogar in ihrer kriminellen Spezies konstant bleiben. Freilich liegen den diese »Stamm«bildung garantierenden seelischen Eigenschaften auch regelmäßig die erblich überkommenen, körperlichen Anomalien und Mißbildungen zugrunde.

Hyan stützt sich bei seinen Ausführungen ganz offenbar auf das Material, das die Gerichtsärzte Prof. Strauch und Dr. Störmer über die Persönlichkeit und die Vorgeschichte Karl Großmanns zusammengetragen haben. Kronfeld kommt zu ganz ähnlichen Schlußfolgerungen (1922; S. 142 f.). *Großmann wuchs ohne wesentliche Erziehung auf*, schreibt er, und weiter: *Aus den Akten über die Vorstrafen Großmanns geht eine außerordentliche Affekterregbarkeit, insbesondere zu zornmütiger Gereiztheit hervor, welche durch Alkoholwirkung noch gesteigert wurde.*

Es gab im königlichen Bayern wie im großen kaiserlichen

Deutschland in der Justiz offensichtlich niemanden, der hellsichtig genug war, das vorauszusehen, was nach Karl Großmanns Entlassung aus 15jähriger Haft geschehen würde. Hyans Kritik an Großmanns Entlassung (1924; S. 50 ff.) ist kaum etwas hinzuzufügen:

Wie maßlos das Triebleben des Großmann durch diese 15jährige Abstinenz in Sexualibus übersteigert wurde, dafür legen seine späteren Greuel beredtes Zeugnis ab ... Wie viele er gemordet hat, wissen wir nicht, aber er hat wie ein Werwolf mitten in einer Millionenstadt gehaust und gewütet! Liegt dieser Manier, einen gänzlich Abnormen immer toller zu machen, ihn durch lächerliche Bestrafungen immer mehr zu reizen und seine Instinkte noch mehr aufzustacheln, ohne ihn dauernd an seinem frevlen Treiben damit zu hindern, irgendein vernünftiger Gedanke zugrunde? Durfte er nach dem Lustmord an dem unglücklichen Kinde, den er in Hof in Bayern abbüßte, noch einmal in die Freiheit zurück? Damals gehörte er doch – für jeden anderen, nur nicht für die Justiz, selbstverständlich! – in eine geschlossene Anstalt, und zwar auf Lebensdauer! ... Was aber tat man in Bayern, dieser »Ordnungszelle Deutschlands«? – Man ließ den bis zur Verzweiflung gepeinigten, nun auch noch von wütenden Rachegedanken gegen die Allgemeinheit gehetzten Unzüchtler nicht etwa einfach laufen – o nein, man brachte ihn über die Grenze!

Was Hyan als Schicksalsfügung ansieht, wird von Ernst Gennat, der großen Legende der Berliner Kriminalpolizei, als *Fall behördlicher Beihilfe bei Mord* bezeichnet.

Das Versagen der Behörden ist das eine. Doch wieso wurde Großmann nicht angezeigt? Ganz wesentlich waren dafür sicherlich die Lebensumstände der Opfer, dazu Hyan (1924; S. 55):

Wie aber war es möglich, daß der Verbrecher Jahre mit seinen Gräßlichkeiten füllen konnte, ohne daß er wenigstens von einer von den vielen angezeigt wurde, die seinen Lüsten dienen mußten? – Die Antwort hierauf ergibt sich aus dem schier unfaßbaren Elends-Dasein dieser armen Mädchen, die, Mangel leidend in jeder Hinsicht, verachtet und gemieden von allen denen, die ihnen nicht nahestanden, doch noch die Hoffnung auf Rückkehr in frühere, glückliche Verhältnisse nicht aufgeben konnten; die wußten, daß alles und für alle Zeiten ihnen verloren ging, sobald einmal die Sittenpolizei ihre Fangarme nach ihnen reckte oder das Gefängnis zu der ersten, wenn auch noch so kleinen Strafe sich vor ihnen auftat ... Das war die Angst, die sie jagte, die große Furcht, die sie schweigen ließ, selbst bei Mißhandlungen, die ihren Körper zerfleischten, ihr Leben vernichteten!

Das half Karl Großmann ebenso wie die traurige Indifferenz seiner Nachbarn, die es zumeist mit den sprichwörtlichen drei Affen hielten: *Nichts hören, nichts sehen, nichts sagen.*

So ist anzunehmen, daß Karl Großmann weitaus mehr Opfer gefunden hat, als ihm offiziell zugeschrieben werden – eine Überzeugung, die all jene teilen, die sich intensiv mit ihm beschäftigt haben. So zählt Hyan (1924; S. 58 f.) eine Reihe von Frauen auf, die bei Karl Großmann waren und später als »spurlos verschwunden« galten, so unter anderem die »schwarze Anna«, eine Maria Feld und eine Emmy Baumann, zu der er schreibt:

Ein bildhübsches Mädchen, das nach einem Zerwürfnis mit ihren Eltern aus Mecklenburg nach Berlin gekommen war. Ihr Unstern ließ sie Großmann treffen, der die in ihrer bitteren Not Verzweifelnde ohne viel Mühe zu sich herauflockte. Auch sie hat weder in Berlin noch in ihrer Heimat ermittelt werden können; so besteht der Verdacht, daß sie dem Zuge der Unglücklichen gefolgt ist, die unter den Klauen des menschlichen Raubtieres ein abscheuliches Ende fanden.

Immer wieder kommt die Frage auf: Was ist das für ein Mensch, der so etwas tun konnte? Sicher, eine alles erklärende Antwort kann es nicht geben, aber einige Theorien und Ansätze können schon weiterhelfen. Die defizitäre Sozialisation Großmanns, die äußerst ungünstigen Lebensumstände und die schädlichen Einflüsse im Zuchthaus müssen dabei, wie bereits dargestellt, als wichtige Faktoren betrachtet werden. Kein Zweifel: Karl Großmann ist in dieser Hinsicht selber Opfer, jemand, dem es verwehrt worden ist, Mensch zu werden. Er wird zu einem menschlichen Wesen, das sich in bestimmten Situation wie ein Raubtier verhält. Nie denkt der Löwe daran, was er der Antilope antut: Die Natur ist eben so, wie sie ist. Mitgefühl und Empathie sind erst »Errungenschaften« höher entwickelter Lebewesen. Karl Großmann besitzt sie nicht. Man hat sie ihm nicht vermittelt. Und sein Naturell ist nicht auf Anpassung angelegt. Hinzu kommt, daß er von so abstoßendem Äußeren ist, daß ihn niemand mag. Auch hat er es nie gelernt, seine Bedürfnisse aufzuschieben, und vor allem hat er keine ausreichende Impulskontrolle entwickelt. Wir haben das in unserer eigenen Sozialisation alles erwerben dürfen, und von daher muß Karl Großmann unser Mitgefühl gelten. Gleichzeitig aber werden wir nicht umhinkönnen, ihn zu verabscheuen und für seine Taten zu hassen. Mit dieser Ambivalenz müssen wir leben. Auch müssen wir uns fragen, warum denn Hunderttausende von Männern seiner Altersgruppe als ehrbare Menschen durchs Leben gegangen sind, obwohl auch sie keine besseren Lebensumstände antrafen. Warum also ist ausgerechnet dieser eine, ist Karl Großmann zum Serienmörder geworden?

Eine erste wichtige Antwort gibt uns Füllgrabe (1997; S. 295) unter Hinweis auf amerikanische Studien: *Durch den Mord lebt der Täter eine langgehegte sadistische Phantasie aus.* Dazu zitiert er Resler: *Diese Phantasien sind extrem gewalttätig und reichen von Vergewaltigung bis hin zu Verstümmelung oder Quälen und Mord. Die Phantasien sind ein wichtiger Bestandteil der Persönlichkeitsstruktur und bewegen sich jenseits normaler sexueller, vergnügungsorientierter Tagträume (in denen die Partner in gegenseitigem Einverständnis handeln) in aggressiven, sadistischen und zerstörerischen Gedanken.*

Für den Fall Großmann ist das wichtig, denn wir können davon ausgehen, daß er die lange und schreckliche Zeit im bayerischen Zuchthaus nur mit der Kraft überstehen konnte, die ihm aus seinen Phantasien erwuchs. Auch Füllgrabes Feststellung, daß die Tat bei vielen sadistischen Mördern durch einen situativen Reiz ausgelöst wird, daß sie mit *explosiver Wut* handeln, trifft auf Karl Großmann zu. Dieser Stimulus war bei ihm das sich plötzlich einstellende Gefühl, von den Frauen, die er mit in seine Wohnung genommen hatte, bestohlen zu werden. Die These Füllgrabes, daß bei sadistischen Mördern die sexuelle Komponente eigentlich keine Rolle spielt, finden wir durch Karl Großmann hingegen nicht bestätigt. Dazu war sein »Geschlechtstrieb« zu stark, war er zu manisch getrieben, sich die einzige Lust zu verschaffen, die er kannte.

Weiter helfen an diesem Punkt die Täter-Typisierungen und -Beschreibungen von Cornelia Musolff und Jens Hoffmann (2002): *Bei den sadistischen Tätern sind aggressive und sexuelle Bedürfnisse untrennbar miteinander verbunden ... Diesen Ergebnissen zufolge geht ein solcher Täter äußerst organisiert vor. Er verwendet oftmals ein spezielles Instrument zum Quälen, bringt sein Opfer meist an einen zuvor ausgesuchten Ort, an dem er es länger als 24 Stunden in seiner Gewalt hält, und tötet es in mehr als der Hälfte der Fälle durch Strangulation bzw. Erdrosselung.* (S. 111 f.) Auch finden sich bei Karl Großmann Elemente, die in die Kategorien des *wutmotivierten, rachsüchtigen Vergewaltigers* und des *wutorientierten, sadistischen Vergewaltigers* fallen (S. 109). Man kann davon ausgehen, daß er mit seinen Taten seine unspezifische Aggression gegen Frauen zu befriedigen suchte, denn keine wollte ihn, das »Arschgesicht«, ja haben, und nur mit Geld und/ oder Gewalt kam er zum Geschlechtsverkehr. Und zweifellos bezog er seine sexuelle Erregung auch aus der Angst und dem Schmerz seiner Opfer, seine Lust aus der totalen Kontrolle über sie. Ihn als »Lustmörder« zu bezeichnen, rechtfertigen die Verletzungsspuren, die sich bei seinen Opfern finden (S. 284).

Aufschlußreich für den Fall Großmann ist auch die Lektüre von Monographien über Serienmörder, so zum Beispiel jener von Bourgoin (1995). Hier finden sich so einprägsame Sätze wie: *Der Serienmörder ist krank: Er kann vom Töten nicht lassen. Er existiert nur durch den Tod der anderen.* (S. 30) Und: *Die tödlichen Wahnvorstellungen, die der Serienmörder in sich trägt, machen ihn zu einem äußerst gefährlichen Menschen. Er verhält sich vollkommen normal, bis irgendein banales Ereignis die Explosion auslöst.* (S. 30) Dem Serienmörder mangele es an Reife, er sei eine zynische Person, die andere ausbeutet (S. 32), er besitze kein Einfühlungsvermögen, sei unfähig, andere zu verstehen, und benutze sie nur, seine Bedürfnisse zu befriedigen. Bei Sexualverbrechern herrschten Wahnvorstellungen vor, stellt auch Bourgoin fest. *Die Wahnvorstellungen beginnen sich zu entwickeln, wenn Sex und Gewalt vermischt werden.* (S. 78) *Der Serienmörder will sich das Leben seines Opfers aneignen. Die Vergewaltigung ist für ihn zweitrangig, nicht aber das Machtgefühl, die Lust zu herrschen, die ihn, wie er glaubt, Gott gleich macht.* (S. 79) Auch das dürfte bei Großmann mit eine Rolle gespielt haben, war er doch sein Leben lang der Wurm, der sich krümmte, der »letzte Dreck«, der »Abschaum der Menschheit«. Hatte er aber seine Opfer in seiner Wohnung, seiner Höhle, dann war er Herr über Leben und Tod, konnte seine Allmacht genießen.

Diese Leute kennen keinerlei Grenzen auf der Suche nach Befriedigung ... Töten ist für einige nicht ausreichend. Sie müssen verstümmeln, zerstückeln, zerstören ... Der Psychopath empfindet keinerlei Gefühle für sein Opfer, er geht mit ihm um, als würde er ein Papiertaschentuch zerreißen. (S. 231) Trotz solch eindrücklicher Beschreibungen bleibt aber letztlich nur die Einsicht: *Niemand weiß wirklich, warum sie so sind.* (S. 232)

Den aktuellsten Erklärungsversuch für dieses »Warum?« geben uns die Neurobiologen. Ihre Erkenntnisse faßt der Mikrobiologe Alexander S. Kekulé (2002) wie folgt zusammen:

Die Idee von der biologischen Ursache des Bösen ist uralt: In der Seele des Menschen lauere ein gewalttätiger Mister Hyde, der durch den guten Doktor Jekyll in Schach gehalten werde. Doch waren die biologistischen Versuche der Nachkriegspsychiatrie, das Böse mit Elektroschocks, Kastrationen und Gehirnoperationen zu exorzieren, bis vor kurzem – zu Recht – verpönt. Die Mehrheit der Psychiater war überzeugt, daß Aggression und Gewaltbereitschaft Folgen einer fehlgeleiteten psychosozialen Entwicklung seien. In jüngster Zeit geht der Trend wieder in die andere Richtung. Die neuen Belege für eine neurobiologische Ursache der Aggressivität sind auf den ersten Blick frappierend: Mehrere Studien fanden bei rund 60 Prozent der untersuchten schweren Gewalttäter Hinweise auf abnorme Gehirnfunktionen. – Besonders häufig zeigten sich Mängel des Signalstoffes Serotonin und Störungen des – durch Serotonin aktivierten – »präfrontalen Kortex«. Dieser Teil der Hirnrinde direkt hinter den Augen kontrolliert die emotionalen Impul-

se aus dem »limbischen System« in der Tiefe des Denkorgans. Patienten, deren präfrontaler Kortex geschädigt wurde, entwickelten eine mysteriöse Erkrankung, die »antisoziale Persönlichkeitsstörung« (antisocial personality disorder, APD). APD-Patienten haben einen blinden Fleck im sozialen Bereich: Sie sind ungehemmt aggressiv, halten sich nicht an Gesetze und soziale Normen, lügen und betrügen ohne schlechtes Gewissen. Da sie für das Leiden anderer keinerlei Empathie empfinden, begehen einige APD-Patienten brutale Verbrechen ohne jede emotionale Regung. Anthony Hopkins alias Hannibal Lecter gab das Krankheitsbild, das zahlreichen Serienmördern zugerechnet wird, in dem Horrorstreifen »Das Schweigen der Lämmer« originalgetreu wieder. – Der Neurobiologe Adrian Raine, einer der exponiertesten Verfechter der Biologie des Bösen, fand bei Mördern eine im Vergleich zur Normalbevölkerung verminderte Größe und Stoffwechselaktivität des präfrontalen Kortex.

Ist also Karl Großmann nicht nur durch seine widrigen Lebensumstände zur *Bestie vom Schlesischen Bahnhof* geworden, sondern auch aufgrund einer Erkrankung am APD-Syndrom? Kam bei ihm beides zusammen und verstärkte sich in unheimlichem Maße? Niemand kann das mit letzter Sicherheit sagen.

Anhang Zwei

Einen Eindruck von der Persönlichkeit Karl Großmanns gibt auch der im Folgenden vollständig abgedruckte Lebenslauf, den er während seiner Zeit in der Zelle im Polizeipräsidium selbst schrieb. Der per Hand und in gotischen Buchstaben geschriebene Text befindet sich im Landesarchiv Berlin unter dem Zeichen: A Pr. Br. Rep. 030, Tit. 198b Nr. 2040.

I

Ich bin am 13.12.63 zu Neu-Ruppin geb. Mein Vater war Handelsmann wenn mein Vater nicht zu Hause war habe ich heimlich in der Stadt gehandelt u das Geld habe ich meiner Mutter gegeben weil die so wenig Kostgeld von meinem Vater bekommen hat. Denn wir waren zu Hause 8 Kinder Da haben wir Kinder mit zu verdienen helfen und das durch handeln bis zu 12ten Lebensjahr und dann bin ich in einer Tuch Fabrick gekommen. Da habe ich pro Tag 80 Pfg. verdient bis zu 14 Lebensjahr. Und dann habe ich Männer Arbeit gemacht und habe 1.50 pro Tag bekommen bis zu 16ten Lebensjahr. Eines schönes Tages Kriegten wir Jungens nur das ... (?) in der Fabrick Da haben verschiedene Jungens aufhören müssen und ich auch. Das habe ich mein Vater nicht gesagt der denkt ich bin immer noch in der Fabrick sonst hätte ich Tüchtige haue bekommen aber meiner Mutter habe ich gesagt. Die Mutter wollte mir andere Arbeit besorgen. Aber ich wollte nicht mehr in eine Fabrick sondern nach Berlin. Ich mit ein auch in der Fabrick gearbeitet hat, wir beide machten uns heimlich aus Neu-Ruppin und nach Berlin Reisegeld hat mir meiner Mutter mit gegeben.

II

Angekommen in Berlin. Mein Freund hat gleich in einer Restaurant als Hausknecht Arbeit bekommen und den anderen Tag bekam ich auch Arbeit bei ein Schlächter Mst als Hausknecht da war ich 6 Wochen und da könnt ich auch wieder gehen weil der andere wieder gesund aus dem Krankenhaus gekommen ist. Und mein Freund hat sich aufgehängt das erzählten mir die Leute da wo er war und ich kriechte nicht gleich Arbeit ich fing an zu Handeln bis heute. Au jets tut mir aber mein Kopf so weh das ich eine weile auf hören muß mein Vater hatte in Neu-Ruppin ein Haus mit Hintergebäude. Eines Tages kam ein Käufer und wollte unser Haus kaufen mein Vater verkauft es auch gleich, der Käufer zahlte 5 Tausent MR an der Käufer hat das Haus gleich wieder verkauft u ist heimlich los gegangen und mein Vater war der geprälte jetz war er ganz Arm da ist mein Vater verrückt geworden und ist nach eine Anstalt gekommen das hat mir meine Mutter geschrieben u ich schickte meiner Mutter jeden Pf den ich über hatte, nach ein 1/2 Jahr ist mein Vater wieder gekommen. jetz saust es mir so im Kopfe herum das ich vorläufig wieder auf hören muß mit schreiben. Nun weiß ich garnicht mehr was ich schreiben will ich schreibe was mir einfällt.

III

Ich wohnte in Weißensee, eines Tages kam die Nachbars Frau mit ihr 3 jähriges Mädchen bei mir und bat mir sie möchte ihr Mädel auf ein paar Stunden hier lassen ich sagte das kann sie tun und das Mädel Kratste sich am Leibe fort werden hauptsächlich am Bauch ich sagte was hast du denn da fort wären zu kratzen komm doch mal her ich werde mal nach sehen, was du da hast ich sah daß das Mädel ganz aufgekratz war mit einmal ging die Tühr auf und die Frau kam herein und fing gleich so mortsmäßig an zu schimpfen ich hätte mit ihr Mädel Unzucht getrieben jetz Steigt es mir wider im Kopfe herum das ich ein Jahr Zuchthaus umsonst abgemacht habe. Denn sie hatte es gleich Angezeigt und der Doktor hat das Mädel untersucht daß das Mädel durchgekratzt ist, und ich bin hier in Moabit auf den Amtsgericht mit ein Jahr Zuchthaus bestraft und daß war ein Jahr nach meiner Militärzeit und wenn ich daran denken Tun wer ich immer Wahnsinnig mir brumt mein Kopf so fürchterlich das ich bald garnicht mehr schreiben kann. Und nun habe ich noch in der zwischen noch eine Haft u Gefängnißstrafe und dann bin ich auf Reisen gegangen aller dinst immer in jede Nacht gehandelt. Es war gerade Meße in Nürnberg da lernte ich ein 13 jähriges Mädel kännen, die wollte sich geld verdienen damit sie sich was kaufen kann ich gab ihr 3 Mk. Und ich faßte das Mädel unter die

IV

Röcke und da kam gerade Leute vorbei die haben das gesehen, die holten den Gensdarm der nahm mich mit, ich kam in Untersuchung und nach 2 Monate bekam ich 13 Monate dafür. und wie ich heraus kam da fuhr ich nach Augsburg da habe ich 8 Tage gehandelt u von da Mannheim war ich vielleicht 14 Tage eines Tages war ich so fürchterlich angetrunken das ich nicht mal mein Gasthaus gefunden habe. Ich bin in ein Stall reingeraten und da Schlief ich auf eine Zieges Bauch, die Ziege muß doch erstickt sein, denn am Morgen war sie Tot. Ich war noch so betrunken das ich garnicht gewußt habe, wo ich war und die Leute müßen doch die Ziege Untersucht haben lassen ich bin angezeigt wegen Unnatürlicher Unzucht und bekam 9 Monate Gefängnis dafür. Und dann fuhr ich nach Heidelsberg da war ich Längere zeit, da ich auch ein paar Tage Haft abgemacht. Ich kann balt garnicht mehr schreiben vor Kofschmerzen. Und von da fuhr ich nach Karlsruhe da wahr ich eine ganz schöne Zeit und habe schöne geschäfte gemacht. In Karlsruhe lernte ich ein schönes Mädel kennen die kam gerade aus zum Dinst die nahm ich mir mit, handeln hat sie nicht gekönnt.

V

Die eine ganze Zeit lang bei mir, das hat aber immer doppeltes Geld gekost an sparen habe ich nicht gekonnt. Und von da Au weh ich muß wieder eine Zeit lang aussetzen, aus fuhr ich mit ihr nach Erlangen ich wollte mit das Mädel nach Berlin fahren, aber in Erlangen begegnet mir das Unglück das wieder im besoffenen zustande ein kleines 9 Jähriges Mädel angehalten habe und das Mädel mit im Hausflur nahm und ihr einen Finger in ihr Scham teihl stäckte und die Leute und die Leute im Haus haben das schreien gehört da holten die Leute ein Schutzmann ohne das ich davon etwas gesehen habe. Und der Schutzmann nahm mich mit nach der Wache von da aus bin ich in Untersuchung gekommen, und ich bin angezeigt wegen Gewaltätiger notzucht und bin mit 15 Jahr Zuchthaus bestraft. Und von Untersuchungshaft bin ich nach Kulmbach Pfaffenburg geschafft. Und wie ich da ankam hat mir der Zuchthaus Direktor gleich eine strafpredig gehalten. Und ich kam gleich in Einzelhaft.

VI

Da habe ich müssen Flickschneidern u das 3 Jahre. Von einzelhaft kam gemeinschaft auch bei die Flickschneider ein Monat ging es ganz gut. Und nacher ging es so sachte los, du verdamter stinck Preuße du muß nicht so doll arbeiten hast verstanden Schnaps Preuße. Das wahr mir nuhn doch bißchen zuviel, ich hatte gerade die Schere in die Hand und eh ichs wollte hatte der unverschämter Flaps mit schere ens auf dem Kopfe das hat der Aufseher gleich schlimmer gemacht als es in wirklichkeit war und ich bekam 4 wochen strenge Arrest u nach der Arreststrafe 4 wochen die Schwehre szwinger das sind 40 fünder Ketten an die Füße da habe ich mit arbeiten u Schlafen müßen etliche Monate ging es ganz gut. mit einmal ging es wieder los da kam ein zugang der schon öfter da war, der hat mich schon mehrere mahle an geschnauzt stinck Preuß mach das du weg kommst kriegt was auf die fotze

VII

Ich aller dings habe den grobian gezeigt wer zu erst eine aufs Maul kriegen tut patsch hat er eins drauf auf seinen Schnabel. Der Aufseher hat es wieder angezeigt aber diesmal auf meiner seite ich bekam 8 Tage Mittelarrest u der andere 14 Tage strengen. Mir ist so schlecht zu muhte denn ich habe mich gleich ins Bett gelegt Schlafen habe ich aber die ganze Nacht nicht können wegen Kopfschmerzen jede Nacht vantasier ich. Und jetz ist es wieder eine ganze weile gegangen so ungefähr 2 Jahre hatte ich meine Ruh. jetz sollte der Abgehen der die 14 Tage Arrest bekommen hat, der fing wieder mit mir an, diesmal haute er mir einem vollen Wasser Krug auf meinen Puckel, daß, das Wasser auf meinen Puckle runter… (?), mir plazte gleich wieder die Wuht und langte auf den Schneider Tisch nach meiner Schere und haute der maßen den ins gesicht daß, das Bluht gleich so rausspritzte. Und das ist gleich wieder zu anzeige gekommen, ich bekam wieder 4 Wochen schwerarrest u 4 Wochen die 30. Pfünder Fuß fesseln. Nach den Arrest habe ich mir wieder in die Zellen verlegen lassen.

VIII

Dies mal war ich ohne strafe 2 Jahre in der Zelle. Und wie ich aus der Zelle ging habe ich mir auf den Wollsaal verlegen lassen. Da ging eine ganze Weile ganz gut, die gefangenen hatten schon furcht vor mir weil sie wußten das ich mir nicht gefallen lasse. Es ging allerdings fort werden stinck Preuße Schnaps Preuß Kartoffel Preuß u was sonst noch von ein Schimpfwort gebrauchten die. Die Sachsen ging es nicht viel besser. Mit einen Mal hieß es Pfaffenburg wird nach Eberach verlegt, die freude war aber groß. Alle mit einander haben sich gefreud. Nach 14 Tage ging es aber wirklich nach Eberach. Eberach war ers ein Gefängnis immer 20 Mann auf einen Schub 2.u2. zusammen jez hatte ich noch 5 Jahre abzumachen so ungefähr 3 Jahre ging es da auch ganz gut. Der Doktor von Eberach war mir sehr gewogen. Da habe ich faßt jeden Tag die Kranken Kost und Weiß Brod bekommen. zwei mal 4 Wochen Arrest u 2 mal 4 Wochen die Fußfesseln bekommen nach her sind die Fußfesseln abgekommen und einmal war Brod über hat und will was fürs Militär geben der soll sich melden. Ich habe 5 Weiß Brode gegeben. Endlich ist meine Zeit auch mal gekommen. Mir war so zu mute als wenn ich aus den verrückten haus heraus gekommen bin. Ich bin gleich nach Erlangen gefahren.

VIIII

Und da bin ich abestiegen. Und hab mir nach meiner Braut umgesehen aber aller erkundigung die kanten die Leute nicht. und dann bin ich die halbe nacht noch nach Berlin gefahren. Hier suchte ich mich eine Schlafstelle und habe gerade noch soviel geld gehabt zum waren ein zu kaufen das ich handeln könnte. Und nach her habe ich mir eine Laube gepachtet und habe da 4 Jahre drin gewohnt. In Lichtenberg. In meiner Laube da sind mir mal Zwei Männer Nachts um 2 1/2 Uhr überfallen und die haben mir

18 Hundert Mk mit gewald geraubt u eine schöne Taschen Leucht Uhr. Ein davon habe ich nach der Möllendorfstr. in Lichtenberg gebracht u die anderen Beiden haben wir den anderen Tag gekriegt der eine erzählte das die mir ermorden wollten. Ich war aber nicht alleine in der Laube meine Wirtschafterin war auch da. jetz haben die von Mord abgelassen u Blos ein gewaldtätiger Raub gemacht. Jetz hatte ich doch angst und Bin nach Berlin gezogen in der Koppenstr. 31 u von da bin ich nach der kleinen Andreasstr. 19 gezogen und von da aus nach der Langestr. 88–89 gezogen bis jetz. Und meine Wirtschafterin hat sich verheiratet und ich schafte mir eine andere an die hat mir aber gleich bestohlen da nahm ich mir

X

Wieder eine andere auch die hat mir bestohlen da nahm ich mir wieder eine Die war so ungezogen das ich ihr hatte sagen müßen du kannst gehen und brauchst nicht wieder zu kommen. Und dann traf ich ein Mädel Anna Lange von Lansberg an der Warte die war über ein Jahr bei mir. Die hat sich verheiratet und wohnt jetz gleich hinter Bernau bei Berlin. Und jetz kam die Mädels Alleine bei mir aber alle sonne Mädels die mir bestohlen haben. Und die mir 2 Tausend u 7 Hundert bestohlen hat. Die heißt Tomas. Die hat den Rest von Dreißigtausend Mk genommen die hat aber auch kein rohten Pf da gelassen. Da bin ich Wahnsinnig geworden. Ich bin ganzen in Berlin herum gelaufen u habe die Tomas gesucht hab sie aber nicht gleich gefunden. Nach 14 Tage saß ich auf meiner Banck auf dem Andreas Platz u gerade an die Bank wo ich drauf saß sie hat mich aber nicht gesehen. Ich ging ihr nach bis entlich mal ein Blauer kam und ließ sie Awwantieren sie hat es aber auch gleich ein gestanden. Die Tomas sagte das die Itzig die auf den Korridor Wohnte wo ich wohne. Sie mir 2 Hundert Mk abgeben u dann machst du das du aus Berlin kommst und läßt dich hier garnicht wieder sehen Die Tomas hat die Itzig auch 2 Hundert Mk gegeben u u die Schlüssel Nun ist die Itzig auch mit an geklagt

XI
Eins Tages ging ich mit zwei Freunde u deren Wirtschafterin nach der ... (?) in der Koppenstr bei Leitmeier wie wir einen da getroffen haben da sagte ich zu dem Willie wollen wir nicht ein Schnaps Trinken der fragte ga bei Leitmeier warer uns zu Theuer wir gingen draußen in einer Dissile u Tranken jeder 1. Glas Bier u jeder 3 Schnapser dann sind wir wieder herraus gegangen wie wir so ziemlich bei Leitmeier waren da Laufte mir gerade ein Mädel

XII
In die Arme u sie sagte hab Ich ein Schlips weg. Ich sagte so dann kannst du auch noch ein Trinken au ja ich möchte noch ein Trinken. Ich kann doch aber heute Abend mit kommen mit dir. Ich sagte auch gleich ja. Nun gingen wir wieder bei Leitmeier mein Bier stand noch da ich bestelte noch Drei Congaack a 3 Mk. Jetz hatten wir Drei aber Ordentlich ein Fips weg. Das Mädel sagte das kann ich auch un fing an zu Deklamieren

XIII
Und zu singen an da haben sich die Leute über aufgehalten. jetz kam der Wirt an und sagte sie das Lokal verlassen u sie können auch mit gehen ich sagte gleich könn wir jehen. Wie wir draußen waren sagte sie ich noch Durst ich sagte komm wir Trinken jeder ein glas Bier ich habe auch jeden ein Schnaps bestellt. Ich sagte jetz haben wir aber genuch komm wir gehen zu Hause zu Hause an gekommen ich wollte wollte aufschließen ich habe aber

XIIII
Das Schlüsselloch nicht gefunden so betrunken war Ich. jetz kam der Itzig mit seiner frau die Treppe herauf und Schloß mir die Tühr auf auch die Stubentür er machte licht an u ging dann wieder ich machte Feuer an um Kaffee zu kochen vorher hatte ich meine Brieftasche auf den Tisch gelegt und meine Schaft ... zog ich aus u in die zeit da ich Kaffee kochte nahm das Mäel mir Drei Hundert Mk aus der Brief Tasche und steckte in ihr linken Strumpf u wie ich mir von der

XV

Maschine um drehte da stand das Mädel mitten in der Stube und zog sich ganz Nackten aus die Strümpfe hat sie aber anbehalten u legte sich in die Eiserne Bettstelle. Ich hatte nun auch keine Lust mehr auf zu bleiben. Ich zog mir auch aus u legte mir bei ihr ins Bette u ich wollte sie gebrauchen sie hielt aber immer die Hände auf ihr geschlecht theil ich sagte du muß deine Hand da weg nehmen oder soll ich dir die Hände auf den Rücken

XVI

Binden sie sagte das kanst du thun. Ich suchte ein paar dünne Binfaden u Bante ihr die Hände wirklich auf den Rücken und wollte jetz ein machen. Wie ich mir zwischen ihre füße legte da spürte ich was knispern in ihr ein Strumpf mir kam das gleich so verdächtig vor ich Stand auf u sah nach meiner Brieftasche die lag da aber ganz anders als wie ich sie hin gelegt habe

XVII

Ich sah sofort das mir 10. Zwanzig Markscheine fehlten, jetz sagte ich knap ist so ein Aas in meine Wohnung schleichen die ... (?)

18.

gleich die Kelle u den Kasiller mit was ich damit machen wollte wüßte ich gar nicht mal. Wenn ich daran denken Tue. Steigt es mir gleich wider im Kopf herum und weiß dann garnicht was ich machen thue. Ich ging nach dem Bette und legte mich gleich wieder nehm ihr. Sie Schlief noch nicht, ich sagte du wo hast du die Drei Hundert Mk die du mir aus der Brieftasche heraus genommen hast. Sie sagte ich hab keine 3 Drei Hundert Mk genohmen du kanst meine Kleider nach sehen, da an die Erde Liegen sie. Ich sagte du alte Sau du streits noch, du weiß es doch ganz gut das du die Drei Hundert Mk im Strumpfe gestochen hast nu streite erst garnicht. sie sagte aber immer Ich habe keine. Was hast du da ihm Strumpf, ich faßte ihr gleich an den Fuß und sagte da stecken die Drei Hundert Mk ja drin jetz sagte sie garnicht. Mir kriegte

19.

gleich wieder die Ohnmähtige Wuht zu packen und grief nach der Reihbe Keule die neben mir lagen und Schluch ihr in meinem Wahn 2. oder 3. mahl in meinem verrückten Zustant auf dem Kopfe. Mit einmal klopfte es immer zu an die Tühr ich soll auf machen. Und die Nitsche schrie fort wärend ich langte den Handtuch von der Bank die neben das Bett stand, wo jede Nach eine Stulle auf der Bank zu liegen hatte, weil ich Nachs auch Essen Tuhe ich nahm den Handtuch steckte es ihr in dem Munde. Jetzt weiß ich es garnicht mehr ob ich ihr die Kelle oder sonst was im After gestochen habe. Es klopft immer an der Tühr ich soll doch auf machen die Grühn sind da. Jetz bin ich erst zu verstandt gekommen u sah erst was ich hier gemacht hatte. Die Nitsche hat aber noch gelebt. und ist erst nachher gestorben. Ich sprank aus Bette u wollte mir vergieften denn ein Mädel hatte Kahlin bei mir gelassen ich verstochen gehabt.

20.

Und holte es von dem Regal herunter u schmiß es in meiner Tasse wo noch etwas Kaffee drin war. und ging ans bette ich wollte mir wieder reihn legen. Ich bin aber garnicht dazu gekommen weil mit einem mahl zwei Grühnen hinter mir standen und die nahm mir gleich die Tasse aus der Hand sonst hätte ich mir vergieftet. Jetz müßte ich mir anziehen u mit nach der Wache. Mein geld hatte ich noch auf dem Tische zu liegen.

Und in dem Hause wo ich wohne. Haben 2 Mann mir auch schon überfallen und Wollten mir die Brieftasche aus der Tasche Ziehen, ich schrie um hülfe da kam die Miehter aus dem hinter Haus u ich war noch im Vorderhaus. Es war ein junger Kerl mit ein Arm ohne Schnurbart Und der so ungefähr 20–21 Jahre alt andere 22–23. Jahr alt. ein klein Pflaum Schnurbart etwas dunkel der ohne Arm war vielleicht 155 meter groß verkehren Tuhn die Beide im Speicherhaus Andreasplatz bei Uhlrich oder in der Waffen ... da im Speicherhaus.

21.

Acht tage vor her lernte ich auf dem Andreasplatz eine gewisse Johanna mit ihren vor nahmen kennen die habe ich als ordentliches Mädel angesehen. Die nahm ich mir mit als Wirtschafterin, aber ich habe mir fürchterlich getäuscht in die Johanna. Die selbe Stunde sollte ich ihr schon ein paar neue gelbe Schuhe kaufen und dann wolt sie ein Mantel u ein Neues Kleid haben. Ich sagte ja das sollst du haben aber heute und Morgen noch nicht ich muß erst ordentlich verdienen du sollst alles haben, aber immer nach und nach. Ich mit mein Freund Gustav u die Johanna u seine Wirtschafterin wir wollten nach dem Kino in der Blumenstr jehn. Aber ich müßte erst Eswaren kaufen zum Sonntag. Ich mit der Johanna und Gustav ich kaufte 1/2 Pfund Wurst 1/2 Pfund Schinken 1/2 Pfund Speck 15 Schrippen 1. Weisbrod 1. Grau Brod u 1/2 Pfund Butter u 4 Schnecken 4 Milchbrödchen. Ich ließ meine Tasche mit die Wahren bei Gustav u dann sind wir alle Viehr nach drin hin gegangen von ein Wagen auf der Straße kaufte ich noch für die Johanna 2 Pfund Birnen die sollte sie im Kino Essen. Wir kam auch gerade zu rechter Zeit an

22.

Denn wie wir rein kommen ging es gleich los unter wegens habe ich die Johanna paar neue Schuhe gezeigt im Schaufenster die sollten blos 65 Mk kosten die wollte sie nicht ich will ein paar gelben haben. Ich sagte noch denn ist gut. Wie der Kino aus war sind wir in dem Hause wo Gustav wohnte in die Kneipe gegangen u ich bestelte blos ein glas bier aber Sechs bis Acht Kongack habe getrunken und die Johanna hatte blos 1 Bier u 1 Congack getrunken jetz ist die Uhr so ziemlich Elf. Ich sagte Johanna soll mal die Tasche und die Eswaren denn Gustav wohnte im Keller. Und dann sind wir Beide zu hause gegangen. Jetz habe ich noch was vergeßen. Also früh 1/2 9 Uhr wie ich die Johanna kennengelernt habe. da habe ich mit der Johanna das selbe Esware Eingekauf und 1 1/2 Pfund ... fische zu Mittag zum Braten gekauft. Und zu mittag Bratte ich die fische mit Abgeschälte Kartoffeln u sosen dazu. das hat uns beide ganz gut geschmekt u dann legten wir uns im Bette u machten ... Stunde Mit-

tagsruhe. Und dann Standten wir auf und zogen uns an u Kochten Kaffee und trancken Kaffee es war jetz 3 Uhr.

23.

sie sagte aber du Carl ich habe eine (kleine?) Freundin die jet auf der Tuor u verdient so wenig kann ich ihr nicht paar Schrippen hin bringen ich sagte das kanst du Tuhn. Ich gab ihr 4 Schrippen u ein paar Doppelte belegte Stullen mit. Sie nahm aber ein Bund gemahlter Milchtopf u eine Bunte Tasse mit, ohne Kaffee ich hatte jetz schon anst das sie ausrücken wollte. Also um 1/4 4 Uhr sind wir Beide herunter gegangen nach den Andreasplatz. Und von da ist sie zu ihre Freundin gegangen u hat sich Kaffee herunter geholt. Und hat den Kaffee u die vier Schrippen u die belegte Stulle und ist dann nach der Fabrick zu ihren Bräutigam gemacht. Also so fürchterlich hat mir die Johanna belogen ich ging dann wieder nach den Andreasplatz und setzte mich auf eine Bank jetz kam der Gustav und den erzählte ich das. der sagte gleich die brennt dir durch aber es dauerte nicht lange da kam sie an.

24.

Hatt deine Freundin die Stulle und die Schrippen gegessen, sie sagte gleich jah. Sie läßt sich auch schön bedanken für das Esen. Ich sagte wo warst du noch überall hin sag mir schon die wahrheit sie sagte Nirgens weiter. Ich bin gleich von meiner Freundin zu dir gegangen ich sagte so ist das auch war, ja Carl das ist wahr du kanst ihr fragen das ich dich nicht habe angelogen. Sie hat es aber nicht gewußt, daß ich ihr nach gegangen bin und ich hab ihr das auch nicht gleich gesagt das ich ihr nachgegangen bin ich wollte ihr das erst auf den Abend sagen. Jetz ist Gustav zu hause gegangen und ich mit der Johanna auch. Ich habe schnell wieder 2 paar Stullen zu recht gemacht die wir uns mit genommen haben nach dem Kino und sind dann zu Gustav gegangen. Ich sagte Johanna nehm dir die einkaufstasche und die Stullen kanst du da reinpacken. Angekommen bei Gustav er sagte ich komm auch mit ich muß auch noch was kaufen. Gustav kaufte sich blos 1/2 Pfund Wurst und ich kaufte das was ich da schon vorher auf geschrieben habe.

25.

Die Eswaren haben wir bei Gustav gelassen u sind dann nach dem Kino gegangen. Das habe ich schon vorher auf geschrieben das wissen wir schon. wo bin ich denn nun vorher stehen geblieben jetz muß ich mir erst besinnen wie weit ich war. Halt jetz weiß ich es, wir sind von Kino bei Gustav von da zu Hause gegangen. Zu Hause erzählte ich es ihr das sie mich hat so fürchterlich hat angelogen. Ich sagte Johanna du hast deine Freundin nicht die Stullen u die Schrippen gegeben sondern du hast es dein Bräutigam nach der Fabrick getragen zu Vestper sie sagte das ist nicht wahr. Ich bin dir doch nach gegangen u habe gesehen wie dein Bräutigam vor der Fabrick Torweg gestanden u hat schon auf dich gelauert. Nun was schad denn das, wenn ich mein Bräutigam was zu Essen hin bringe du kanst ihm soviel hinbringen so viel wie du willst, aber nicht nicht von mein Essen. das schad doch nicht du hast gar genug, so; erst sacht du, du hast kein Bräutigam. Ich sagte wie kanst du mir so fürchterlich anlügen. Sie stand an die Maschine sie drehte sich schnell um u Patsch hatte ich eins insgesicht.

26.

Das hat mir so fürchterlich geärgert das ich ihr gleich mit der faust im gesicht schlug auf der Rechte seite, und muß ihr auch gerade im Schlaf Treffen. Sie fiel um und ich dachte sie ist in Ohnmacht gfallen. Ich trug ihr nach dem Bette, u legte ihr ein naßes Handtuch auf der Stirn u Rieb ihr auch die Brust mit mit ein naßes Handtuch ein wie lange das ich ihr eingerieben habe weiß ich garnicht mehr. Ich fühlte ihr puls u Herz nach au weh, meine arme Johanna war Tot. Jetz wüßte ich nicht was ich machen sollte, ich laufte in der Stube 2–3 Stunden hin u her. Und Rieb ihr immer wieder mit den nassen Handtuch ihr die Brust ein. aber sie war u blieb tod. Jetz überlegte ich es mir was ich nun machen soll, erst wollte ich nach der polizei gehen, da hatte ich wieder sonne große angst vor strafe. Halt dachte ich, du Schneit sie in lauter Stücken und Brinks sie weg. Ich nahm ein Tischmesser Schnitt ihr in lauter Stücken u das hat 4–5. Stunden gedauert u die Stücken legte ich einer Ecke u Deckte mit Johanna ihre Kleider zu. Abens 1/2 9 Uhr brachte ich eine Ein-

kaufstasche voll Stücken weg ich wüßte aber nur noch nicht wo ich mit hin sollte jetz kam ich an den Landwehrkanal vorbei

27.

Ich besann mir garnicht, u Schmiß immer einzelne Stücken im Kanal u so hab ich jeden Abend eine Tasche voll im Kanal geschmißen u das hat 4 Tage gedauert u das Fleisch von meine arme Johanna hab ich in ganz kleine Stücken geschnitten u hab es in Abort geschmißen. u habe immer nachher nach gespült. Und die Hände u die Eingeweide die in der großen weiße Schüssel lagen die hatte ich ganz vergeseen bis mir die leute aufmerksam machten. das stinkt hier bei dir so, ich sagte ihr doch, das Mein Kaninchen jejunckt hat. u die hat die junge Kaninchen alle Tod gebissen, die liegen in Mülleimer, ich werde sie jetz heruntertragen. Jetz fiel mir erst auf, das in der Schüssel noch was drinnen ist. Ich schnitt die Eingeweide in kleine Stücken, u Werfs in den Closett u ließ Tüchtig wasser nach Spülen, nun Stunk es nicht mehr. Und nun hatte ich immer noch die Hände von der Johanna. Die wollte ich auch erst wegtragen, ich hatte aber feuer in der Maschiene, ich Schmeiß erst eine Hand rein u dann die andere auch. Und nun war alles weg. Jetz machte ich erst meine Stube rein. Und auf dem Kriminal sagten die, das die Johanna schon mehr als bestraft ist, letzte mahl hat sie ein jahr Gefängniß gehabt. die Johanna hätte ihnen auch bestohlen.

Die Unbekandte Marta die kenn ich ja nicht die hat mir der Kommiezar mit gewalt aufgebürgt. Der sagte fort wärend sie bekommen nicht soviel strafe, wenn sie recht viel angeben.

28.

Und die hielten mir fortwären ein Toter Kopf diereckt vor die Augen von 1/2 9 Uhr Vormittags bis Mittags eins auch manchmal bis 2 Uhr nachmittag und von 3 Uhr bis in die Nachmittag Nacht um 2 Uhr bin ich erst in meiner Zelle gekommen und das ging bis 7 auch 8 Wochen in eine Tor. da hieß es immer wo die geblieben u wo ist u wie haben die umgebracht. u die haben sie verbrandt. und die felt auch. die haben sie abgeschlachtet. u haben Wurst davon gemacht. und zeichten sie Pfotographien die müssen sie auch kennen die haben sie umgebracht. u haben Wurst drauß gemacht. Und der hielt mir gleich wieder die Pfotographie vor die Augen, u den Toten Kopf. wo ist die geblieben Sie Massenmörder und so ging es in eine Toor von Morgens bis Tief in die Nacht. Und nun erst die zeugen die der Commizar sich hat erst durch die Zeitung zusammen Trommeln lassen. u hat die Zeugen alle versäumniß geld zu gesichert. Und nun das fürchterliche Rafenierte lügen von die Zeugen das kann ich garnicht ausführlich schreiben wie die gelogen haben, u desto mehr die Zeugen gelogen haben, desto liber warst den Commiezar. Und einer hatte den andern gesagt den legen wir ordentlich rein. Und gerade die aller verkomste Huren haben ihre lügen aussage gemacht. u desto mehr die Bande gelogen haben, desto er hat es der Commißzar geglaubt. Es kam aber auch anständige Leute die haben mich angefahren u schittelten den Kopf und sind wieder gegangen die kanten mir nicht.

29.

Und viele haben gut ausgesagt und konnten wieder jehen ohne vernommen zu werden und die aller größte Lüger die sind vernommen worden. Und jetz bin ich Wahnsinnig geworden. Und habe nicht laufen können u über acht Tage auch rein garnicht Essen können u die ganze zeit habe ich Pfantasirt u allerlei Männekens haben vor mir herum getanzt auch jetzt noch. alle Tage u Kopfschmerzen habe ich alle Tage fürchterlich das ich manchmal laut au schreien Tun. auch wie ich krank war haben sie mir immer herunter geholt. Und haben mich vernommen die Zeugen schüttelten manchmal heimlich den Kopf u sagten unter sich das kann garnicht sein, das der alten Mann soviel Weiber hat umgebracht wie in der Zeitung Stand. Und was die Leute sagen. Und dann kam wieder so ein unverschämter Patron von einem Schlächtermeister mit seinen Gesellen und sagte ich hätte sein Dienstmädchen umgebracht. Ich sagte zu ihm das er verrückt wär. Wo können sie mir das auf den Kopf zusagen. Der geselle sagte das ist der nicht, der war viel jünger und ging heraus u der Meister ging dann auch heraus nach einer weile kam der Meister wieder herein ich glaube doch das es ist jetz hat der Meister das Mädel ihr nahmen gesagt u ist angefragt worden wo sie zu letzt gewont hat. Es ist auch gefragt worden wo sie unangemeldet gewohnt hat in der Zeit wo ich auf den Criminal war. Also so sehr hate die mir in verdacht gehabt u mir immer auf den Kopf zugesagt. und jetz wollten sie mir wieder eine aufdrängen die ich garnicht kenne.

Schlußbemerkung und Danksagung

Dies ist ein dokumentarischer Roman im Sinne von »true crime«, das heißt, die Figuren und Fakten entsprechen weitestgehend der Wirklichkeit – bis hin zur exakten Hausnummer und Straßenbahnlinie. Und weitaus mehr noch als die Kriminalromane *Wie ein Tier* und *Der kalte Engel* habe ich *Die Bestie vom Schlesischen Bahnhof* auch als wissenschaftliche Arbeit verstanden und dementsprechend nach allen Regeln der Kunst aus den vorhandenen Quellen zitiert. Gleichzeitig aber enthält dieses Buch weit mehr Romanelemente als die beiden anderen, denn Karl Großmann und seine Verbrechen sind so widerwärtig, daß die Brutalität des Stoffes nur mit einer Love-Story und viel ablenkender Handlung aufzufangen war, sollte das Ganze für den normalen Leser – und die Leserin vor allem – noch zumutbar sein. Gemessen an Karl Großmann ist mir der Berliner S-Bahnmörder Paul Ogorzow fast als Gentleman-Verbrecher erschienen. Von schrecklichen Träumen »zerhackte« Nächte haben sie mir allerdings beide eingebracht. »Hinzuerfunden« habe ich Friedrich Zetzscha und Grete Tschau – dies allerdings angeregt durch einen Mann aus der Provinz, der Karl Großmann tatsächlich nach dem Verbleib seiner Schwester gefragt hat –, dazu als weitere Protagonisten den Kommissar Dr. Raoul Friesack sowie die Statisten Gustav und Paula Witzke, Hedwig Nothvogel, die Jerxheimers und die Männer in der Wohngemeinschaft von Grete Tschau.

Mein herzlicher Dank gilt Dr. Helmut Lindner, der für mich in Bibliotheken und Zeitungsarchiven mit heißem Bemühen und großem Erfolg nach Berichten über Karl Großmann gesucht hat.

Literatur

Berger, Joachim, Berlin freiheitlich & rebellisch, Berlin o. J.

Berliner Morgenpost – 23.8.1921, 25.6.1922

Berliner Morgen-Zeitung – 13.8.1921, 18.8.1921, 21.8.1921, 24.8.1921, 25.8.1921, 26.8.1921, 30.8.1921, 2.9.1921, 3.9.1921, 11.9.1921, 13.9.1921, 17.9.1921, 29.9.1921, 13.7.1922, 23.7.1922

Berliner Tageblatt – 12.3.1920, 13.3.1920, 24.3.1920, 22.8.1921, 23.8.1921, Abend-Ausgabe 23.8.1921

Bewegte Zeiten – Friedrichshain zwischen 1920 und heute, hrsg. von ASUM – Arbeitsgemeinschaft für Sozialplanung und Mieterberatung, Berlin 2000

Binger, Lothar/Hellemann, Susann, Küchengeister. Streifzüge durch Berliner Küchen, Berlin 1996

Bourgoin, Stéphane, Serienmörder, Reinbek 1995

BZ am Mittag – 18.5.1921, 28.5.1921, 17.8.1921, 22.8.1921, 23.8.1921, 24.8.1921, 25.8.1921, 26.8.1921

B. Z., Kinder, wie die Zeit vergeht. Die neuesten Nachrichten aus den letzten 100 Jahren, Berlin 1977

Das Kriminalmuseum. Der smarte Kern der polizeihistorischen Sammlung, Berlin 1990/Aus dem Berliner Verbrecherleben. Enthüllungen aus der Praxis des Kriminalkommissars Karl Weien 1890, Der Buchzwilling Nr. 1, Berlin 1990

Feustel, Jan, Raubmord und Mord im Kiez. Historische Friedrichshainer Kriminalfälle, Heimatmuseum Friedrichshain 1986

Feustel, Jan, Spaziergänge in Friedrichshain, Berlin 1994

Frey, Erich, Ich beantrage Freispruch, München 1962

Fricke, Corinna/Kirschey, Peter, Geile Meile Oranienburger, Berlin 1993

Fromm, Erich, Anatomie der menschlichen Destruktivität, Reinbek 1977

Füllgrabe, Uwe, Kriminalpsychologie, 2. Auflage, Frankfurt am Main 1997

Geserick, Gunther/Vendura, Klaus/Wirth, Ingo, Zeitzeuge Tod. Spektakuläre Fälle der Berliner Gerichtsmedizin, Leipzig 2001

Gottwaldt, Alfred, Das Berliner U- und S-Bahnnetz, Berlin 1994

Heindl, Robert, Das Berufsverbrechertum der Großstadt. In: Weise, Alfred (Hrsg.), Unser Berlin. Ein Jahrbuch von Berliner Art und Arbeit, Berlin 1928, S. 140–157

Hyan, Hans, Tiermenschen, Leipzig 1924

Jürgensen, Corina/Piatzer, Sabina, Chronik 1921. Tag für Tag in Wort und Bild, Gütersloh/München 1989

Kekulé, Alexander S., Das Böse hinter der Stirn. Neurobiologen meinen, die Ursache der Gewalt zu kennen. In: Der Tagesspiegel, 13.11.2002

Kornfeld, Dr. med. et phil., Bemerkungen zum Prozeß gegen Karl Großmann. In: Zeitschrift für Sexualwissenschaft, IX. Band, 5. Heft, 1922, S. 137–149

Landesarchiv Berlin, Pr. Br. Rep. 30 Berlin C, Tit. 198 B, Mordkommisson. Ablieferung I Nr. 1–1 bis 115–15, Band Nr. 76, Akten: 2, Schlosser Friedrich Schumann

Landesarchiv Berlin, Zentralkartei für Mordsachen, Lebenslauf des Massenmörders Carl Großmann. A Pr. Br. Rep. 030, Tit. 198 b Nr. 2040

Leonhardt, Rainer/Schurick, Frank-Rainer, Berlin mörderisch. Ein kriminalistischer Führer mit Straße und Hausnummer, Berlin 1999

Liang, Hsi-Huey, Die Berliner Polizei in der Weimarer Republik, Berlin und New York 1977

Malzacher, W. W., Berliner Gaunergeschichten. Aus der Unterwelt 1918–1933, Berlin 1970

Musolff, Cornelia/Hoffmann, Jens (Hrsg.), Täterprofile bei Gewaltverbrechen, Berlin und Heidelberg 2002

Niekrawietz, Hans/Werner, Konrad, Schlesien, Würzburg o. J.

Prätor, Günther/Rockel, Irina, Stadtbilder aus Neuruppin, Neuruppin 1993

Ribbe, Wolfgang/Schmädeke, Jürgen, Kleine Berlin-Geschichte, 3. Auflage, Berlin 1994

Schmidt, Franz von, Vorgeführt erscheint. Erlebte Kriminalistik, Stuttgart 1955

Sinn, Dieter, Das große Verbrecherlexikon, Genf 1984

Sinn, Dieter/Sinn, Renate, Der Alltag in Preußen, Frankfurt am Main 1991

Stave, John, Stube und Küche, Berlin 1987

Stein, Werner, Kulturfahrplan, Berlin 1946

Zille, Heinrich, Hurengespräche, München 1981/2000